夏目漱石を読む

安宗 伸郎

溪水社

夏目漱石を読む

目次

夏目漱石の大正五年（その一）……3
はじめに　3
一、漱石の創作活動と病気　6
二、大正五年一月『点頭録』――一体二様の見解を抱いて　9
三、湯河原への転地療養と中村是公　19
四、『明暗』の執筆準備と『鼻』　23
夏目漱石略年譜　28
夏目漱石の大正五年（その二）……30
はじめに　30
五、漱石の人生の大事な局面に常にいた菅虎雄　31
六、二月二四日の木曜会と中村是公　32
七、岩波茂雄とのつながり　35
八、若い禅僧との交わり　38
九、津田青楓との書画をとおしての交わり　46

夏目漱石の大正五年（その三）……50

一〇、「公平にして眼識ある人」内田魯庵　50
一一、良寛の書と森成麟造　52
一二、稀有の人間的つながり　寺田寅彦　56
一三、森田草平との関係　63
一四、野上豊一郎について　66
一五、晩年の主治医　真鍋嘉一郎　68
一六、漱石ファンの祇園の芸妓　野村きみ・梅垣きぬ（金之助）69

夏目漱石の大正五年（その四）……73

一七、安藤現慶あて書簡からうかがえる漱石の親鸞理解　73
一八、『二百十日』翻訳問い合わせのジョーンズ　78
一九、『明暗』を書きはじめる漱石の体調と、原稿の処置について　81
二〇、命名を依頼されて　83
二一、大谷繞石への書簡　84
二二、『明暗』の間違いの指摘を受けて　87
二三、厨川白村への返事　89
二四、『明暗』の書き方について―大石泰蔵への書簡　91

二五、和辻哲郎あて書簡　100
夏目漱石の大正五年（その五）……104
二六、赤木桁平（池崎忠孝）あて最後の書簡　104
二七、『草枕』独訳について　107
二八、久保より江あて書簡　108
二九、久米正雄・芥川龍之介あて書簡　111
夏目漱石の大正五年（その六）……124
三〇、中村古峡（蓊）あて書簡―原稿の芸術品としての価値は？　124
三一、『倫敦塔』の独訳について―小池堅治あて書簡　127
三二、『明暗』の原稿の訂正について―山本松之助あて　128
三三、木下杢太郎の奉天赴任　132
三四、長谷川如是閑あて入社希望の女性の紹介、如是閑の人柄　134
三五、岩波茂雄あて『清詩別裁』購入依頼―旺盛な読書欲　136
三六、明月の書について　137
三七、二人の禅僧と輪転機　138
三八、中村不折への木浦正紹介状　139
三九、和辻哲郎への松茸の礼状　140

四〇、芥川龍之介の原稿について 143
四一、小宮豊隆への最後の書簡 145
四二、漱石と禅、則天去私について 149
四三、ニューヨークの成瀬正一あて 157
四四、大谷繞石あて山鳥の礼状 159
四五、病状悪化と臨終 160

お延と清子の結婚―『明暗』に描かれた二つの指輪から― 167
はじめに 167
一、お直(『行人』)からお住(『道草』)へ 168
二、二つの指輪―お延の場合と清子の場合― 171
三、まとめ 189

漱石の英国留学と子規 192
一、出発までの準備と経済事情 192
二、留学する漱石・子規それぞれの思い 193
三、子規への長い手紙『倫敦消息』 198
四、『墨汁一滴』での漱石批判 201
五、池田菊苗との運命的出会い 202

六、義父への手紙「文学とは何か」と体調悪化　206
七、神経衰弱治療　208
八、「ピトロクリ」への招待　209
九、子規の訃報　212
一〇、東京帝国大学での講義　215

『満韓ところどころ』と夏目漱石の新発見資料……219
一、『満韓ところどころ』の「差別的な表現」について　219
二、旅行の出立前後の体調と日程　221
三、旅行に関係して発表された作品　225
四、漱石が韓国で感じ思ったこと─旅行中の日記から─　231
五、夏目漱石の新発見資料とその意義　235

最近の漱石研究（二〇〇一～二〇〇七年四月）とそこから見えてくるもの……240
一、夏目漱石研究文献（二〇〇一年以降）で収集できたもの　240
二、これまでに注目してきた漱石研究　251
三、最近の漱石研究についての紹介　252
四、まとめ─漱石研究の現状とわたくしの姿勢─　267

『三四郎』覚え書き……275
一、『三四郎』の位置　275
二、『三四郎』執筆前後の漱石　277
三、『三四郎』の構成　290
『三四郎』断想……308
一、美禰子と「イプセンの女」　308
二、広田先生の夢　319
三、美禰子の描いた画　324
四、美禰子の描かれた画　326
『それから』を読む（その一）……334
一、『それから』の位置　334
二、『それから』の冒頭部分から読み取れること　337
三、『それから』の語り手の批判意識　340
『それから』を読む（その二）……350
四、代助と三千代の出会い　351
五、父親の勧める縁談　353

六、代助の不安　356
七、代助の見合い　362
八、見合い後の代助　363
九、代助の決断　367
一〇、二人の今後の運命　375

『門』研究の流れ管見（その一）……381
はじめに　381
一、『門』の中を流れる時間と場所　382
二、同時代批評「『門』を評す」とその受け止め方について　383
三、西垣氏の反論　386
四、重松氏の再反論　388
五、『門』の前・後半分裂論とそれへの反論　391
六、まとめにかえて　396

『門』研究の流れ管見（その二）……399

初出一覧　425
あとがき　427

夏目漱石を読む

夏目漱石の大正五年（その一）

はじめに

この文章は、いわゆるテクストを読む方法から離れて、先学に学びながら漱石晩年の思い・姿勢を、自分なりに探ったものである。

石原千秋氏は、その著『テクストはまちがわない』（筑摩書房　二〇〇四年）において、次のように述べている。「小説はどんなに自由に読んでもよいものなのだ」「研究者はたとえてみればテストパイロットのようなもので、テクストの可能性を限界まで引き出すのが仕事の一つだからだ」そのための前提は「テクスト（の細部）はまちがわない」という信念を持つことである、として、「表現されたあらゆる細部が意味を持つ、あるいは持ち得るのが小説なのだ」としておられる。

作者については、『作者』はテクストの言葉として表れるしかない……小説の言葉は、ただそれだけで意味を持ちはしない。解釈のコードに照らすことではじめて意味を生成する」としておられる。フィクションの外の（現実の）時間と、フィクションの中の時間を見極められながら、例えば、『行人』の次の例をあげておられる。

自分は今になつて、取り返す事も償ふ事も出来ない此態度を深く懺悔したいと思ふ。（「兄」四十二）
今の自分は此純粋な一本調子に対して、相応の尊敬を払ふ見地を具へてゐる積である。（「兄」四十三）

石原氏は佐藤泉氏の説を、「〈自分〉（長野二郎）の全言表は「手紙」以後のどこかある時点からの回想として語られたもの」とした上で、「この〈今〉はどういった〈今〉かという状況の具体的な厚みをもって示されるのではなく、〈懺悔〉というような自分の当時の態度への評価を支えている一つの価値を象徴する時間点」だと述べている、と紹介し、『行人』の「今」は、時間軸上のある時点を指すのではなく、ある「価値」の基点となるような「象徴的〈今〉」だと言うのであると説明し、更に佐藤氏の次の意見を紹介している。

そしてこの一郎の苦悩と倫理性に敬意を表すとはHさんが手紙のなかで勧めていたことでもあることと考え合わせるなら、Hさんの手紙の時間を覆い更に二郎の人間的成長の時間をも覆う象徴的〈今〉という一点を到達点に、作品の時間経過と人物の成長段階というかたちで、作品細部の意味がそこへ収束していくものとして作品全体を系列化することが可能となる。

そして次のように結ばれるのである。
この「価値」判断を含んだ「象徴的〈今〉」を基点にテクストを読むなら、『行人』は二郎が一郎を「尊敬」できるようになるまでの「成長物語」になるということである。『行人』というテクストは、みごとに既知の物語に回収されるわけだ。『行人』というテクストのほころびが既知の物語を構成する基点となる可能性が高いことを、佐藤は示して見せたのである、と。

『道草』の例

彼は金持になるか、偉くなるか、二つのうち何方《どつち》かに中途半端な自分を片付けたくなつた。然し今から金持になるのは迂闊な彼に取つてもう遅かつた。偉くならうとすれば又色々な塵労《わづらひ》が邪魔をした。其塵労の種をよく〳〵調べて見ると、矢つ張り金のないのが大原因になつてゐた。何うして好いか解らない彼はしきりに焦れた。金の力で支配できない真に偉大なものが彼の眼に這入つて来るにはまだ大分間があつた。

（五十七）

はじめの「今から」の「今」はテクストの中の現在。しかし、あとの「大分間があつた」の方はテクストの時間をはみ出している。いわば「〈語り〉の今を、小説の執筆時より後に設定」した一文だといえる。すなわち、ある種のほころびとも言える一文だが、この一文があることによって、読者はその「小説の執筆時より後に設定」された「今」の地点から読書行為を行うことを強いられることになるのである。そして、そこに作られた大きな時間的な空白が想像された全体像を引き寄せるのだ。それは、「彼」＝健三が「金の力で支配できない真に偉大なもの」を手に入れるまでの「成長物語」である。……こういうほころびの存在が、いや、正確に言うなら、こういうほころびの既知の物語への回収のしかたが、漱石を「則天去私神話」に近づけたことは否めない。

だとすれば、テクストの「今」をテクストの既知の物語に回収する基点としてしまわない方法は、ただ一つしか残されてはいない。それは、テクストの「今」を宙に浮かせたまま読み続けることだ。その不安定さに耐えることだ。……しかし、いま漱石文学を読むためには、そのことだけは忘れてはならないのである。

以上、駈け足ながら、石原千秋氏のテクストを読むということについて紹介した。私はその方法論にひかれながらも、まだ不十分にしか理解できていない。小説と評論・随筆の読み方は異なると思われるが、テクストの呪縛から離れて文章を出来るだけ丁寧に読んで、そこからうかがえる漱石晩年の思い・姿勢を探ってみたいと思う。

なお、これは、「続河」一六号に発表（二〇一一・八・二〇）したものを一部手直ししたものである。

一、漱石の創作活動と病気

漱石の創作活動は、明治三八年一月、「ホトトギス」への『吾輩は猫である』の発表から始まり、一一年後の大正五年十二月、『明暗』の朝日新聞連載中絶をもって終わった。

東京帝国大学を辞任して、明治四〇年朝日新聞入社。職業作家として立ってから数えればわずか一〇年である。その作品は、近代化していく日本の姿を見つめ、人間いかに生きるべきかを考えていく、倫理的色彩の濃いものであった。私どもの身近にいそうなユニークな登場人物を創造し、その人物に寄り添い、また批判しながら、その人物の生き方、悩み、思いを掘り下げていった。

処女作『猫』では、「吾輩」という猫が、主人と家族・周囲の人物を鋭く観察し、猫の眼を通して人間を批判するという新しい形式を生み出した。加えてそのユーモアと風刺などが評判となり、一回限りの予定が一一回にも及んだ。「呑気と見える人々も心の底を叩いて見るとどこか悲しい音がする」に作者の人間認識がうかがえる。

『坊っちゃん』は、無鉄砲で正直で単純率直な主人公を田舎の中学校に赴任させ、若い正義感が因襲と衝突するさまを生き生きと描き、正直に生きることのむずかしい現実を実感させた。坊っちゃんと呼ばれる「おれ」の、そそっかしさや失敗は笑うけれども、笑い過ごせない感動がある。坊っちゃんと清の純粋な愛情は胸に応える。八年後に書かれた『こゝろ』は、人間のエゴイズムを見つめた孤独で暗い深刻な作品である。作品の雰囲気、明るさは『坊っちゃん』とは対照的であるが、両者には愛の問題、財産、生と死の問題など共通する問題がある。先生は、あなたは真面目だから、暗い人世の影を遠慮なくあなたの頭の上に投げかけて上げます、と遺書を残して自殺する。「自由と独立と己れ」とを近代人の運命として引き受け、孤独に耐える寂寞を不可避だとする「明治の精神」に殉死するのである。

漱石は意識と無意識など多様で複雑な心的現象について非常な関心を寄せ続け、「僕のはいつでも自分の心理現象の解剖であります。僕にはそれが一番力強い説明です」と自己の文学の営みについて、大正三年一月十三日付け畔柳芥舟あての手紙で断言している。また『文学論』の序にあるように、神経衰弱・狂気の自己本位が創作活動の源泉だと宣言した。「私の個人主義」においては、「我は我の行くべき道を勝手に行く丈で、さうして是と同時に、他人の行くべき道を妨げないのだから、ある時ある場合には人間がばら〳〵にならなければなりません。其所が淋しいのです」と語っている。自己本位という主体性および個性を強調し、理非を尊重する淋しさについて触れるのである。それは我々に、近代個人主義社会における人間の孤独と連帯の問題について考えさせる。

『行人』の一郎の孤独は、自己本位が自己絶対に進展し、すべての他者に敵対する孤独地獄へと進んでいく。頭《ヘッド》と心《ハート》の分裂、おのれの狂気を対象化し自己解剖した漱石は、次の『こゝろ』で狂気の自己本位に死を宣告した。『道草』は自伝的な作品である。主人公の健三は自己本位を信条として孤独に陥る。妻のお住は、手前勝手で理屈だけの変人だと夫を思い、健三は健三で、妻を冷淡でしぶとい女と思っている。夫婦の争いは絶えない。漱石は健三を神の眼で見て、お住の日常の実生活の位置にまでおりていって、その立場を考えるという、作中人物を相対化しながら語っていくのである。それは健三の自他を平等に見る眼の獲得でもあった。

『硝子戸の中』で、漱石は「所詮我々は自分で夢の間に製造した爆裂弾を、思ひ〳〵に抱きながら、一人残らず、死といふ遠い所へ、談笑しつゝ、歩いて行くのではなからうか」という厳しい認識を示している。『猫』の苦沙弥先生は胃弱だったが、胃の病気は漱石の生涯についてまわった。『明暗』は痔疾の診断からはじまるが、病気につきものの「不測の変」が精神界にまで拡大されて、非常に象徴的で印象的な書き出しとなっている。

漱石の胃潰瘍——第一回目の発病は、『門』連載終了直後の明治四三年六月一八日、長与胃腸病院入院。八月修善寺温泉に転地療養。漱石の日記——八月一二日「膏汗が顔から背中へ出る」一六日「苦痛一字を書く能はず」一七日「吐血、熊の胆の如きもの」一九日「又吐血」八月二三日「おくび生臭し。猶出血するものと見ゆ。便は無類血色あり」

八月二四日には、五〇〇グラムの大吐血、三〇分の人事不省。(「修善寺の大患」)この大患は漱石文学の大きな節目になった。漱石は『思ひ出す事など』(明治四三〜四四)に病中に痛感し考えた深い思いを書き綴った。一〇月帰京、翌年二月まで長与胃腸病院入院。明治四四年八月、関西での朝日新聞の講演会で『現代日本の開化』などの講演を終えた八月一八日吐血。湯川胃腸病院に入院。一か月ばかりで帰京している。これが第二回目だった。帰京後痔の手術で入院。『彼岸過迄』が書かれるまでには一年半かかった。第三回目は『行人』連載中の大正二年三月で、約二か月臥床。四月から九月まで執筆中断。大正二年一〇月五日、和辻哲郎宛書簡で、「私は今道に入らうと心掛けてゐます」と書いている。折しも『行人』の「塵労」にとりかかっていた漱石の深刻な孤独と不安を思わせる。「孤独なるものよ、汝はわが住居《すまひ》なり」と叫ぶ一郎の独逸語。そして「死ぬか、気が違ふか、夫でなければ宗教に入るか。僕の前途には此三つのものしかない」と絶望の谷に赴く人の顔の一郎。「道」は我執世界から抜け出ることへの強い思いが込められていよう。第四回目は『こゝろ』連載終了直後で、約一か月臥床している。作品世界のエゴの葛藤のすさまじさが、作者に強いた緊張の強さを思わせる。『道草』を書きあげた大正四年三月には京都で一か月近く臥床している。

この稿では、漱石の大正五年の生きた姿を、彼の思いを中心に、周囲の人間関係、状況などの中で考察していきたい。

二、大正五年一月『点頭録』―一体二様の見解を抱いて

大正四年一二月二五日付、朝日新聞社山本松之助宛の手紙で漱石は「私の正月から書くものゝ名は点頭録といふ題で漫筆みたやうなものです（中略）リヨマチで腕が痛みますつゞけて机に凭る事が出来ません」と書いた。原稿を正月上旬まで待ってほしい、と違約を詫びたが、実際には『点頭録』一は正月一日に掲載された。腕の痛みを押して書いた義理堅い漱石の姿勢が伺えるのである。「点頭」とは、うなずくことであり、また、会得し納得することである。「録」とは、書きしるしたものであり、しらべ考えるの意もある。したがって「漫筆みたやうなもの」といいながらも、晩年の漱石が、うなずき納得し考えたものを書いていくという自負がこめられた題だと考えられる。それは次のように始まっている。

また正月が来た。振り返ると過去が丸で夢のやうに見える。何時の間に斯う年齢《とし》を取つたものか不思議な位である。此感じをもう少し強めると、過去は夢としてさへ存在しなくなる。全くの無になつてしまふ。実際近頃の私はたゞの無として自分の過去を観ずる事がしば〳〵ある。いつぞや上野へ展覧会を見に行つた時、公園の森の下を歩きながら、自分は或目的をもつて先刻《さつき》から足を運ばせてゐるにも拘はらず、未だ曾て一寸も動いてゐないのだと考へたりした。是

は耄碌の結果ではない。宅《うち》を出て、電車に乗つて、山下で降りて、それから靴で大地の上をしかと踏んだといふ記憶を慥かに有つた上の感じなのである。自分は其時終日行いて未だ曾て行かずといふ句が何処かにあるやうな気がした。さうして其句の意味は斯ういふ心持を表現したものではなからうかとさへ思つた。

これをもつと六づかしい哲学的な言葉で云ふと、畢竟ずるに過去は一の仮象に過ぎないといふ事にもなる。金剛経にある過去心は不可得なりといふ意義にも通ずるかもしれない。さうして当来の念々は悉く刹那の現在からすぐ過去に流れ込むものであるから、又瞬刻の現在から何等の段落なしに未来を生み出すものであるから、過去に就て云ひ得べき事は現在に就ても云ひ得べき道理であり、また未来に就いても下し得べき理屈であるとすると、一生は終に夢よりも不確実なものになつてしまはなければならない。

斯ういふ見地から我といふものを解釈したら、いくら正月が来ても、自分は決して年齢を取る筈がないのである。年齢を取るやうに見えるのは、全く暦と鏡の仕業で、其暦も鏡も実は無に等しいのである。

驚くべき事は、これと同時に、現在の我が天地を蔽い尽して儼存してゐるといふ確実な事実である。一挙手一投足の末に至る迄此「我」が認識しつゝ絶えず過去へ繰越してゐるといふ動かしがたい真境である。だから其処に眼を付けて自分の後を振り返ると、過去は夢所ではない。炳乎として明らかに刻下の我を照しつゝある探照燈のやうなものである。従つて正月が来るたびに、自分は矢張り世間並に年齢を取つて老い朽ちて行かなければならなくなる。

生活に対する此二つの見方が、同時にしかも矛盾なしに両存して、普通にいふ所の論理を超越してゐる異様な現象に就いて、自分は今何も説明する積はない。又解剖する手腕も有《も》たない。たゞ年頭に際して、自分は此一体二様の見解を抱いて、わが全生活を、大正五年の潮流に任せる覚悟をした迄である。

若し無に即して云へば、自分は今度の春を迎へる必要も何もない。否明治の始めから生れないのと同じやうなものである。然し有になづんで云へば、多病な身体が又一年生き延びるにつれて、自分の為すべき事はそれ丈量に於て増すのみならず、質に於ても幾分か改良されないとも限らない。従つて天が自分に又一年の寿命を借して呉れた事は、平常から時間の欠乏を感じてゐる自分に取つては、何の位幸福になるか分らない。自分は出来る丈余命のあらん限りを最善に利用したいと心掛けてゐる。(中略)

寿命は自分の極めるものでないから、固より予測は出来ない。自分は多病だけれども、(中略)力の続く間、努力すればまだ少しは何か出来る様に思ふ。(中略)羸弱《るいじやく》なら羸弱なりに、現にわが眼前に開展する月日に対して、あらゆる意味に於ての感謝の意を致して、自分の天分の有り丈を尽さうと思ふのである。
自分は点頭録の最初に是丈の事を云つて置かないと気が済まなくなつた。（傍線は引用者）

漱石は、「また正月が来た。」と書き始める。振り返ると「過去が丸で夢のやうに見え」、「何時の間に斯う年齢《とし》を取つたものか」不思議な感じを抱く。その感じを強めていくと、「過去は夢としてさへ存在しなくな」り、「全くの無」になってしまう。「実際近頃の私はたゞの無として自分の過去を観ずる事がしばく〳〵ある。」という。いつぞや上野へ展覧会を見に行ったとき、公園の森の下を歩きながら、「終日行いて未だ曾て行かず」という気がした、という。これは碧巌録の「終日行じて未だ嘗て行ぜず、終日説いて未だ嘗て説かず」を踏まえたもので、修行をしても説法をしても自らにその痕跡をとどめないことをいうとのこと。

さらに哲学的な言葉で、「畢竟ずるに過去は一の仮象に過ぎない」つまり、過去は仮の形、対応すべき客観的実在性を欠いた、単なる主観的幻影だという。「過去心は不可得」とは、心は知覚認識を超えた無限の活動そのもの。無限の活動は一つとして心でないものはないから、その心の自性を認識し把捉しようとしても、そのこと自体また心であり永遠に得ることはできない。つまり、一切存在の本性は空《くう》であるから、人間の認識を超越しており、とらえることができないというのである。「念々」は、一瞬一瞬。きわめて短い時間。結論として、「一生は終に夢よりも不確実なものになつてしまはなければならない。」ということになる。

この見地から「我」を解釈したら、いくら正月が来ても、自分は決して年齢を取る筈がない。これと同時に、「現在の我が天地を蔽い尽して儼存してゐるといふ確実な事実」がある。「従つて正月が来るたびに、自分は矢張り世間並に年齢を取つて老い朽ちて行かなければならなくなる。」生活に対するこの二つの見方が、同時にしかも矛盾なしに両存していることについて、自分は説明も解剖する手腕もないが、自分はこの一体二様の見解を抱いて、わが全生活を、大正五年の潮流に任せる覚悟をした、という。「多病な身体が又一年生き延びるにつれて、自分の為すべき事はそれ丈量に於て増すのみならず、質に於ても幾分か改良されないとも限らない。従つて天が自分に又一年の寿命を借して呉れた事は、平常から時間の欠乏を感じてゐる自分に取つては、何の位幸福になるか分らない。自分は出来る丈余命のあらん限りを最善に利用したいと心掛けてゐる。」として、「自分は多病だけれども、(中略)力の続く間、努力すればまだ少しは何か出来る様に思ふ。」「現にわが眼前に開展する月日に対して、あらゆる意味に於ての感謝の意を致して、自分の天分の有り丈を尽さうと思ふのである。」と新年の決意を固めるのである。

これまでの漱石の体調を振り返ってみる。明治四三年八月、修善寺の大患。一〇月帰京、翌年二月まで長与胃腸病院入院。明治四四年八月の『現代日本の開花』などの講演を終えた後、胃潰瘍再発、吐血した漱石は湯川胃腸病院に入院。帰京後痔の手術。四五年も痔の切開手術、入院。胃病。大正二年、神経衰弱六月頃まで続く。三度目の胃潰瘍。『行人』中断。大正三年九月、四度目の胃潰瘍のため一か月臥床。妻との仲悪くなり、神経異常年末まで続く。大正四年、「今年は僕が相変つて死ぬかも知れない」(寅彦宛賀状に)。京都滞在中、三月二五日から五度目の胃潰瘍で四月一七日まで臥床。これが漱石の明治四三年から大正四年までの主な病歴である。殆ど毎年病気をし、臥床している。

『点頭録』は第二回から「軍国主義」一～四、第六回からは「トライチケ」一～四が掲載されたが、「左の肩より腕へかけては鈍痛はげしく」原稿を書くのが非常の苦痛になったため第九回をもって一月二一日で終了した。二八日、リウマチ治療のため、湯河原の天野屋旅館に滞在。これが『明暗』の終わりの場面に生かされている。リウマチと思われていた痛みは、四月半ばの真鍋嘉一郎の診察で、糖尿病のためと判明。以後七月中旬まで治療を続けた。

「軍国主義」では、漱石は、第一次世界大戦を独逸によって代表された「軍国主義」と、英仏に於いて培養された「個人の自由」との対立だと捉えていた。第一次世界大戦は一九一四（大正三）年七月、三国同盟（独・墺・伊）と三国協商（英・仏・露）の対立を背景として起こったが、一九一八（大正七）年一一月ドイツの降伏によって終わり、翌年ヴェルサイユ条約によって講和が成立した。漱石は大戦を、国民皆兵制・強制徴兵制の「軍国主義」ドイツと、それを持たない「個人の自由」を保証しようとする国（英・仏）との戦争だととらえる。ドイツ軍の優勢は、イギリスで「義務徴兵法」を成立させた。それは一九一六（大正五）年一月であった。漱石は「此変化は既に独逸が真向に振り翳してゐる軍国主義の勝利と見るより外に仕方がない。戦争がまだ片付かないうちに、英国は精神的にもう独逸に負けたと評しても好い位のものである。」というのである。

さらにフランスの思想界の一部に軍国主義が食い入りつつある状況から、

年来独逸によつて標榜された軍国的精神なるものは既に敵国を動かし始めたのである。遠い東の果に住んでゐる吾々の視聴を刺戟する位強く彼等の心を動かし始めたのである。さうして此影響はたとひ今度の戦争が片付いても、容易に彼等の脳裏から拭ひ去る事が出来ないばかりでなく、未来に対する配慮からしても到底此影響を超越する訳には行かないのである。

現代に所謂列強の平和とはつまり腕力の平均に外ならないといふ平凡な理屈を彼等は又新しく天から教へられたのである。（中略）（彼等は）生存上腕力の必要を向後当分の間忘れる事の出来ないやうに遣付《やっつ》けられた。軍国主義が今迄彼等に及ぼした、又是から先彼等に及ぼすべき影響は決して浅いものではない。又短いものではなからう。

自分は独逸によつて今日迄鼓吹された軍国的精神が、其敵国たる英仏に多大の影響を与へた事を優に認めると同時に、此時代錯誤的精神が、自由と平和を愛する彼等に斯く多大の影響を与へた事を悲しむものである。

と「軍国主義」の項を結ぶのである。

漱石が「軍国主義」を発表したのは、大正五年一月一〇日・一二日・一三日・一四日である。ドイツの降伏まではまだ二年一〇か月を要する時点であった。「軍国的精神」つまり「時代錯誤的精神」が「自由と平和を愛するものに「多大の影響」を与えたことを「悲しむ」とは、漱石の時代を見通す眼がいかに鋭かったか、またいかに先見の明があったかを示していて、私どもは多くの教訓を得るのである。

漱石は明治二五年四月、徴兵を逃れるために北海道に送籍した。その二年後、日清戦争が勃発したが、丸谷才一氏は「徴兵忌避者としての夏目漱石」で次のように論じている。「一般に青年にとって、自国の戦争は、自分の命を捨てなければならぬことを意味するゆえ、極めて深刻な問題である。」「自分と違って徴兵忌避をしなかったせいで兵隊に取られ、いわば自分の身代りのようにして戦死して行った同年輩の若者たちに対するすまないという気持、自責の念、自分は卑怯者なのではないかという疑惑、ひょっとすると自分の単なるエゴイズムなのかもしれぬものへの悔いは、もっと痛切に彼を苦しめたであろう」と。そして、『こゝろ』の先生の罪の意識へとつないでいく。第一次世界大戦について精魂を込めて論じた漱石の姿勢は今なお傾聴すべき点が多い。

山本健吉氏が『一冊の本』「漱石全集」で、

> 私には彼は、今日の文明の病患をするどく洞察し、憂えていた作家として映ってくる。日本の文壇的な文学者概念では律しきれない、偉大な明治の知識人だった。彼に学ぶべきことは、年とともに豊かになる。漱石の関心したことが、ますます私自身の問題になってくるのだ。

と述べていることに心から同感するのである。

トライチュケ（一八三四〜一八九六）はドイツの歴史家・政治学者で、権力国家思想を鼓吹した。漱石は「トライチケ」で

自分はトライチケの影響で今度の欧州戦争が起つたとは云はない。（中略）結果から云へば、彼はビスマークの政治上で断行した事を、彼の学説と言論によつて一々裏書したと云つても差支ないのである。さうして今日の独乙が、社会主義者其他の反抗に関せず、当時の方針を其儘継続して、其極今度の大乱を引き起したとすれば、思想家としてトライチケの独乙に対する立場も亦自然明瞭になつた訳である。

と述べ、根本問題に立ち返って次の質問を発するのである。

トライチケの鼓吹した軍国主義、国家主義は畢竟独乙統一の為ではないか。其統一は四囲の圧迫を防ぐためではないか。既に統一が成立し、帝国が成立し、侵略の虞なくして独乙が優に存在し得た暁には撤回すべき性質のものではないか。もし永久に此主義で押し通すとならば、論理上此主義其物に価値がなくてはならない。さうして其価値によつて此主義の存在が保証されなければならない。そんな価値が果して何処から出て来るだらうか

と痛烈に批判するのである。そうして

トライチケの主張は独乙統一前には生存上有効でもあり必要でもあり合理的でもあつて、今の独乙には無効で不必要で不合理なものかも知れないといふ事に帰着する。

と結論づけるのである。今の時代、すぐに軍隊を動かしたがるどこかの大国の指導者に、じっくりと読んで考えて欲しい文章である。

夏目鏡子の『漱石の思ひ出』によると、この正月の漱石の姿が次のようにえがかれている。

大正五年の正月には夏目も数へ年の五十を迎へました。大患以来毎年引き続いての病気に、此の頃ではすつかり老け込んで、髪といはず、髭と言はず、随分白くなつて居りました。

この正月元日の夜のこと、例年夕方から夜へかけて、沢山の若い方々がおいでになります。その御相手をして、御屠蘇気分の気焔を聴いたりして居るのでしたが、此の年も愉快さうに御相手をして居りました。皆さんがおかへりになりますと、こん度は小宮さんだつたと思ひますが、お一人だけお残りになつた方と御一緒に離れに参りまして、子供たちのお仲間に入つて歌留多を取つて遊んで居りました。（中略）が札の方は皆目取れないのだから滑稽なのです。「天津風」なんかを前においてにらまへて居ますが、その札さへ子供達にぬかれたりして参つて居りました。

正月のうちに片方の手が痛いと申しまして、按摩をしたりお湯に入つたりしてましたが、いつまでたつても同じやうな痛みで埒があきません。神経痛かリヨーマチスのやうなものらしいのですが、（中略）そこで温泉へでも行つてはといふので、湯ヶ原へ行く事になりました。

とにかく利き腕が痛いといふのですから、何かにつけて不便でせうと思ひまして、行きます前に私がついてつて（中略）子供達ばかり残すといふわけにも参りませんから、代りに看護婦でもお連れになつてはと申しますと、考へて居りましたが、まあ、よさうよと申します。何故ですかと訊ねますと、とかく男一人女一人なんてのはいけないからといふことに、ではなるべく年寄りの看護婦をお連れになつたらと言ひますと、自分ではこの爺さんに間違はないと思ふが、しかし人間にははずみといふ奴があつて、いつどんなことをしないものでもないからなどいつて、たうとう一人で行つて了ひました。

病気続きに老け込んで髪も髭も白くなった漱石、お屠蘇気分の若い人達の相手を愉快そうにしている漱石、上機嫌で子供達と遅くまで歌留多を取って遊ぶ漱石、最後の正月だと知っているだけに、私たちにはこの束の間の平安の漱石の姿が心にしみる。看護婦も連れないで一人で出かけた「先へ先へと用心して世を渡る人」（森田草平のことば）漱石の姿勢が印象的である。

一月一三日にはシャムに居る物集（当時井田）芳子あてに次のように手紙をしたためている。

お手紙が正月十日頃着きました。私は御無沙汰をして済まないと思ひながらつい億劫だものだから無精を極めてしまふのに貴女は時々厭きもせずに音信を下さる。まことに感心です。（中略）
和子さんにはそれから二三遍会ひました。書をかけと云ふから書きました。下手な字を書かせて御礼を云つて持つて行く人の気が解らないですね。和子さんと云へば貴女も和子さんも御嫁にいつてからの方が様子が好くなりましたね。是は男子というものに対して臆面がなくなるからでせう。あなた方は結婚前からあまり臆面のある方ぢやなかつたが夫でも娘の時分より細君になつた方が私共には話しやすい様な気がします。
あなたのゐる方は暑いさうだが此方は又御承知の通り馬鹿に寒いんで年寄は辟易です。気分はいつでも若い積でゐるがもう五十になりました。白髪のぢゞいです。あなた方から見たら御とつさんの様な心持がするでせう。いやだなあ。
今日は好い天気です縁側で日向ぼつこをしながら此手紙をかいてゐます。シヤムの御正月は変な心持でせう単衣を着て御雑煮を祝ふのは妙でせうね
シヤムと云へば長田秋濤さんは死にましたね。あなたの旦那様や西さん達と一所に撮つた写真が太陽か何かに出てゐたから大方秋濤さんはシヤムへ遊びに行つたのでせう。だからあなたも知つてゐるに違ない。人間の寿命はわかりませんね。此次あなたが日本へ帰る時分には私も死んでしまふかも知れない。心細いですね。とは云ふものの腹の中ではまだ〳〵何時迄も生きる気でゐるのだから其実は心細い程でもないのです。
（中略）明日から国技館で相撲が始まります。私は友達の桟敷で十日間此春場所の相撲を見せてもらふ約束をしまし

た。みんなが変な顔をして相撲がそんなに好きか〳〵と訊きます。相撲ばかりぢやありません。私は大抵のものが好きなんです。

紅野敏郎氏の注によると、彼女は国語学者物集高見の三女で、文学への志があり、妹の和子とともに、はじめ二葉亭四迷、のち漱石の指導を受けたという。一八八六年生まれだから、漱石とは一九歳若い。当時三〇歳。

文面からは、素直に自分をさらけ出した如何にも楽しそうな漱石の姿が浮かび上がってくる。腕の痛みを忘れてしまったかのようであるが、相手の人柄と相手を思いやる気持ちがそうさせているのだと思われる。気分はいつでも若い積もりでいるが、もう五十の白髪のぢゞいです、という。「いやだなあ」に漱石の照れもでている。「御嫁にいつてからの方が様子が好くなりましたね」には、「何んな人の所へ行かうと、嫁に行けば、女は夫のために邪になるのだ」(『行人』)という見方から自由になっている漱石の女性観が認められる。『行人』の一郎には、妻直の位置にまでおりていってその立場を思いやることは、全く意識の中になかった。一郎の認識から新しい世界へ突き抜けていくためには、自身の過去を、夫婦の間柄を極限にまで見つめ突き詰めて考えていく『道草』の世界を待たねばならなかった。先入観なしに女性を素直に見つめる眼がこの文面からはうかがわれる。それが『明暗』でのお延や清子の描き方にあらわれていくのである。

一月一九日、東京朝日新聞社　松山忠二郎あての手紙

拝復御案内有難く候小生去冬以来風邪の気味にてそれが為か左の肩より腕へかけては鈍痛はげしくリヨマチか肩の凝か知らざれど兎に角医者の手に合はず困り入り候現に原稿などをかくのが非常の苦痛と努力に候去年以来約束の相撲見

物丈は原稿より骨が折れない故どうか斯うか今日迄継続致候も愈となれば是も欠席の覚悟に候此際の御案内甚だ無礼ながら我儘を申せば聊か苦痛の気味に有之候久しく諸君と会せざる故かういふ好時機を利用したきは山々なれどどうも坐つて居られさうにもなく候相撲は後ろへ寄りかゝり背中をしきりに動かしどうにか斯うにか持ち応へ居候も夜中は痛みの為安眠の出来ぬ始末に候（後略）

漱石は相撲が好きであった。次男夏目伸六の『父の法要』「父とスポーツ」によると、当時は年に二回、本場所一〇日間の興業で、寒い春場所の一月には、「いつも、ふだん着の上から、二重廻しを羽織り、帽子を被って、家を出た。」とある。「今から考えると、父は、内心、私が一緒に行きたくてならないのを、充分承知して居た様な気がする。唯、父としては他人の席へ招ばれて居る手前、自分の息子まで連れて行く不躾をつつしむ気持が強かったのに違いない。」と父親漱石の気持ちを推し量っておられる。さらに「父は、いつも、中村是公さんの枡に招ばれて居たのである。」としるし、後年、姉婿の松岡譲さんから「君の親父さんは、太刀山が一番好きだったんだよ」と聞かされたという。「何で、好きだったのかしら」と聞き返して、「そりゃ、太刀山が強くて、誰にも負けなかったからさ」といわれ、子供心にも、妙に期待を裏切られた様な、がっかりした気分を味わった覚えがある、と書いておられる。

この年、漱石は一月一四日から一九日まで、左肩から腕への鈍痛に耐えながら毎日相撲を見物した。夜中は痛みの為安眠の出来ぬ始末であったと手紙にはある。

三、湯河原への転地療養と中村是公

漱石は一月二八日から二月一六日まで、湯河原天野屋に転地療養のため滞在した。（「断片　七一A」）

二月一八日、朝日新聞　山本松之助あて書簡

拝啓私はリヨマチで転地を致しまして二十日ばかり留守にしました一昨十六日晩かえりました点頭録をずる〳〵べつたりにして済みません転地中に稿をつぐつもりでありました所先方に知つた人があつて一所にのらくらして居たものだからつい御無沙汰を致しました帰つてからあとをどうしたものだらうかと考へてゐます谷崎君のあとの小説は書かなければならないのだからそれ次第とも考へますが同君のものは大体の所何日頃迄つゞきますか一寸伺ひますそれによつて準備を致しますから御面倒でも教へて下さい　以上

点頭録の「稿をつぐつもり」であった漱石だが、天野屋には、中村是公や田中清治郎・芸妓らが来ていた。鏡子が見舞いに来た二月上旬の昼頃、彼らはともに昼食をしていたという。中村是公は漱石とは予備門以来の友人であり、明治一九年自活を決意した漱石は、中村とともに本所の江東義塾の教師となり、その寄宿舎に移り住んだ。当時の生活を、漱石は『永日小品』の「変化」（明治四二年三月九日　大阪朝日掲載）のなかでつぎのように回想している。

二人は三畳敷の二階に机を並べてゐた。其の畳の色の赤黒く光つた様子が有々と、二十余年後の今日迄も、眼の底に残つて居る。部屋は北向で、高さ二尺に足らぬ小窓を前に、二人が肩と肩を喰つ附ける程窮屈な姿勢で下調をした。部屋の内が薄暗くなると、寒いのを思ひ切つて、窓障子を開け放つたものである。（中略）下には学僕と幹事を混ぜて十人許り寄宿してゐた。（中略）

中村と自分は此の私塾の教師であつた。二人とも月給を五円づゝ貰つて、日に二時間ほど教へてゐた。自分は英語で地理書や幾何学を教へた。（中略）

二人は朝起きると、両国橋を渡つて、一つ橋の予備門に通学した。其の時分予備門の月謝は二十五銭であつた。二人は二人の月給を机の上にごちや〳〵に攪き交ぜて、其の内から二十五銭の月謝と、二円の食料と、それから湯銭若干を引いて、あまる金を懐に入れて、蕎麦や汁粉や寿司を食ひ廻つて歩いた。共同財産が尽きると二人とも全く出なくなつた。

予備門へ行く途中両国橋の上で、貴様の読んでゐる西洋の小説のなかには美人が出て来るかと聞いた事がある。自分はうん出て来ると答へた。然し其の小説は何の小説で、どんな美人が出て来たのか、今では一向覚えがない。中村は其の時から小説抔を読まない男であつた。

中村が端艇競争のチヤンピヨンになつて勝つた時、学校から若干の金を呉れて、その金で書籍を買つて、其の書籍へある教授が、これ〳〵の記念に贈ると云ふ文句を書き添へた事がある。中村は其の時おれは書物なんか入らないから、何でも貴様の好きなものを買つてやると云つた。さうして、アーノルドの論文と沙翁のハムレツトを買つて呉れた。其の本は未だに持つてゐる。自分は其の時始めてハムレツトと云ふものを読んで見た。些とも分らなかつた。

学校を出ると中村はすぐ台湾に行つた。それぎり丸で逢はなかつたのが、偶然倫敦の真中で又ぴたりと出喰はした。丁度七年程前（引用者注　明治三五年四月、出張で倫敦に来た中村是公に会った）である。其の時中村は昔の通りの顔をしてゐた。さうして金を沢山持つてゐた。自分は中村と一所に方方遊んで歩いた。中村も以前と異つて、貴様の読んでゐる西洋の小説には美人が出て来るか抔とは聞かなかつた。却て向ふから西洋の美人の話を色々した。

日本へ帰つてから又逢はなくなつた。すると今年の一月の末、突然使をよこして、話がしたいから築地の新喜楽迄来いと云つてきた。正午迄にといふ注文だのに、時計はもう十一時過である。さうして其の日に限つて北風が非常に強く吹いてゐた。外へ出ると、帽子も車も吹き飛ばされさうな勢ひである。自分は其日の午後に是非片附けなくてはならない用事を控へてゐた。妻に電話を懸けさせて、明日ぢや都合が悪いかと聞かせると、明日になると出立の準備や何かで、此方も忙しいから……と云ふ所で、電話が切れて仕舞つた。いくら、どうしても懸らない。大方風の所為でせうと、妻が寒い顔をして帰つて来た。それでとう〳〵逢はずに仕舞つた。

昔の中村は満鉄の総裁になつた。昔の自分は小説家になつた。満鉄の総裁とはどんな事をするものか丸で知らない。中村も自分の小説を未だ曾て一頁も読んだ事はなからう。

この文章からすれば、中村は漱石とは対照的な性格の人物である。しかも文学とは無縁の世界に住んでいる。それだけに漱石は気楽につきあえたのであろう。


七月三一日の漱石の日記。「午後中村是公来。是公トラホームを療治して余病を発し一眼を眇す。左の黒眼鼠色になれり。満洲に新聞を起すから来ないかと云ふ。不得要領にて帰る。近々御馳走をしてやると云つた。」

八月六日の日記。「陰晴不定。三時半頃から飯倉の満鉄支社に赴く。是公に逢ふ。建物立派なり。夫から公園の是公の邸に行つて湯に入る。茶がゝつたよき家也。夫から木挽町の大和とかいふ待合に行く。久保田勝美、清野長太郎、田島錦治と是公と余なり。貞水が講談を二席やる。料理は浜町の常磐。傍に坐つてゐた芸者の扇子に春葉の句がかいてあつた。（中略）十時半帰る。」

八月九日の日記。「はれ。それからの第百回を半分程書いてから又書き直す。「それから」を書き直したのは是で二返目也。夜天の川を見る。」

八月一四日の日記。「「それから」を書き終る。」

八月一八日の日記。「中村より愈満洲へ行くや否やを問合せ来る。行く旨を郵便で答へる。満洲行の為め洋服屋を呼んで背広を作る。」

八月二〇日の日記。「劇烈な胃カタールを起す。嘔吐、汗、膨満、醗酵、酸敗、オクビ、面倒デ死ニタクナル。氷を噛む。味のあるものを食ふ人を卑しむ。本棚の書物の陳《なら》ぶ様を見て甚だ錯雑堪えがたき感を起す。昏々」

八月二七日の日記。「医者満洲行に反対。午後自分でも無理だと自覚す。中村に電話で其旨を云つてやる。」


代診の医者の反対にもかかわらず、結局漱石は二八日出発の是公に遅れて、九月三日、鉄嶺丸に乗り込んで出発する。『それから』脱稿の八月一四日には、六一回の書き溜めがあったとのこと。

以後中村是公との親しい交わりは続き、大正元年八月には塩原から日光、軽井沢を経て赤倉を巡る旅に同行したり、大正四年一一月にはともに湯河原に赴き、五年一月にはリューマチ治療のため中村の滞在していた湯河原に転地したり、ともに鎌倉の東慶寺を訪ねたりしている。中村は漱石の修善寺の大患の際にも、高額の見舞金を二度まで も届けているが、二人の友情は漱石が亡くなるまで続いた。

漱石が亡くなった後の「意地張で親切　坊主になる勧告」と題された是公の談話。

自分は大学の予備校が神田の一ツ橋に在つた以前に成立学校と云つて居た頃からの知己であつた。若い時から数学がよく出来英語も頗る堪能で頭が緻密であつた。其頃から正しい事一点張りで理に合はぬ事は少しも受付けないと云ふ性質で友人からも尊敬されてゐた。嘗て大学を出た許りの頃鎌倉の円覚寺に禅の修行に行つてゐて住職から坊主になるやうにと切に勧告された事などもあつた。一体が世の中に阿らぬ性格で今頃の文学者には珍らしい。或時自分が君は近来いろ〳〵の小説を書くが其の中で何れが一番会心の作かと聞いたらイヤ未だ何も無いと云つて笑つて居た。意地張りで、親切で、義理堅くて、手軽に約束をしない代りには一旦引受けたらば間違へぬといふ美点もあつた。

これは東京朝日新聞に大正五年一二月一〇日に掲載された漱石を追悼する談話の一つである。編者の注記として、本文冒頭の一文中「予備校」は「予備門」、「成立学校」は「成立学舎」を指すと思われるが、この一文には事実関係にも誤りがある、と指摘している。学校名などに記憶違いがあるとしても、漱石の人柄を実によく見抜いている、長年の親友ならではのことばである。

四、『明暗』の執筆準備と『鼻』

二月一八日付の手紙にある「谷崎君のあとの小説」というのは『明暗』のことである。「同君のものは大体の所何日頃迄つゞきますか一寸伺ひますそれによつて準備を致しますから御面倒でも教へて下さい」とあるが、結局最後の小説『明暗』は、五月二六日から朝日新聞への連載が始まった。『明暗』の題意については、八月二一日付け芥川龍之介・久米正雄に示した漢詩の中の語「明暗双双」について、「禅家で用ひる熟字」と説明している。『新版　禅学大字典』（大修館書店）によると、「明暗雙雙底」について、「明と暗、差別の現象界と平等の絶対界が互いに相即し、融合していること。」と説明されている。また、「明」は「差別の現象で偏位を示し」「偏位」とは「万象おのおのがありのままに現れている差別・現象の意。」「暗」は、「平等の理体で、正位を示す。」とある。「正位」とは「相対差別を泯絶（ほろびたえる）した平等一如の実態。」とある。

十川信介氏の注解によると、諸説いろいろ在る中で、小宮豊隆は、「則天去私」と結びつけて、「私の世界」とそれを超越した「天の世界」を明・暗と考え、荒正人は、登場人物各自の立場や状況に応じた価値観の「明と暗の交錯」に題意を求めている、として「昼の世界と夜の世界、日常と非日常、現実と異界など、明と暗を分つ説は従来さまざまだが、人間関係・因果関係に視覚的問題も加えて、見える（と思っている）ものと見えないものとの別を措定することも可能だろう。」「矛盾対立する価値観の並立とそのたえざる反転が、小説世界を形成することについては、近年ほぼ共通の理解に達しつつある。」と述べておられる。

二月一五日、『新思潮』（第四次）創刊。同人は芥川龍之介・久米正雄・菊地寛・松岡譲・成瀬正一。これは同人が漱石を読者と想定して作った雑誌だったという。

二月一九日、芥川龍之介あて書簡

拝啓新思潮のあなたのものと久米君のものと成瀬君のものを読んで見ましたあなたのものは大変面白いと思ひます落着があつて巫山戯てゐなくつて自然其儘の可笑味がおつとり出てゐる所に上品な趣がありますそれから材料が非常に新ら

しいのが眼につきます文章が要領を得て能く整つてゐます敬服しました、あゝいふものを是から二三十並べて御覧なさい文壇で類のない作家になれます然し「鼻」丈では恐らく多数の人の眼に触れないでせう触れてもみんなが黙過するでせうそんな事に頓着しないでずんずん御進みなさい群衆は眼中に置かない方が身体の薬です
久米君のも面白かつたことに事実といふ話を聴いてゐたから猶の事興味がありました然し書き方や其他の点になるとあなたの方が申分なく行つてゐると思ひます、成瀬君のものは失礼ながら三人の中で一番劣ります是は当人も巻末で自白してゐるから蛇足ですが感じた通りを其儘つけ加へて置きます　以上

「落着があつて巫山戯てゐなくつて自然其儘の可笑味がおつとり出てゐる所に上品な趣があります」「文章が要領を得て能く整つてゐます敬服しました、あゝいふものを是から二三十並べて御覧なさい文壇で類のない作家になれます」――これはたいへんな賞め言葉である。しかも今後のことについて忠告と励ましも添えているのである。芥川の喜びの大きさが想像される。ここには年若い作家たちにたいする漱石の温かいまなざしがある。漱石の『鼻』にたいする推賞によって、芥川は文壇にその名を知られる機縁となった。

『鼻』は、「禅智内供の鼻と云へば池の尾で知らない者はない」と語り出される。

五十歳を越えた内供は、沙彌の昔から内道場供奉の職に陞つた今日まで、内心では始終この鼻を苦に病んで来た。勿論表面では、今でもさほど気にならないやうな顔をしてすましてゐる。

ある時、京へ上った弟子の僧が、耳よりな秘法を聞きこんできた。鼻を茹でて、足で踏んで、脂を毛抜きで抜きとるというのである。治療はみごとに成功し、内供は短くなった鼻をなでながら、のびのびとした気分になった。

しかし人々は以前にもましてひどく嘲笑した。彼らは不幸を切り抜けた内供に、「傍観者の利己主義」からそうしたのである。内供は日ごとに不機嫌になり、鼻の短くなったのが、返って恨めしくさえなった。

ある夜のこと、風が急に出て寒さも加わり、寝つかれないまま、まじまじしていると鼻がいつになくむず痒い。少しむくんで、熱さえもあるらしい。無理に短くしたので、病が起こったのかも知れぬ、と内供は、恭しい手つきで鼻を抑えながら呟いた。

翌朝、内供が何時ものように早く眼をさまして見ると、銀杏や橡が一晩の内に葉を落としたので、庭は黄金を敷いたように明るい。霜が降りているせいか、まだうすい朝日に九輪がまばゆく光っている。……

内供は鼻が一夜の中に、又元の通り長くなつたのを知つた。さうしてそれと同時に、鼻が短くなつた時と同じやうな、はればれした心もちが、どこからともなく帰つて来るのを感じた。
――かうなれば、もう誰も哂ふものはないにちがひない。
内供は心の中でかう自分に囁いた。長い鼻をあけ方の秋風にぶらつかせながら。

『鼻』の解釈については、現在でもいろいろに論じられているが、ここではそれについて触れる余裕は無い。ただ、漱石の新人作家の作品を見抜く眼の確かさと、その人を見つめる温かいまなざしとを紹介しておきたい。

芥川は大正四年一二月、東大の同級であった林原（当時岡田）耕三に伴われて漱石山房の門を潜った。翌年一二月漱石の死まで交渉はわずか一年に過ぎないが、漱石の芥川に宛てた書簡は五通にのぼり、年若い弟子に対する温かい思いやりに充ちている。当時旧門弟たちは漱石を老人視し、一人前になったつもりで思い上がりがちであった。それに対して、青年らしい真剣さで近づいてきた芥川ら「新思潮」の同人たちの存在は、晩年の漱石の心を温めるものであった。漱石は芥川の作品を賞めるだけではなく、短所をも指摘している。つまり長所と短所の双方を的確に掴んでいたことがうかがえる。

漱石は大正五年一二月九日夕刻、胃潰瘍で亡くなったが、その最晩年に焦点をあてて、漱石の思い、生き方を振り返ってみよう、作品世界にも出来るだけ分け入りたい、と思い立った。それは、自分自身の残された時間を思い自分自身の生き方を見つめ直すよすがにしたい、との思いもあったからである。

すでに多くの研究者の方々に論じられていて、自分なりの発見は少ないかも知れないが、自分なりに跡づけ、納得し、感じ考えた事柄を書いていこうとしたささやかな試みである。

現在の自分には解釈しきれない問題も多々あるが、後日さらに読み深めることを期して、生硬なまま載せたものもある。未完であるが、どこまで迫れるか、全力投球で取り組みたいと念じている。

（二〇一二年二七会四月例会研究発表　二〇一二・三・二一改稿）

夏目漱石略年譜

明治一九年（一八八六）一九歳
　九月頃、中村是公とともに江東義塾の教師となり塾の寄宿舎に住む。約一年間続ける。
明治二〇年（一八八七）二〇歳
　此の年三月、長兄代助、六月、次兄直則を相次いで肺結核のため亡くする。代助は漱石が信頼し進路についても相談していた人物である。
明治二一年（一八八八）二一歳
　一月、夏目家に復籍、塩原姓から夏目姓に戻る。友人米山保三郎の助言により英文学を志す。
明治二二年（一八八九）二二歳
　一月、正岡子規を知り親交。作品を見せ合う。一三年間の交友の始まり。子規「七草集」、漱石「木屑録」。
明治二四年（一八九一）二四歳
　七月、嫂の登世死去。追悼の句。一二月、「方丈記」の英訳、及び解説。
明治二五年（一八九二）二五歳、四月、分家して北海道に籍を移す。
明治二六年（一八九三）二六歳
　三月、「英国詩人の天地山川に対する観念」。一〇月、東京高等師範学校の英語嘱託。
明治二七年（一八九四）二七歳
　一二月末、鎌倉円覚寺塔頭帰源院をたずね、釈宗演のもとで参禅。「父母未生以前本来の面目」の公案を貰う。
明治二八年（一八九五）二八歳
　四月、愛媛県尋常中学校教諭。八月～一〇月、子規が愚陀仏庵に同居。句作を本格的に始める。
明治二九年（一八九六）二九歳
　四月、第五高等学校講師。　六月、中根重一（貴族院書記官長）長女鏡子と結婚。
明治三三年（一九〇〇）三三歳
　六月、二年間の英国留学の辞令を受ける。九月八日、出帆。　三五・九・一九子規死去。

明治三六年一月帰国。　四月から第一高等学校講師、東京帝国大学文科大学英文科講師。

明治三七年（一九〇四）三七歳　二月、日露戦争。一二月、「吾輩は猫である」を虚子の山会で朗読。

明治三九年（一九〇六）三九歳
　『坊っちゃん』（四月）。『草枕』（九月）。一〇月、面会日を木曜と決める（木曜会）。

明治四〇年（一九〇七）四〇歳　四月、朝日新聞社に入社。『虞美人草』（六月から）。

明治四一年、『坑夫』（一～四月）、『夢十夜』、『三四郎』（九～一二月）。

明治四二年　『永日小品』、『それから』（六～一〇月）。満韓旅行。朝日文芸欄創設。

明治四三年、『門』（三～六月）。修善寺の大患。

明治四三年、「思ひ出す事など」。

明治四四年（一九一一）、文学博士号辞退。六月、長野県教育会の依頼で講演。

　八月から大阪朝日新聞社主催の講演、「道楽と職業」「現代日本の開化」「中味と形式」「文芸と道徳」。

明治四五年、一～四月『彼岸過迄』。七月、明治天皇崩御。一〇月、『文展と芸術』。一二月より『行人』。

大正二年、三月、胃潰瘍のため『行人』中絶。九月、「塵労」連載。講演「模倣と独立」。

大正三年、『素人と黒人』、四～八月『こゝろ』、『私の個人主義』。良寛の書に親しみ、神戸の若い禅僧と文通。

大正四年、一～二月『硝子戸の中』。三～四月、京都へ旅行、五度目の胃潰瘍で倒れる。六月～九月、『道草』連載。

大正五年、一月『点頭録』。一月末湯河原の天野屋に転地療養。二月、芥川の『鼻』をほめる。四月、真鍋嘉一郎の診察で
　痛みは糖尿病とわかり治療。五月から『明暗』。午後は漢詩。胃潰瘍再発、一二月九日永眠。

夏目漱石の大正五年（その二）

はじめに

前年の大正四年、寺田寅彦あての賀状に「今年は僕が相変わつて死ぬかも知れない」と記した漱石は、『硝子戸の中』（一〜二月）で生と死の問題を顧みて、自分の周辺のことを書いた三二章のうち一一章は死の問題を取り上げている。そこにしみじみとした寂しさと悲しさが流れ、幼時を追憶した多くの章とともに、読者に懐かしい思いを抱かせる。硝子戸の中にいながら、世の中（現実）を見つめ自己を見つめている余裕と落ち着きは、晩年の漱石の心境であり、三九章で

> 他の事を書くときには、成る可く相手の迷惑にならないやうにとの掛念があつた。私の身の上を語る時分には、却つて比較的自由な空気の中に呼吸する事が出来た。それでも私はまだ私に対して全く色気を取り除き得る程度に達してゐなかつた。嘘を吐いて世間を欺く程の衒気がないにしても、もつと卑しい所、もつと悪い所、もつと面目を失するやうな自分の欠点を、つい発表しずに仕舞つた。

と書いている。「私の身の上を語る」事は、六月からの『道草』につながっていく。

『道草』は自伝的小説であり、材料は『猫』をかいた当時の実生活が中心になっている。『道草』では、『行人』の観念的な知性の課題から離れて自己の生活を見つめ、「もつと卑しい所、もつと悪い所、もつと面目を失するやうな」所を描いている。自己を高みに置いて癇癪をぶっつける、そういう状況を客観的に描くという、『硝子戸の中』に比べて視点は一段と深まっているのだ。作者にとっては「道草」を食っているとしか考えられなかったからこその題名であろうが、田山花袋らの自然主義小説と違って、体験の裏付けと人物描写のリアリティが様々な問題を投げかける傑作となり、『明暗』の世界を準備したのである。

五、漱石の人生の大事な局面に常にいた菅虎雄

大正五年二月二二日、菅虎雄あての書簡で漱石は次のように書いている。

「拝啓二三日前副島蒼海伯の書を得た処読めぬ処あり」手本を見てそのとおりに写したのをお目にかけるので、読みかたを教えて欲しい、と述べ、副島伯七言絶句の写しを添えている。

大正三年ころからしきりに良寛の書を欲しがっていた漱石であるが、書と絵とは漱石の生活にとって切っても切れないものであった。菅虎雄との交際は大学院時代から親密なものであった。明治二七年「此三四年来沸騰せる脳漿」を抱えて煩悶する漱石は、大学の寄宿舎を飛び出したあと、しばらく菅の家に転がり込んでいる。翌月には突然書き置きを残して去り、のちに小石川の法蔵院に移った。一二月には菅と米山保三郎の参禅先、鎌倉の円覚寺の釈宗演のもとに参禅している。年を越して修行しても悟脱は得られなかったが、この時の体験は『門』の貴重な材料となった。明治二八年、愛媛県尋常中学校の英語教師の職を斡旋したのは菅であり、翌年、校長から依頼されて

漱石を五高に招聘したのも菅であった。三六年、英国留学から帰国した漱石は、帰る前から「熊本へ帰るのは御免被りたい」と希望していたが、狩野や大塚らの尽力で一高の英語嘱託と東京帝大英文科講師に決まる。三月三一日、第五高等学校依願退職。松岡譲によると退職金を得るための退職とある。東京での家探しと家財道具の調達につきあったのは菅であった。

『道草』のなかに「彼は僅ばかりの金を懐にして、或古い友達と一所に方々の道具屋などを見て歩いた。其友達がまた品物の如何に拘はらず無暗に価切り倒す癖を有つてゐるので、彼はたゞ歩くために少なからぬ時間を費やされた。（中略）彼は親切な男であつた。同時に自分の物を買ふのか他の物を買ふのか、其区別を弁へてゐないやうに猛烈な男であつた。」とある。新しく家を借りたり、生活用品を整えるために僅かばかりの金しか持ち合わせていない漱石のことを思いやって、無暗に値切らざるを得ない友情に厚い菅の姿がここには描かれている。

明治四〇年、朝日新聞入社を決めた漱石が京都に旅行した折、菅の下宿する狩野の家に泊まった。それは『京に着ける夕』に描かれている。『虞美人草』冒頭の比叡山登りはこの時の体験に基づいている。四二年妻を亡くした菅は、四三年鎌倉に転居した。四五年夏からは、夏に漱石一家が近くの材木座紅ヶ谷に避暑に行くようになった。（明治四五年七月二一日～八月二五日　夏二か月で四〇円の家）これは『行人』の「塵労」の舞台にもなっている。菅は漱石にとって書や字の良き指南役で、大正二年の『社会と自分』の扉の字は菅である。漱石墓碑の題字を揮毫したのは菅であった。

六、二月二四日の木曜会と中村是公

漱石は一月下旬から二月中旬までリュウマチ療養のため湯河原温泉に滞在した。帰途鎌倉の是公の別荘に二月一

四、一五日に泊まり、翌日病気の釈宗演を見舞ったが、見舞いの挨拶を伝え会わずに帰った。
二月二四日木曜の夜、是公は漱石宅にその後の様子を見に行き、若い文学者たちに囲まれ雑談をした。その時の様子を久米正雄は『風と月と』の中で次のように描いている。

客の中心には、不思議な人物が坐つてゐた。それは何方と云へば、小柄な隆固とした老人で、風貌は魁偉と云ふよりも、精悍と云ふ感じだつた。そして最も特異なことには、広く黒光りのする顔の下に、顰んだやうな隻眼を有してゐるきりだつた。その客は昂然として、奥の壁を背に、先生と鉤なりに対して、一座を睥睨してゐた。――それは一見して、中村是公氏に違ひなかつた。（中略）

私は隅つこの座に就いて、此の豹虎のやうな政治家と、先生との対照を、静に眺め入つた。――鉄のやうな冷酷さと、錐のやうな犀利さと、火のやうな情熱を、一身に潜め備へた是公氏は、俗界の代表者としてその妙に高圧的な貫禄を、自然と示してゐた。その鼻梁のあたりは、まだ物欲に脂切つてゐるやうだつた。氏は底光りのするお召縞の着物に、仙台平の茶の袴を穿き、焦茶色の無双羽織を着てゐた。その底光沢のする私服姿も、威圧的だつた。それに比べると先生の風姿は巷の村夫子とでも云ふか、市聖とでも云つたやうな趣があつた。例の藍微塵めいた上下揃ひの和服に、うつとりと懐ろ手をして、半白の髪と髯と、そして半白の眼を輝かすだけ。――その顔は、長い湯治のせゐか、幾分黒味を増し色艶がよくなつたやうに見えた。――鬱然とした沈毅さが、そこにあつた。

私が座に就いた時、中村氏は渋い中音で、こんな事を云つてゐた。「――役人なんてものは君、時々浪人する間が、花なんだよ。そして人間が、偉くなるもならないも、その浪人してゐる間の、修養と勉強一つさ。儂は今にして、所謂浪々の身の楽しさを知つたよ。」

氏は明に、いい機嫌らしかつた。何処かで晩餐に一盃傾けて、此処を訪ねて来たらしく、それには、湯河原転地中、先生を見舞つた縁で、其後の動静を伺ひに来た様子だつた。

「さう云へば、俺たちは一生浪人だね。だから一向楽しくもないが。……」

先生が、皮肉に相槌を打つた。

「どうも世間の奴は、浪人したりすると、急にガタリと老いたり、勉強しなくなつたり、元気がなくなつたりするが、儂はどうやら、その反対だ。」

「是公は、元気があり過ぎるよ。」先生は微笑し乍ら、「何しろ、俺の見舞と称して、老若五六人の、美しい同伴者を連れて、湯河原へ乗り込んで来て、二日三晩、徹夜でパチリパチリと音をさせて、僕を悩まして呉れたからね。――大した勉強の仕方だよ。」

先生も、書生の昔に還つてゐるやうだつた。

「夏目は、其点元気が無いね。尤も他で、元気を示す處があるのかも知れんが。……」

「なアに、元気は此の位で沢山だ。かう云ふ若い人と伍して、また恋愛小説の一つも、書いて見ようかと云ふ気がするからね。」

先生は、私たちの方を見渡した。と、中村氏も、何となく其方に向き乍ら、

「だが、近頃の若い者は、どうも覇気がないやうに思へるが、どう思ふかね、君は?」

と云つた。――氏には、矢張り一種の、守旧性と、先輩としての訓戒癖があるらしかつた。(中略)

是公が「僕らが、大学生の頃は、確にもつと元気があつた」と言い、かつての自らのボート部員としてオールを折った数を自慢する。その時、久米がオールを折るのは下手なんだと反発したために、やり取りに気まずい空気が流れる。そこに中勘助が来て、入れ代わるように是公が立つのを漱石が引き止めると、

「いや、自動車ももう待ち兼ねて居るだらうから、儂はこれで失礼するよ。ぢやア、大事にし給へ。(中略)諸君も失礼。」

是公氏は立上つて、傲然と出て行つた。(中略)どうも異つた世界へ来て、勝手が違ひ、不快を感じたに違ひない。その責任の一半は、私にあると思ふと、私は気が重く其後ろ姿を見送らざるを得なかつた。

これがこの場の結びである。『増補改訂　漱石研究年表』によれば、当日午前、芥川龍之介は『鼻』をほめられた

礼に来た。乞われて「風月相知」（横額）を書いて与える。午後、瀧田樗陰来る。夜の木曜会に同席したのは、中村是公・森田草平・赤木桁平・岡栄一郎・須川弥作・松浦嘉一・久米正雄・遅れて中勘助も来た。是公の中座後、『新思潮』創刊号の感想を話す、とある。

七、岩波茂雄とのつながり

二月二三日には岩波茂雄に次の書簡を送っている。

「拝啓別紙広告の書物古るにてもし安く手に入り候はば御求め置き被下度候又古るにて出る見込のなきものならば此際七円で買はうかとも存居候如何なものにや　以上」

この時、岩波は古本屋を開業して四年目であった。明治三六年一高生だった岩波は、藤村操の日光華厳の滝投身自殺に大きな衝撃を受け、煩悶。学業にも集中できず二年続けて落第、一高除名となった。翌年、東大哲学科選科に入学し漱石の講義を受けた。四一年卒業。神田高等女学校に就職し信望を得たが、人の子をそこなうようなことしか出来ないことを憂えて退職。大正二年古本屋を開業した。虚偽を嫌う性格から古本正価販売を断行し書店の信用を築いた。開業当時、漱石山房を訪ね、店の看板を書いてもらいたいと頼み、漱石はそれを快諾して「岩波書店」と大書。以後木曜会にも出席するようになった。ある時大口の注文を受けて資金に困った岩波は漱石に三千円の借金を申し込んだ。漱石は、家には現金がないから、株券を貸してやるからそれを担保に資金を調達するように、といって融通したという（「漱石の思ひ出」）。それも一度や二度のことではなかったとのこと。大正三年に書店の処女出版として『心（こゝろ）』の刊行を依頼したときにも、承諾を得ると「ついでに、その出版する費用を貸して下さい」と頼んだという（夏目伸六『父・漱石とその周辺』）。『心』は自費出版となり、装幀も漱石自身が手掛けた。漱石没後、岩波書店からは漱石全集が何度も刊行されているが、そのほとんどはこの時の装幀を受けついでいる。教え子の人柄を見抜いて信頼する漱石の姿が鮮やかである。

大正五年の岩波宛漱石書簡には、八月一四日に、次のように本の依頼をしている。文中の鬼村元成というのは大正三年春頃から漱石と文通が有り、富沢敬道とともに、大正五年秋上京、漱石宅に逗留した禅僧である。

拝啓若い禅僧が下のやうな手紙をよこしました。「（前略）近頃私は哲学を少し暇だからしらべて見たいと思つてゐますがなにぶん哲学のテの字も知りませんからどういふ本が手ほどきにいゝのか見当がつきません。（中略）何かいゝ本があつたら教へて頂けますまいか、そして哲学にはそれ〴〵派があると聞いてゐますが其中でどんなのがいゝでせうか御暇な時に一寸教へて下さい」

僕は此人に本を送つてやりたいのです。君が好いと思ふのを一二冊送つて下さい代価は後で払ひます。送り先は下関市観音崎永福寺内鬼村元成です。　以上

このほかに書簡集にある岩波茂雄あてのものを次に挙げる。

十月十八日

拝啓此間は書物を御届ありがたうあの漢籍を買つた家は二軒あるうちの君の方へ近いうちですがあすこに清詩別裁といふ唐本がありますそれをあの時買ふ積であつたがあんまり一どきで辟易したなりになつてゐるが一寸欲しい故買つて届けてもらひたいのです価は三四円位ぢやないかと思ひます、それは君の小僧が来た時に払ふから小僧にさう云つて教へて置いて下さい　以上

この清詩別裁というのは、全集注解によると、沈徳潜纂評『欽定清詩別裁』（乾隆二十六年、漱石文庫蔵）をさす。全十六部の大部のもの、とある。次は亡くなる二〇日ばかり前の岩波宛最後の手紙

十一月十七日（金）
拝啓此手紙のうちに切抜きたる広告の書物四巻乍御面倒御買取御届被下まじくや毎度御手数恐入候へども今日天気あしく外出退儀故願上候　以上

これらの手紙でうかがえることは、晩年まで漢籍や広告の書物などへの飽くなき読書欲と、個性を重んじた愛弟子への付き合い方の清らかさである。最後の手紙の「天気あしく外出退儀故願上候」には体調不調の自覚が感じられて、痛ましい思いに駆られる。この書簡を書いた前日は最後の木曜会（面会日）で居間に座りきれぬほどの人が集まったという。その日は再度「則天去私」について説き、大学でもう一度、「則天去私」の文学観から「文学論」を講じてみたいともらし、死についても話したとのことである。

夏目伸六『父・漱石とその周辺』には「元来、岩波さんと云う人は、無類とせっかちな生れつきで、私の父が死んだ日も、他の連中と一緒に、ずっと、別棟の離れの一室に待機して居たのだけれど、折しも便意を催して、上厠中に、突然、母屋から、父の容体が急変したという知らせがあり、（中略）思わずがばと跳ね起きたのは勿論だが、途端に、足を踏み滑らせ、便器の中に転落すると云う一大椿事を引きおこした」と記されている。

私には岩波茂雄の人柄が、愚直で誠実で不器用なところもありながら、ひとすじに漱石に向かって歩いていた姿として浮かんでくるのである。

八、若い禅僧との交わり

大正五年二月二四日　鬼村元成あて書簡

あなたは病気で寐てゐるさうですねちつとも知らなかつた痛いでせう然し内臓の病気よりはまだ楽かも知れない辛防なさい本が読みたいといふから何か送つて上げやうと思ふが何を上げてい丶か分らない注文があるなら買つて送つて上げませうどんな種類の本ですか云つて御よこしなさい無暗に高い本は不可ません　以上

前章で述べたように、鬼村元成は八月にも自分に見合った哲学の本を送ってほしいと漱石に頼んでいるので、本の依頼は度々あったようであり、漱石も自分の作品を度々送ってやっている。胃の病があり、神戸市の祥福寺から転じて故郷出雲国全昌寺で療養したり、後に下関市永福寺に移ったりしている。鬼村元成あての最初の手紙は大正三年四月一九日のもので次のように書かれている。

拝復あなたの御手紙を拝見しました何か返事を寄こせとありますから筆をとりましたが別に何も書く事も出て来ませんあなたが私の本をよんで下さるのは私にとつて難有い事です私は御礼を申上ます藪の中で猫をよんだといふ事は可笑しいですあなた方の修行の方から見たら余計な小説などをよむと定めて叱られるでせうまあ叱られない程度で御やめなさい私は時々あなたの手紙を下さるのを読みたいと思ひます夫から私はあなたが将来座禅を勉強して立派な師家になられん事を希望します右迄匆々

四月十九日　　夏目金之助

鬼村元成様

新聞社からあなたの手紙を廻送して来た時不足といふ黒い判が捺してありました不足税は新聞社の方で払つたのでせう

鬼村あての手紙は全集に十九通収められている。鬼村は漱石のファンであった。大正三年四月から五年一一月まで二年八か月の間に一九通というのは、ほぼ一か月半に一通の割合である。若い雲水にたいして大変な好意であり勤勉さである。元成の胃病にたいする心遣いと見舞の言葉は、漱石自身の胃潰瘍の経験から身にしみて同情した結果でもあろう。

神戸の祥福寺で共に修行していた富沢敬道の回想によると「鬼村は本の好きな人で、わたしより年下であったが、いろいろの本を読んでいた」（『図書』昭40・12）とある。いくつか鬼村あての手紙をあげてみる。

大正四年四月十八日

拝啓私は先月十九日から京都へ旅行しました其留守へあなたの手紙が来たのでつい返事も上げずに失礼しました昨日漸く帰つてあなたの書いてくれた禅堂の坊さんの生活を面白くよみました私には珍らしいので大変愉快でした天目中峰和尚の遺誡はいゝものです私は大燈国師のも夢窓国師のもごちや〳〵に覚えてゐます中峰和尚のも生死事大云々の文句は覚えてゐます、私は禅学者ではありませんが法語類（ことに仮名法語類）は少し読みました然し道に入る事は出来ませんたゞの凡夫で恐縮してゐます（中略）昨日帰りました帰ると机の上に山程手紙だの雑誌だのが積んであります私は大に辟易します今日ぽつ〳〵返事を書き出しました是が十一本目の手紙です随分疲れます今日は是で御免下さい写真近頃撮りません今度とつたら忘れないやうに屹度上げます　以上

四月十八日

夏目金之助

鬼村元成様

どうぞ修行をして真面目に立派な坊さんになつて下さい私の書物などは成るべく読まないやうになさい然し今度でき

た「硝子戸の中」は記念のため其うち送ります

大正五年八月十四日

拝啓御無事で結構です私もどうか斯うか小説を書いてゐます。でんぶを有難う。中々うまいです。あなたはあんまり金はないでせうからあんな心配はせぬ方がよろしいと思ひます。私の家は狭いのです。子供が六人ゐるのです。それで邸内にある小さな家を借りてそこを子供の勉強室にしてゐるのです。此前宅へ泊めて上げるといつたのは此小さな家の事です。夜は誰も寐ないから泊れる事は泊れるだらうと思つてさう云つて上げたのです。愈貴方がたが来るとなつたら御知らせなさい。都合をよく考へて妻とも相談して見ますから。十月頃は小説も片づくかも知れませぬ、さうすれば私もひまです。

あなたは久留米の梅林寺の猷禅さんを知りませんか。あの人は墨梅と書がうまいと聞きました。書いて貰はうと思ふがツテがありませんので一寸伺ふのです。私などにも何か書いてくれ〱といふものがあります。私は面倒だから知らない人のは其儘にして置きます。だから自分の方で人に依むのも自然気が引けるのです。富沢さんがいつか愚堂和尚の書をやると云つてきました私は大変うれしがつてゐますが、そんなものを無暗に人にくれるのは勿体なくはないかと考へると甚だ済まん気がするので此方からは何とも云つて上げません。（中略）哲学の書物は送つて上げます。然し能く解るやうに書いたものがあるかどうか其所は受合ひかねます。但し解らないから六づかしいと思つては不可せん。書き手がヘタで解らなくなる場合もありますから　以上

八月十四日　　夏目金之助

鬼村元成様

富沢敬道あての書簡は五通全集に収められている。

九月二十六日

拝復此間鬼村さんからも手紙が来ました故承知の旨を返事して置きました変てこな宅ですがまあ都合丈はつける積です気に入らなければ済松寺の方へでも御出なさい済松寺は好い寺です私の家より住み心地が好いでせう然し禅寺にばかりゐて俗人の家を知らないのも経験にならんかも知れないとも思ひますから此方の方が好いかも知れません其上寺は窮屈でせう。私のうちも窮屈でせうが窮屈さが違ふから我慢し易いといふ所もありませう。もつと好い場所があつたら探して置いて上げます。東京見物の御金が足りなければ少々位上げます。御坊さんはあんまり金がないでせう、私も金持ではありませんが貴方方に上げる小遣位はあります。たゞ今小説を書いてゐるので多く時間を潰して案内をして上る訳には行かんかも知れません　以上

九月二十六日　　　　　　　　　　　　　　夏目金之助

富沢敬道様

愚堂和尚の掛物を下さる由有がたい仕合せです。東京へ来る時持つてきて下さい

鎌倉漱石の会『夏目漱石と帰源院』によると

漱石は健康の事には絶えず関心を払っていて、いつ風邪を引いたり、胃を壊したりしないとも限らないというので、当時も掲載中の小説は大抵廿回位先まで書き越してあり、この頃も毎日休まず、先の方を書いていると言っていたと云う。

二人にとって本来の目的の東京見物の方は、鏡子夫人の手の空いてゐる時、夫人自身が連れて歩いたこともある。併し大抵は二人だけで出たが、出掛ける前に漱石は毎朝十円札を一枚与えた。前に手紙の中で「少々上げる」と云った、それである。三食附学生下宿一ヶ月が十二三円だった当時の十円と云えば、今日の二万円以上に相当する金額である。（初版昭和三十七年十二月九日、参照した版は昭和五十八年の補訂五版。引用者注、平成の現代で考えれば一〇万円に相当すると思われる。）

夏目鏡子の『漱石の思い出』（文春文庫）には、「五九　二人の雲水」に次のように書かれている。

さて二人の雲水が、あの雲水の法衣のなりでチビ下駄を穿いてやって来ました。頭がきれいに円いので、家の子供たちがくすくす笑います。しかし二人ともにいい人たちで少しも気がおけず、それにいつも書斎へ出入りされる小説家志願の若い方などと違ってというより、むしろまるで反対の無神経で、ぼうっとしているというのかぬうっとしているというのか、とにかくいっこう気づまりな、いらいらしたところがございません。それがたいそう夏目の気に入った様子で、自分は案内はできないが、今日はどこへ行くといいとか相談相手になって、行く先やら電車やらを教えてやり、かえって来るとその日の行程をきいて笑い興じるというわけでございました。とにかく毎日朝道をきいて出かけると、夕方になって飄然とかえって来ます。（中略）この雲水さんたちが神戸へかえってからやった手紙に、貴方がたは私のところに集まって来る若い人たちよりよほど尊い人たちです。ありがたい人たちです。私のところへ集まる人たちも、私さえもっとえらければどうにかなるのだろうがなどと感じの一端を洩らしておりますが、よほどそうした感慨は深かったものと見受けられます。

二人の雲水は大正五年一〇月、名古屋での修行会を機に東京に行き、漱石宅に一〇月二二日から月末まで滞在した。もう一人の雲水の名は富沢敬道（珪堂・号不外）で、神戸の祥福寺で鬼村元成と共に修行しているときに、漱石との文通を通じた交流が生じた。鬼村に遅れること約一年、大正四年一月のことであった。のち昭和二年から塔頭臥竜庵の主、昭和三年からは漱石に縁の深い帰源院の庵主も兼ねた。

次のは、漱石が二人の若い禅僧に宛てた最後の手紙である。

大正五年十一月十日　鬼村元成あて

拝復先達の手紙は拝見難有り御座います大して御世話もしないであんな丁寧な御礼を云はれては痛み入ます然しそれが縁になつて修業大成の御発心に変化すれば私に取つて是程満足な事はありません。私は日本に一人の知識を拵へたやうなものです。富沢さんも略あなたと同様の事を云つて来ました。坊さん方の奇特な心掛は感心なものです。どうぞ今の決定《けつじょう》の志を翻さずに御奮励を祈ります。私は私相応に自分の分にある丈の方針と心掛で道を修める積です。気がついて見るとすべてに至らぬ事ばかりです。行住坐臥ともに虚偽で充ち〳〵てゐます。恥づかしい事です。此次御目にかゝる時にはもう少し偉い人間になつてゐたいと思ひます。あなたは二十二私は五十歳は二十七程違ひます。然し定力とか道力とかいふものは坐つてゐる丈にあなたの方が沢山あります。

子供にやる絵葉書は何でも構ひません。兄は純一弟は伸六です。

富沢さんが薪折をしてゐるといふ事を云つて来ましたから一寸一句御覧に入れます

　　まきを割るかはた祖を割るか秋の空

といふのです。禅坊さんは禅臭いのを嫌ひませう日常坐つたり提唱を聴いたりして禅といふ字が鼻についてゐるでせう。然し素人は又とかく禅とか何とか実力もないのに振り廻して見たくなるものです。何うも悪い癖ですね呵々

大正五年十一月十五日　富沢敬道あて

拝啓饅頭を沢山ありがたう。みんなで食べました。いやまだ残つてゐます。是からみんなで平げます。俳句を作りました。

　饅頭に礼拝すれば晴れて秋
　饅頭は食つたと雁に言伝よ
　　徳山の故事を思ひ出して
　吾心点じ了りぬ正に秋
　僧のくれし此饅頭の丸きかな
　　瓢箪はどうしました
　瓢箪は鳴るか鳴らぬか秋の風

副司《ふうす》といふ役は会計をやるんですか面倒でせう。詩は拝見しました。作務の間に詩作をするのは風流です。然しあなたの詩はまだ旨い所へ行つてゐませんね。昔の人の作例を読んで深い感興が湧きさへすればもつと好い詩が出来る筈だと思ひますが何うですか。是は悪口ぢやありません。折角遣り出したのだからもつと上手になつて欲しいといふ心持です。

無孔の鉄槌とは何ですか禅語ですか、たゞ上面の意味でも可いから此次序に教へて下さい。

二三日前作つた私の詩を書き添へます　（※下段の読みは、一海知義の訳注による）

自笑壺中大夢人　　自ら笑う　壺中　大夢の人
雲寰縹緲勿忘神　　雲寰　縹緲として　勿ち神を忘るるを
三竿旭日紅桃峡　　三竿の旭日　紅桃の峡
一丈珊瑚碧海春　　一丈の珊瑚　碧海の春
鶴上晴空仙翮静　　鶴は　晴空に上りて　仙翮静かに
風吹霊草薬根新　　風は霊草を吹いて　薬根新たなり
長生未向蓬莱去　　長生　未だ蓬莱に向かって去かず
不老只当養一真　　不老　只だ当に一真を養うべし

是もまだ改良の余地があるやうですが専門家でないから好加減な程度であなたに見せる丈です

変な事をいひますが私は五十になつて始めて道に志ざす事に気のついた愚物です。其道がいつ手に入るだらうと考へると大変な距離があるやうに思はれて吃驚してゐます。あなた方は私には能く解らない禅の専門家ですが矢張り道の修業に於て骨を折つてゐるのだから五十迄愚図々々してゐた私よりどんなに幸福か知れません、又何んなに殊勝な心掛か分りません。私は貴方の奇特な心持を深く礼拝してゐます。あなた方は私の宅へくる若い連中よりも遥かに尊とい人達です。是も境遇から来るには相違ありませんが、私がもつと偉ければ宅へくる若い人ももつと偉くなる筈だと考へると実に自分の至らない所が情なくなります。飛んだ蛇足を付け加へました。御勉強をいのります　以上

（傍線は引用者）

文中の漢詩は一一月一三日の作である。この後は一九日、二日の詩で終わる。松岡譲の『漱石の漢詩』によると、

「自分ながら、ちっぽけな天地にあくせくして居りながら、大それた夢を見る男とおかしくもなるのだが、忽ちふわふわと雲の上に浮んで魂を忘れてしまう。――すると旭日も高くのぼって桃の咲くたにを照らし、一丈もある珊瑚は、碧い海原の春を寿ぐようににょきにょきとそそり立つ。鶴はこの世ならぬ神秘的なはねを伸ばして青空に舞い、風は霊草を撫でると、薬草の根は更に新芽を出そうというもの。長生の霊薬さがしに、はるばる蓬莱の島まで出かけるにも及ぶまい。不老の術は、外ならぬ真理の道を心に養う一手あるのみだ。」と解釈しており、漱石の心境が「かくも澄んだ響きを見せているのは驚くべきこと」と評している。

これらの手紙からうかがえることは、必死で道を求める漱石の姿である。若い禅僧に対する漱石の配慮は並大抵のものではない。ふれあう事によって自己の境地をさらに深め高めようとしている。ひとり「道」を求めるさびしささえ感じ取られるのである。

最後に、先に挙げた富沢珪堂（敬道）の、別れに際して貰った絵のこと、漱石の危篤を知ってやたらに町を歩いたことなどの文章を紹介してこの項を終わりとする。

私たちが帰る日にそれぞれに半折の絵を下さった。鬼村君には竹の絵、わたしには松の絵であった。私たちは明日帰るというので、自分たちがとめてもらってる室へ引き下ったのであるが、そのあとで先生は一人で絵を描いて下さったのだ。（中略）

十二月になって臘八接心（禅寺で、一二月一日から八日の朝まで釈尊成道を記念して座禅すること）があって、それが終ったのが八日であった。そのとき神戸の町へ出てふと見た新聞に先生が危篤だということが出ていた。涙がぽろぽろ出た。やたらに町を歩いた。翌日先生は亡くなられた。鬼村君の打った電報は「始随芳艸去　又遂落花図」わたしのは「野花焼不尽　春風吹又生」いずれも碧巌録の語である。

九、津田青楓との書画をとおしての交わり

漱石は『思ひ出す事など』の中で「小供のとき家に五六十幅の画があつた。ある時は床の間の前で、ある時は蔵の中で、又ある時は虫干の折に、余は交るぐそれを見た」「懸物の前に独り蹲踞まつて、黙然と時を過すのを楽とした」と述べている。ロンドン留学時代や帰朝後の明治三六、三七年にかけて水彩画を試み寺田寅彦らと自筆絵葉書の交換をしていたのはよく知られている。『草枕』では画工を主人公とし、大正元年一〇月の『文展と芸術』では「芸術は自己の表現に始つて、自己の表現に終るものである。」と書きはじめ、「自己を表現する苦しみは自己を鞭撻する苦しみである。（中略）だから徹頭徹尾自己と終始し得ない芸術は自己に取つて空虚な芸術である。」と述べている。さらに「文展の審査とか及落とかいふ言葉に重大な意味を持たせるのは必竟此本末を顛倒した癇違ひから起るのである。」と断言し、具体的に絵についての審査を批判し、自分の感想を述べている。一緒に見て回ったのは寺田寅彦。津田青楓とは文展の絵について書簡などで論じている。

津田青楓は京都の華道の師匠の家に生まれた。初め日本画を学び、関西美術院に入り洋画に転じた。明治四〇年から四三年までパリに留学。二科会の創立に参加、後脱退、日本画に転じた。明治四四年、小宮豊隆に伴われて漱石訪問。『ホトトギス』を愛読し、『坊っちゃん』『猫』『草枕』などを読んで漱石に親愛感を持っていた津田は、貧

乏で拠り所のなかった当時の彼にとって、漱石は大切な人となった。漱石は青楓から油絵、日本画の指導をうけるようになり、互いに批評しあう関係となった。青楓は、世間に売る事を求めぬため窮乏生活をしていたが、漱石は青楓の人柄を愛し、「天真の発現」（「津田青楓君の絵」大正二・一〇）している作風をみとめて、挿絵の仕事や絵の買い手を斡旋し、『道草』『明暗』の装幀を任せるなど援助を惜しまなかった。青楓には『漱石と十弟子』（昭和二四・一世界文庫）などがある。その本のなかで、年末が越せなくなって漱石に三〇円の借金をしに出かけたことが印象的に書かれている。

『こゝろ』掲載直前の、大正三年三月二九日には、青楓宛に「私はあなたが居なくなつて淋しい気がします（中略）私は四月十日頃から又小説を書く筈です私は馬鹿に生れたせゐか世の中の人間がみんないやにみえます夫から下らない不愉快な事があると夫が五日も六日も不愉快で押して行きます、丸で梅雨の天気が晴れないのと同じ事です自分でも厭な性分だと思ひます（中略）世の中にすきな人は段々なくなります、さうして天と地と草と木が美しく見えてきます、ことに此頃の春の光は甚だ好いのです、私は夫をたよりに生きてゐます」まさに心を許しあった間柄というべきだと思われる。『硝子戸の中』を書き終えた大正四年三月には、鏡子の依頼で漱石を京都旅行に誘って約一か月間行動を共にし、兄の西川一草亭や知人と応対し、胃病で苦しむ漱石の看護をしたり鏡子を呼び寄せたりして世話をした。

大正五年二月二十六日　津田青楓あて

昨日は失敬又あの竹の絵を床の間で見たら実に辟易しましたもう画だの字だのを決して人にやるものぢやないと思つた位辟易したのですどうぞあれを返して下さい私の恥はまあ可いとして画家をもつて立つ君の体面にもかゝはりますか

ら。

あの屏風はどうしてもいけませんね正直な所もう一遍考へ直す必要があります私を忠実な助言者と御思ひなさいうそは申しません商買とはいひながら君だつて責任もあり名誉もあります無暗に手を抜いたからと云つて不愉快は何時迄経つても不愉快に極つてゐませう然し君はあの描法を新らしいものと信じてゐるのだから決して悪意があるとは認めませんがあれを一年間仕舞つて置いて急に取り出して見たら今の私と同感になるに極つてゐます

決して頑固を押し通し給ふ事なかれ　珍重々々

二月二十六日　夏目金之助

津田青楓様

いつぞや書いた我師自然といふ額の字もどうか撤回したいと思つてゐます今度寸法を取つて置いて下さいませんか夫に合はせて書き直しますさうして張り替へます、方々へ恥の掻き棄をやつてゐるので尻拭に骨が折れるばかりです、其尻拭が一年経たないうちに又恥ざらしになるのだから甚だ情ない次第です奥さんへよろしく

三月三日　津田青楓宛

拝啓今日上野へ行つて国民美術協会の展覧会を見ましたあなたの屏風は傑作ですあの位なものは滅多に出来ないでせうあれを他にやるのは惜しい気がします何なら私が譲り受けてはと迄思ひましたあれは大変手がかゝりましたらうが本式ですどうかみんなあの位に出来ればいゝと思ひます出来さへよろしければ手を抜いても何でも構はないのは無論でありますが

右御報知迄　以上

三月三日　夏目金之助

津田青楓様

奥さんとは、離婚後旧姓に戻った山脇敏子のことで、『明暗』のお延のモデルといわれている。大正五年の断片71Bの「我一人の為の愛か」の会話は『明暗』（百三十）で、津田の妹お秀とお延との間で闘わされた激しい言葉のやりとりとして使われている。小宮豊隆の「『明暗』の材料」に、「「日記」のこの項が「津田青楓の妻君、今の山脇敏子と漱石との対話の要点を記録したものであった」との指摘がある。

自分の作品に対して極めて厳しい漱石の姿勢がうかがえると同時に、青楓に対しても厳しい批評とともに自分の感動した誉めるべき所はきちんとほめている人間関係をすばらしいと思うのである。

今回取り上げた菅虎雄・中村是公は若き日以来の終世の親友である。菅は漱石の人生の大事な局面に常にいた。恋愛事件などには一切口をつぐんで語らず、手紙も残さなかった。是公は漱石の経済面についてたえず細かい配慮を怠らなかった。体調にも気を遣って、突然の木曜会参加もそのためであった。久米正雄の発言で気まずい思いもしたろうに、我意に介せずの姿勢である。岩波茂雄は弟子の一人であるが、彼への信用は絶大のものであった。弟子もそれによく応えた。見ず知らずの若い禅僧との交流は、漱石の「道」への渇望を我々に教えてくれる。津田青楓は弟子の一人であるが、教え、教えられる関係のすばらしさを感じさせられた。

（『続河』一七号　二〇一二・八・三一）

夏目漱石の大正五年（その三）

一〇、「公平にして眼識ある人」内田魯庵

大正五年三月二九日　内田魯庵あて書簡

拝復私方よりも非常の御無沙汰を致して居ります御高著はたしかに頂戴致しました御親切に有難う存じます硯友社時代の追憶は朧気ながら私にも少々ありますが貴方の方が遥かに精細です懐かしい過去に焼点を与へられたやうな心持がします

只今拝読中ですが不取敢御挨拶丈申上て委細の御礼は他日拝眉の機を待つ事に致します　敬具

三月二十九日　夏目金之助

魯庵先生　坐下

一読して非常に丁重な礼状であることが分かる。この「御高著」とは、三月に博文館から刊行された魯庵の随筆集『きのふけふ』のことである。通り一遍の礼状ではなくて「只今拝読中ですが不取敢御挨拶丈申上て委細の御礼は他日拝眉の機を」とまで述べているのは、相手に対する敬愛の情の深さを感じさせる。

内田魯庵は評論家・小説家で、本名は貢。不知庵などとも号した。東京の生まれで、長く丸善に勤め、『学鐙』の編集に力を尽くした。幅広い評論活動のほか、ロシア文学の翻訳・紹介者としても知られる。

全集にある最初の手紙は明治三七年一二月一二日のもので、『カーライル博物館』を『学燈』掲載のために送った事が書かれている。三八年一〇月二九日には、『吾輩は猫である』の讃辞について、「御褒辞読去読来甚しき愉快を覚候まゝ直ちに禿筆を染めて御返事を差上候」「公平にして眼識ある人の讃辞は満腔の感謝を以て拝受致候」と礼状を記している。以後知己の一人として厚くもてなした。

また、三九年一月五日の『イワンの馬鹿』の寄贈に対しては、「どうかしてイワンの様な大馬鹿に逢つて見たいと存候。出来るならば一日でもなつて見たいと存候。近頃少々感ずる事有之イワンが大変頼母しく相成候」と返書をしたためている。この頃漱石は、神経衰弱が一進一退の状態で、年頭から大学を辞めたいと洩らしていた。この年は年始と賀状をやめている。

明治四一年一一月六日には、『復活』の寄贈を受け、その礼状の終わりに「三四郎御批評難有候。今が中途に候。そろ〳〵悪口が始まる時分と覚悟を致し居候。思ひ掛なき援兵にて大いに元気を得候。」と記している。

四二年、二葉亭四迷が亡くなった時、友人だった魯庵は坪内逍遙と追悼集を企画し、依頼を受けた漱石は、『長谷川君と余』を書いた。漱石は五月一九日の日記に、「霊前に供し、又之を出版して其所得を遺族に送る為なりといふ」と記している。単行本『二葉亭四迷』は易風社から八月一日に発行された。

四五年六月には、魯庵から贈られた万年筆で「余と万年筆」を書いている。「此間魯庵君に会つた時、丸善の店で一日に万年筆が何本位売れるだらうと尋ねたら、魯庵君は多い時は百本位出るさうだと答へた。」と書きはじめられた文章は、万年筆、ペン、インクなど、漱石の執筆環境を語る貴重な資料である。

漱石の死後、魯庵は、『新小説臨時號　文豪夏目漱石』（春陽堂　大正六年一月二日発行）で、「夏目さんは、感覚の鋭敏な人、駄洒落を決して言はぬ人、談話趣味の高級な人、そして上品なウイットの人なのである。我が文壇には此の方面で独自の人であつた。」と評している。

一一、良寛の書と森成麟造

漱石は晩年良寛にたいへん心ひかれている。単に書がすばらしい、すぐれているからではなく「純粋でナイーヴな」人間良寛の、その境地にあこがれ、近づこうとしている。

良寛は江戸後期の禅僧で越後の人。諸国行脚の後、故郷に帰り国上山の五合庵に住んだ。ついで山麓の乙子神社の境内に移り、晩年は島崎の木村家に過ごし亡くなった。名声を好まず、清貧に甘んじた良寛は人々に愛され、子供たちには特に好かれ、手まりやかくれんぼうをして遊び暮らすこともしばしばであった。書にすぐれ、漢詩や万葉風の歌もよく詠んだ。

大正三年一月七日から一二日まで五回にわたって朝日新聞に連載された『素人と黒人』の四で、漱石は良寛について「良寛上人は嫌いなもの、うちに詩人の書と書家の書を平生から数へてゐた。（中略）それを嫌ふ上人の見地は、黒人の臭を悪む純粋でナイーヴな素人の品格から出てゐる。心の純なるところ、気の精なるあたり、そこに摺れ枯らしにならない素人の尊さが潜んでゐる。」と述べている。

この年の一一月四日には、森成麟造あてに

森成さんはいつか私に書をかいてくれといひましたね私は正直だからそれを今日書きましたあなた許りのでありません方々のを一度にかためて書いたのです一日の三分一程費やしましたあなたのは御気に入るかどうか知りませんが私の

記念だと思つて取つて置いて下さい

良寛はしきり（に）欲いのですとても手には入りませんか　以上

十一月四日　　　　　　　　　　　　　　　　　　　　夏目金之助

森成麟造様

と書いているように、良寛の書をしきりに欲しがるようになる。念願の書を手に入れたときの喜びの手紙。

大正五年三月十六日　越後高田横町　森成麟造あて

拝復良寛上人の筆跡はかねてよりの希望にて年来御依頼致し置候処今回非常の御奮発にて懸賞の結果漸く御入手被下候由近来になき好報感謝の言葉もなく只管恐縮致候

良寛は世間にても珍重致し候が小生のはたゞ書家ならといふ意味にてはなく寧ろ良寛ならではといふ執心故糀翁だの山陽だのを珍重する意味で良寛を壁間に挂けて置くものを見ると有つまじき人が良寛を有つてゐるやうな気がして少々不愉快になる位に候

さて良寛の珍跡なるは申す迄もなく従つて之を得るにも随分骨の折れる位は承知致候所で是はどうしてもたゞで頂戴致すべき次第のものに無之故相応の代価を乍失礼御取り下さるやう願ひ上候御依頼の当初より其覚悟に有之候旨は其節既に御話し致し候とも記憶致し居候へば誤解も有之間敷とは存じ候へども念の為故わざと申候たゞし貧生嚢中幾何の余裕あるかは疑問に候へば其辺は身分相応の所にとゞめ置き度是も御含迄に申上候

其外に拙筆御所望とあれば何なりと御意に従ひ塗抹可仕良寛を得る喜びに比ぶれば悪筆で恥をさらす位はいくらでも辛防可仕候

先は右不取敢御返事迄余は四月上旬御来京の節拝眉の上にて万々可申述候　以上

三月十六日　　　　　　　　　　　　　　　　　　　　夏目金之助

森成麟造様

両三日来風邪に（て）臥蓐此手紙床の上に起き直りて書いたものに候乍筆末奥さんへよろしく猶良寛幅代価御面会の節差上度考故あらかじめ其都合に致し置度と存候間前以て一寸金額丈御報知被下ば幸甚に候

念願の良寛の書を入手できたことを大変喜んでいる。「良寛ならではといふ執心故」とは、良寛という人間そのもの、その人の境地に接したいという強い願望があらわれている言葉である。この思いは、死の二十日前十一月十九日作の漢詩、「大愚　到り難く　志　成り難し　／五十の春秋　瞬息の程　／道を観るに　言無くして　只だ静に入り　／詩を拈るに　句有りて　独り清を求む　／迢迢たる天外　去雲の影　／籟籟たる風中　落葉の声　／忽ち見る　閑窓　虚白の上　／東山　月出でて　半江　明らかなり　」（訳注　一海知義氏）と通じ合っている。一海氏は「大愚」は良寛の法号とも関係し、若い頃の友人大愚山人（米山保三郎）が意識の底にあったかも知れない、と述べておられる。筆者は「若い禅僧との交わり」で既述したが、道を求め続けた漱石の姿・姿勢がこの漢詩にはよく出ている。最晩年の最後から二番目の漢詩であることを思えば非常に感慨深いものがある。

大正五年四月十二日　森成麟造あて

拝啓御上京の節は何の風情もなく失礼致候良寛和歌につき結果如何と案じ煩ひ居候処木浦氏手離しても差支なき旨の御報何よりの好都合に候十五円だらうと百円だらうと乃至千円万円だらうともともと買手の購買力と買ひたさの程度一つにて極り候もの其他に高いの安いのといふ標準は有り得べからざる品物に候へば幸身分相応の代価にて譲り受ける事相叶ひ候へば有難き仕合せに候猶此点につき大兄の一方ならぬ御尽力と木浦氏の所蔵割愛の御好意とを深く感謝致し候
代金十五円は荊妻に命じ為替と致し此中に封入差出申候につき御落手被下度候早速経師屋を呼び両幅とも仕立直し忙中の閑日月を得て良寛の面影に親しみ可申候先は御礼旁右迄　匆々

四月十二日

森成麟造様　座下

夏目金之助

この書簡からうかがえるのは、森成は三月一六日の幅（七言絶句）と一緒にこの和歌幅を持参、絶句はその時に漱石が入手したが、和歌の方は預けておいて、あとから所蔵者が手離してもよい意向であることを告げたものであろう。歌は「わがやどをたづねてきませあしひきのやまのもみじをたをりがてらに」であることが、漱石旧蔵の和歌幅から分かる。（『漱石全集』第二十四巻　注解）

森成麟造医師は明治四〇年仙台医専卒、長与胃腸病院に勤務。漱石が明治四三年八月、修善寺で倒れたとき担当医として介護・治療に当たった。のち、郷里の高田で森成胃腸病院を営んだ。中学時代から考古学に興味を持ち、帰郷後は上越地方の発掘調査に尽力、戦後も考古学・郷土史への熱意は衰えず、また音楽や俳句にも親しみ、帰京後の後半生は地方文化人として独特のものがあった、とのこと。明治一七（一八八四）年生～昭和三〇（一九五五）年没。（『夏目漱石事典』）

森成麟造は修善寺で漱石の命を救った。漱石は森成医師に、服部から銀の莨入を取り寄せ「修善寺にて篤き看護をうけた森成国手に謝す」の詞書に「朝寒も夜寒も人の情かな」という句をほって贈り、感謝の気持ちを表した。また、漱石の渇仰していた良寛の書を手に入れ、晩年の漱石に、たいへんな仕合わせをもたらした。良寛への思いは最後の木曜会、およびその前の木曜会で説いた「則天去私」につながるものであったろうと思われる。許されれば、大学でもう一度「則天去私」の観点から、文学論を講じてみたい、と洩らしたという。漱石の抱く文学観の大きさを思わせるのである。

一二、稀有の人間的つながり　寺田寅彦

大正五年三月八日　寺田寅彦あて書簡

拝啓先日は久し振で御尋ね致したる処御病気の為め不得御面語遺憾此事に存候奥さんの御話にてはもう大した事もなからうとの事故安心致し其儘御見舞も申上ず今日迄打過居候然し其後の御消息頓と相分らず或はまだ快くならず御伏せりではなきかと思ひそれで手紙で一寸御見舞を致す訳に御座候

此間は湯河原より帰京後にて御蔵幅拝見の機もあらばと存じ参上したる次第向後そんな場合もあらば素志相果し度是も序を以て願置候　以上

三月八日　　　金之助

寅彦様

『漱石研究年表』によると、「二月二十日（日）、昼頃、寺田寅彦を見舞ったが会えない。」とあり、寅彦は、二月一八日、夜から発熱し、一九日は三九度前後になり、尼子四郎医師の診察をうける。「漱石が見舞に来た時は、熱は下がっていたが、衰弱していた。二三日は学校に行ったが、その後も発熱して、三月四日にやっと学校に出られる状態になる。」とある。三月一二日（日）、漱石は寅彦を訪ね、画幅や印材などを見る。寅彦から王蒙「古畫小品」を贈呈される。

寺田寅彦は物理学者、随筆家。ペンネーム吉村冬彦、藪柑子など。東大物理学科卒。東大教授であり、学士院恩賜賞を受けた科学者であり、様々な分野に興味を示す視野の広さ、精密な観察、俳句の素養からくる簡潔な文体のすぐれた随筆を書いた。

寅彦は漱石の熊本（五高）時代の教え子であり、英語を習い、俳句の手ほどきを受けている。他の五高生と共に漱石宅で運座を開くなど熱心に句作し、週に二、三度も漱石のもとに通い、その人となりに親しんだ。寅彦が漱石に出会ったのは一八歳、漱石は一一歳年上の先生であり、生涯の「師弟」である。

志村史夫氏はその著『漱石と寅彦　落椿の師弟』（牧野出版　二〇〇八・九）の中で、「師」たる漱石は五高での邂逅以来、「弟子」たる寅彦に多方面に渡る多大の感化を与えているのであるが、漱石自身も「弟子」たる寅彦から少なからぬ感化を受けたのである、と書いておられる。そうして「日本のこれからのあるべき社会の姿、文化を模索する上で、この二人を「文理融合」の観点から見直すことには大きな意味がある」として「さらに「漱石と寅彦」を眺め〈自然科学的文学者〉漱石、〈文学者的自然科学者〉寅彦が熟成された過程を知ることは、これからのあるべき教育を考える上でも極めて有益だろう。」と論じて居られる。

森田草平は、『夏目漱石』（甲鳥書林　昭和一七年九月）の中で寅彦が漱石に「一種の尊敬と愛情を交へた感情で遇されてゐた」（一〇五頁）と述べている。また、江口渙も、「わが文学半生記」のなかで、「多勢のお弟子の中で、漱石が一ばん高く評価していたのは、何といっても理学博士寺田寅彦だった。いや寺田寅彦の場合は、高く評価していたという言葉さえもあたっていない。むしろ、漱石のほうでも十分な尊敬をもってうけ入れていた、というべきであろう。そして、そのかんけいは弟子というよりも、弟子以上といえば、もっとあたっているかもしれない。」と述べている。

明治三二年、五高を卒業し、東京帝大理科大学物理学科進学のため上京する寅彦を、漱石は子規に次のように紹介している。「寅彦といふは理科生なれど頗る俊勝の才子にて中々悟り早き少年に候本年卒業上京の上は定めて御高説を承りに貴庵にまかり出る事と存候よろしく御指導可被下候」。寅彦の人物に対する信頼があってこその紹介であろう。

漱石が亡くなった翌年の一月、寅彦は友人・桑木彧雄あてに「夏目先生が亡くなられてからもう何処へも遊びに（純粋な意味で）行く処がなくなりました。小弟の廿才頃から今日迄の廿年間の生涯から夏目先生を引き去つたと考へると残つたものは木か石のような者になるように思ひます、不思議な事には私にとつては先生の文学はそれ程重要なものでなくて唯の先生其物が貴重なものでありました。」と悲痛な思いを述べている。

寅彦がモデルとされる「寒月」は『猫』（二）において登場する。「主人の旧門下生」で「主人より立派になつて居る」「理学士」である。「日夜団栗のスタビリチーを研究し（中略）ケルヴィンを圧倒する程な大論文を発表し様としつゝある。」（『猫』四）。ここには愛弟子寅彦への漱石の大きな期待が込められている。この他、「首縊りの力学」「蛙の眼球の電動作用」など寒月に関係するものは多く描かれている。『三四郎』では「光線の圧力の実験」の野々宮さんが登場する。

「漱石全集」の書簡には、寅彦に宛てた書簡は五三通残っている。この章の最初にあげたのは、最後の手紙であるが、明治三三年九月のをはじめとして、帰朝後の自筆絵はがき六通、三八年一月には、「君年始をやめて雑煮を食ひにこぬか可成晩食の際が落付いてよい。」とはがきを出している。

寅彦の「夏目漱石先生の追憶」（『寺田寅彦全集』第一巻）によると、熊本第五高等学校在学中第二学年の学年試験の終わった頃、試験に失敗した級友のため「点を貰いに」漱石を訪れた。「夏目先生は平気で快く会ってくれた。」雑談の末に、「俳句とは一体どんなものですか」との質問に、「俳句はレトリックの煎じ詰めたものである。」「扇のかなめのような集注点を指摘し描写して、それから放散する聯想の世界を暗示するものである。」こんな話を聞かされて、急に俳句がやってみたくなり、夏休みに二、三十句ばかり作り漱石に見てもらった。返してもらった句稿には、短評や添削、〇や〇〇が付いていた。「それからが病み附きでずいぶん熱心に句作をし、一週に二、三度も先生の家へ通ったものである。」（三一二頁）

「先生のお宅へ書生に置いてもらえないかという相談を持ち出した」ところ、「裏の物置なら」と案内されたが、畳が剥いであって塵埃だらけで本当の物置になっていた。「しかし、あの時、いいから這入りますと云ったら、畳も敷いて綺麗にしてくれたであったろうが、当時の自分にはその勇気がなかったのであった。」とある。

漱石の帰朝後「千駄木へ居を定められてからは、また昔のように三日にあげず遊びに行った。（中略）今日は忙しいから帰れと云われても、何とか、かとか勝手な事を云っては横着にも居すわって、先生の仕事をしている傍で『スチュディオ』の絵を見たりしていた。」（三一六頁）

あまり関心のなかった漱石を、クラシック音楽会に引っぱり出したのは寅彦であった。

「上野の音楽学校で毎月開かれる明治音楽会へ時々先生と一緒に出かけた。ある時の曲目中に蛙の鳴声やらシャンペンを抜く音の交じった表題楽的なものがあった。それがよほど可笑しかったと見えて、帰り道に精養軒前をぶらぶら歩きながら、先生が、そのグウ〳〵という蛙の声の真似をしては実に腹の奥から可笑しそうに笑うのであった。その頃の先生にはまだ非常に若々しい書生っぽい所が多分にあったような気がする。」

ある時、「自分の研究をしている実験室を見せろと云われるので、一日学校へ案内して地下室の実験装置を見せて詳しい説明をした。」その頃は弾丸の飛行している前後の気波をシュリーレン写真に撮ることをやっていた。「これを小説の中へ書くがいいか」といわれて、それは少し困ります、といって、ニコルスの「光圧の測定」に関する実験の話をした。それを一遍聞いただけで書いたのが「野々宮さん」の実験室の光景である。「聞いただけで見たことのない実験がかなりリアルに描かれているのである。」「これに限らず一般科学に対しては深い興味をもっていて、特に科学の方法論的方面の話をするのを喜ばれた。文学の科学的研究方法と云ったような大きなテーマが先生の頭の中に絶えず動いていたことは、先生の論文や、ノートの中からも想像されるであろうと思う。しかし晩年には創作の方が忙しくて、こうした研究の暇がなかったように見える。」

「自分の洋行の留守中に先生は修善寺であの大患にかかられ、死生の間を彷徨されたのであったが、」「帰朝して後に久々で逢った先生は何だか昔の先生とは少しちがった先生のように自分には思われた。つまり何となく年を取られたと云うのでもあろう。」「昔描いた水彩画の延長と思われる一流の南画のようなものを描いて楽しんでおられた。無遠慮な批評を試みると口を四角にあいて非常に苦い顔をされたが、それでも、その批評を受け容れてさらに手を入れられることもあった。先生は一面非常に強情なようでもあったが、また一面には実に素直に人の云う事を受け容れる好々爺らしいところもあった。」寅彦の批評だからこそ受け容れたと考えられる面もあると思われる。「読売新聞社で第一回のヒューザン会展覧会が開かれたとき、自分が一つかなり気に入った絵があって、それを奮発して買おうかと思うという話をしたら、「よし、おれが見てやる」と云って同行され、「なるほど。これはいいから買いたまえ」といわれたこともあった。」という。「趣味」を大切にした漱石である。その「趣味」のレベル・嗜好において二人は共通のものを持っていたといえるのである。

「先生からは色々のものを教えられた。俳句の技巧を教わったというだけではなくて、自然の美しさを自分自身の眼で発見することを教わった。同じようにまた、人間の心の中の真なるものと偽なるものとを見分け、そうして真なるものを愛し偽なるものを憎むべき事を教えられた。」（傍点は引用者）

「しかし自分の中にいる極端なエゴイストに云わせれば、（中略）むしろ先生がいつまでも名もないただの学校の先生であってくれた方がよかったではないかというような気がするくらいである。先生が大家にならなかったら少なくももっと長生きをされたであろうという気がするのである。」

「色々な不幸のために心が重くなったときに、先生に会って話をしていると心の重荷がいつの間にか軽くなっていた。不平や煩悶のために心の暗くなった時に先生と相対していると、そういう心の黒雲が綺麗に吹き払われ、新しい気分で自分の仕事に全力を注ぐことが出来た。先生というものの存在そのものが心の糧となり医薬となるのであった。」（傍点は引用者）

（三二三頁）

二人の師弟関係は、出会いから時を経るにしたがい、次第に深化し、まるで相思相愛の恋人のように互いに影響しあい、お互いを高めていった稀有なものであったと痛感させられるのである。寅彦は三日にあげず漱石を訪ねていたが、漱石もたびたび寅彦を訪ねている。

三月八日の手紙は、二月二〇日に寅彦を訪ねたが病気で会えなかった事情を伝えており、その後の病状を心配したものである。「御蔵幅拝見」とは二人の趣味・嗜好の一致と心のふれ合いの深さをあらわしていよう。九か月後の漱石の永眠を考えると、何とも言えない思いを抱かされ、運命について考えさせられるのである。

志村史夫氏の関連年表によると「奥さん」とは、二度目の妻、寛子《ゆたこ》であることが分かる。寅彦満二七歳の時に結婚し、この手紙の翌年、大正六年寅彦三九歳の時死去している。

最初の妻、夏子とは明治三〇年七月寅彦満一九歳のとき高知で結婚式を挙げた。夏子数えの一五歳。太田文平氏の『寺田寅彦全集』解説によると、九月寅彦は単身熊本へ。正月にも、父が許可しなかったため帰省せず、とある。明治三三年三月、結婚四年後に東京で新婚生活に入ることができた。明治三四年二月妻をつれて植物園に行ったが、「団栗を拾って喜んだ妻も今はない。御墓の土には苔の花が何遍か咲いた。（中略）今年の二月、あけて六つになる忘れ形見のみつ坊をつれて、この植物園へ遊びに来て、昔ながらの団栗を拾わせた。こんな些細な事にまで、遺伝と云うようなものがあるものだか、みつ坊は非常に面白がった。五つ六つ拾うごとに、息をはずませて余の側へ飛んできて、余の帽子の中へひろげたハンケチへ投げ込む。だんだん得物の増して行くのをのぞき込んで、頬を赤くして嬉しそうな溶けそうな顔をする。争われぬ母の面影がこの無邪気な顔の何処かの隅からチラリとのぞいて、うすれかかった昔の記憶を呼び返す。（中略）余はその罪のない横顔をじっと見入って、亡妻のあらゆる短所と長所、団栗のすきな事も折鶴の上手な事も、なんにも遺伝して差支えはないが、始めと終りの悲惨であった母の運命だけは、この児に繰返させたくないものだと、しみじみそう思ったのである。」（明治三八年四月『ホトトギス』）（『寺田寅彦全集』第一巻　岩波書店　一九九六年一二月）と書いた「団栗」の妻。胸を病んだ夏子は高知種崎海岸で独り療養、三四年五月長女貞子を生んだ。病気のため休学した寅彦も高知で療養したが、父に同居を許されないまま、夏子は明治三五年一一月、世を去った。寅彦の日記（『全集　第十八巻』）には「夏へ長き〳〵手紙送る」など、夏子のことが頻繁に書かれている。夏子の死は、寅彦の生涯に忘れ得ない悲しみと寂しさとを与えた。

二度目の妻寛子の死後、紳子と結婚。翌年吐血、療養・休養を余儀なくさせられている。寅彦は病気と仲良しであったが、そのなかでの研究の姿勢には、いささかのたゆみ・ゆるみも見られない。心の奥底に抱いた人間存在のさびしさ、悲しみが、よりいっそう師弟を結びつけたと思われるのである。

（二〇一二・一〇・二三）

一三、森田草平との関係

三月一八日、漱石は草平（一八八一～一九四九）に次のように手紙を書いている。

御彼岸の牡丹餅ありがたく頂戴ドストエヴスキ小説序を以て御返却致候
先日願置きたる安藤現慶氏の住所御報知願上候
後刻使まかり出候時紙片へでも御認め御渡し被下度候其節小生書籍にて御手元にあるもの一応御返し願候方々へ貸したるを整理の必要上一度取りもどす訳に候右迄　以上

三月十八日　　金之助

ドストエヴスキ小説とは、森田の回想によれば漱石は、森田からドストエフスキーの小説の英訳本を三、四冊借りて読んだという。ここで言われている具体的な書名はわからないが、前年一一月の湯河原旅行には『白痴』の英訳本を携行しており、同書である可能性がある（『漱石全集』注解）。

森田草平は明治三九年東大英文科卒。朝日文芸欄編集に携わった。明治四一年、平塚明子と塩原尾花峠の雪山に情死行を企てたが発見されて連れ戻された。妻子ある文学士と女子大出の女性との恋愛事件は一大スキャンダルになり、草平は社会的に葬り去られようとしたが、漱石は草平を自宅に引き取り、一連の体験を執筆するよう計らった。それが『煤煙』である。この作品は、漱石の『三四郎』の後に続いて、明治四二年一月一日から五月一六日まで東京朝日新聞に連載された。ダヌンツィオの『死の勝利』を下敷きにして、新時代の人間類型を描いたものとして評判になった。草平はこの作品によって社会復帰を果たし、この作品は彼の出世作となった。

漱石は父親の平塚定二郎宛に「森田は今度の事件で、職を失った時あの男はものを書くよりほか生きる道をなくした。あの男を生かすために今度の事件を小説として書かせることを認めてほしい。貴下の体面を傷つけ、御迷惑をかけることを自分の責任においてさせないから曲げて承知をしてほしい」との趣旨の親展の手紙を出したが両親は承知しない。母親が夫の意を受けて訪ねて来たときにも、漱石は小説として発表することに対し、強いて許可を求め、説得に努めた。

明治四二年一一月二五日、東京朝日新聞に「文芸欄」が新設され、漱石が主宰。森田草平に毎月給料として五〇円を支払い自宅で編集させた。小宮豊隆が援助。文芸欄は当時の文壇の主流をなしていた自然主義に対抗する勢力を形成した。明治四四年、草平は同新聞に『煤煙』の続編『自叙伝』を連載したが、この作をめぐって問題が起き、一一月、漱石は文芸欄の廃止を決めた。

安藤現慶氏は東本願寺派の僧侶で、伊藤証信氏の「無我苑」に接近し、森田草平と知り合い木曜会にも出席した。伊藤証信氏は宗教運動家。清沢満之、トルストイなどの影響を受け利他主義を唱えて「無我苑」を開いた。一時河上肇、津田青楓らもこれに賛同したとのこと。漱石の宗教の中心には禅が存在しているが、浄土真宗関係の本も読んでいて、幅広い教養をうかがわせる。この頃漱石は、他の人たちに貸した書籍も戻してもらうことにしている。次節の豊一郎にも英書の返還を求めている。

森田草平の『夏目漱石』は昭和一七年九月甲鳥書林から出版されているが、そのなかの「先生と私」で次のように述べている。所謂門下生の間にあっても自分は「趣味も傾向も違つて」「異分子であつた」。「たゞそんな異分子でも包括せられた所に、先生の偉大もあれば、私が先生から離れ得なかつた理由もある。」と。

一緒に湯に入っていたときに、死んでからもう一度人間の世に生まれ返さしてやるといわれたらどうされますか、とたずねたら、臍のあたりをじゃぶじゃぶ洗いながら、「僕は此胃嚢さへもつと健康に生みつけてくれたら、甘んじても一度此世へ出て来るね」と答えられ、「私は唖然として云ふ所を知らなかつた。」という。

「私の先生から受けた影響は、（中略）兎もすればあらぬ方へ逸れ勝ちな私の性情を、先生によつて矯め直されたと云つた方がいゝ。（中略）私が兎も角も人生と社会とを正当に理解し、曲りなりにも世の中に立つて行かれるやうになつたのは、偏へに先生のお蔭である。実際先生がなかつたら、私は今頃どうなつてゐたか分らない。」

草平は漱石の「永遠の弟子」だと明言しているが、草平の語った平塚明子（雷鳥）の刺激によって造型されたのが『三四郎』の美禰子であり、『煤煙』に対する批判として提示されたのが『それから』の恋愛だという見方も成り立つ。漱石晩年のドストエフスキーに対する関心も、草平が火を付けたものだともいえよう。師に影響を与えながら師に吸収されていく草平の文学営為がうかがえるのである。

一四、野上豊一郎（一八八三〜一九五〇）について

四月一二日、野上豊一郎（一八八三〜一九五〇）にあての手紙である。

此間中は御老人御病気の為め御帰省の由幸御快気の趣にて再び御東上結構に存候心越禅師の幅物手に入り候由何よりの掘り出し物羨ましき限に候小生も良寛の書を二幅程得候内一幅は小品なれど大変結構の出来に候今度心越禅師を拝見の序を以て可供高覧候
小生の英書或は御手元に残り居り候はゞ一応御返却願度段々人に貸して行衛不明のもの出来候につき一寸整理致し度と存じ此間中よりそちこちと徴発致し居候元より至急を要する事にてはなけれど右の事情故どうぞ其積にて序もあらば御持参願上候右迄　匆々

心越禅師とは中国明代の禅僧で延宝五（一六七七）年来日。徳川光圀の保護を得て、水戸の祇園寺住持となった。詩文の他に七弦琴をよくした、と注解にある。一一節でも記したように、良寛への心酔から漱石の書風も高雅なものへと深化したが、他の禅僧の書への関心も高まっていた。さらに自分の書物の整理を意図して弟子たちに返却をうながしている。

四月一九日には、

拝復　謡会の御招待有難く存候然る処小生近日稽古を廃し此種の会合には当分出ない積故葵上の役割はどうか他に御

選定を願ひ度候考へて見るに謡は一人前になるには時間足らず今許す時間内にては碌な事は出来ず已めた方が得策と存候其上近来〇〇といふ男の軽薄な態度が甚だ嫌になり候故已めるのは丁度よき時機と思ひつき遂に断行致し候（後略）

謡が上達するには時間が足りないこと、「近来〇〇といふ男の軽薄な態度が甚だ嫌になり」と宝生新への不満を漏らし、謡をやめたいと書くのである。これ以後、謡のことには全く触れていない。漱石研究年表では「体力衰えたことも考えられる」とある。

野上豊一郎は英文学者・能楽研究者。号は臼川。大分県臼杵町の出身。第一高等学校で漱石の授業を受けた。同郷で明治女学校に学んでいた小手川ヤエ（後の野上彌生子）（一八八五〜一九八五）との交際が始まり、三九年八月結婚（入籍は大学卒業の四一年一〇月）。東大英文科に進んでからも漱石の講義を受け、小宮豊隆らと漱石を訪れるようになった。国民新聞の文芸記者。四二年法政大学講師、大正九年教授、後、学長・総長を歴任。英文学者としてはシェイクスピアを中心とした演劇研究に業績を残し、漱石の勧めではじめた謡が演劇研究と結びついて、能楽研究の先駆的な仕事をなしとげた。

漱石山房で語られた様々な話題を、豊一郎は小説家を志す妻ヤエに語って聞かせ、また漱石からの創作指導のなかだちとなったが、当初は山房に集まるひとびとにヤエとは兄妹であると思わせていた。『門』の安井と御米を思わせる。野上彌生子は木曜会を次のように偲んでいる。「野上から木曜会の度に、今夜は誰がどんな話をしてどんな議論が出て、また先生がどう仰しやつたと云ふやうなことまで委しく聞かされたので、行かなくとも大抵の話題や、出来事は知つてゐた」と。

漱石とは互いに絵をめぐっても遠慮のないやり取りをしていた。大正二年一二月八日には、「生涯に一枚でいゝから有がたい感じのする絵が描きたい山水動物花鳥何でも構はないありがたいので人が頭を下げるやうな崇高の気分を持つたものをかいて死にたい。」と手紙に書いている。

一五、晩年の主治医　真鍋嘉一郎

四月二十日　真鍋嘉一郎（一八七八～一九四一）あて書簡

拝啓過日は久振にて拝顔色々御高話承はり満足此事に候迂生病気につき種々御心配是亦深く奉鳴謝候乃ち御高配に従ひ十九日朝より二十日朝に至る迄二十四時の尿を一部分差出し候間可然御検査相成度候猶其後の食物表別紙の如くに候間是亦御参考の為め御覧被下度候如仰蛋白のみ摂取致候と反つて酸を増し候にや胃痛も起り運動も出来かね候老境に近《ちかづ》くと段々色々の故障ばかりにて甚だ心細き次第に候

猶向後の養生方其他に就ては検尿の上何分の御注意賜はり度電話にて御都合御報被下候へば又々御邪魔ながら本郷迄出掛可申候先は右用事迄　匆々

真鍋嘉一郎は医学者、愛媛県生まれ。明治三七年東大医科卒。四四年から三年間ドイツに留学。東大教授。物理療法の先駆者でレントゲン学や温床療法で知られる。漱石の松山時代の教え子。大正五年漱石の糖尿病の治療に当たり、その臨終にも立ち会った。漱石追想の文「夏目先生の追憶」がある。

真鍋によると、漱石の教え方は実に明快で綿密で、読み方・発音などには殊にうるさかった。さらに文法や作文指導なども徹底しており、のちの語学学習にたいへん役立ったという。テキストはアービング「スケッチブック」の比較的平明な文章で、これを一字一句丁寧に解説していき、結局たった三章しか進まなかったという。

手紙の中の「老境に近《ちかづ》くと段々色々の故障ばかりにて甚だ心細き次第に候」は、当時の漱石の体調の衰えと精神面を表していて、一二月の漱石の臨終を知る我々には心痛むものがある。

以後、検尿についての手紙は一〇月二〇日まで続いている。七月九日には「御蔭で糖分も減退腕の神経痛も癒りました感謝してゐます」と書いている。次は「夏目先生の追憶」の一節である。

「最近何でも一年ほど前に左手が痛んで困るからと訴へて来られたのが最初で、それが糖尿病のためだと解ると、専心その方の治療に努めて、昨今それは大によかつたのであつたが、最近には宿痾の胃潰瘍のために、とう〳〵惜しいことをして了つた。先生も最近になつて、大いに心細さと自重の念と起したらしく、私にあてた手紙なぞにも、「老境に近づくに従ひ心細きことのみ多く」なぞと訴へてこられたこともあり、又十一月の二十三日には、（中略）「五十といへばまだ西洋人の働き盛りですよ」と云つたら、先生も、「僕もさう思つて力をつけてるのさ」と仰った。死と云ふ事は全く予期なさらなかつたやうに私は思ふ。（後略）」と。

一六、漱石ファンの祇園の芸妓　野村きみ・梅垣きぬ（金之助）

五月二日　野村きみ（?～一九三二）あて書簡

御手紙をありがたう私も久しく御無沙汰を致しました御変もなくつて結構です私は病気をしに生れて来たやうなものですから始終どこかわるいのです然し今は起きてゐますさうして近いうちにくだらないものを新聞に書かなければなり

ません
金ちやんはゴリオシが出来なくつて例の男が妻君をもらつちまつたといふ話しですねどうも気の毒の至です然し早速あとを見付けて代りにすればちつとも差支ないでせう私のカ、アへの手紙は帰つたら渡しますカ、アは今外出して宅に居ませんまづ此位で御免蒙ります　さよなら
五月二日　　金之助
野村御君様
花をありがたう東京では御花見に一遍も行きません

大正四年三月一九日、漱石は京都へ気ままな旅行をする。それは妻鏡子が津田青楓に頼んで実現したものだった。漱石は大友で腹痛激しく寝込んでしまう。四月一日、人力車で北大嘉に帰り臥床。その間、磯田多佳、野村きみ、梅垣きぬらに手厚い看護をうけた。その間の事情については「京都と漱石」（二〇〇三・八）で論じたので省略する。この手紙では、体調があまり良くない中での『明暗』の執筆にふれている。

五月二一日には野村きみ・梅垣きぬ両名あての葉書を出している。

粽をありがたう何か御礼に上げますから欲しい食べたいものを云つて御寄こしなさい、東京にあるものはみんな京都にありさうで見当がつかないから。
うまい塩煎餅はいかゞ

梅垣きぬ（金之助）には『漱石全集月報』十二号（昭和四・二）に、漱石先生と題した長い談話がある。

聞いとくれやっしゃ、あたしが今日かうして気楽に暮してゐるのも、ほんまに先生のお蔭どっせえ。先生のお書きやしたもんの中には、人にはたよられても、自分は人をあてにするなちふ意味が書いておしたやろ、それがちゃんと、あたしの心底に沁み附きました。そやよってかうして安心して暮してゐるのやおへんかいな。あたしは神様も仏さんも拝ましまへんけど、先生だけは夏目神社や思うて拝むのどす。

苦しい〳〵思うてゐる時に、さう云ふええ事の書いてあるもんを読んで、あたしは見ん恋にあこがれるやうに、先生を神さんにしてこがれてゐましたわ。どうぞして一遍逢ひたいもんやおもうた願ひが、やっと十年目に叶うたんどっせえ。

ここには、芸妓梅垣きぬの、漱石への熱烈なファンぶりとともに、漱石文学受容の一つの姿がうかがえて興味深いものがある。漱石への打ち込み方は「なんせあたしは、好きで〳〵堪りまへんよって、先生がうんこにでもお行きやしたら、ついて行っておいど拭いて上げたいと思ふ位どすのやわ。」とまで述べている。漱石の京都滞在中、きぬは、初めての出会いから引き続いて殆ど毎日お目にかかったと述べている。それほどまでに彼女の心を動かした、身分、職業にこだわらない、人間を大切にした人間と人間との漱石の付き合い方であった。

東京に帰ってからも忙しい日程の中、梅垣きぬたちに約束した画帖を描いて贈っている。なお、梅垣きぬ（金之助）については、漱石は次の句を詠んでいる。

紅梅や舞の地を弾く金之助（大正四）

梅垣きぬは京都生まれ、一六歳のときに金之助の名で芸妓となる。漱石ファンとして知られ、漱石の日記（明治

四三・九・一八）にその名がみえる。実際に交遊がはじまったのは大正三年春からのことである、と。（書簡人名注）

（『続河』一八号　二〇一三・八・九）

夏目漱石の大正五年（その四）

一七、安藤現慶あて書簡からうかがえる漱石の親鸞理解

大正五年三月十八日　三河国安城町大字赤松　安藤現慶あて書簡

拝啓　愈《いよいよ》御多祥奉賀候偖《さて》先年拝借致したる仏書三部其後拝顔の機をまち御返却可致心算に御座候処生憎《あいにく》面語の折なく今日に至り無申訳なく候過日来両三度御宿所を森田君に尋ね今日漸く相分り候につき右御蔵書小包にて御郵送申上候につき御落手被下度候　以上

三月十八日　金之助

安藤現慶様

安藤現慶《げんぎょう》（一八八三〜一九五四）は、書簡集の注には次のように説明している。「東本願寺派の僧侶。岡崎の人。号は枯山。真宗中学から真宗大学へと進学。伊藤証信の「無我苑」に接近し、森田草平と知り合い木曜会にも出席した。日月社をおこし雑誌『反響』の編集・出版にあたる。のち郷里に帰り生家の永楽寺の第15代住職となる。」

森田草平は『漱石先生と私　下巻』の「親鸞上人と私」のなかで、（朝日文芸欄を罷めてから後　明治四四年一一月以後のこと）

「私は三河国岡崎在の坊さんで、安藤枯山君といふ人と知合ひになつた。この人は若い頃の河上肇博士なぞと共に、伊藤証信氏の「無我苑」なぞにも関係したことがあり、感激性に富んだ、一寸風変わりな坊さんであつた。年も私よりは一つか二つ下であつたと思ふ。（中略）

安藤君は「是非夏目先生に紹介してくれ」と強請《せび》るものだから、或木曜会の当日、私は同君を先生のお宅へ連れて行つた。その後も彼は在京中欠かさず木曜会へ出席して、私の欠席した日にも伺つたことがあるらしい。その私の欠席した日か、彼の出席した夜のことである。

安藤君は例に依つて、「先生はこれまで禅の方は大分お読みになつたやうだが、親鸞上人の著書乃至その研究はお読みになつたことが御座いますか」と訊ねた。先生は勿論「ない」と答へられた。すると、安藤君は「それでは是非読んで頂きたい。もし読んで頂ければ、書物は私が持つて参りますから」と頻りにお勧めした。

先生もその熱心に絆されて、「君がそれ程に云ふなら読んでもいゝが、一体親鸞上人といふ人は何ういふ人だ」と聞き返された。（中略）

「さうか、森田に似てゐるのか。そんなら僕には好う分つてゐるから、親鸞上人はもう読まんでもいゝ」と答へられた。

これにはさすがの安藤君もぎやふんと参つて、しばらく言葉が出なかつた。（中略）

で、安藤君はそれからすつかり萎《しよ》げてしまつて、片隅の方へ引込んだまゝ、その晩は終ひまで小さくなつてゐた。十一時頃になつて、来合せた連中が一同引揚げようとした時、安藤君もその後に跟いて座を立たうとすると、先生はそれを呼び留めて、

「安藤君、親鸞上人は僕も読んで見るからね。序があつたら、本を持つて来て貸してくれたまへ」と言はれた。同君が雀躍《こをどり》して喜んだことは云ふまでもない。その後直ちに自分が持つてゐる限りの上人に関する書物を持参して先生の御覧に入れたことは、同君の貰つた礼状が『書簡集』の中にも出てゐるから確かである。

「漱石先生はさういふ人ですね」と、後でその話を私にしてくれた時、安藤君は云つてゐた。（後略）」

ここには「感激性に富んだ、一寸風変わりな坊さん」安藤現慶（枯山）の人柄と、木曜会の席上出席者の様子を温かく見守っている漱石のまなざしがある。これをきっかけに漱石の親鸞理解は深まったことと推察される。

水川隆夫氏は『漱石と仏教　則天去私への道』（平凡社　二〇〇二年）において、漱石の蔵書に明治四三年刊の安藤洲一著『清沢先生信仰座談』があり、「漱石が浄土真宗の思想にはじめてまとまった形で接したのは、この書を読んだ時であろう」と述べておられる。（注　清沢《きよざわ》満之《まんし》　一八六三～一九〇三　愛知県の生れ。日本の明治期に活躍した真宗大谷派僧侶、哲学者・宗教家。帝国大学文科大学哲学科を主席で卒業。教団の革新運動を起こした。大谷光演（句仏）補導の任を受けて上京、多田鼎・佐々木月樵・暁烏《あけがらす》敏《はや》らと精神主義運動をはじめ、同人たちの集まる自宅を浩々洞と名づけた。）さらに漱石の蔵書にある浩々洞編『真宗聖典』（無我山房　一九一三年）は「浄土三部経」から「御臨終の御書」まで、六八の浄土真宗の主要な経典を収録した一〇八四ページに及ぶ大冊であるが、「漱石は、かなりこの書をひもといたのではないかと推定され、晩年における浄土真宗理解の深まりの原因をここに見ることができる。」としておられる。

なお、余談になるが、杉村楚人冠氏について触れておきたい。水川氏は同書の中で

「精神主義運動とは対極的に、仏教の立場から社会問題についても積極的に発言したのは新仏教運動である。浄土真宗本願寺派の専念寺（和歌山県）に生まれた古河勇一八七一～九九の仏教改革運動に端を発し、古河の没後、同じく本願寺派の真照寺（新潟県）に生まれた高島米峰、大谷派の境野黄洋、一時本願寺派文学寮教授嘱託となった杉村楚人冠一八七二～一九四五らが受け継いで、仏教清徒会を結成し、明治三十三年に機関誌『新仏教』を発刊

した。彼らは、仏教各宗派の排他性を批判してキリスト教にも近づき、また、平民社の社会主義者たちとも交流した。」と述べておられる。

杉村楚人冠は和歌山県の生れ。英吉利法律学校（現中央大学）などで学び、明治二三年国民英学会卒。『和歌山新聞』主筆、英文『反省雑誌』編集などを経て三六年東京朝日新聞入社、新聞の近代化に貢献。四〇年入社した漱石の親しい友人となった。『それから』（十三）で「（前略）幸徳秋水と云ふ社会主義の人を、政府がどんなに恐れてゐるかと云ふ事を話した。幸徳秋水の家の前と後に巡査が二三人宛昼夜張り番をしてゐる。一時は天幕を張つて、其中から覗つてゐた。秋水が外出すると、巡査が後を付ける。万一見失ひでもしやうものなら非常な事件になる。今本郷に現はれた、今神田へ来たと、夫から夫へと電話が掛つて東京中大騒ぎである。（後略）」とあるのは、杉村楚人冠の「幸徳秋水を襲ふ」（『東京朝日新聞』明治四二年六月七〜八日）を活用していることが知られている。漱石は明治四五年六月には、かねて頼まれていた漢詩「仰臥の人唖の如く」で始まる五言絶句を「立派な尺二の絵絹に書いて送つて呉れた」（「朝日」の頃　杉村楚人冠談）、お互いに敬愛していた様子がうかがえる。

明治四四年一一月二九日　ひな子急死。一二月二日　葬儀。

一二月三日　骨拾ひ。その日の日記―。

○表をあるいて小さい子供を見ると此子が健全に遊んでゐるのに吾子は何故生きてゐられないのかといふ不審が起る。

○昨日不図《ふと》座敷にあつた炭取を見た。此炭取は自分が外国から帰つて世帯を持ちたてにせめて炭取丈でもと思つて奇麗なのを買つて置いた。それはひな子の生れる五六年も前の事である。其炭取はまだどこも何ともなく存在してゐるのに、いくらでも代りのある炭取は依然としてあるのに、破壊してもすぐ償ふ事の出来る炭取はかうしてあるのに、かけ代《がえ》のないひな子は死んで仕舞つた。どうして此炭取と代る事が出来なかつたのだらう。
○昨日は葬式今日は骨上げ、明後日は納骨明日はもしするとすれば待（逮）夜である。多忙である。然し凡ての努力をした後で考へると凡ての努力が無益の努力である。死を生に変化させる努力でなければ凡てが無益である。こんな遺恨な事はない。
○自分の胃にはひゞが入つた。自分の精神にもひゞが入つた様な気がする。如何となれば回復しがたき哀愁が思ひ出す度に起るからである。（後略）
十二月五日
○十時にひな子の骨を本法寺へ納め（百ヶ日間あづかつてもらふ約束）に行く（中略）
○小僧が出て来て仏の燈明をつける。其奥にある蝋燭立に蝋燭をつける。三奉（方）に御供を盛つたものを其両側に置く。壇の前の下に白木の机にひな子の骨を載せたものへ白い絹を掛けて据える。二人の衆徒が一段低い畳の上に並んで如来に向つて並んで平伏する。しばらくして茶の袈裟をかけた若い僧が仏壇の後ろから出て来て一段高い本堂のはづれ迄進んで夫れから仏壇の方へ向き直つて、畳半畳程の席へ上つてぱたりと何かを落すと同時に平伏した二人は頭を上げる。読経が始まる。阿弥陀経であつた。
○若い僧は一人で退く。衆徒のうち一人が残つて本堂の段をのぼつて向つて左手の棚から黒塗の箱を持つて出て、吾等と同平面へ下りて、前へ進む一歩の足を奇麗に又後へ戻して東向に着席して御文様をよむ。「……朝に紅顔あつて夕に白骨となる。――六親眷属嘆き悲めども其甲斐なし？……」
○夫から仕切をあけて出て来て御焼香をといふ。（後略）
○終つて座敷で休息中主僧が出て挨拶をする。あなたが金之助さんと仰しやるのですかといふ。初めましてといふ。
（私は夏目家のものですが分家を致しましたので、今度始めて御厄介になります。）
○是で一段落ついた。

ひな子の葬儀・骨拾い・納骨などの一連の行事から、漱石の痛切な思いとともに、浄土真宗への理解がうかがえるのである。

一八、『二百十日』翻訳問い合わせのジョーンズ

大正五年五月十八日付　ジョーンズあて書簡

拝啓小生先日来病気にて打臥り居候ため御申越の拙著翻訳の件に関する御返事相後れ甚だ遺憾に候右に就き卑見は左の如くに候

（一）「二百十日」の英文出版が教育のため、若くは他の公共の目的の為め、或は単なる物数奇の為にて、利得に関係なきものなる以上、小生は無条件にて出版を承諾するもの〔に〕有之候又右に就き御両君の御尽力を銘謝するものに候

（二）もし又相当の物質上の収入を目標としての事業なる上は作者としての小生も応分の取得を請求可致候是は利得の問題といふよりも寧ろ理非の問題として斯く申す次第に候

元来「二百十日」は大した実質ある作物にても何でもなく英訳の価値ありとも存じ居らず候へば可相成は出版御見合せの程こそ小生に取りて願はしき事に御座候

右返事迄　敬具

五月十八日　　夏目金之助

ジョー〔ン〕ズ様

全集の注によると、ジョーンズ（一八八五—一九五七）Johns, Trevor　イギリス生まれ。マンチェスター大学、ロンドン・スクール・オブ・エコノミクスに学ぶ。大正四年来日、小樽高商の英語教師となる。一一年東京商大に転じ、かたわら東大、早稲田大等で英語・英文学を講じた、とある。

「小生先日来病気にて打臥り居候」とは、五月七日、胃の具合が悪くて寝込み、一六日に病床を離れたことを指

している。寝込む前日、鬼村元成宛の手紙に「是から又小説を書くので当分忙がしくなります」と書いているので、『明暗』の世界創造の苦しみが胃を痛めたものと推察される。一三日には寅彦が見舞に来ている。『明暗』は複雑な人間関係が網の目のように布置されていて輻輳し錯雑する物語が二週間ばかりの出来事であることに驚かされる。

『二百十日』は明治三九年一〇月『中央公論』に発表され、『鶉籠』所収。二人の青年が阿蘇山に登ろうとする顛末を描いたものである。体格のいい青年「圭さん」は、「豆腐屋の伜」で「毬栗頭」「不公平な世の中」への反発の気持ちの強い「慷慨」の徒である。「碌さん」は引っぱり回される人物で、圭さんから「君は第一平生から惰弱でいけない。ちつとも意志がない」「君なんざあ、金持の悪党を相手にした事がないから、そんなに呑気なんだ」といわれている。九月に発表された『草枕』の「非人情」の旅を願う唯美的な感覚表現、厭世を基盤にした文明観の現実逃避的な傾向を否定し、社会の不正・不平等に対して戦う姿勢を示し、『野分』の白井道也の誕生につながっていく作品といえる。漱石は高浜虚子宛の書簡（明三九・一〇・九）の中で「僕思ふに圭さんは現代に必要な人間である。今の青年は皆圭さんを見習ふがよろしい」と述べている。

『明暗』は「漱石研究年表」によると、五月一九日か二〇日に起稿。風邪や胃の調子が悪くなることを心配して、書きためるように努めた。一一月二二日に病気のため執筆不能になった時、二四回分の書きためがあった。五月二一日、数日来不快、臥床していたが、やや快復する。『明暗』の原稿は完結後まとめて赤木桁平へ渡して欲しいと、山本松之助あてに頼む。五月二六日、『明暗』東京・大阪両朝日新聞に同時掲載始まる。

この手紙では『二百十日』が教育・公共のためなど利得に関係の無いばあいは無条件で英文出版を承諾すると述べて理解を示している。ただし英訳の価値があるかどうかについては否定的で、見合わせを望んでいる。

五月二八日、再度ジョーンズへの手紙を次のように認めている。

御手紙拝見致しました。「二百十日」はかつて羅馬字会で出版したいと申しました節許諾を与へましたので其本が御手元に渡つたため今回の英語翻訳となつたのだらうと推察されます。既に英語教授の目的で御翻訳になる以上それを同様の目的で他の学校に使用される事は毫も差支御座いません。幾分か学生の便宜になる事だらうと思ひますから。

但し作物として芸術上翻訳の価値があるかないかの問題になると、私は全く自信がありません故、若し御翻訳が教育上の目的にせよ一般に流布されるやうな場合には緒言にでも「作者を代表するに足る好い著述ではないが羅馬字で出版されてゐるので、英訳上便宜があるから、著者の意向如何に拘はらず、とくにこれを翻〔訳〕した」と御注意下さるやう願ひます。

私の考へでは「二百十日」よりも「坊ちやん」の方がまだ増しだらうと考へます。私の友人が鹿児島の高等学校にゐた英人に「坊ちやん」を読んでやつてゐた事があります。（英人へ日本語を教へるため）是は余計な事ですが御参考のため書き添へます。

英語で御返事をかくのが億劫ですから日本語で書きました。それも羅馬字で書いた方がよろしからうと存じましたが、今回も御知り合の日本の教授方を煩はす事にして、書きよい書き方で御免蒙ります。　以上

五月二十八日

ジョーンズの申し出に対して至れり尽くせりの返事である。「既に英語教授の目的で御翻訳になる以上それを同様の目的で他の学校に使用される事は毫も差支御座いません。幾分か学生の便宜になる事だらうと思ひますから。」と述べながらも、「作物として芸術上翻訳の価値があるかないかの問題になると、私は全く自信がありません故、若し御翻訳が教育上の目的にせよ一般に流布されるやうな場合には緒言にでも「作者を代表するに足る好い著述ではないが羅馬字で出版されてゐるので、英訳上便宜があるから、著者の意向如何に拘はらず、とくにこれを翻〔訳〕した」と御注意下さるやう願ひます。」と注文をつけ、『二百十日』よりも『坊っちやん』のほうがまだまし

だろうと述べている。

一九、『明暗』を書きはじめる漱石の体調と、原稿の処置について

五月二一日付　山本笑月（松之助）あて書簡

拝啓此間中から少々不快臥牀それで小説の書き出しが予定より少々遅くなつて済みませ〔ん〕谷崎君の二十日完了の筈のものが二十四〔日〕迄延びたのも夫が為の御斟酌かと存じ恐縮してゐます此分では毎日一回宛は書けさう故御安心下さい

却説《さて》小生の宅へ来る赤木桁平と申す人が今度の「明暗」の原稿を是非貰ひたいと申します私は断るのも気の毒ですから社へ聞き合せて置かうと申しましたが如何なものでせう若し御差支なくば、又大した御手数にならないならば御保存の上完結後取り纏めて同氏へ渡してやりたいと思ひます一寸手紙で御都合を伺ひます　以上

五月二十一日　　夏目金之助

山本松之助様

山本松之助は長谷川如是閑の実兄。明治三一年に東京朝日新聞入社。文芸部長、社会部長を歴任。『明治世相百話』などの著書がある。

『明暗』は前述のように五月一九日か二〇日に起稿、風邪や胃の調子が悪くなることを心配して書きためるように努めた。「此間中から少々不快臥牀それで小説の書き出しが予定より少々遅くなつて済みませ〔ん〕」と執筆の遅れを謝り、「毎日一回宛は書けさう故御安心下さい」と現状を報告している。手紙の後半では、『明暗』の原稿は完

結後まとめて赤木桁平へ渡してほしいと頼んでいる。体調不良を押しての執筆であったが、完結を期し、意欲十分の様子がうかがえて、一一月二二日に執筆不能になったとき、二四回分の書きためがあったことを知る者にとっては、漱石の責任感と運命にたいして何ともいえない思いを抱くのである。

赤木桁平は本名池崎忠孝。岡山県生まれ、東大在学中から評論を発表し、漱石山房の木曜会にも出入りするようになった。漱石研究の最初の著作とされる『夏目漱石』ほか多数の著書がある。大正四年一〇月二六日には、読売新聞に載せた赤木桁平の「『道草』を読む」について、「読売新聞をありがたう、人の小説を批評するなんて事は中々面倒な事です。ことに多忙なあなたに取つて甚だしい煩だつたらうと思ひます。「道草」のためにつぶさせたあなたの時間は私から見るとあなたの損のやうな心持がして御気の毒です。謹んで御好意を感謝します。」と感謝の思いを述べている。

大正五年の断片七一Bに、次のような記録がある。

○男は女、女は男を要求す。さうしてそれを見出した時御互に不満足を感ず。
　自分に必要でさうして自分の有つてゐないものを他に於て見出すが故に互に要求する也。同時に自分になくして他にあるものは元来自分と性質を異にしてゐる故に衝突を感ずるなり。コンプレメンタリとして他を抱擁せんとするものはアイデンチカルならざる故に又他を排斥するなり。
　故に陰陽は相引き又相弾く。相引く事に快を取らんとすれば相弾く苦痛をも忍ばざるべからず

小宮豊隆は、これを三月中旬以後四月上旬以前に書かれたと推定している（『漱石　三重吉　寅彦』所収「『明暗』の材料」角川文庫　昭和二七年）。そうしてこれを、『明暗』七五回から七六回にかけての、是は藤井の説であると

いって、岡本がお延に話して聞かせる場面につかわれていると指摘している。真面目なことを冗談の衣に包んで言う癖のある岡本が、からかい半分に述べるところである。けれどもこの言葉はこの後しばしばお延の頭の中に蘇ってくる。

この断片は、この場面だけでなく『明暗』全体に底流している重要な問題ではないかと、引用者には思われるのである。漱石にとって男女の問題、夫婦の問題は、ずっと追求し続けてきた大問題であったからである。

二〇、命名を依頼されて

大正五年六月九日付け　下山儀三郎あて書簡

拝啓昨日は失礼致しました其節御依頼の御令嬢命名の儀は小生の漱石の石をとりいし子と致しました自分の雅号などを人につけて遣る事を私は甚だ好まないのでありますが昨日の御話を伺つて見ると御断りを致すのが如何にも御気の毒でありますから僭越を忍んで御希望の如くに取り計ひました向後健全の御発育と立派なる御成長とは小生の切望する所であります　敬具

六月九日　夏目金之助

下山儀三郎様

六月二二日　下山儀三郎あて持参状

拝啓此品軽少ながら赤坊さんの夏着として御笑納被下度是は荊妻がミシンで拵へた手製に御座候故御祝としては幾分

か記念にも可相成かとも存じ石子さんに差上る次第に候　頓首

六月二十二日　　　　夏目金之助

下山儀三郎様

漱石は自分の雅号などを人につけて遣る事を「甚だ好まない」といいながらも、「御話を伺つて見ると御断りを致すのが如何にも御気の毒でありますから僭越を忍んで御希望の如くに取り計ひました」と述べ、「向後健全の御発育と立派なる御成長とは小生の切望する所であります」と結ぶのである。さらに一三日後には、妻鏡子手製の夏着を御祝いとして贈っている。

下山儀三郎は俳人であり、『新選俳句大観』を編んでいる。また、美術出版などを手がける中央出版協会の編輯・発行人であった。七月五日には『新選俳句大観』恵贈の礼状をしたためている。人間味あふれる漱石の応対ぶりに感じ入るのである。

二一、大谷繞石への書簡

大正五年六月一五日　金沢市　大谷繞石（正信）あて

拝啓御恵贈の御菓子折正に頂戴致しました毎度ながら御心にかけられての御親切ありがたく御礼を申上ます小説も毎日二回づゝ読んで頂くのは恐縮の至でありますが自分の我儘の方から申せば其方が嬉しいのには違ありませんさういふ熱心な読者に対して何うか満足の行くやうな旨いものが書きたいと冀ふ次第であります

先は不取敢右御礼迄　匆々

六月十五日　　　　　　　　　　　　　　　　　　　　夏目金之助
大谷繞石様　座下

大谷繞石（一八七五〜一九三三）は、『漱石全集』の注によれば、英文学者・俳人。本名は正信。松江の生れ。松江中学時代に小泉八雲に敬事、三高時代は高浜虚子、河東碧梧桐と同級。やがて子規に師事した。明治三二年東大英文学科を卒業し、四高・広島高の教授を歴任。明治四二年末より四五年初イギリスに留学、『滞英二年　案山子日記』がある。ほかに句集『落椿』、随筆集『北の国より』がある、と記されている。

早くからの熱心な漱石読者で、明治三九年四月四日、『坊っちゃん』の感想に対して漱石は、「山嵐や坊ちゃんの如きものが居らぬのは、人間として存在せざるにあらず、居れば免職になるから居らぬ訳に候。貴意如何。／僕は教育者として適任と見做さるゝ狸や赤シャツよりも不適任なる山嵐や坊ちゃんを愛し候。大兄も御同感と存候。」と書いている。

前述の書簡でも『明暗』を「毎日二回づゝ読んで頂くのは恐縮の至」と記しながらも、「自分の我儘の方から申せば其方が嬉しいのには違ありませんさういふ熱心な読者に対して何うか満足の行くやうな旨いものが書きたいと冀ふ次第であります」と、読者に満足のいく旨いものが書きたい、と切に望むのである。

大正四年一一月七日の書簡

拝啓此間はつまらない作物につき御叮寧な御注意を御払ひ下さいまして誤植表まで御拵らへをいたゞき御好意の段幾重にも鳴謝致します／御恵贈の品物は双方ともありがたく頂戴致しました（後略）

この「誤植表」を拵えてくれた作品は、七月十四日の書簡などから『道草』と推定される。いただいた品物は、庭先の柿の木に登って取った柿と鶉であった。

大正二年一月十日　大谷繞石（正信）あて書簡

（前略）御送被下候「滞英二年」正に落手御芳情万謝仕候相憎包み紙さかさに相成居候ため御署名さかさに相成候事残念に存候。然し其他には異状無之決して御懸念被下間鋪候
巻頭の小泉先生へのデヂケーシヨン（献辞）は甚だ結構に候いまだ日本の著書にて八雲先生に捧げたものは一つも無之大いに嬉しく存候。（中略）「行人」御読被下候由難有存候先がどうなるやら作者にも相分らずたゞ運次第に候御憫笑可被下候先は右不取敢御礼迄　草々（後略）

大谷繞石は明治二九年東京帝大文科大学英文科に入学。この年講師に就任したハーンに再び教えを受けた。三二年に卒業。明治三六年三月、ハーンは辞任し、後任は漱石と上田敏、アーサー・ロイドの三名になった。漱石の講義がハーンと全く異なり理詰めであったために、ハーンの教え子だった学生たちは反発と戸惑いを感じたという。『吾輩は猫である』（六）で迷亭が、「僕のも大分神秘的で、故小泉八雲先生に話したら非常に受けるのだが、惜い事に先生は永眠されたから、実の所話す張合もないんだが、折角だから打ち開けるよ。其代り仕舞迄謹聴しなくつちやいけないよ」と話すところがある。また、明治三七年一二月一九日野間真綱あて書簡では

（前略）倫敦塔は未だ脱稿せず然しものになります御一覧の上是非ほめて下さい雑誌の批評は当つてるのか間違つてる

のか分らない僕の事が雑誌に出る度に子規が引き合に出るのは妙だとにかく二代目小泉にもなれさうもないスヰフトにもなれさうにない僕の様な善人をシニックの様にかくのはよくありませんよねえ君（後略）

明治四二年八月の談話「テニソンに就て」でも一九世紀後の文章家の中に「此間死んだハーンさんだとか」とハーンを高く評価していた。

大谷繞石の『滞英二年』巻頭の「小泉先生へのデヂケーシヨンは甚だ結構に候いまだ日本の著書にて八雲先生に捧げたものは一つも無之大いに嬉しく存候」と褒めたたえ、「行人」を読んでくれている事への礼を述べている。二人の、読者と作者のまれに見る親密で敬愛に満ちた関係が、その後も生涯にわたって続いたことを嬉しく思うのである。

二二、『明暗』の間違いの指摘を受けて

大正五年七月一一日付け　山本松之助（笑月）あて

拝啓「外報」という名前で（明暗中烟草の名）Ｍ、Ｍ、ＣはＭＣＣの間違だと注意して呉れた人があります。その人はその間違をあなたに話したさうですから、あなたは其人《ママ》を御存じだらうと思ひますので、此手紙をあなたに差上ます。

「実は私はＭＭＣとばかり思ひ込んでゐました。然し御注意により書物にするときにはＭＣＣと訂正致します。有難う御座います。」

是丈伝へて下さい。
夫から其人《ママ》の端書のうちに「エラタ」と仮名で書いてありますが、エラタは誤謬の複数で、単数の時はエラタムになります。是は故意に意趣返しの積でいふのでも何でもありませんが、羅甸（ラテン）語を英語に移したものだから間違へると気が付かない事もあります故其人に注意して上げて下さい。序（ついで）に云ふのですから手紙の主題とは何等の関係もない事ですけれども、たゞほぢくる為の悪意でない事丈は先方に伝はる様に願ひます　以上

七月十一日　　夏目金之助

山本松之助様

『明暗』の原稿については漱石は細心の注意を払っていた。六月一〇日には、投函した『明暗』（二十四）の原稿について「「彼は突然（中略）砲声を聞いた」といふやうな文句がありますが、もし砲声となつてゐたらそれを銃声と訂正して置いて頂きます。もし又砲声とも銃声ともなく他の「どんといふ音」とか「鉄砲の音」とかなつてゐたらその儘でよろしう御座います。何だか書いたあとで不図気が付いた様で其癖自分の使用した句をはつきり覚えてゐない様なのでつい不得要領な御願を致す事になりました　以上」と、山本松之助様　編輯用として送付している。烟草の名前について注意してくれた人に感謝しながらも「序に」いうのですからとして、単数の間違いをその人に注意して上げて下さいと頼んでいる。いかにも漱石らしい几帳面さと配慮である。

山本笑月は、『漱石全集別巻』漱石言行録の「朝日新聞時代」で次のように述べている。「（夏目さんは）（前略）新聞小説に一新境地を拓いたことは世の認めるところだが（中略）次から次へと新しい気分で書いて行つて尽きないといふ風であつた。（中略）原稿がいかにも綺麗なことは知れて居るが、誤植などが在つたりすると、校正にまで、私はかう思ふが、かう言ふ文字ではいけないのか、と言つた風にして尋ねて来る。まことに此方が恐縮するやうな丁寧な言葉であつた。小説のことや社の記事のことなどで、電話で何か聞き合すと、必ず非常に委しくその返

事を手紙で書いてよこされた。中々筆まめな人であつた。」と。

二三、厨川白村への返事

大正五年七月一五日付け　厨川白村あて

拝復其後愈《いよいよ》御勉強結構に存じます。私の病気を御見舞下さいまして有難う御座います。私は始終病気です。但起きてる時と寐てゐる時とある丈です。
上田敏君が死にました。十三日に葬式がありました。人間は何時死ぬか分りません。人から死ぬ死ぬと思はれてゐる私はまだぴく〳〵してゐます。
私の書物なんか亜米利加人に読んでもらふやうなものは一つもありません。
御返事迄　匆々
七月十五日　夏目金之助
厨川辰夫様

厨川白村は（一八八〇―一九二三）英文学者・評論家。京都の生まれ。明治三七年東大英文科卒。在学中はハーン、漱石、上田敏について学んだ。在学中から『帝国文学』誌上などで活躍。五高、三高教授を経て、京大教授となった。三高での課外講義をあつめた『近代文学十講』などがある。

大正二年六月三日付けの手紙では、

拝復御手紙難有存候病気は漸く本復又しばらく人間界の御厄介に相成る事と相成候行人御高覧にあづかり感謝あとは単行本につけるか新聞に載せるか未定に候大して長くなければ新聞に出すまでもなくと存候近頃は如何なる方面御研究にや先達ての御《ママ》高著好評にて何版もかさね結構慶賀至極に候先は御挨拶迄　匆々

六月四日　　夏目金之助

厨川白村様

大正二年といえば、四月七日『行人』の「帰つてから」三八回で中断、九月一七日まで、胃潰瘍・神経衰弱のためである。鏡子に睡眠薬を頼まれていた岡田（林原）耕三は、そのあまりの多さに注意したところ、鏡子の不興を買い出入り差し止めになった。（林原耕三『漱石山房の人々』「漱石とヴェロナール」の項）漱石の神経衰弱のひどさに手を焼いた鏡子が大量のヴェロナールを飲ませ、それを知らない漱石は、この頃は執筆中に眠くてしかたがなく万年筆を落とすほどだと林原にこぼしたという。「先達ての御高著好評にて何版もかさね結構慶賀至極に候」とは『近代文学十講』のことである。この年九月一八日から連載が始まった『行人』「塵労」は一一月一五日、五二回で完結した。

七月一五日付けの手紙でわかることは、『明暗』執筆中の体調がよくないこと、「私は始終病気です。但起きてる時と寐てゐる時とある丈です。」「人間は何時死ぬか分りません。人から死ぬ死ぬと思はれてゐる私はまだぴく〳〵してゐます。」とあるように、人間の命のはかなさの自覚への痛切さであろう。

上田敏（一八七四～一九一六）は英文学者・評論家・詩人。柳村と号した。明治三〇年東大英文科卒。『帝国文学』創刊の発起人。明治三六年四月、ハーン辞任のあとをうけて、漱石と同時に東大講師となり、外遊後、四一年に新設の京都帝大文科大学講師（のち教授）。ヨーロッパ文学の移植につとめた。訳詩集『海潮音』がある。七月九日、萎縮腎に尿毒症を併発して急逝した。同僚だった敏の急逝は漱石にはこたえたものと思われる。当時ニューヨークにいた白村は、その幅広い知識から漱石作品がアメリカで十分に理解されるものと判断して翻訳の伺いをたてたものかとうかがえる。もしこの時作品が翻訳されていたらと想像すると、楽しい気分にもなり惜しい気持ちにもなる。

二四、『明暗』の書き方について——大石泰蔵への書簡

大正五年七月一八日付け　大石泰蔵あて書簡

拝復「明暗」のかき方に就ての御非難に対しては何も申上る程の事はないやうです。私はあれで少しも変でないと思つてゐる丈です。但し主人公を取かへたのに就ては私に其必要があつたのです。それはもつと御読下されば解るだらうと思ひます。アンナカレニナは第何巻、第何章といふ形式で分れてゐますが内容から云へば私の書方と何の異なる所もありません。私は面倒だから一、二、三、四、とのべつにしました。夫《それ》が男を病院に置いて女の方が主人公に変る所の継目はことさらにならないやうに注意した積です。要するにあなたは常識で変だといひ私も常識で変でないといふのです。すると二人の常識がどこか違つてゐるのでせうか呵々

七月十八日　　夏目金之助

大石泰蔵様

七月一九日付け　大石泰蔵あて書簡

あなたの第二の手紙は私のあなたに対する興味を引き起しました。第一の書信を受取つた時私は（実を云ふと）面倒

な事を云つてくる人だと思ひました。黙つて放つて置かうかとも思ひました。然し第二の御手紙に接した私は、あなたの御不審のある所が漸く判然したやうに考へるやうになりました。それで又此返事を差上ます。

あなたはお延といふ女の技巧的な裏に何かの欠陥が潜んでゐるやうに思つて読んでゐた。然るに、其お延が主人公の地位に立つて自由に自分の心理を説明し得るやうになつても、あなたの予期通りのものが出て来ない。それであなたは私に向つて、「君は何の為に主人公を変へたのか」と云ひたくなつたのではありませんか。

あなたの予〔期〕通り女主人公にもつと大袈沙〔裟〕な裏面や凄まじい欠陥を拵へて小説にする事は私も承知してゐました。然し私はわざとそれを回避したのです。何故といふと、さうすると所謂小説になつてしまつて私には（陳腐で）面白くなかつたからです。私はあなたの例に引かれるトルストイのやうにうまくそれを仕遂げる事が出来なかつたかも知れませんが、私相応の力で、それを試みる丈の事なら、（もしトルストイ流でも構はないとさへ思へば）、遣れるだらう位に己惚れてゐます。

まだ結末迄行きませんから詳しい事は申し上げられませんが、私は明暗（昨今御覧になる範囲内に於て）で、他から見れば疑はれるべき女の裏面には、必ずしも疑ふべきしかく大袈〔沙〕裟な小説的の欠陥が含まれてゐるとは限らないといふ事を証明した積でゐるのです。それならば最初から朧気に読者に暗示されつゝある女主人公の態度を君は何う解決するかといふ質問になり〔ま〕せう。然しそれは私が却つてあなたに掛けて見たい問に外ならんのであります。あなたは此女（ことに彼女の技巧）を何う解釈なさいますか。天性か、修養か、又其目的は何処にあるか、人を殺すためか、人を活かすためか、或は技巧其物に興味を有つてゐて、結果は眼中にないのか、凡てそれ等の問題を私は自分で読者に解せられるように段を逐ふて叙事的に説明して居る積と己惚れてゐるのです。

斯ういふ女の裏面には驚ろくべき魂胆が潜んでゐるに違ないといふのがあなたの予期で、さう云ふ女の裏面には必ずしもあなた方の考へられるやうな魂胆ばかりは潜んでゐない、もつとデリケートな色々な意味からしても矢張り同じ結果が出得るものだといふのが私の主張になります。

あなたの方が真実でないとは云ひません。然し其方の真実は今迄の小説家が大抵書きました。書いても差支ありません、又陳腐でも構はないとした所で、もし読者が真実は例の通り一本筋なものだと早合点をすると、小説は飛んだ誤解を人に吹き込むやうになります。今迄の小説家の慣用手段を世の中の一筋道の真として受け入れられた貴方の予期を、私は決して不合理とはみとめません、然し明暗の発展があなたの予期に反したときに、成程今迄考へ〔て〕ゐた以外此所にも真があつた、さうして今自分は漱石なるものによつて始めて、新らしい真に接触する事が出来たと、貴方から云つて頂く事の出来ないのを私は遺憾に思ふのであります。さう思はれないのは、私の手腕の欠乏、私の眼力の不足、色々な私の欠点から出て、毫も読者たる貴方の徳を煩はすに足りないかも知れませんが、兎に角私の精神丈は其所にある事を御記憶迄に申上て置きます。

終にのぞんで親切なる読者の一人として私はあなたが如何なる種類階級に属する人であるかを知りたいと思ひます。

七月十九日　　夏目金之助

大石泰蔵様

大石泰蔵（一八八八〜一九三七）　漱石全集　第二十四巻　書簡下　人名に関する注では次のようにある。

新聞記者。兵庫県の生まれ。明治四十五年東北帝大農科（現在の北大）卒。在学中に札幌のキリスト教独立教会員となった。のち（大正後期）大阪毎日新聞に入社。

『漱石全集』第二十四巻（第二次刊行）月報24（二〇〇四年三月）6頁〜11頁

【続・漱石言行録二八】

夏目漱石との論争　　大石泰蔵

『明暗』に対する私の非難に答ふる作者漱石の二通の書簡を石浜純太郎君のところから発見して、昭和十年十一月九日、大阪朝日新聞が発表してしまうた。最初の漱石全集刊行の際、編纂者から提供方の交渉を受けたこともあつたが、私は謝絶した。文士が世に公にするものは通例推敲を重ねるものであるのに、書きなぐりといふわけではないが、私信を公開されることは迷惑であらうと考へたことが一つ、元来論争のための往復文書を、一方だけ公開して、一方を公開せぬといふことは片手落の不公平であると考へたことが二つ。その後、書簡は石浜君の所有に移り、秘められるともなく秘められて、遂に漱石の二十回忌に世人の眼に触れることとなつたのである。

この手紙は漱石最大の傑作とされる『明暗』の作意に就て珍らしくも作者自身で語つたものであり、現代のリアリズム文学論にも触れ、様々の意味で興趣の深いものであると大阪朝日は述べてゐる。私としてはこの手紙が世に出た以上、ここに扱はる丶問題の性質を明かにするために、当時どういふ風に漱石に抗議したかに就て語ることは必要であると思ふので、二十年来の沈黙を破ることにしたい。

『明暗』は大正五年六月一日から（引用者注　実際は五月二十六日から）、朝日新聞に載り初めたのである。毎朝読んで行く中に、第四十七回になつて、「これは不可ん」と私は思うた。そこで早速作者に抗議を申し送つた。これが七月十七日のことである。

『明暗』は津田を主人公とする第三人称小説である。が、今日までに理解さるるところでは、作者は津田の心の中にだけは自由に立ち入り、津田が何を考へてゐるか、どういふ心持でゐるかを読者に報告出来るといふ建前を取つてゐる。津田以外の人物では彼と同様に重要な役割を勤めてゐる細君のお延に対してすら、この自由を保有して居らぬ。お延の考へなり、心持なりを明かにせんがためには女自身に語らせるか、でなければ、女の態度仕科《しぐさ》、表情等によつて間接に示すより外に方法はないことになつてゐる。結局、『明暗』は形式上では第三人称小説であるけれども、実質は津田を説話者とせる第一人称小説と異なるところがない。然るに、津田を病院に送つて置いて、お延が親戚の者と芝居見物に行く辺から、作者も津田を矢張り病院に置き去りにして、お延を追ひかけ、従来の津田付きの作者は忽ちお延付きの作者に早変りし、お延の心理を心のま丶に見透すことが出来るといふ能力乃至権利を勝手に獲得した。これは常識上ヘンではないか。お延の心理を見透して必ずしも悪いとはいはぬが、では何故に以前に夫婦差向ひでゐるやうな場合に、津田だけでなく、細君の心にも触れることをせなんだか。『アンナ・カレニナ』ではトルストイは多くの人物の心の中に適宜に不自然でなく這入つてゐるやうだがといふことも申添へて、非難したのであつた。

要するに私は作の内容がどうのかうのといふのではなく、たゞ小説作法の上から論じたまでゞある。

これに対して早速七月十八日附で、巻紙に筆で認めたる次の如き返信が来た。

第一の返事（禁転載）

拝復『明暗』のかき方に就ての御非難に対しては何も申上るほどの事はないやうです。私はあれで少しも変でないと思つてゐる丈です。但し主人公を取かへたのに就ては私に其必要があつたのです。それはもつと御覧下されば解るだらうと思ひます。アンナ・カレニナは第何巻、第何章といふ形式で分れてゐますが内容から云へば私の書方と何の異なる所もありません。私は面倒だから一、二、三、四とのべつにしました。夫《それ》が男を病院に置いて女の方が主人公に変る所の継目はことさらにならないやうに注意したつもりです。要するにあなたは常識で変だといひ私も常識で変でないといふのです。すると二人の常識がどこか違つてゐるのでせうか呵々

七月十八日　　　　　　　　　　夏目金之助

大石泰蔵様

この返事はありがたく頂戴したが、内容は私を満足させるものでは勿論なかつた。主人公のかはるところは特に目立たぬやうに作者はしたつもりかは知らぬが、私にはここが無理とも不自然とも見えたのでゐ〔ママ〕る。が、それは置いて、観点を替へて、私は重ねて抗議した。

今までのところでは『明暗』の興味の中心はお延である。怜悧で、技巧に富んでゐるお延の胸の中には何があるか、この女は何を欲し、何を求めてゐるか、こういふところに、読者―少なくとも私は最大の関心を置いてゐる。そこで作者は小説の運びの中にこれが解答を与へて呉れるのであるが、お延の心の中に這入り込まぬ方針である以上、事件の推移、その他客観描写の中に自らわかるやうにするといふ方法を取るに相違なく、それでこそ小説の面白さも生じ、作者の手柄もあらはれるのである。こう考へて期待してゐたところへ、案に反して作者は矢庭にお延の心の中に闖入し、女は津田に捧げてゐる愛情と同等の愛情を津田からも要求してゐる一個平凡の女性に過ぎぬといふことを作者自ら説明してしまうてはもはや興醒めではないか。これも亦小説作法の上から見て、拙劣な遣り方ではないかと無遠慮にいうたのであつた。

これに対しても七月十九日附で、直ちに返事が来た。「漱石山房」とある原稿用紙六枚にペンで書いたものであつた。

第二の返事（禁転載）

あなたの第二の手紙は私のあなたに対する興味を引き起しました。第一の書信を受取つた時私は（実をいふと）面倒なことをいつてくる人だと思ひました。黙つて放つて置かうかとも思ひました。然し第二の御手紙に接した私はあなたの御不審のある所が漸く判然したやうに考へるやうになりました。それで又この返事を差上ます。

あなたはお延といふ女の技巧的な裏に何かの欠陥が潜んでゐるやうに思つて読んでゐた。しかるにそのお延が主人公の地位に立つて自由に自分の心理を説明し得るやうになつても、あなたの予期通りのものが出て来ない。それであなたは私に向つて、「君は何のために主人公を変へたのか」といひたくなつたのではありませんか。

あなたの予【期】通り女主人公にもつと大袈裟な裏面や凄じい欠陥を拵へて小説にすることは私も承知してゐました。しかし私はわざとそれを回避したのです。何故といふと、さうすると所謂小説になつてしまつて私には（陳腐で）面白くなかつたからです私はあなたの例に引かれるトルストイのやうにうまくそれを仕遂げることが出来なかつたかも知れませんが、私相応の力で、それを試みるだけのことなら、（もしトルストイ流でも構はないとさへ思へば）遣れるだらう位は己惚れてゐます。

まだ結末まで行きませんから詳しいことは申し上げられませんが、私は明暗（昨今御覧になる範囲内に於て）で、他から見れば疑はれるべき女の裏面には、必ずしも疑ふべきしかく大袈裟な小説的の欠陥が含まれてゐるとは限らないといふことを証明したつもりでゐるのです。それならば最初から朧気に読者に暗示されつゝある女主人公の態度を君はどう解決するかといふ質問になり【ま】せう。しかしそれは私が却つてあなたにかけて見たい問題にほかならんのであります。あなたは此女（ことに彼女の技巧）をどう解釈なさいますか。天性か、修養か、またその目的は何処にあるか、人を殺すためめか、人を活かすためか、或は技巧その物に興味をもつてゐて、結果は眼中にないのか、凡てそれらの問題を私は自分で読者に解せられるやうに段を逐うて叙事的に説明してゐる積りと己惚れてゐるのですかういふ女の裏面には驚くべき魂胆が潜んでゐるに違ひないといふのがあなたの予期で、さういふ女の裏面には必ずしもあなた方の考へられるやうな魂胆ばかりは潜んでゐない、もつとデリケートな色々な意味からしても矢張り同じ結果が出来得るものだといふのが私の主張になります。

あなたの方が真実でないとは云ひません然し其方の真実は今迄の小説家が大抵書きました。書いても差支へありません。又陳腐でも構はないとした所で、もし読者が真実は例の通り一本筋なものだと早合点をすると、小説は飛んだ誤解を人に吹き込むやうになります。今迄の小説家の慣用手段を世の中の一筋道の真として受け入れられた貴方の予期を、私は決して不合理とは認めません。然し明暗の発展があなたの予期に反したときに成程今迄考へてゐた以外此所にも真があつた、さうして今自分は漱石なるものによつて始めて新らしい真に接触することが出来たと、貴方から云つて頂く事の出来ないのを私は遺憾に思ふのであります。さう思はれないのは、私の手腕の欠乏私の眼力の不足、いろいろな私の欠点から出て、毫も読者たる貴方の徳を煩はすに足りないかしれませんが、兎に角私の精神は其処にあることを御記憶迄に申上げて置きます。
終りにのぞんで親切なる読者の一人として私はあなたが如何なる種類階級に属する人であるかを知りたいと思ひます。

七月十九日　　　　　　　　　　　　　　　　夏目金之助
大石泰蔵様

私としては解答の与へ方を問題としたのであつたが、漱石は解答の内容に失望したものと取つて、この点に最も力を入れて弁解説明してゐるやうだ。私の手紙の書き様が悪かつたからだらう。私の問はんとしたところに対しては単に「段を逐うて叙事的に説明してゐるつもりです」というてゐるのみである。
固より私はこの回答にも服するものではなかつたが、余り作者を煩はすもどうかと思うて、ここで深く謝して打切りとした。私といふ人間に興味を持つて呉れたらしい漱石の門も一度も叩かず、幾許もなくしてその訃報が伝へられた次第であつた。

（雑誌『文芸懇話会』昭和一一・四・一より）

漱石はトルストイについて『それから』『門』などの小説、随筆『倫敦消息』、書簡、日記、評論のなかでさまざまに言及している。蔵書のなかにも『アンナ・カレーニナ』『戦争と平和』『クロイツェル・ソナタ』『芸術とは何か』などの英訳本を残している。また、内田魯庵あてに『復活』や『イワンの馬鹿』の礼状も出しているので、関心の高い作家であったことがわかる。また、『明暗』では、小林の口を借りて、ドストエフスキーについて述べている。二人とも漱石にはきわめて関心の高い作家であったといえる。
右にあげた大石泰蔵氏の文章は、漱石に手紙を出した二〇年後のものである。自分の手紙を具体的に示しての論でないから、その点で記憶の正確さに欠けるうらみはあるかも知れないけれども、残されている文章で、論争の全容を考察していきたい。

大石氏の第一の手紙は、「作者は津田の心の中にだけは自由に立ち入り」津田の心理を読者に報告できるという建前を取っている。ところが、お延が芝居見物に行くあたりから、「お延の心理を心のまゝに見透すことが出来るといふ能力乃至権利を勝手に獲得した。これは常識上ヘンではないか。」「では何故に以前……津田だけでなく、細君の心にも触れることをせなんだか。『アンナ・カレニナ』ではトルストイは多くの人物の心の中に適宜に不自然でなく這入つてゐるやうだが」という非難であった、要するに「作の内容」についてではなく、「小説作法の上から論じた」までだとご本人は説明される。

これに対して漱石は「『明暗』のかき方に就ての御非難に対しては何も申上るほどの事はないやうです。私はあれで少しも変ではないと思つてゐる丈です。但し主人公を取かへたのに就ては私に其必要があつたのです。それはもつと御覧下されば解るだらうと思ひます。（中略）男を病院に置いて女の方が主人公に変る所の継目はことさらにならないやうに注意したつもりです。」

この返事は大石氏を満足させなかったので、「観点を替へて（中略）重ねて抗議」したという。

漱石の返事について、津田の視点、お延の視点、語り手の視点というふうに、視点を多様化させる事が、登場人物への公平な視点を獲得することにつながると作者は考えていたと思われるので、主人公を津田からお延に変える、つまり視点を変えることについては、当然「少しも変ではない」と思っていたはずである。第二の返事にあるとおり、「新らしい真」を創造する意気込みを持っていた漱石は、「自分で読者に解せられるやうに段を逐ふて叙事的に説明して居る積と己惚れてゐるのです。」と述べているように、登場人物がどう生きて、結果がどうなるかについては、作中人物の自由な意志にまかせようとするいわば「則天去私」の立場からの表現であった、と考えるのである。なお「則天去私」については晩年の木曜会の席上で、漱石は何度か言及している。

「お延の胸の中には何があるか、この女は何を欲し、何を求めてゐるか」に最大の関心を置いていた大石氏は、「怜悧で技巧に富んでゐるお延の心の中に這入り込まぬ方針である以上、事件の推移、その他客観描写の中に自らわかるやうにするといふ方法を取るに相違な」いと期待していたところ、「作者は矢庭にお延の心の中に闖入し、女は津田に捧げてゐる愛情と同等の愛情を津田からも要求してゐる一個平凡の女性に過ぎぬといふことを作者自ら説明してしまうてはもはや興醒めではないか。」と、小説作法の上から見て、拙劣な遣り方ではないか、と無遠慮にいったという。

第二の返事には、漱石の『明暗』に対する並々ならぬ自信が表明され、登場人物にたいする作者の態度が示されている。「新らしい真」を創造する意気込みが述べられているのである。因みに七月一八日は、『明暗』五十が新聞に掲載された日で、芝居見物の場面である。「凡てそれらの問題を私は自分で読者に解せられるやうに段を逐うて叙事的に説明してゐる積りと己惚れてゐるのです」とは、『明暗』の表現についての言及であり、人間にたいする一つの解釈・考え方にしたがって書いていくのではなく、日常的なことがらを積み重ねて表現し、その結果「新らしい真」を表現していこうとしていることの表明である。登場人物は、すでに生き生きと自然に勝手に動き始めているのである。

作者が視点人物を取り替えたのは、登場人物への公平な視点と無関係ではなかろう。津田の視点、お延の視点、語り手の視点と、視点の多様化は、小説の世界を豊かなものにし、登場人物をその関係性において相対化している。また、同じ時間における異なる場所での事件の描写は、その対比性によって、小説の世界をより立体的でダイナミックなものにしていくのである。

漱石にとっては、主人公の変更、つまり視点の変化、多様化が『明暗』における「新らしい真」の創造につながっていたので、そのことの、理解されないもどかしさを痛切に感じたことであろう。視点の多様化は小説世界の豊かさをもたらしたのである。大石氏は、漱石の「解答の与へ方」を問題としたが、漱石は大石氏が「解答の内容に失望したもの」と取って、「この点に最も力を入れて弁解説明してゐるやうだ。私の手紙の書き様が悪かつたからだらう。」と書いておられる。解答に不満は残ったが「余り作者を煩はすもどうか」と思って深く謝して打ち切りとしたという。もしこの論争が続いていたら、漱石の『明暗』についての方法論や意図などがもっと鮮明になったろうにと残念でもある。けれども論争に力を入れれば、残された漱石の命からすれば、『明暗』はもっと早い段階で中絶していたかも知れないと思うのである。

二五、和辻哲郎あて書簡

大正五年八月五日　和辻哲郎あて

拝復此夏は大変凌ぎいゝやうで毎日小説を書くのも苦痛がない位です僕は庭の芭蕉の傍に畳み椅子を置いて其上に寐てゐます好い心持です身体の具合か小説を書くのも骨が折れません却つて愉快を感ずる事があります長い夏の日を芸術的な労力で暮らすのはそれ自身に於て甚だ好い心持なのです其精神は身体の快楽に変化します僕の考では凡ての快楽は最後に生理的なものにリヂユースされるのです。賛成出来ませぬか。

小説を書いたら当分寐かして置くが好いです人に批評して貰ふよりも寐かして置いて後で見る方がいくら発明する所が多いか分りません。（僕の様なそれを職業とするものは特別として）

木曜は午後から夜へかけて何時でも居ります近頃は新思潮の同人がやつて来ますちと御出掛なさい　以上

八月五日　　夏目金之助

和辻哲郎様

和辻哲郎（一八八九〜一九六〇）『漱石全集』の注によると「哲学者・評論家。兵庫県出身。明治四五年東大哲学科卒。一高、東大時代には小説、戯曲など創作がある。大学卒業後漱石の門に入る。東洋大、法政大、慶応大、京大を経て昭和九年東大教授。『ニイチエ研究』『ゼエレン・キエルケゴオル』『古寺巡礼』『風土』『鎖国』など思想から文化全般にわたる幅広い思索を示した。」とある。

『明暗』を書いている漱石の様子が鮮明である。『明暗』は午前中に書いていたが、「此夏は大変凌ぎいゝやうで毎日小説を書くのも苦痛がない位です」「身体の具合か小説を書くのも骨が折れません却つて愉快を感ずる事があります」と述べ、「長い夏の日を芸術的な労力で暮らすのはそれ自身に於て甚だ好い心持なのです其精神は身体の快楽に変化します」とまで述べている。この手紙から半月後の、久米・芥川宛の書簡では「毎日百回近くもあんな事を書いてゐると大いに俗了された心持になりますので三四日前から午後の日課として漢詩を作ります。」と書き、事実八月一四日からは七言律詩を作り続けている。

漱石が和辻哲郎にあてた最初の手紙は大正二年一〇月五日付のもので、次のようになっている。

拝復

あなたの著作が届いてから返事を上げやうかと思つてゐましたがあまり遅くなりますから手紙丈の御返事を書きます。

私はあなたの手紙を見て驚ろきました。天下に自分の事に多少の興味を有つてゐる人はあつてもあなたの自白するやうな殆んど異性間の恋愛に近い熱度や感じを以て自分を注意してゐるものがあの時の高等学校にゐやうとは今日迄夢にも思ひませんでした。夫をきくと何だか申訳のない気がしますが実際其当時私はあなたの存在を丸で知らなかつたのです。和辻哲郎といふ名前は帝国文学で覚えましたが覚へた時ですら其人は自分に好意を有つてゐてくれる人とは思ひませんでした。
　私は進んで人になついたり又人をなつけたりする性の人間ではないやうです。若い時はそんな挙動も敢てしたかも知れませんが今は殆んどありません、好きな人があつてもこちらから求めて出るやうな事は全くありません。（中略）あなたに冷淡に見えたのはあなたが私の方に積極的に進んで来なかつたからであります。（中略）
　私は今道に入らうと心掛けてゐます。たとひ漠然たる言葉にせよ道に入らうと心掛けるものは冷淡ではありません、冷淡で道に入れるものはありません。
　私はあなたを悪んではゐませんでした、然しあなたを好いてもゐませんでした。然しあなたが私を好いてゐると自白されると同時に私もあなたを好くやうになりました。是は頭の論理で同時にハートの論理であります。御世辞ではありません事実です。だから其事実丈で満足して下さい。（中略）
　あなたの手紙に対してもすぐ返事を出さうかとも思ひましたが、すこしほとぼりをさます方がよからうと思つて今迄延ばして置きました。　以上

文中「あなたの著作」とあるのは『ニイチエ研究』のことである。一〇月二五日に漱石は礼状を出している。これをきっかけに、和辻哲郎は漱石を訪れるようになり、ますますその影響を深くしていくようになる。

和辻は、大正五年漱石が亡くなって、その三四年後の昭和二五年「新潮」一二月号に掲載された「漱石の人物」（『漱石全集別巻　漱石言行録』で一六ページ分）で次のように書いている。

　私が漱石と直接に接触したのは、漱石晩年の満三箇年の間だけである。しかしそのお蔭で私は今でも生きた漱石を身近かに感じることができる。漱石はその遺した全著作よりも大きい人物であった。その人物にいくらかでも触れ得たこ

とを私は今でも幸福に感じてゐる。（後略）

和辻哲郎にとって漱石と接触した三年間がいかに貴重なものであったか、漱石への敬愛の念が、冷静な表現のなかに鮮やかかに表現されている。「今でも生きた漱石を身近かに感じることができる」幸福感。「漱石はその遺した全著作よりも大きい人物であった。」という評価。木曜会で接した漱石。ベルリンで会った長男純一君の漱石への思い、『道草』に描かれている夫婦生活の破綻の様子から、母親の与えた影響におよび、『漱石の思ひ出』にある夫人の漱石を見る目の子どもに与えたものなど。横浜の三渓園へ文人画を見に連れ出した時の様子。漱石から貰った「人静月同照」―人静かにして月同じく照らすといふところに、「当時の漱石の人間に対する態度や、自ら到達しようと努めてゐた理想などが、響き込んでゐる」ように思われ大切に愛蔵していると結んでいる。

「漱石はその遺した全著作よりも大きい人物であった。」とは、けだし漱石の人物をとらえた至言といえよう。

（『続河』一九号　二〇一四・六・九）

夏目漱石の大正五年　（その五）

二六、赤木桁平（池崎忠孝）あて最後の書簡

大正五年八月五日　大阪府北河内郡四条村野崎　赤木桁平あて書簡

拝啓此間は御手紙を有難う此年は大変いつもより涼しいので凌ぎ安いやうです毎日小説を書くのも汗が出ないで楽です長くていつ暮れるか分らない午後を室内で気を永く暮らしてゐるのは好い心持です今日から蝉が鳴き出しました子供がそれを捕つて喜んでゐますいづれ九月に御目にかゝります私の小説は何時済むか分りません厭きずに仕舞まで読んで下さい　以上

八月五日　　夏目金之助

池崎忠孝様

赤木桁平については、すでに一九、『明暗』の原稿のところで触れたが、これは最後の書簡である。「いつもより涼しいので凌ぎ安い」「毎日小説を書くのも汗が出ないで楽です」と書きながら「私の小説は何時済むか分りません厭きずに仕舞まで読んで下さい」と記している。八月五日は『明暗』（六十八）が掲載された日で、お延が、岡

本の叔父の娘継子の見合いの翌日に叔父を訪ねた場面である。お延は愛についての虚栄心が強く、自分で選んだ夫津田について、子供の時から世話を受け、結婚時も援助を受けた岡本との性格の違いにとまどっていたが、仲のいいふりを通していた。岡本に継子の見合いの相手三好評をたずねられたが答えられなくなるところである。

赤木の漱石に対する敬愛の念は『夏目漱石論』（「ホトトギス」大三・一）によく表されているが、それを読んで漱石は次のように手紙を書いている。

大正三年一月五日　大阪市東区農人橋二丁目　池崎忠孝あて

拝啓あなたの書いてくれた私に関する評論は御手紙の届いた大晦日の晩に読みました。夫迄はいそがしくて見られませんでした。あなたの論文は長いものです、又骨の折れたものです。あなたは外の人よりも私に読んでもらひたいといふ以上あの論文を書いた動機のうちには私の為に書くといふ好意がふくまれてゐます。私は自分の為にあなたが是程の労力と時間を使つて下さつた事を感謝します。（中略）

あなたは私を大変ほめてくれました。あなたは御世辞を使つた積ではないでせう。（中略）然しあなたの纏め方は（私の褒貶を離れて見て）まだ足りません。書き方の割合には中の方が薄い心持がします。夫から書き方に大きく見えて其実確《しつ》かりしてゐない所があります。私は褒められ足りない不満足を感ずるのではありません、あなたの纏め方や、あなたの書き振にまだ足りない所があると思ひます。然しあなたは全然真面目で書いてゐるのですから私が今かう云つても恐らく通じないかも知れません。私は私のいふ事が今にあなたに通じる時機がくる事を希望しかつ信ずるのであります。文学に専門の大家やなどの論文を見ても外部は如何にも立派さうに見えながら其実少しも立派でないのが沢山あります。あなたは此方面を専門にする人でないからいつやめるか分らないと思ひますがもし長く文壇に関係しやうと思ふなら私のいふことを参考にして下さい。さうして是等の大家の行く方向とは反対の方へ歩いて下さい。これが私のあなたに云ひ得る最上のものです。御礼をいふ傍ら失礼も云ひます。年長者の言葉と思つて許して下さい　以上漱石は自分の作品をほめてくれた赤木に対して「私は自分の為にあなたが是程の労力と時間を使つて下さつた事を感謝します。」と述べながらも、「然しあなたの纏め方は（私の褒貶を離れて見て）まだ足りません。書き方の割合には中の方が薄い心持がします。夫から書き方に大きく見えて其実確かりしてゐない所があります。私は褒められ足りない不満足を感ずるのではありません、あなたの纏め方や、あなたの書き振にまだ足りない所があると思ひます。」と評している。これは非常に鋭い指摘であり、彼の仕事全般についての批評にもなっている。厳しさと同時に、若い人に大きく伸びていって欲しとの願いが込められた忠告の言葉である。

最後の手紙には、「いつもより涼しいので凌ぎ安い」「毎日小説を書くのも汗が出ないで楽です」と『明暗』執筆中の体調を述べながらも「私の小説は何時済むか分りません厭きずに仕舞まで読んで下さい」と一八八回で中絶した三分の一の段階での言葉である。

全集の注釈では次のように記されている。赤木桁平（一八九一～一九四九）政治家・評論家。本名池崎忠孝（赤木は旧姓）岡山県生れ。大正六年東大独法科卒。在学中から評論を発表し、漱石山房の木曜会にも出入するようになる。卒業後『万朝報』の論説を執筆する一方、文芸批評でも活躍したが、しだいに文芸から離れ国家主義的論述を著わすようになり昭和一一年には衆議院議員になった。漱石研究の最初の著作とされる『夏目漱石』ほか多数の著書がある。

漱石の「あなたは此方面を専門にする人でないからいつやめるか分らないと思ひますが」には、赤木を見つめる漱石の眼の鋭さを感じさせられる。

二七、『草枕』独訳について

大正五年八月九日　山田幸三郎あて書簡

拝復御手紙拝見致しました「草枕」を独訳なされる事は始めて承知致しましたあんなものに興味をもたれ御訳し下さる丶段甚だ有難い仕合せです私の方から御礼を申上ます。然しあれは外国語などへ翻訳する価値のないものであります現在の私はあれを四五頁つゞけて読む勇気がないのです。始めから御相談があれば無論御断り致す積でしたさういふ訳ですから雑誌はよろしう御座いますが単行本にして出版する事丈はよして下さいまし　以上

『草枕』は明治三九年九月『新小説』に発表された漱石初期の作品である。漱石は「余が『草枕』」（『文章世界』明治三九年一一月）において、「唯だ一種の感じ――美くしい感じが読者の頭に残りさへすればよい」と述べて「美を生命とする俳句的小説」であると解説している。

明治三九年八月三一日の藤岡作太郎宛の書簡に

「小生は禅を解せず又非人情世界にも住居せず只頻年人事の煩瑣にして日常を不快にのみ暮らし居候神経も無暗に昂進するのみにて何の所得も無之思ふに世の中には余と同感の人も有之べく此等の人にか丶る境界のある事を教へ又はしばらくでも此裡に逍遥せしめたらばよからうとの精神から草枕を草し候。小生自身すら自分の慰藉に書きたるものに過ぎず候」と述べている。

ところが、明治三九年一〇月二六日の鈴木三重吉宛の書簡では

「只きれいにうつくしく暮らす即ち詩人的にくらすといふ事は生活の意義の何分一か知らぬが矢張り極めて僅小

な部分かと思ふ。で草枕の様な主人公ではいけない。あれもいゝが矢張り今の世界に生存して自分のよい所を通さうとするにはどうしてもイブセン流に出なくてはいけない。／此点からいふと単に美的な文字は昔の学者が冷評した如く閑文字に帰着する。俳句趣味は此閑文字の中に逍遥して喜んで居る。然し大なる世の中はかゝる小天地に寐ころんで居る様では到底動かせない。然も大に動かさゞるべからざる敵が前後左右にある。苟も文学を以て生命とするものならば単に美といふ丈では満足が出来ない。丁度維新の志士勤王家が困苦をなめた様な了見にならなくては駄目だらうと思ふ。間違つたら神経衰弱でも気違でも入牢でも何でもする了見でなくては文学者になれまいと思ふ。（中略）／僕は一面に於て俳諧的文学に出入りすると同時に一面に於て死ぬか生きるか、命のやりとりをする様な維新の志士の如き烈しい精神で文学をやつて見たい。それでないと何だか難をすてゝ易につき劇を厭ふて閑に走る所謂腰抜文学者の様な気がしてならん」と述べ、美的境地にのみ止まることはなかった。『野分』（明治四〇年一月）は「白井道也は文学者である」という一文で始まる。この年、四月、教職をなげうち朝日新聞社に入社した漱石は、職業作家としての道を歩み始める。

『草枕』は、大阪朝日新聞の主筆鳥居素川がこれを読んで感服し、漱石を社に迎えようとした作品であるが、漱石の文学的な歩みからすると晩年の漱石にはもの足らない作品だったことと思われる。それが出版を断る文章になったものと考えられる。

二八、久保より江あて書簡

久保より江（一八八四～一九四一）は九州帝国大学教授久保猪之吉の妻。愛媛県の生れ。旧姓宮本。漱石が松山時代下宿していた愚陀仏庵の家主上野義方の孫。より江は当時両親と離れて祖父母と暮していた。上京後も夏目家に出入りし、『吾輩は猫である』苦沙弥先生の姪雪江のモデルに擬せられている。『ホトトギス』『明星』に拠る俳人・歌人として知られ、『より江句文集』、文集『嫁ぬすみ』などの著書がある。

八月一八日　久保より江あて書簡

拝啓御手紙を拝見しました御恵贈の烟草と葛素麺も正に頂戴しました御厚意を感謝致します私は埃及烟草を呑んで昔の事を思ひ出しましたそれは倫敦にゐた時分の事です夫から満州と朝鮮をあるいた時分の事です。私は東京では貰はないと埃及烟草は滅多に呑みませんあまり贅沢だと思つて遠慮してゐるのです。偶に呑んでも倫敦などを思ひ出す事はありませんでした。

小供は大きくなりました長女は十八ですそろ〳〵御嫁にやらなければなりませんが私のやうな交際の狭いものは斯ういふ時に困る丈です。然しまだ学校へ行つてゐると思つてまあよからうといふ積で呑気に構へてゐます。夫でも此間口が一つ二つあつたには驚ろきました。あれでも此方から懇願しないで嫁にいけるかと考へると多少気丈夫になりました。

娘三人は名古屋の親類へ行きました。其所の叔父に伊勢へ連れて行つてもらつたさうです。家内は残りの三人をつれて逗子に行きました（中略）そこへ名古屋から娘が合併して都合七人でなにかしてゐるのでせう。先刻電話がかゝつて今夜帰ると云つてきました。写真の事は帰つたらよく申します。あなたの写真も参りました。よく取れ過ぎてもゐますまい。まああんなものでせう。背景に波がある所などは少々活動写真めいてゐます。私は一向写真をとりません。普通にとれるとみんながよすぎると申します。有の儘にとれると私の方できたな過ぎると申したくなります。まあとらないでも生きてゐられるんだから構はないと思つてゐます。何れ妻からも御返事を上げるでせうが不取敢烟草の御礼を私から差上ます。御良人は帰省されたさうですね。もう御帰博になつた頃と存じます。どうぞよろしく。小説をほめて下すつて有難う。何だか馬鹿に長くなりさうで弱ります。然し此夏は大変凌ぎやすいので書くのに骨が折れないで仕合せです。　以上漱石は埃及烟草を呑むと、ロンドンや満韓旅行を思い出す、東京では贅沢と思って遠慮していると礼状で述べている。さらに娘を持つ父親らしい気遣いを見せている。長女筆子は大正七年四月、漱石から「越後の哲学者」とニックネームを付けられていた松岡譲と結婚した。手紙では妻と娘・息子の旅行のこと、写真のことなど親しい間柄を示す心の通う手紙となっているが、この四か月後漱石は亡くなった。

離れ家（愚陀仏庵）は母屋から廊下続きで、数え年一二歳のより江は頻繁に離れの漱石の座敷に遊びに行ったという。正岡子規が漱石の愚陀仏庵に寄寓し盛んに運座を催すようになったとき、小学生のより江は「句座のすみにちいさく畏つて短冊に覚束ない筆を動かした夜もあつた」と書いている。

八月一八日は『明暗』八十が連載されている。お延が叔父に誘われて芝居見物をし、それが継子の見合い相手の男性の評価を、継子が求めたからだと聞かされ、自分が津田を選んだ時のことを思い出して葛藤する場面が描かれている。この八〇章の終わりで、津田の醜さを浮き彫りにする小林が登場する。「小説をほめて下すつて有難う。何だか馬鹿に長くなりさうで弱ります。然し此夏は大変凌ぎやすいので書くのに骨が折れないで仕合せです。」と書いているが、『明暗』は漱石の死により、一八八回で中絶した。

なお、より江の夫猪之吉は東京帝国大学医科大学を卒業。結婚後ドイツ留学、帰国後、福岡医科大学初代耳鼻咽喉科教授。漱石は咽頭結核を病む長塚節のために診察依頼の手紙を書いた。節は二度にわたって猪之吉の手術を受けたが、大正四年二月、福岡医大で死去。九州大学医学部構内には、猪之吉の〈霧ふかき南独逸の朝の窓おぼろにうつれ故郷の山〉の歌碑があるとのこと。

二九、久米正雄・芥川龍之介あて書簡

久米正雄（一八九一～一九五二）小説家・劇作家・俳人（三汀）。長野県生れ。正雄が七歳の時、父が校長をしていた小学校が火事になり、御真影を消失した責任をとって父が割腹自殺。大正五年東大英文科卒。在学中芥川龍之介らと第四次『新思潮』を創刊。漱石の長女筆子への恋と破局を描いた『破船』や『蛍草』『受験生の手記』などで知られる。

芥川龍之介（一八九二～一九二七）小説家。澄江堂主人、我鬼と号す。東京の生れ、新原家に生れたが、母の実家芥川家を継いだ。大正五年東大英文科卒。在学中から創作活動をはじめ、木曜会にも出入した。大正五年に久米正雄、菊池寛らと第四次『新思潮』を創刊した。『羅生門』『鼻』『芋粥』など。漱石一周忌の逮夜句座で「黄昏る、菊の白さや遠き人」を残している。大正六年三月、第四次『新思潮』は「漱石先生追慕号」として発行されたが、これで終刊となった。他に『枯野抄』『地獄変』『藪の中』『河童』『歯車』を残している。昭和二年七月二四日、睡眠薬を服用し自殺。残された短冊に「自嘲　水洟や鼻の先だけ暮れ残る」。

八月二一日　久米正雄・芥川龍之介あて書簡

あなたがたから端書がきたから奮発して此手紙を上げます。僕は不相変「明暗」を午前中書いてゐます。心持は苦痛、快楽、器械的、此三つをかねてゐます。存外涼しいのが何より仕合せです。夫でも毎日百回近くもあんな事を書いてゐると大いに俗了された心持になりますので三四日前から午後の日課として漢詩を作ります。日に一つ位です。さうして七言律です。中々出来ません。厭になればすぐ已めるのだからいくつ出来るか分りません。あなた方の手紙を見た

ら石印云々とあつたので一つ作りたくなつてそれを七言律に纏めましたから夫を披露します。久米君は丸で興味がないかも知れませんが芥川君は詩を作るといふ話だからこゝへ書きます。

尋仙未向碧山行。住在人間足道情。明暗双双三万字。撫摩石印自由成。

（句読をつけたのは字くばりが不味かつたからです。明暗双双といふのは禅家で用ひる熟字であります。三万字は好加減です。原稿紙で勘定すると新聞一回分が一千八百字位あります。だから百回に見積ると十八万字になります。然し明暗双々十八万字では字が多くつて平仄が差支へるので致し方がありません故三万字で御免を蒙りました。結句に自由成とあるは少々手前味噌めきますが、是も自然の成行上已を得ないと思つて下さい）（中略）勉強をしますか。何か書きますか。君方は新時代の作家になる積でせう。僕も其積であなた方の将来を見てゐます。どうぞ偉くなつて下さい。然し無暗にあせつては不可ません。たゞ牛のやうに図々しく進んで行くのが大事です。文壇にもつと心持の好い愉快な空気を輸入したいと思ひます。それから無暗にカタカナに平伏する癖をやめさせてやりたいと思ひます。是は両君とも御同感だらうと思ひます。

今日からつく〳〵法師が鳴き出しました。もう秋が近づいて来たのでせう。

私はこんな長い手紙をたゞ書くのです。永い日が何時迄もつゞいて何うしても日が暮れないといふ証拠に書くのです。さういふ心持の中に入つてゐる自分を君等に紹介する為に書くのです。夫からさういふ心持でゐる事を自分で味つて見るために書くのです。日は長いのです。四方は蝉の声で埋つてゐます。以上

八月二十一日　夏目金之助

久米正雄様

芥川龍之介様

漱石はこの年の八月一四日から日課のように漢詩を作り死の床につく前日（一一月二〇日）までの約百日の間に七五首を残している。『漱石全集』第十八巻漢詩文の一海知義の訳注による読み下し文

仙を尋ぬるも　未だ碧山に向かって行かず　住みて人間《じんかん》に在りて　道情足る

明暗双双　三万字　　　　　　　石印を撫摩して　自由に成る

仙界を訪れてみようという興味は在るが、まだ奥深い山に向かって行かず。人間世界に住んで悟道・脱俗の心情はたっぷりと十分にある。明・暗の織りなす長編の物語。石のハンコをなでさすり、すりへらしているうちに、いつの間にか原稿が勝手にできあがってゆく。

中村舒雲氏は『夏目漱石の詩』（昭和四五年一二月）のなかで、この詩について次のように述べておられる。

小説「明暗」の題名の由来は、碧巌録の「明暗双々」に基づくものと断定してよいであろう。明暗双々の世界観は漱石の晩年の思考と切離して考えることは出来ない。小説「明暗」の意図について、専門家にいろいろの論議があることは承知しているが、明暗双々の「現成底《げんじょうてい》」を描こうとしたという点をもっと重視してよいのではないかと、私には思われる。またこの詩の前半が示すように、漱石は塵界に在って内面的な救いを求めたのであって、しばしば詠ずる隠棲的な詩句は実生活上よりも心理的な超越を求めたものである、と。

新時代の作家になるつもりの久米・芥川に「僕も其積であなた方の将来を見てゐます。」と期待し、「然し無暗にあせつては不可ません。たゞ牛のやうに図々しく進んで行くのが大事です。」と忠告するのである。そうして「文壇にもつと心持の好い愉快な空気を輸入したいと思ひます。それから無暗にカタカナに平伏する癖をやめさせてやりたいと思ひます。」と、現代にも通じる希望を述べるのである。

八月二四日　芥川龍之介・久米正雄あて書簡

此手紙をもう一本君等に上げます。君等の手紙があまりに潑溂としてゐるので、無精の僕ももう一度君等に向つて何か云ひたくなつたのです。云はゞ君等の若々しい青春の気が、老人の僕を若返らせたのです。（中略）
芥川君の俳句は月並ぢやありません。もつとも久米君のやうな立体俳句を作る人から見たら何うか知りませんが、我々十八世紀派はあれで結構だと思ひます。其代り画は久米君の方がうまいですね。久米君の絵のうまいには驚ろいた。（中略）
あゝさうだ。〳〵。芥川君の作物の事だ。大変神経を悩ませてゐるやうに久米君も自分も書いて来たが、それは受け合ひます。君の作物はちやんと手腕がきまつてゐるのです。決してある程度以下には書かうとしても書けないからです。久米君の方は好いものを書く代りに時としては、どつかり落ちないとも限らないやうに思へますが、君の方はそんな訳のあり得ない作風ですから大丈夫です。此予言が適中するかしないかはもう一週間すると分ります。適中したら僕に礼をお云ひなさい。外れたら僕があやまります。
牛になる事はどうしても必要です。吾々はとかく馬にはなりたがるが、牛には中々なり切れないです。僕のやうな老猾なものでも、只今牛と馬とつがつて孕める事ある相《あい》の子位な程度のものです。
あせつては不可《いけま》せん。頭を悪くしては不可せん。根気づくでお出でなさい。世の中は根気の前に頭を下げる事を知つてゐますが、火花の前には一瞬の記憶しか与へて呉れません。うん〳〵死ぬ迄押すのです。それ丈です。決して相手を拵らへてそれを押しちや不可せん。相手はいくらでも後から後からと出て来ます。さうして吾々を悩ませます。牛は超然として押して行くのです。何を押すかと聞くなら申します。人間を押すのです。文士を押すのではありません。
是から湯に入ります。

八月二十四日　　夏目金之助

芥川龍之介様
久米正雄様

君方が避暑中もう手紙を上げないかも知れません。君方も返事の事は気にしないでも構ひません。

八月二一日に続いての再度牛になる必要を説いた手紙である。「あせつては不可《いけま》せん。頭を悪くしては不可せん。根気づくでお出でなさい。世の中は根気の前に頭を下げる事を知つてゐますが、火花の前には一瞬の記憶しか与へて呉れません。うん〳〵死ぬ迄押すのです。それ丈です。」「人間を押すのです。」と忠告する。それだけに期待の大きさがうかがえるのである。

九月一日　芥川龍之介・久米正雄あて書簡

今日は木曜です。いつもなら君等が晩に来る所だけれども近頃は遠くにゐるから会ふ事も出来ない。今朝の原稿は珍らしく九時頃済んだので、今閑である。そこで昨日新思潮を読んだ感想でも二人の所へ書いて上げようかと思つて筆を取り出しました。是は口で云へないから紙の上で御目にかけるのです。

今度の号のは松岡君のも菊池君のも面白い。（中略）

思ひ付といふと、芥川君のにも久米君のにも前二氏と同様のポイントがあります。さうして前の二君のが「真」であるのに対して君方のが両方共一種の倫理観であるのも面白い。さうして其倫理観は何方もいゝ心持のするものです。

是から其不満の方を述べます。芥川君の方では、石炭庫へ入る所を後から抱きとめる時の光景が物足りない。それを解剖的な筆致で補つてあるが、その解剖的な説明が、僕にはひし〳〵と逼らない。無理とも下手とも思はないが、現実感が書いてある通りの所まで伴つて行かれない。然しあすこが第一大切な所である事は作者に解つてゐるから、あゝ骨を折つてあるに違ないとすると、（読者が君の思ふ所迄引張られて行けないといふ点に於て）、君は多少無理な努力を必要上遣つた、若《も》くは前後の関係上遣らせられた事になりはしませんか。僕は君の意見を聴くのです、何うですか。それから最後の「落ち」又は落所はあゝで面白い又新らしい、さうして一篇に響くには違ないが、如何せん、照応する双方の側が、文句として又は意味として貧弱過ぎる。と云ふのは expressive であり乍ら力が足りないといふのです。副長に対スル倫理的批評の変化、それが骨子であるのに、誤解の方も正解の方も（叙述が簡単な為も累をなしてゐる）強調されてゐない、ピンと頭へ来ない。それが欠点ぢやないかと思ひます。

（中略）

偖久米君は高等学校生活のスケツチを書く目的でゐるとか何処かに出てゐましたが、材料さへあれば甚だ好い思付です。どうぞお遣り下さい。今度の艶書も見ました。point は面白い、叙述もうまい、行と行の間に気の利いた文句の使ひ分などがひよい〳〵ありますが、是は御当人自覚の事だから別に御注意する必要もありますまい、但しあの淡いうちにもう少し何かあつて欲しい気がします。艶書を見られた人の特色（見る方の心理及び其転換はあの通りで好いから）がもつと出ると充分だと思ひます。あれはあゝ云ふ人だと云ふ事丈分ります。然しあれ丈分つたのでは聊か喰ひ足りません。同じ平面でも好いからもつと深く切り下げられるか、或は他の断面に移つて彼の性格上に変化を与へるとか何とかもう少し工夫が出来るやうに考へられます。（中略）

　最後に芥川君の書いた「創作」に就いて云ひます。実は僕はあれをごく無責任に読みました。芥川君の妙な所に気の付く（アナトール　フランスの様な、インテレクチユアルな）点があれにも出てゐます。然しあれはごく冷酷に批評すると割愛しても差支ないものでせう。或は割愛した方が好いと云ひ直した方が適切かも知れません。

　次に此間君方から貰つた手紙は面白かつた。又愉快であつた。に就いて、其所に僕の眼に映つた可くないと思ふ所を参考に云ひませう。一、久米君のの中に「私は馬鹿です」といふ句があります。あれは手紙を受取つた方には通じない言葉です。従つて意味があつさり取れないのです。其所に厭味が出やしないかと思ひます。それから芥川君のの中に、自分のやうなものから手紙を貰ふのは御迷惑かも知らないがといふ句がありました。あれも不可《いけま》せん。正当な感じをあんまり云ひ過ぎたものでせう。false modesty に陥りやすい言葉使ひと考へます。僕なら斯う書きます。「なんぼ先生だつて、僕から手紙を貰つて迷惑だとも思ふまいから又かきます」――以上は気が付いたから云ひます。僕がそれを苦にしてゐるといふ意味とは違ひます。それから極めて微細な点だから黙つてゐて然るべき事なのですが、つい書いてしまつたのです。

　あなた方は句も作り絵もかき、歌も作る。甚だ賑やかでよろしい。此間の端書にある句は中々うまい、歌も上手だ。僕は俳句といふものに熱心が足りないので時々義務的に作ると、十八世紀以上には出られません。時々午後に七律を一首づゝ作ります。自分では中々面白い、さうして随分得意です。出来た時は嬉しいです。高青邱が詩作をする時の自分の心理状態を描写した長い詩があります。知つてゐますか。少し誇張はありますがよく芸術家の心持をあらはしてゐます。つまりうれしいのですね。最後に久米君に忠告します。何うぞあの真四角な怒つたやうな字はよして下さい。

　　是でお仕舞にします。　以上

九月一日
芥川龍之介様
久米正雄様

夏目金之助

漱石は「今朝の原稿は珍らしく九時頃済んだ」ので、新思潮を読んだ感想を二人に書き送る。まず、よいところをほめてから、「不満」を述べていく。

芥川の「猿」について。遠洋航海をすませて横須賀へ入港した候補生が、盗難事件のため身体検査と盗品探しをさせられる。盗品が見つかり信号兵が招集となるが一人居ない。石炭庫に入って自殺を図る犯人（猿）を、「後から抱きとめる時の光景が物足りない。」「現実感が書いてある通りの所まで伴つて行かれない。然しあすこが第一大切な所である事は作者に解つてゐるから、あゝ骨を折つてあるに違ないとすると、君は多少無理な努力を必要上遣つた、若《も》くは前後の関係上遣らせられた事になりはしませんか。」最後が「文句として又は意味として貧弱過ぎる。」「expressive であり乍ら力が足りない」と手厳しい。「副長に対スル倫理的批評の変化、それが骨子であるのに、誤解の方も正解の方も（叙述が簡単な為も累をなしてゐる）強調されてゐない、ピンと頭へ来ない。それが欠点ぢやないか」と思う、と批判するのである。

久米の「艶書」について。「但しあの淡いうちにもう少し何かあつて欲しい気がします。」「艶書を見られた人の特色」が「もつと出る」ように、「もつと深く切り下げられるか、或は他の断面に移つて彼の性格上に変化を与へるとか何とかもう少し工夫が出来るやうに」と批評する。

貰った手紙について、「面白かつた。又愉快であつた。」と書きながらも、「僕の眼に映つた可くないと思ふ所を参考に云ひませう。」として、久米の「私は馬鹿です」については、「手紙を受取つた方には通じない言葉です。従つて意味があつさり取れないのです。」「其所に厭味が出やしないか」と思います、と直言する。

芥川の「自分のやうなものから手紙を貰ふのは御迷惑かも知らないがといふ句がありました。あれも不可《いけ》ません。正当な感じをあんまり云ひ過ぎたものでせう。」として、「僕なら斯う書きます。「なんぼ先生だつて、僕から手紙を貰つて迷惑だとも思ふまいから又かきます」」と助言する。

そうして、以上は気が付いたから云ったので、「僕がそれを苦にしてゐるといふ意味とは違ひます。」と配慮も示している。最後に久米に「何うぞあの真四角な怒つたやうな字はよして下さい。」と忠告する。

漱石はこの日漢詩を二首作っている。田中邦夫氏は「漱石『明暗』の漢詩」（翰林書房　二〇一〇・七）において、この日の執筆原稿を一〇七回とされ、二首作った理由を、午前中に執筆した『明暗』の回が、「病室における津田・お秀・お延の会話場面」のクライマックスであることと深い関係があるとされ、「金の力で兄夫婦に頭を下げさせようとするお秀の傲慢な意識と、そのお秀の意図を突っぱねながら金だけは受け取ろうとする津田の意識、そして、叔父岡本から貰った小切手を利用して、妻としての献身的姿勢を良人やお秀に印象づけようとするお延の偽善的意識との激しいぶつかり合いを浮き彫りにしているところにある」と説明されるのである。

まず最初の詩

不入青山亦故郷
春秋幾作好文章
託心雲水道機尽
結夢風塵世味長
坐到初更亡所思
起終三昧望夫蒼

青山に入らざるも　亦た故郷
春秋　幾たびか作る　好文章
心を雲水に託して　道機尽き
夢を風塵に結んで　世味長し
坐して初更に到りて　思う所亡く
起ちて三昧を終えて　夫の蒼を望む

鳥声閑処人応静　　鳥声　閑かなる処　人も応に静かなるべく
寂室薫来一炷香　　寂室　薫じ来たる　一炷の香

田中邦夫氏による大意

首聯　世俗から離れた青山こそは、人の還るべき「故郷」であるが、しかし、青山に生きなくとも、世俗のなかにその「故郷」はあるのだ。大自然が掌る季節は、四季折々に美しい風景を創り出しているではないか。大自然が作り出す景（現成公案）こそ人の還るべき「故郷」なのだ。（同様に世俗の世界もまた、その大自然が創り出した文彩であり、その文彩のなかにこそ真実世界（故郷）は存在するのだ。）

頷聯　私は、心を、大自然の行雲流水に託して（大自然の意思〈無心〉と融合して）生きており、その結果私の「道機」（悟りへの機）も熟し、今の私の境地は悟りの世界にある。私は、現実世界を「夢」と見なし、その俗世間との関わりを「風塵」と意識するのであるが、しかしその俗世間とかかわれば、「風塵」とみなすその世俗の感情と長い間つきあわねばならない。

頸聯　私は自分にとりついた世俗の情を払い落とすために、座禅を組んで、禅定三昧に入り、初更（午後八時頃）になって、やっとその世俗意識から抜け出す。私は立ち上がり、禅定三昧を終えて、大自然の根源の場所である夜空を望み眺める。

尾聯　辺りは静寂そのものであり、鳥の一声がその静寂さをさらにふかめる。その静寂の中では、人の心も静かである。私のいる部屋では、一くゆりの香の烟が漂うのみである。

この詩は、『明暗』執筆に対する漱石の気持ちに焦点が当てられている。つまり、この日の執筆原稿一〇七回と当該詩の関係を、田中邦夫氏は、類似と対極的要素から、漱石が寄り添って描き出した一〇七回の主人公たちと、大自然の立場に立って彼等を批判的に捉えている作者漱石との関係（対話）が込められているとされ、しかし漱石は右の漢詩創作だけでは、一〇七回創作の余韻から離れることができず、さらにもう一首漢詩を作ったのではないか、と考えられるのである。

その詩を次に挙げる。

石門路遠不容尋　石門路遠くして尋ぬるを容さず
曄日高懸雲外林　曄日　高く懸かる　雲外の林
独与青松同素志　独り青松と素志を同じくし
終令白鶴解丹心　終に白鶴をして丹心を解せ令む
空山有影梅花冷　空山影有りて梅花冷やかに
春澗無風薬草深　春澗　風無くして　薬草深し
黄髯老漢憐無事　黄髯の老漢無事を憐れみ
復坐虚堂独撫琴　復た虚堂に坐して独り琴を撫す

首聯　悟りの玄門（絶対の門）への道は遠く、辿り着くことは容易ではない。その悟りの世界の象徴である「曄日」（輝く太陽）は、雲の彼方の林の上に高く懸かっている。

頷聯　私はその絶対世界の景である青松（仏心の現れ）と、心を同じくし（人間の俗心〈我〉から私は超脱し）、この絶対の世界に生きる「白鶴」には私の本当の心を、理解させたのだ。

頸聯　人のいない山（塵界を離れた世界）では、影として絶対（悟り）の世界が現れ、そこでは梅花が、「大自然」の厳しさの裡に咲いており、人の訪れることもない春の谷川では、風もなく薬草が生い茂っているのみである。（世俗と離れた幽境こそ人の住むべき場所なのだ。）

尾聯　この幽境の世界に住む老漢（わたし）は、世俗のわずらわしさにかかわることなく、誰もいない堂で、一人琴を撫すのみである。（この境地こそ私の理想なのだ）

田中邦夫氏は、二番目のこの詩では、一〇七回の登場人物たちへの批判意識が全面的に込められているとして、一〇七回を執筆した漱石が、自分のあるべき気持ちを最初の詩で詠うことだけでは、登場人物たちの我執に彩られた意識の余韻から抜け出すことができず、そのため再度漢詩を作り、主人公たちの意識への批判をその詩に込めることによって、執筆によるいらだちを鎮めているとされるのである。

スペースの関係で、頷聯について述べられている田中氏の漱石の意識について紹介する。

世俗に生きる人は悟りの門に入ることは容易ではないが、津田・お秀・お延もまた、世俗の人なのだ。彼らは世俗を支配している金の力に心を奪われており、その金の力から抜け出ることが出来ない。このような彼らの姿は、大きな自然によって因果づけられ、操られているのだ。津田とお秀は互いに憎悪で目を輝かすが、天にある「曄日」は、彼らの目の輝きとは正反対の方向性を持つ光で彼らを照らし出しているのだ。

尾聯について。私の境地はこの全的世界の幽境にあり、一〇七回で描いた世俗とは無縁なその「無」の気楽さを愛する。私は一人その「無」の境地にいるのだ。今わたしは、津田やお秀お延の言葉争いから遠く離れているのだ。

三通の芥川・久米宛の手紙を中心に読んできた。『明暗』の世界の奥深さ、その構築に心血を注いだ漱石の姿勢が鮮やかに浮かんでくる。登場人物の内側に入って描写し、そのエゴのぶつかり合いから俗了された気持ちになってしまい、漢詩を作ることで癒やしを求めざるを得なかったのだ。その日に書かれた作品と漢詩との密接なつながりが、読む者の心を打つ。読者としては作品と漢詩との関係を、ていねいにじっくり読み解いていく課題を背負わされているのである。筆者は、漱石の禅の世界については勉強途中のものであるが、田中邦夫氏の「漱石『明暗』の漢詩」に目を開かれ、教えられ、また禅語の解釈の深さを、加藤二郎氏の「漱石と禅」（翰林書房　一九九九年一

○月）「漱石と漢詩」（二〇〇四年一一月）などから教えられ、学びつつあるものである。

　漱石は「心持は苦痛、快楽、器械的、此三つをかねています。存外涼しいのが何より仕合せです。」と書いているが、苦しみの中に、登場人物たちの生き生きとした言動の創造が快楽となり、大きなものにうながされ、身を委ねて、筆が自由に動いていく様が器械的と表現しているのだと思われる。この時点で漱石が倒れるまで三か月足らずの時間しか残されていなかった。

　最近望月俊孝氏の『漱石とカントの反転光学―行人・道草・明暗双双―』を読む機会があった。カントについては、『三四郎』（六の二）で「カントの超絶唯心論がバークレーの超絶実在論にどうだとか云つたな」と与次郎が三四郎に聞き落としたところを尋ねている。この点について『三四郎』の補注では、明治四一年の「断片四九A」には、バークレーとの関係について、ある著書からの要約的なメモが次のように記されているとして、カントの超絶唯心論（現在は「超越的観念論」と訳されることが多い）によれば、空間は時間とともに、人間の認識主義の感性的直感形式であって、我々の内部に存在する。カントはこの立場から、空間や物体はすべて神の知覚に根拠づけられた実在であって、人間の外部に在るそれらを人間は経験的な知覚として認識する、というバークレーの立場を、超絶実在論（「超越論的実在論」）であると批判した。

　カントの哲学については、明治四一年七月三〇日鈴木三重吉宛の手紙で「（前略）そこへもつて来てエルドマン氏のカントの哲学を研究したものだから頭が大分変になつた。どうかトランセンデンタル・アイ（注解　『創作家の態度』にも見える。超越論的自我、先験的自我）に変化して仕舞たいと思ふ。」と記している。

　明治三九年九月の「余が一家の読書法」の、「一　暗示を得来る事」において「カントの哲学を読むに当りても、唯彼の言ふ所のみを記臆して、其言語文字の中より一個の或暗示を得来らざれば、吾人終《つい》にカントの思想以外に独歩の乾坤を見出すこと能はざらん。」と、「自己の繙読しつゝ、ある一書物より一個の暗示《サゼッション》を得べく努むること」を勧めている。次に「二　思想上の関係を見出す事」をあげ、「三　要訣」では、「右の読書法二則は、何れも機械的に詰込むと言ふよりも、自発的態度と精神とを以て、その読書し得たる処より何等かの新思想を得、又一方には雑多なる智識を取纏めて一種の系統を得るやうに心懸くる処に、根拠を有する也。」「若し此方法、精神を以て文学の書に対する時は、何等かの暗示、何等かの纏りたる思想を得べく、又之によりて多大の興味を感ずべき也。」と結んでいる。

望月氏は，三重吉宛の手紙にうかがわれる漱石の明治四一年のカント哲学の研究が、『三四郎』の「この世の「経験的」な虚実の交錯劇に潜む人間的現実をリアルに描く、一つの「超越論的」な物語りの表象世界」につながった、とされるのである。さらに、漱石の文学的営為にカントの根本視座との繋がり（「経験的実在論にして超越論的な観念論」から「則天去私」へ）を指摘され、「漱石の「則天去私」は、近代社会の厳しい現実からの私的な逃避ではない。（中略）もっと積極的な強度をそなえた現実認識への思想動向の表明であり、新たなリアリズム文学の宣言である。」とされるのである。

いまここで内容についての詳しい説明はできかねるが、今はそのことについての紹介に止めさせていただく。

（『続河』二〇号　二〇一五・八・三〇）

夏目漱石の大正五年（その六）

三〇、中村古峡（蓊）あて書簡―原稿の芸術品としての価値は？

中村古峡（一八八一―一九五二）小説家・医師。本名は蓊（しげる）。奈良県生駒の生まれ。明治四〇年東大英文科卒。同年東京朝日新聞入社（四三年退社）。後年心理学研究に傾倒、昭和三年東京医専卒。精神病院を開いた。代表作『殻』。

大正五年八月二四日　中村蓊あて書簡

拝啓此間御来書の時は東北地方へ御旅行とあつた故返事を出しませんでした。それから僕の小説の後は正宗白鳥君と略極つてゐるので君の原稿をいそいで読んでも仕方がないと思つて其儘にして置きました。然し君は何度でも書き直すといふ決心だから早く読まないと悪いとも考へ直して今日の午後眼を通しました。

感じた通りを申ますと、どうも小説（好い意味でいふのですが）らしい感じが乏しいのです。ことに最初の赤子を殺す気狂の如きは滑稽な感じが起る丈です。是は気狂になる人の心的状態が毫もないので同情が起らないからではありませんか。気狂になるには気狂になる径路がありませう。それが読者の腑に落ちないでは主人公に気の毒だとか可哀さうだとかいふ気は起し得ません。たゞ残酷な人だといふ事を強ひつける積ではないでせう。又夫なら芸術品として何の価値もないでせう。もしさういふ意味で書いたのでないとするなら、気狂に至る経過其物即ち他から見た事実もしくは事実の推移其物の叙述、換言すればある連続した原因結果を具像（象）的に示し得る真の発揮でなければなりません。即ち気狂のやる行為が一々奇抜だとか刺激に富んでゐるとか悉く陳腐と平凡を離れた意味で読者の眼を驚ろかし同時に啓発しなければなりますまい。不幸にして赤子殺しにはそれをも見出し得ません。なぜとなれば彼はたゞ妻をいぢめてゐる丈ぢやありませんか。一言にさう云へばそれで尽せるのです。他奇なしです。同じムードを繰り返してゐるのです。さうして最後に突然子を殺すのです。子を殺すのは奇抜です。成程気狂らしいです。其所丈が新しい刺激です。然しそれが君の目的にかないませうか。

次の方は赤ン坊殺しより余程いゝと思ひます。多少の発展があるからです。順序がともかくも辿れるからです。従つて当人のサイコロジーの方から見ても外面的に叙述される事実の連鎖からいつてもいゝやうです。（然し赤ン坊を殺すのと比べて見てまだ増しだといふ位なものです）。僕の考では是とても芸術品にはなつてゐないと思ひます。「癲狂院の中より」といふ見出しで中央公論か新小説の二段欄の頁へ出るべき性質のものぢやなからうかと思ひます。

御返事が遅くなつて済みません原稿は一先づ御返し致します。

先達て中央公論に出た蕃人の事を書いたもの（『蕃地から』のこと）は面白う御座いました。

私は自分で変な小説をかいて君のものをけなして悪いと思ひます。然し自分の事は棚へ上げて只批評眼丈を御求めにより働らかせました丈です。どうぞあしからず　以上

八月二十四日　　　　　　　　　　　夏目金之助

中村蓊様

漱石と中村古峡の間柄について。明治四一年六月、中村古峡が徴兵試験で意外にも砲兵甲種に合格したことについて鴎外の指導をうけたい、と頼んできたので漱石は紹介状を書いている。面倒見のよい漱石の一面が窺われる。翌明治四二年一月二四日には、朝日新聞社員中村宛の書簡で、漱石は「煤煙が二三日出ない様に候がどんな事情に候や。」「是迄朝日の小説は一回も休載なきを以て特色と致し候に森田草平に至つて此事あるは不審也。」「もし本人

の不都合から出たなら僕は責任がある実に困る」と、困惑して事情報告を求めた。

明治四四年一一月二九日夕、漱石が古峡と小説の件について対談中、五女ひな子は食事中に倒れ、急死した。漱石は「自分の胃にはひゞが入つた。自分の精神にもひゞが入つた様な気がする。如何となれば回復しがたき哀愁が思ひ出す度に起るからである」と日記に認めた。『彼岸過迄』「雨の降る日」では、高等遊民松本が、雨の降る日に末子の宵子に死なれた悲しみを忘れられず、雨の日の客を謝絶する様子が描かれている。

大正二年七月一八日、古峡宛の手紙に「からについての御手紙拝見致候実は先達より何人にも没交渉にてしかも小生には大いに必要な事のため頭を使ひ居り夫がため人のためには一切何事をなすの勇気も余裕も無之」「行人の原稿などは人の事にあらず自分の義務としてもまづ第一に何とか片付べきを矢張まだ書き終らざるにてもしか御承知願上度候」と、『行人』の原稿に没頭しているので余裕が無いとの返事。この時漱石は、四月に作品を中絶して九月からの再連載に、近代知識人の孤独と不安（孤独地獄）を描くことに苦闘中であった。

大正四年六月四日の書簡では「此次の小説（※『道草』が九月一四日に終わったあと、東京朝日新聞には徳田秋声『奔流』が九月一六日から連載される。）を書きたいといふ御希望の書面拝見しました。此間山本君にあつたら此次は有名な人のを載せたいといひました。それから私は徳田秋声君の意向を聞きました所同君は大いに書きたいといふ意志を或人を通して洩らしました。（中略）あなたの方は多分駄目だらうと思ひます。（中略）書いて御覧なさい。さうして好ければ社の方へ推挙しませう。とにかく此次は多分六づかしからうと思ひます」

このように、古峡は漱石にたいして自分の作品の新聞連載について度々要請をしている。漱石はその都度状況を説明し助言をしている。

大正五年八月の書簡では「感じた通りを申ますと、どうも小説（好い意味でいふのですが）らしい感じが乏しいのです。ことに最初の赤子を殺す気狂の如きは滑稽な感じが起る丈です。是は気狂になる人の心的状態が毫もないので同情が起らないからではありませんか。」と作品として不十分な所を述べて「気狂に至る経過其物即ち他から見た事実もしくは事実の推移其物の叙述、換言すればある連続した原因結果を具像（象）的に示し得る真の発揮でなければなりません。即ち気狂のやる行為が一々奇抜だとか刺激に富んでゐるとか悉く陳腐と平凡を離れた意味で読者の眼を驚ろかし同時に啓発しなければなりますまい。」と、小説として在るべき姿を助言する。原稿はひとまずお返しするとしながらも、「先達て中央公論に出た蓄人の事を書いたもの（『蓄地から』のこと）は面白う御座いました。」と褒めることも忘れてはいない。

中村古峡は、後に心理学研究に傾倒し、精神病院を開設した。

三一、『倫敦塔』の独訳について―小池堅治あて書簡

大正五年九月二四日　小池堅治あて

拝復小生の作物につき過分の御褒辞を賜はり恐縮致候次に御申越の旨は委細承知致候近頃小生作物のうち二百十日を小樽のジョーンズなる人が英訳致候本にするといふ故教育上の為なら差支なしと申しやり候処何とかいふ雑誌へ載せる趣申来候。是は始めから英訳する価値なしと小生の断はりたるものに候。次に八高の山田君が草枕を独訳致されつゝある旨申来られ候訳後是も書物にする筈の処夫丈は御免蒙り候草枕は甚だ劣作なる故に候倫敦塔は草枕よりはまだ増しかも知れず候へども是亦つまらぬもの故止せるなら御止しになつた方がよからうかとも存候然し是非にとの御希望なれば已を得ざる訳故たつて御断りは不仕《つかまつらず》候和独対両文を後から御出版になる事も教授用としてうち〳〵に行はれるならば差支なく候へどもこんなものに夫程の御手数をかける上に出版迄させては不相済《あいすまざる》儀ことに小生に於ては得意には無之儀

御含み願上候独訳は小生眼を通す丈の学力なく拝見致しても盲人のかき覗き故御手数に及ばず候。山田君の草枕は独乙《ドイツ》人に見てもらふ由に候
右乞　匆々

小池堅治（一八七八〜一九六九）独文学者。旧姓吉田。秋草と号す。福井市の生れ。明治三六年東大独文科卒。七高、二高、山形高校教授を歴任。レッシングやゲーテなどの翻訳がある。漱石、二葉亭、鴎外等の作品の翻訳紹介にも尽力した。『独逸表現主義文学の研究』などの著書がある。

文中の作品『倫敦塔』は明治三八年一月「帝国文学」に発表。原稿末尾に「三七年一二月二〇日」という自筆の付記があるという。『吾輩は猫である』にすぐ続いて脱稿された作とみられる。

『草枕』は明治三九年九月「新小説」に発表。大阪朝日新聞の主筆鳥居素川が感服し、漱石を社に迎えようとした、いわば漱石が職業作家になる機縁となった作品。後に維新の志士などを例にひいて、美的境地から現実により直接的に関わる作家精神について語るようになる。

『二百十日』は明治三九年一〇月「中央公論」に発表。圭さんは「不公平な世の中」への反発の強い慷慨家であり、「文明の革命」の必要を説く。後の『野分』白井道也につながる人物といえる。坂本浩は「会話の面白さと軽妙さを示すものとしては、『二百十日』は漱石文学の最高峰の一つに入るもの」と評価している。

三二、『明暗』の原稿の訂正について―山本松之助あて

九月二十五日（月）朝日新聞　山本松之助様　編輯用

拝啓昨日御送り致しました明暗百三十回の最後の一頁（十一頁?）一寸訂正の必要有之候故乍御面倒御返送願上候

（後略）

これは『明暗』の続きを書いていて、第百三〇回の末尾の書き直しの必要を感じたための措置。

改訂前の原稿には、次のようにあった。

「彼女は病院へさへ寄らずにすぐ宅へ帰つた。さうして其所に彼女を待つ津田からの手紙を始めて読み下した。」

←（改訂後）

「留守に彼女を待つ津田の手紙が来てゐるとも知らない彼女は、其儘堀の家を出た。」

百三十一

お延とお秀が対坐して戦つてゐる間に、病院では病院なりに、また独立した予定の事件が進行した。津田の待ち受けた吉川夫人が其所へ顔を出したのは、お延宛で書いた手紙を持たせて遣つた車夫がまだ帰つて来ないうちで、時間からいふと、丁度小林の出て行つた十分程後であつた。

この場面に関係する『明暗』の構成を振り返ってみる。八九〜九〇回は津田の留守宅でのお延と小林の対座場面の最後であり、九一回からは、病室での津田とお秀の対話、津田・お秀・お延の会話場面となり、一〇六回からは小林が津田を強請る場面になる。一二三回からは堀家でのお延とお秀の対決・戦いの場面が一三〇回まで続く。

一三〇回のお延とお秀の会話部分だけを拾ってみる。

（お秀）「だつて自分より外の女は、有れども無きが如しつてやうな素直な夫が世の中にゐる筈がないぢやありませんか」

（お延）「あるわよ、あなた。なけりやならない筈ぢやありませんか、苟も夫と名が付く以上」

（お秀）「さう、何処にそんな好い人がゐるの」

（お延）「それがあたしの理想なの。其所迄行かなくつちや承知が出来ないの」

（お秀）「いくら理想だつてそりや駄目よ。その理想が実現される時は、細君以外の女といふ女が丸で女の資格を失つてしまはなければならないんですもの」

（お延）「然し完全の愛は其所へ行つて始めて味はれるでせう。其所迄行き尽さなければ、本式の愛情は生涯経つたつて、感ずる訳に行かないぢやありませんか」

（お秀）「そりや何うだか知らないけれども、あなた以外の女を女と思はないで、あなた丈を世の中に存在するたつた一人の女だと思ふなんて事は、理性に訴へて出来る筈がないでせう」

（お延）「理性は何うでも、感情の上で、あたし丈をたつた一人の女と思つてゐて呉れゝば、それで可いんです」


（中略）


（お秀）「（中略）それよりか好きな女が世の中にいくらでもあるうちで、あなたが一番好かれてゐる方が、嫂さんに取つても却つて満足ぢやありませんか。それが本当に愛されてゐるといふ意味なんですもの」

（お延）「あたしは何うしても絶対に愛されて見たいの。比較なんか始めから嫌ひなんだから」


（中略）

お秀は冷然として話を切り上げた。お延は胸の奥で地団太を踏んだ。折角の努力は是以上何物をも彼女に与へる事が出来なかつた。留守に彼女を待つ津田の手紙が来てゐるとも知らない彼女は、其儘堀の家を出た。

山本松之助あての、九月二五日付けの書簡に「昨日御送り致しました明暗百三十回の最後」とあるので、明暗一三〇回は九月二四日に執筆したことが分かる。芥川らあての書簡に「毎日百回近くもあんな事を書いてゐると大いに俗了された心持になりますので三四日前から午後の日課として漢詩を作ります。」と書いているので、九月二四日に作った漢詩を読んでみる。

擬将蝶夢誘吟魂
且隔人生在画村
花影半簾来着静
風蹤満地去無痕
小楼烹茗軽烟熟
午院曝書黄雀喧
一榻清機閑日月
詩成黙黙対晴喧

蝶夢を将《もっ》て　吟魂を誘わんと擬し
且《しばら》く人生を隔てて　画村に在り
花影　簾に半ばして　来たりて静に着き
風蹤　地に満つるも　去って痕無し
小楼　茗を烹て　軽烟　熟し
午院　書を曝して　黄雀　喧《かまびす》し
一榻《いっとう》の清機　閑日月
詩成りて　黙黙　晴喧《せいけん》に対す

俗世を胡蝶の夢と観じて、吟魂（創作意識）を真実世界へと誘い出し、しばらくの間、人の世から離れて画の世界に心をたゆたわせる。

（日は高々と上がって）花影はすだれの半ばに映り、辺りは静寂である。清風は地上を吹き渡っているが、その姿は見えず、風の吹く跡のみ地に満ちている。しかし風が吹き去ってしまうとその痕跡も残さない。（私はこのような仲春の現成公案の景の中にこころをたゆたわせている。）

小楼で茶を煮ればその薄煙が立ち上る。昼下がりの中庭で、書物を虫干しすれば、雀たちのさえずりが耳にはいる。（私は本を読むことさえしない。私は真実世界の現れとしてのこの日常生活を、何の悩みもなくゆったりと、実感しているのだ。）

一脚の長いすに座れば、私の心は清涼の気にみたされて真実世界に入り、（俗事を超越した）閑かな日々を過ごすことができる。（維摩詰が「一榻」に座って、「入不二法門」を「黙」によって示したように）、わたしもまた詩を完成した後、「黙」することによって、自然の顕現である晴喧と向き合い、「我」とは無縁なそのありようと、一体となるのである。（詩を完成させた私の吟魂は、今は真実世界にあり、「黙」を通して「晴喧」（大自然の顕現）と、一つとなっているのである。）（大意は田中邦夫「漱石『明暗』の漢詩」による。）

一三〇回で使われている言葉は、登場人物、お延・お秀の我執の意識で満ち溢れている。「大いに俗了された」漱石は午後の漢詩において、「蝶夢」など禅の世界を思わせる語句を多用して禅の世界に入り、自己の意識を自然ののどかさの中に同化させ回復しているのである。

大正五年九月の漱石の体調は、滝田樗陰宛の九月五日の手紙に「小生も此間中より下痢の気味にて御馳走は多少辟易の体に有之故」と記し、九月七日の真鍋嘉一郎宛には中村武羅夫の診察依頼をして、その末尾に「目下少々下痢の気味にて十日程相つゞき居候」と述べている。（その二）の八で既に述べたように、九月二五日には、鬼村元成、二六日には富沢敬道宛に手紙を出して東京滞在の便宜を図っている。

三三、木下杢太郎の奉天赴任

大正五年一〇月九日　木下杢太郎（太田正雄）あて書簡

拝復奉天へ御赴任の趣敬承満州は上海抔とは違ひ支那の本色は如何かと存候へども自ら本地とは異つた面白味可有之ことに大兄の様な東洋趣味もある人には随分愉快な収獲も有之ならんと存候絵や骨董は何んなものやら知らねど日本よりも手に入り易くはなきかとも存候精々滞在の機会を利用して面白味を御吸収時々は雑誌でそれを御発表の程願上候先は御挨拶迄　匆々頓首

十月九日　夏目金之助

太田正雄様

木下杢太郎（一八八五〜一九四五）『書簡集』の人名に関する注では、「詩人・小説家・医学者。本名は太田正雄。静岡県の生れ。明治四四年東大医科卒。在学中から雑誌『明星』に詩を発表。同誌廃刊後は「パンの会」に拠り、以来幅広い文学活動を展開した。パリ留学後は愛知医大・東北大を経て東大教授となった。漱石はその著『唐草表紙』に序文を寄せている。」とある。

「奉天へ御赴任」とあるのは、杢太郎が九月に南満州医学堂教授兼奉天病院皮膚科長への就任が決まり、一〇月に奉天（現、瀋陽）に赴いたことを指している。この手紙では、杢太郎の満州における東洋美術研究の成果を期待したが、二か月後、漱石は他界した。

大正四年の『唐草表紙』の序は、書簡体の長いもので、「此冗長な手紙が、もし貴方の小説集の序文として御役に立つならば何うぞ御使ひ下さい。」と書いている。『唐草表紙』は短編小説集で、「象徴主義的な詩の手法を散文に生かそうとした、実験的な作品が多く収められている」と『全集』の注解にある。漱石が「序」に記した文章は、次のようなものであった。

「まづあなたの特色として第一に私の眼に映つたのは、饒かな情緒を濃やかにしかも霧か霞のやうに、ぼうつと写し出す御手際です。何故ぼうつとしてゐるかといふと、あなたの筆が充分に冴えてゐるに拘はらず、あなたの描く景色なり、小道具なりが、朧月の暈のやうに何等か詩的な聯想をフリンジに帯びて、其本体と共に、読者の胸に流れ込むからです。」（五七五頁）（後略）

この書簡のあと、漱石が長生きしていたらどんなに豊かなつきあいの実りがあったかと、惜しまれる。

三四、長谷川如是閑あて入社希望の女性の紹介、如是閑の人柄

大正五年十月十五日　長谷川如是閑あて書簡

拝啓其後は御無沙汰失礼却説《さて》京都にゐる深沢邦子といふ女が京都支局の方へ女記者として入社したき旨を後醍院君に依頼した処同君は自分の一存には行かないから若し夏目さんを知ってゐるなら同氏から長谷川君へ手紙を書いて貰へとの注文があつた由にて、其女から頼まれ候故此手紙を認め候。同人は女子大学卒業で五六年前東京にゐる時分原稿を見てくれといふので宅へ来たものです。小説は旨くありません。人間は五六度会つた丈だから解りません。若し解つた処丈をいふなら悪人ではなささうだといふ位です。其位の証明では何にもならないでせうが都合がつくなら採用して遣つて下さい

頓首

十月十五日　　夏目金之助

深沢邦子は明治末年頃日本女子大学校に通っており、漱石に小説を見てもらった人であることが分かる。本人から入社についての推薦の言葉を、というので、漱石が書いた書簡である。事実をそのまま述べて、「其位の証明では何にもならないでせうが都合がつくなら採用して遣つて下さい」と書くところに、漱石らしさがにじみ出ている。

長谷川如是閑（一八七五〜一九六九）新聞記者・評論家。本名は万次郎、山本家に生れるが幼くして長谷川家を継ぐ。兄は山本笑月で東京朝日新聞の文芸部長・社会部長を歴任。如是閑は明治四一年大阪朝日新聞に転じ、「天

声人語」欄を担当して注目を浴びた。明治四二年一〇月一五日には、満韓旅行の帰りであった漱石が、如是閑の寓居を訪ねている。明治四四年八月に如是閑が依頼した「大阪朝日新聞」の講演会では、漱石に胃潰瘍が再発し、如是閑も急いで病院に駆けつけている。その講演に先立って、漱石は如是閑に「土地及び聴衆の種類等にて出来る丈斟酌致し度心得に候故場所及び会衆の性質など早く分れば好都合に候」と書簡に書いて細かい準備をしていることが分かる。

後年、如是閑はこの時の講演のことを「始めて聞いた漱石の講演」と題して次のように述べている。

漱石は、ざわついた会場の空気に応じた、言葉とジェスチュアーとで先ず聴衆の心理を捉えて置いて、徐ろに話をすすめて行ったが、私の最も驚いたのは、大劇場で世話物を演ずる俳優のように、通常の会話風の言葉を大声で語り得る技術だった。これは今日でもまだ新劇の連中などには充分出来ているといわれないほど修練を要するものだが、漱石はあの座談風の言葉を二千人もの聴衆で埋めている会場に行き亘るように発声することが出来るのである。これには全く驚ろかされた。

相当むずかしい問題を通俗に崩して話す手際に至っては、これはその時分慌てて私のよんで見た『猫』によっても多少は察しられたが、羨ましいと思って見た処で始らないが、全く羨ましいと思った。その時分の大阪の聴衆には馴染のない内容だったろうが、彼等は多分始めて文学及び文学者というものについて、珍しい、面白ろい、彼等にも充分呑み込まれる、そうして親まれる話を聞いたと感じたであろうと私は思った。それほど聴衆の嬉れしがったことが私共にも解ったのである。

如是閑は大正七年、白虹事件に際して退社。以後昭和に至るまで雑誌『我等』などに拠り自由主義左派の立場から言論活動をつづけた。そのため第二次大戦末期にはほとんど執筆を許されなかった。病弱なため健康を保つことに自覚的で、生涯独身を通した。戦後は一九四六年貴族院議員、四七年日本芸術院会員となり、四八年文化勲章を受けた。

「白虹事件」とは、大正七（一九一八）年「大阪朝日新聞」が政府権力と対立して存亡の危機に追い込まれた日本の新聞史上最大の筆禍事件。当時、「大阪朝日」は、シベリア出兵、米騒動などに関連して寺内内閣を弾劾する言論の一大拠点であった。八月二六日付けの夕刊の記事に、兵乱の前兆をいう「白虹日を貫けり」の一句があったことが安寧秩序紊乱、新聞紙法違反として告訴され、村山龍平社長は退陣、次いで鳥居素川、長谷川如是閑をはじめ大山郁夫、丸山幹治ら編集幹部が退陣した。一二月一日の紙面に「本社の本領宣明」という長い改過状を掲載して廃刊を免れたという筆禍事件である。

三五、岩波茂雄あて『清詩別裁』購入依頼—旺盛な読書欲

大正五年一〇月一八日　岩波茂雄あて

拝啓此間は書物を御届ありがたうあの漢籍を買つた家は二軒あるうちの君の方へ近いうちですがあすこに清詩別裁といふ唐本がありますそれをあの時買ふ積であつたがあんまり一どきで辟易したなりになつてゐるが一寸欲しい故買つて届けてもらひたいのです価は三四円位ぢやないかと思ひます、それは君の小僧が来た時に払ふから小僧にさう云つて教へて置いて下さい　以上

「清詩別裁」とは沈徳潜纂評『欽定清詩別裁』（乾隆二六年、漱石文庫蔵）をさす。全一六冊の大部のもの。（全集注解の説明による。）

書簡からうかがえることは、この書物を買う前にすでに漢籍を買っており、「あんまり一どきで辟易した」が

「欲しい故買つて届けてもらひたい」と書いており、如何に漢籍への読書欲が大きかったかが分かろうというものである。既に『文学論』の序において、「余は少時好んで漢籍を学びたり。之を学ぶ事短かきにも関らず、文学は斯くの如き者なりとの定義を漠然と冥々裏に左国史漢より得たり。」と述べている。漱石にとって漢詩は修善寺の大患を経て復活し、『明暗』執筆中には『明暗』の「俗了」した世界を描き続けるために漢詩の慰藉を必要としたのである。それほど漢籍への思いは強かったといえるのである。『文学論』序の日付けは、明治三九年一一月で、単行本は明治四〇年五月大倉書店から発行された。

三六、明月の書について

大正五年一〇月一八日　森円月あて

拝啓明月の大字わざ〳〵御送り御手数万謝拝借中の機を利用して双幅とも座敷へ懸けて眺め居候近頃の鑑賞眼少々生意気に相成候其生意気な所を是非聞いて頂きたいので此手紙を書きます。

あの字はいま一息といふ所で止まつてゐます。だから其所を標準に置いて厳格にいふと大半といふよりまづ悉く落第です。然し私はあれを見て軽蔑するのではありません。嗚呼惜いと思ふのです。今一息だがなと云ふのです。あの字は小供じみたうちに洒落気があります。器用が祟つてゐます。さうして其器用が天巧に達して居りません。正岡が今日迄生きてゐたら多分あの程度の字を書くだらうと思ひます。正岡の器用はどうしても抜けますまいと考へられるのです。

あれよりも私のもらつた六十の時の詩の方がどの位良いか分りません、夫から半折二行の春風云々の七言絶句の方がはるかに結構です。良寛はあれに比べる〔と〕数等旨い、旨いといふより高いのでせうか、寂厳といふ人のはまだ見ませんから何とも申上かねます。

是丈の気焔をもち応へてゐると腹の毒ですから一寸排泄致しました。臭い事です。　以上

「私のもらつた六十の時の詩」とは、大正二年一二月入手したものであろうと、注解にある。「半折二行の春風云々」は、大正三年一月三〇日の書簡で入手したことを明かしている。

森円月（一八七〇〜一九五五）本名は次太郎。松山出身。松山中学教師。のち『東洋協会雑誌』の編集者。漱石に蔵沢の竹の画や明月の書を紹介。趣味の書画を通じて漱石と交わった。（『漱石全集』第二十四巻　人名に関する注）

漱石は明月の大字を、「嗚呼惜い」「今一息だがな」「洒落気があり」「器用が祟つて」「器用が天巧に達して居りません」と批判している。とはいえ既に明月の書二点を購入しているので、彼の書に愛着があったものと思われる。二〇一六年三月二六日から五月二二日まで、神奈川近代文学館で特別展「100年目に出会う夏目漱石」が開かれている。そこには漱石が晩年暮らした漱石山房の壁を飾っていた明月和尚の「無絃琴」の額と安井曾太郎の風景画「麓の町」が飾られていて、その二つが今回初めて同時に見ることが出来るとのことで楽しみである。書簡の「明月の大字」が「無絃琴」であれば、漱石の批判と照らし合わせてしっかり見てきたいと思っている。

三七、二人の禅僧と輪転機

すでに、「八、若い禅僧との交わり」で記したが、二人の禅僧は漱石宅に、一〇月二二日から月末まで滞在した。『明暗』執筆中の漱石は二人の東京見物につき合うことはなかったが、色々と便宜を図った。

次のは、一〇月二五日付、東京朝日新聞山本笑月あての持参状である。

拝啓此手紙持参の僧二人は神戸祥福寺僧堂に修行する禅僧に御座候此度機会を得て東上所々見物の処是非社の輪転機を一見致し度由につき若し御差支なくば運転の模様一寸でも傍観御許可被下度邪魔にならぬ範囲にてよろしく御座候
雲水の名は富沢敬道鬼村元成とて小生の知人に御座候右迄　頓首
夏目金之助

まことに懇切丁寧な紹介状である。禅僧とのふれあいは、漱石に「道」への思いをいっそう強めたことと思われる。

三八、中村不折への木浦正紹介状

大正五年一〇月二八日　木浦正君持参

拝啓其後御無沙汰失敬
却説今般越後の木浦正君是非一度貴君に御面会の栄を得たき趣につき御紹介致候につき御閑も有之候はゞ御引見被下度候木浦君は好事家にてことに越後の事とて良寛の愛好家にて今度も面白き切張帖持参被致候今度出京の用向の一部は大兄に面談御所蔵の古法帖等拝見致す為の由に候へば其辺の御便宜も出来得る限り御与へ被下度願上候先は右用事迄
頓首
十月二十八被
中村不折様　梧前

木浦正は新潟県直江津の人で、良寛の書の蒐集家・鑑定家。

中村不折（一八六六～一九四三）は洋画家。本名は鈼太郎。東京の生れ。明治三四年より三八年までフランスに留学し、帰国後太平洋画会に属す。書道にも関心が深く、六朝風をよくした。単行本『吾輩ハ猫デアル』（上編）や『漾虚集』の挿絵を描いたほか、『ホトトギス』のこま絵も手がけた。なお、『不折俳画　上』『丙辰潑墨』に漱石は序を寄せている。以上は『全集』の「人名に関する注」である。

なお、『夏目漱石周辺人物事典』によると、「『吾輩ハ猫デアル』中篇・下篇は別人に頼み、次第に批判的になる。」と記されていて、「一九〇六（明治三九）年以後、漱石が不折から離れて行った理由は、単にその人格的な要素だけではなく、技術的にある程度の完成をみて、それが世間的に受け入れられた画家の陥るマンネリズムに、敏感な漱石がいち早く気づいたからであろう。明治四〇年代以降は時たま、不折にたいする、碑文や短冊などの揮毫それに絵画の購入などの、漱石を通じての依頼に、漱石が仲介をしてあげるというくらいの交際が続いただけである。」と記されている。

この木浦正紹介状も、漱石の几帳面で親切な人柄と、不折との付き合いの歴史がうかがえて興味深い。

三九、和辻哲郎への松茸の礼状

大正五年一〇月三一日

拝啓段々寒くなりますお変りもありませぬか私も無事です松茸をありがたうあれは何処から来たのですか中々方々から松茸をくれます（中略）此松茸なるもんは私の小供の時分は滅多に口にする事の出来ない珍味でしたそれが今日にな

ると昔を回顧する度に妙な心持を誘ふやうに松茸が出てくるのだから不思議千万です先は御礼迄

匆々頓首

和辻哲郎（一八八九～一九六〇）哲学者・評論家。兵庫県出身。和辻は一高生時代、漱石がクラスの受け持ちでなかったため自分のクラスが欠講になった時などには、漱石が教えているクラスの窓下に立って、彼の巻き舌の発音が聞こえるのに満足しながら、そこを離れなかったという。大学を卒業して大学院に進んだ二年目に「ニーチェ研究」を出版し、敬慕のしるしに漱石に献じようと手紙を書いて投函したその日に、偶然帝国劇場で漱石に紹介されて、はじめて言葉を交わした。（『夏目漱石周辺人物事典』）次は漱石からの返事である。

大正二年一〇月五日　和辻哲郎あて

あなたの著作が届いてから返事をあげやうかと思つてゐましたがあまり遅くなりますから手紙丈の御返事を書きます。

私はあなたの手紙を見て驚ろきました。天下に自分の事に多少の興味を有つてゐる人はあつてもあなたの自白するやうな殆んど異性間の恋愛に近い熱度や感じを以て自分を注意してゐるものがあの時の高等学校にゐやうとは今日迄夢にも思ひませんでした。（中略）

私は進んで人になついたり又人をなつけたりする性の人間ではないやうです。（中略）あなたに冷淡に見えたのはあなたが私の方に積極的に進んで来なかったからであります。

私が高等学校にゐた時分は世間全体が癪に障つてたまりませんでした。その為にからだを滅茶苦茶に破壊して仕舞ひました。だれからも好かれて貰ひたく思ひませんでした。私は高等学校で教へてゐる間たゞの一時間も学生から敬愛を受けて然るべき教師の態度を有つてゐたといふ自覚はありませんでした。従つてあなたのやうな人が校内にゐやうとは何うしても思へなかつたのです。けれどもあなたのいふ様に冷淡な人間では決してなかつたのです。冷淡な人間なら、あゝ癇癪は起しません。

私は今道に入らうと心掛けてゐます。たとひ漠然たる言葉にせよ道に入らうと心掛けるものは冷淡ではありません。冷淡で道に入れるものはありません。

私はあなたを悪んではゐませんでした、然しあなたを好いてもゐませんでした。然しあなたが私を好いてゐると自白されると同時に私もあなたを好くやうになりました。是は頭の論理で同時にハートの論理であります。御世辞ではありません事実です。だから其事実丈で満足して下さい。

私の処へセンチメンタルな手紙をよこすものが時々あります。私は寧ろそれを叱るやうにします。それで其人が自分を離れゝば已を得ないと考へます、が、もし離れない以上私のいふ事は双方の為に未来で役に立つと信じてゐます。あなたの手紙に対してもすぐ返事を出さうかと思ひましたが、すこしほとぼりをさます方がよからうと思つて今迄延ばして置きました。　以上

『夏目漱石周辺人物事典』奥野政元の文章によると、和辻哲郎には、はじめて言葉を交わした漱石の印象は、一高の廊下で見た近寄りがたい鋭い顔つきの印象とは別人のようで、円熟した温情にあふれた老紳士にみえたという。和辻は漱石がセンチメンタルな態度を厳格にいましめていると受けとめて、今でも敬服の念を禁じ得ないと述べている。「私は今道に入らうと心掛けてゐます。」という一文に彼は最も強い感銘を受けたと言い、当時の漱石の創作活動を解く鍵のように思えたとも言っている。その翌月に初めて漱石山房を訪ねた和辻は、それから漱石の死ぬまで三年間、たびたび接触することになるが、そのつどこの言葉を常に背後に思い浮かべ、その思いは変わることはなかったと述べている。

和辻の漱石像は、人格的完成を目指す求道者としての像であり、理想を実現せんとした価値創造の体現者としての姿でもあった。

顔を合わせてから三年、漱石の和辻への自然で素直な情愛がにじみ出ている書簡である。なお、前年一一月の森成麟造あて書簡にも「松茸を沢山にありがたう此間から名古屋大阪京都の三市から松茸を幾度も貰ひ幾度も茸飯を食ひました」とあるから、松茸は漱石の好物だったと推定される。

四〇、芥川龍之介の原稿について

大正五年一一月三日　芥川の原稿について滝田樗陰への持参状

拝復昨日は失礼画帖早速出来御好意奉謝候芥川君は昨夜参貴意申伝候処正月は既に新潮と文章世界の両方へ受合ひたるため他へは手をのばす余地無之由に候若したつての御所望なれば直接の御交渉も可然と存候へども今回は是にて御断念来春を期し好きもの御書かせに相成候へば中央公論の為にも本人の為にもよろしかるべきかと存候御礼旁御返事の序に愚考乍蛇足つけ加へ申候先は右まで　敬具

十一月三日　夏目金之助

滝田樗陰様　座右

この年二月、芥川は新思潮の『鼻』を漱石に「大変面白いと思ひます落着があつて巫山戯てゐなくつて自然其儘の可笑味がおつとり出てゐる所に上品な趣があります夫れから材料が非常に新らしいのが眼につきます文章が要領を得て能く整つてゐます敬服しました」とほめられた。「然し『鼻』丈では恐らく多数の人の眼に触れないでせう触れてもみんなが黙過するでせうそんな事に頓着しないでずんずん御進みなさい群衆は眼中に置かない方が身体の薬です」と励まされていた。

九月には、新人作家の登竜門といわれる「新小説」に『芋粥』を発表。芥川の一流文芸誌への初登場であった。漱石は「君が心配してゐる事を知つてゐる故一寸感想をかいてあげます。あれは何時もより骨を折り過ぎました。細叙絮説に過ぎました。然し其所に君の偉い所も現はれてゐます。だから細叙絮説が悪いのではない。細叙するに適当な所を捕へてゐない点丈がくだくだしくなるのです。（中略）然し是は悪くいふ側からです。技巧は前後を通じて立派なものです誰に対したつて恥かしい事はありません。段々晴の場所へ書きなれると硬くなる気分が薄らいで余所行はなくなります。さうしてどんな時にも日常茶飯でさつさと片付けて行かれます。その時始めて君の真面目は躍然として思ふ存分紙上に出て来ます。（中略）此批評は君の参考の為です。（後略）」

長所、短所を見きわめた実に懇切丁寧な、将来を期待した批評である。芥川にとって重要なこの時期だから、「中央公論」の滝田樗陰の要請を「今回は是にて御断念来春を期し好きもの御書かせに相成候へば中央公論の為にも本人の為にもよろしかるべきか」と断っているのである。

一二月九日朝「センセイキトク」の電報をうけとったが、横須賀の海軍機関学校教授嘱託に着任早々の芥川は、重要な会議で抜けられず漱石宅に着いたのは一一日の午後だった。その夜二日目の通夜に出席し、十二日青山斎場の葬儀では受付を手伝った。一三日夜鎌倉に戻って「僕はまだこんなやりきれなく悲しい目にあつた事はありませんん今でも思ひ出すとたまらなくなります始めて僕の書く物を認めて下すつたのが先生なんですからさうしてそれ以来始終僕を鞭撻して下すつたのが先生なんですから　かうやつて手紙を書いてゐても先生の事ばかり思ひ出してしまつていけません」（塚本文宛書簡）と認め、「葬儀記」には「何だか、みんなの心もちに、どこか穴の明いてゐる所でもあるやうな気がして、仕方がない」と深い嘆きをもらしている。

因みに、大正五年の作品には、「手巾」「煙草と悪魔」など、大正六年の作品は「戯作三昧」「偸盗」などがあり、大正七年には「蜘蛛の糸」「地獄変」「邪宗門」「奉教人の死」などがある。

余談ながら、漱石没後二年後の大正七年一〇月、芥川は『枯野抄』を発表する。是は芭蕉の臨終とそれにまつわる弟子達の心理を描いた作品であるが、丈草に託して、芥川の、師漱石の「人格的圧力の桎梏に長い間空しく屈していた彼の自由な精神が、本来の力を以て漸く発揮されようとする解放の喜びが描かれている」とする評者もある。芥川の複雑な心理がうかがえる。ともかく、芥川は、漱石にとって若手でいちばん期待される弟子であった。

四一、小宮豊隆への最後の書簡

啓　御手紙拝見屹度何か云つてくるだらうと思つたら云つて来た。実をいふと僕は君が何にも書かずに澄ましてゐる方を希望してゐたのです。何故？　それは大抵解るでせう。もつと人間に余裕を作るのです。無暗に反応を呈しないのです。さうして楽になるのです。他に返事を書かないのを賞める訳ではないが無暗に文壇で云ひ合ひをする癖でも取れて行くかと思ふからです。

然し手紙の中味を見た時は少々感服しました。君は屹度あの作物を弁護して来るだらうと考へてゐた所大いにそんな私いや我をすてゝゐるからまあ是丈でも君は少々人間として進歩したのでせう。

却説あの小説にはちつとも私はありません。僕の無私といふ意味は六づかしいのでも何でもありません。たゞ態度に無理がないのです。だから好い小説はみんな無私です。完璧に私があつたら大変です。自家撲滅です。だから無私といふ字に拘泥する必要は全くないのです。

然らば無私な態度のあの作が何故つまらない？　好い作物は無私だが、無私だからといふて詰らないものはつまらないのは当然な訳ですから、僕はあの無私を認めても矢張り詰らないといふのです。

其説明はよく分析を経ないと明瞭には云へないけれども厭味も衒気もなんにも無いうちに味といふものがすりつぶされてしまつてゐるのです。仙台鮪は大味といふが大味ならまだしも何んな味もないのです、まあ湯を呑ませられるのです。しかも湯を三合も四合も一度に呑まされるのです。あすこにあるものは人間と人間との接触から出る味でなくつて、人生の経路の輪郭です。線丈で其線がそれ自身に溌溂と運動しつゝ進行しないからあれは固定した人生の型を書いて其型なりに帰着点を示したものです。斯うしろあゝしろと注意を加へない説教のやうなものです。哲学として云へば女子供に云ひきかせるための哲学です（もつと六づかしい事がワカラナイから已を得ず）イソツプ物語の長いやうなものです。男を順々に拵へて行く変化はあるが其一転ごとが利かないから変化も応えて来ません。まだ云ふ事が残つてゐるやうだけれどもよく分らないから書けません。

要するにあれは態度の悪い作物ぢやないのです。欠点は外にあるのです。

此返事を書く主意は弁解しなくつてはゐられないからではありません。面倒だけれども書いた方が君の為になると思つて書いたのです決して私はありません　以上

十一月六日　　　　夏目金之助

小宮豊隆様

これは小宮豊隆から送られてきた「アグラフェーナ」という作品について、「小生には殆んど何等の感興なきものなる事を発見し大いに驚ろいてゐる次第に候君の面白がる点此次御面語の節委細承はり候へば参考にも可成かと存居候。（中略）随分長いわりに一頁として小生の心を溌溂ならしめたる所なきには閉口仕候先は右御礼旁御返事迄余拝眉の上万々　頓首」と書き送った漱石の手紙に対する小宮からの返事にたいしてのものである。

小宮豊隆　明治一七年（一八八四）～昭和四一年（一九六六）。独文学者、評論家。福岡県の生まれ。明治四一年東大独文科卒。東北大教授、東京音楽学校校長などを歴任。『芭蕉の研究』などのほか『夏目漱石』の著があり、漱石全集の編集者として知られる。明治三九年一〇月、漱石の面会日木曜会に初めて出席した。虚子、寅彦、草平、三重吉、豊一郎らが出席していた。漱石主宰の「朝日文芸欄」の下働きをした。漱石は「文芸欄」が若い者の

「気焔の吐き場所」となり、増長慢心の気配を感じて廃止を決意、小宮らは不満であった。漱石門下生の中で小宮豊隆が最も漱石にかわいがられたというのが自他共に認められた一般的な評価であり、漱石の死後、選ばれて解剖の立会人となり、葬儀の時には弔辞を読んだのであった。

井上百合子氏は「師と弟子━漱石と豊隆━」で、「豊隆は観察や直観にはすぐれたものを持ち、自分の感受性が捉えた作品の印象を描くことでは成功したし、漱石の人間としての純粋さや暖かさをまともに受けとめ、それを感じる心の純粋さを持っていたが、漱石の思考力や論理性は十分に理解することが出来ず、まして漱石の内部の痛み、時代への痛憤といったものには、全く無縁であったということであろう。」と批判しておられる。

「小宮は漱石神社の神主である」といわれたが、小宮の勤務先東北帝国大学付属図書館に「漱石文庫」という漱石研究の原資料を戦災から守るために疎開、収蔵、保管し、調査研究の便に供している功績は、計り知れない、と『夏目漱石周辺人物事典』は記している。

手紙では、「人間に余裕を作るのです。無暗に反応を呈しないのです。さうして楽になるのです。」と〈無暗に文壇で云ひ合ひをする癖〉を戒めている。次に手紙の中味をほめて、「君は屹度あの作物を弁護してくるだらうと考へてゐた所」そんな「私」「我」をすてているから君は「人間として進歩したのでせう」と認めている。「好い小説はみんな無私です。」「然らば無私な態度のあの作が何故つまらない？」「厭味も衒気もなんにも無いうちに味といふものがすりつぶされてしまつてゐる」「あるものは人間と人間との接触から出る味でなくつて、人生の経路の輪郭です。」「此返事を書く主意は（中略）面倒だけれども書いた方が君の為になると思つて書いたのです決して私はありません」

ここには二つの点が考えられる。一つは井上百合子氏の指摘にあるように「漱石の思考力や論理性は十分に理解することが出来ず、まして漱石の内部の痛み、時代への痛憤といったものには、全く無縁であった」小宮豊隆に対しての、漱石の最後の助言と期待がうかがえること。二つ目は「好い小説はみんな無私」で「態度に無理がない」こと。これは「則天去私」につながる問題である。

松岡譲は『漱石先生』において、一一月初め夜木曜会での、漱石の言葉を次のように記している。

「漸く自分も此頃一つのさういつた境地に出た。『則天去私』と自分ではよんで居るのだが、他の人がもつと外の言葉で言ひ現はしても居るだらう。つまり普通自分自分といふ所謂小我の私を去つて、もつと大きな謂はば普遍的な大我の命ずるまゝに自分をまかせるといつたやうな事なんだが、さう言葉で言つてしまつたんでは尽くせない気がする。その前に出ると，普通えらさうに見える一つの主張とか理想とか主義とかいふものも結局ちつぽけなもので、さうかといつて普通つまらないと見られてるものでも、それはそれとしての存在が與へられる。つまり観る方からいへば、すべてが一視同仁だ。差別無差別といふやうな事になるんだらうね。今度の『明暗』なんぞはさういふ態度で書いてゐるのだが、自分は近いうちにかういふ態度でもつて、新らしい本当の文学論を大学あたりで講じて見たい。といつて昔講じた文学論が元々意にみたないから、その不名誉の償ひを今しようといふのではない。（中略）かうした人生観文学観を確立して、それを人に伝へないのは甚だ相すまない次第だ。が、それが義務だとか責任だといふのではなく、言つて見れば天が私にそれを命じてるやうな気がしてならない。是非纏めて君達始め天下の有識者諸君から聴いて貰ひたいと思つてゐる。」（二一四―二一五頁）

『則天去私』を「自分自分といふ所謂小我の私を去つて、もつと大きな謂はば普遍的な大我の命ずるまゝに自分をまかせるといつたやうな事」「観る方からいへば、すべてが一視同仁だ。差別無差別といふやうな事になるんだらうね。」といい、「今度の『明暗』なんぞはさういふ態度で書いてゐる」と、小説を書く態度の問題としている。『則天去私』の問題は、あらためてじっくり考えていきたい。

（二〇一六・七・一）

四二、漱石と禅、則天去私について

すでに「八、若い禅僧との交わり」で述べたが、一一月一〇日の鬼村元成あての書簡で「私は私相応に自分の分にある丈の方針と心掛で道を修める積です。気がついて見るとすべてに至らぬ事ばかりです。行住坐臥ともに虚偽で充ち〳〵てゐます。恥づかしい事です。此次御目にかゝる時にはもう少し偉い人間になつてゐたいと思ひます。」と記している。再会は叶わなかったが、この時期の漱石の心境が推測されるのである。

また、一一月一五日の富沢敬道宛には、「無孔鉄槌とは何ですか」の問の次に、一一月一三日に詠んだ七言律詩「自笑壺中大夢人」が添えられている。「変な事をいひますが私は五十になつて始めて道に志ざす事に気のついた愚物です。」と述べている。富沢敬道は漱石没後の昭和四〇年一二月「図書」（漱石特集号）に「風呂吹きや頭の丸き影二つ」と題して、「わたしはそのとき二十四、鬼村君は二十一歳であったから、先生とむずかしい話をしたわけではないが、それでも今にして思うと、先生はなかなか深い意味をもった話をされたように思われる。（中略）今になって考えると、漱石先生の学問がどんなに広く深いものであったかということが、少しずつわかるのである。」と述べている。若い禅僧から漱石が多くを学んだように受け取られていたが、むしろ禅僧の方が漱石から深く広いものを学んだのが実態だったのではないか。

「新小説」臨時号『文豪夏目漱石』（春陽堂　大正六年一月）で、釈宗演氏が「禅の境地」と題して「芸術としての氏のものを何も読んでゐない私が、たゞ私だけの漱石氏に就いての知識から氏の芸術なり思想なりを推察して見れば、氏は自ら自然と融合して行つて、何人にも接し得ないさま〴〵な自然の姿を見出し来て、これを所有つて個人なり社会なりを押進め高めて行くと云ふやうな立場に居たのではないかと思ふ。禅では云ふまでも無く自然と融合することを目的とする。自ら自然に近寄るのか、自然の方から近寄つて来るのかそれは知らぬが、唯融合するのである。漱石氏はこの境地に在つて、そこから様々な思想に具を与へて、小説を創つて行つたのではないかと考へるが、どんなものであらうか。（傍線は引用者）

※釈宗演氏は漱石が明治二七年一二月二三日から翌年一月七日まで参禅した時、「父母未生以前本来の面目」という公案を与えた。『門』の中では「老師」として描写している。

『漱石資料―文学論ノート』（村岡勇編　岩波書店　一九七六年五月）ではこの時のことを次のように記している。「十年前円覚ニ上リ宗演禅師ニ謁ス禅師余ヲシテ父母未生以前ヲ見セシム、次日入室見解ヲ呈シテ曰ク物ヲ離レテ心ナク心ヲ離レテ物ナシ他ニ云フベキコトアルヲ見ズト禅師冷然トシテ曰クソハ理ノ上ニ於テ云フコトナリ、理ヲ以テ推ス天下ノ学者皆カク云ヒ得ン更ニ此ノ電光底ノ物ヲ拈出シ来タレト」

『門』（十九の二）での描写は次のようになされている。

此静かな判然しない燈火の力で、宗助は自分を去る四五尺の正面に、宜道の所謂老師なるものを認めた。彼の顔は例によつて鋳物の様に動かなかつた。（中略）たゞ頭から上が見えた。其頭から上が、厳粛と緊張の極度に安んじて、何時迄経つても変る恐を有せざる如くに人を魅した。さうして頭には一本の毛もなかつた。

此面前に気力なく坐つた宗助の、口にした言葉はたゞ一句で尽きた。

「もつと、ぎろりとした所を持つて来なければ駄目だ」と忽ち云はれた。「其位な事は少し学問をしたものなら誰でも云へる」

宗助は喪家の犬の如く室中を退いた。後に鈴を振る音が烈しく響いた。

老師の「父母未生以前本来の面目」という公案に対して、漱石は「物ヲ離レテ心ナク心ヲ離レテ物ナシ他ニ云フベキコトアルヲ見ズ」と応えた。「もつと、ぎろりとした所を持つて来なければ駄目だ」と老師に一喝されて引き下がるしかなかった。佐々木英昭氏は「夏目漱石事典」（學燈社　一九九二年）の中で、「物ヲ離レテ心ナク」云々の主客一致の認識は、『野分』や「断片」（明治三九）などで表現され続けてきた漱石のいわば持論であり、『行人』の「絶対即相対」や「断片」（大正四）にある「現象即実在、相対即絶対」が必要となるとされる。

加藤二郎氏は『漱石と禅』（翰林書房　一九九九年）の中で、大正五年八月二一日付の芥川・久米あての書簡にある漢詩をとりあげて次のように論じられる。

〔無題〕大正五年八月二十一日

尋仙未向碧山行　仙を尋ぬるも　未だ碧山に向かって行かず
住在人間足道清　住みて人間に在りて　道情足る
明暗雙雙三万字　明暗雙雙　三万字
撫摩石印自由成　石印を撫摩して　自由に成る

「明暗雙雙」とはシナ仏教の華厳哲学に所謂「理事無礙法界」の禅的表象に外ならない。「明」は「事」であり、「暗」は「理」であり、それが「雙雙」ということは、両者が「無礙」ということである。（中略）「明暗」は「理」

「事」「無礙」と言取される様な人間の心の在り方の禅的表象であり、それは「事」に障碍されない「理」、無限の差別相を現ずる「事」をその根底に於て把持し統一し得るような総持の力としての「理」、その「理」に統括された「心」の様態の示唆である。（中略）「明暗雙雙」即ち「理事無礙」の場に視座を据えた漱石からすれば、近代の知性の「論理」は崩壊を免れ得ないものとして、それはより根底的な「論理（暗＝理）」への脱皮を不可避のこととされていたのであり、その窮極的な「論理」の立場を漱石は、趙州や『金剛経』などの中に具現され、已に普遍性を獲得した禅の宗教的真実の内に認めていたと言える。（中略）

『明暗』では「思慮に充ちた不安」（『明暗』十二）の人である津田由雄を中心とした人物達の動静、及び諸種の社会的偏向が問われており、漱石はそうした人間の動静を、一切の事象に同時的に焦点を合わせ得る様な、言わば視座なき視座とも言うべき立場から内在的に捉えていたと考えられる。そしてその視座の源は「相対即絶対・現象即実在」という「自然の論理」（大正四年「断片」）を「論理」し得る「理（暗）」の内にあったと言えるのであり、その「理（暗）」は又「明暗雙雙」「理事無礙」の世界現成の基盤でもあった。（中略）

尋仙未向碧山行　　仙を尋ぬるも　未だ碧山に向かって行かず
住在人間足道清　　住みて人間に在りて　道情足る

ここに詩化されているのは、「人間《じんかん》」即ち「社会」の現実に自覚的にとどまり、そこでの「明暗雙雙」底の世界形成を自己の芸術の本来とした漱石の核心と自負とである。（中略）漱石は「相対即絶対・現象即実在」の「自然の論理」を自己の「文学」の論理とし、その「自然の論理」に媒介された『明暗』の創作に腐心し、その「社会性」を自負しつつ、そこに「吾ガ禅」の自覚を告げた。『こゝろ』以後、『道草』『明暗』と展開の度を深めていった漱石の文学世界を禅とのかかわりという観点から見る時、そこに告げられた「吾ガ禅」の自覚の内容は、（中略）現代禅の中核的課題を射抜いたものであったのである。（後略）」

この章の冒頭に引用した漱石の述懐に続けて

まきを割るかはた祖を割るか秋の空

という句がある。加藤氏は「内容的に禅の所謂「殺仏殺祖」の境涯であり、詩句結晶度も高いが、上の「書簡」の文脈の中に置けば、単なる思想史詩の枠を超えた陰影深い味わいの句」であると述べておられる。

「殺仏殺祖《せつぶつせつそ》」とは何か。『新版禅学大辞典』（大修館書店　昭和六〇年）によると、「殺佛」とは、①佛を殺す。転じて佛に成り切ること。自分が佛である意識をなくして、初めて自ら真に佛に成ったものであること。「殺仏殺祖《せつぶつせつそ》」佛祖を超えた境涯。佛祖に対する執われを超え、専ら自己をもって尽十方世界を究める境地。「尽十方世界」とは、ありとあらゆる世界。全法界のこと。「法界《ほっかい》」とは、法の界で、界は世界、また要素の意。意識の対象となるものがすべて法界で、色心・有為無為の一切法を指す、とある。

漱石の句の「祖を割る」に、禅語の「殺仏殺祖」を指摘され、当時の漱石の境涯を指摘されたのである。仏祖に対するとらわれを超えた境地に漱石があったとされているのである。

上田閑照氏は『日本文学と仏教　第十巻　近代文学と仏教』（岩波書店　一九九五年）「夏目漱石」に於いて、則天去私についての諸証言を、第一点としては実存的ないし人間の生き方・あり方としての則天去私、第二点としては文学・芸術作品の質としての則天去私、第三点としては文学概論ないし文芸理論の基礎範疇としての則天去私、とまとめておられる。証言から引き出した要点を見渡して、則天去私という言葉で漱石は実存のレヴェル（A）と文学作品のレヴェル（B）と文芸理論のレヴェル（C）と、三つの異なったレヴェルを通してなにか或る統一的統合的な一つの質に於ける新しい連関を際立てようとしたのであろう、としておられる。則天去私と言った漱石自身は「円満に悟りすまして」いたはずはない。実存の理想という面では自らの実存における「理想と現実」に悩み、『明暗』を書く態度としては、その態度を保持しつつ実際に書き進めてゆく日々の大変な工夫苦心の連続であった、としておられる。『明暗』において漱石は則天去私による救済を主題的に描こうとしたのかどうかについては、そうではないと思われるとして、漱石は則天去私という態度（あるいは仕方）で『明暗』を書きつつあったということである。則天去私は、書かれた小説の内容に属するのではなく、書く仕方、「小説の方法」に属する。その限りにおいて、漱石が則天去私と言ったとき、清子による津田の救済を『明暗』の主題として考えていたとは言えない、としてさらに次のように述べられる。

「則天去私」は、書かれた内容（書かれる筈であったであろう内容も含めて）における救済のある・なしとは違った次元で、書く漱石の書く仕方に関してある特定の仕方を特色づけ際立てようとしたということであろう。『明暗』を書きつつある漱石は、この言葉で、現に書きつつある方法を方法としてはっきり自覚したと言える。そして、そのような方法である限り、内容的に未完であっても結末を推定ないし想定することなしに、書かれた範囲で則天去私の考察が可能であるであろう、とされる。

「修善寺の大患」（明治四三年八月）で「三十分の死」を経験した後、漱石は「死は生よりも尊い」（「硝子戸の中」八　大正四）と言うようになる。上田氏は「「死は生よりも尊い」ということが分かって生きる生が漱石の生になる。作家であることをも含めて人間である漱石の生となる。そしてその生は、死において感得された無我の再現実化（それは同時に本当の自分になること）への生となる。それは、死につつ生き、生きつつ死ぬという生である。」とされる。

大正四年二月、畔柳芥舟あての書簡で漱石は「私は死んで始めて絶対の境地に入ると申したいのですさうして其絶対は相対の世界に比べると尊い気がするのです」と述べている。このことについて上田氏は、「即ち「本当の自分には死んで始めてなることができる」と自覚しつつ、その自覚において、死で終わる生を死まで生きるのみならず、死の中にまで通じている道を歩む。勿論所謂死後の生というものではない。「我なし」の成就のことである。

作家としては登場人物同士の「我と我」の動きに沿ってそのテンポに従って「一視同仁」に「ありのままに」描いてゆく。（中略）以上が、漱石が則天去私ということを言うようになる境位である。そこから我々は次のような見取り図を描き出すことが出来るであろう。則天去私という如き非理論的な言葉で小説の方法を言うのは、その方法が実存の道と通じ合うこと、しかもこのことが漱石にとって大切であることを示している。実存の道はその自己理解としてそれ自身のレヴェルと質の言葉をもつ。晩年の漱石にとってその最重要なものは、漢詩（最晩年のものは漢詩ではなく正しく偈頌と言わるべきもの）であった。（中略）「実存―作品―理論といういわば縦の包括的連関だけでなく、それにかみ合わさって、西洋と東洋という横の包括的世界連関をもふまえてその総連関を特徴づけて際立てるためには、西洋由来の言葉では足りない気持ちであったであろう。（中略）その統合の可能的原理を自覚的に東洋的なるものに置こうとする最後の決着と洞察と見通しがこの則天去私という言葉にはこめられていると見ることが出来るであろう。」とされる。

松岡陽子マックレイン氏は『孫娘から見た漱石』（新潮選書　一九九五年）の中の、「漱石とジェーン・オースティン」で、「このようにオースティンと漱石は結果においてはその冷静な客観性で類似しているが、各自がその独特の客観性に達した過程には基本的な違いがある。ジェーン・オースティンは知性を信じ、それで物事を評価した。一方漱石は自然あるいは無と自分を同化して評価を下した。この自然との同化は知性からではなく全く直覚的に得られるようである。（中略）「則天去私」という表現に戻ると（中略）「去私」は「私」を去ること即ち「私」を入れないで物を書くということで、これは世界の何処の作家でも可能なことである。「則天」は「無」または自然と自分を同化させて書くということであって、これは無形の自然と和合することの有効さを説く儒教、仏教特に禅からきている、主として東洋的なものであるかもしれない。だから「則天去私」とは一部は世界共通、他の一部は東洋的なものであると考えられる。そしてこれは生活上のモットーであると同時に、作家が物を書く時の態度を表す漱石自身の批評語である。」と記しておられる。

上田氏は、「実存というところで見れば則天去私は漱石の理想と言うことが出来る。」しかし「漱石の現実は理想通りではなかった、あるいは、むしろ理想に反していた」として「理想をもつということは、その理想の現実化に努力することであり、そういう仕方で理想に向かって歩むことである。（中略）理想に向かって歩むということ（漱石は「無我になる覚悟」という）そのことが、人間にとってすでに決定的な現実的意義をもっている。理想に向かって歩むということは、同時に、歩みつつある自己の現実が理想からの光によって照らし出され、現実の自己が反省せしめられるということであり（漱石は自分の「我《が》」を殆ど容赦なく暴き出す、「行住坐臥ともに虚偽で充ち〳〵てゐます」（鬼村元成あて一一月一〇日））、その自己反省をも含めて真に現実の自己なのである。その際、自己が自己を反省する光が自己のもつ理想であるが、それは現実の自己を超えたところからの光である。（中略）ところでそのように自己を知る自己は、そもそも自己を超えることによって知り得るのである。この「超える」は「知る自己」をもさらに超えているのであって、そのような「超えている」ところからの光によって自己が自己を知ることが真の自覚なのである。（中略）自分が自分を見るのに神の目、即ち自己を超えたところからの光で見る、これが自覚ということである。（中略）自覚として自己である自己が、その根本において無自覚になる（仏教はそこで「無明」と言う）というところに人間存在の深刻な両義性がある。（中略）」

「『明暗』執筆中に作られた詩は、死を予知していた漱石にとって命の綱ともいうべきものである」と飯田利行氏の論を紹介され、漱石が死の床につく直前の詩、遺偈とも言われる漱石最後の漢詩について論じられる。

真蹤は寂寞　杳として尋ね難く
虚懐を抱いて　古今に歩まんと欲す
……　……
眼耳ならべ忘じ　身もまた失す
空中に独り唱う　白雲の吟

「「死は生よりも尊い」とそれこそ身をもって分かった漱石が、その「死」において小説家を脱いだとき自分は何であり得るのかという問いに曝されて「道に志し」た漱石が道の歌をうたうのである。（中略）「俗了」されて午後漢詩をつくるそのとき、漱石は『明暗』とは違う次元に居る。（中略）明暗双々のうちに去私則天し、空中に独り唱う白雲の吟。日々午前中に書き継がれていった『明暗』は、未完のままに残され、未完の故のその後の成り行きと結末への関心も加わり、今日に至るまで読まれている。午後漢詩を作っていた漱石は、「空中に独り唱う白雲の吟」という仕方で「いずれの処にか去る」。この白雲の吟を聞くことが、漱石へのもう一つの親しみであろう。」と述べられるのである。

引用が長くなったが、残った課題は次回にあらためて論じたい。

（二〇一六・八・九）

四三、ニューヨークの成瀬正一あて

大正五年一一月一六日　成瀬正一あて葉書

御安着結構です。あなたの独探の話（航海中の）は新思潮で読みました。面白いです。通信もよみました。あなたはヒポドロームへ芝居を見る気か何かで飛び込みましたね。芥川君は売ッ子になりました。久米君もすぐ名が出るでせう。二人とも始終来ます。菊池君丈は新聞記者で忙がしいので来ません。もう一人の連中哲学者（越後の）も来ます。「明暗」は長くなる許で困ります。まだ書いてゐます。来年迄つゞくでせう。本になつたら読んで下さい。コレラはもう下火です。文展ももう御仕舞になります。昨日から寒くなりました。右迄　草々

人名に関する注によると、「成瀬正一（一八九二～一九三六）フランス文学者。横浜の生れ。大正五年東大英文科卒。在学中芥川龍之介らと第4次「新思潮」を創刊。ロマン・ロランに傾倒、卒業後欧米に留学。のち九州大学教授。著書に『仏蘭西文学研究』がある。」とある。

独探の話（航海中の）とは、アメリカ行きの客船で見かけたロシア人が、上陸寸前にドイツのスパイとして連行されるという話が記されている。コレラはもう下火とは、この年の七月二七日に横浜に入港した布哇丸の乗客にコレラが発生し、全国的に感染が拡大し、死者は七四八二名に及んだことをうけている。新思潮同人だった成瀬の友人達の状況を知らせ、『明暗』が長くなり、来年迄続くだろうと記している。

則天去私という態度・方法で『明暗』を書きつつあった漱石には、救済のある、なしは無関係で、登場人物がどのように生きていくかは、登場人物たちの「我と我」の動き、テンポに従って、「一視同仁」に「ありのままに」描いていくしかなかったのであろう。「昨日から寒くなりました。」は気候の変化はもとより、漱石自身の体調の異変を感じさせる言葉に思えてならない。

『増補改訂 漱石研究年表』によると、一一月一六日は最後の木曜会で居間に座りきれぬほど集まったという。芥

川・久米・松岡・赤木は一〇時過ぎに帰ったが、赤木は「先生の機嫌が平生よりもさらに善く、始終にこにこしながら、例の『則天去私』といふことに就いて話された。」（「漱石先生の追憶」大正五・一二・二一）と記している。森田・安部能成・石原健生ら残り、「則天去私」について再び詳しく説く。自分の娘が就寝の挨拶に来て、頭をあげたとき、片眼が潰れていても平静でいられる境地になりたい、と話したという（森田草平談）。

四四、大谷繞石あて山鳥の礼状

大正五年一一月一九日　金沢市第四高等学校　大谷正信あて

拝啓昨日山鳥が到着致しましたので何処から来たのかと思つたら大谷正信という札が付いてゐました。何うも有難う御座います。私は貴方の事を忘れてゐるのに貴方は私の事を考へて下さるのみならず時々魚だの鳥だの御菓子だのを頂戴するのは勿体ない事です。尤も忘れるといつても記憶に消されてしまふ訳ではないのだから御容赦を願ひます。一寸御礼迄　草々

十一月十九日　夏目金之助

大谷正信様

漱石全集の書簡で日付けの分かっている物では、これが最後になっている。大谷繞石については、二十一、大谷繞石宛書簡ですでに触れたので省略する。「漱石研究年表」では「鶫の粕漬」と記している。「骨ごと賞味」「胃に少し疼痛を覚える」とある。

四五、病状悪化と臨終

『夏目漱石』（小宮豊隆　昭和一三年七月）、『漱石の思い出』（夏目鏡子述　松岡譲筆録　文春文庫　一九九四年七月）および『増補改訂　漱石研究年表』（昭和五九年六月）などを参照し、日録的にまとめてみる。

一一月二一日、築地精養軒での江川久子と辰野隆の結婚式に懇願されて鏡子とともに列席する。席は男女別席。塩煎落花生をつまみ、余興の柳家小さんの「うどんや」を聞く。帰宅してから胃の調子一段と悪くなる。

一一月二二日、朝体調不良で起き上がれぬ。便通なく腹の調子がおかしい。浣腸。『明暗』の執筆にとりかかろうとして書斎に入るが一字も書けず、机上に突っ伏す。食前の薬を持って行った女中が発見。鏡子が床を取りましょうかというと、「人間も何だな、死ぬなんて事は何でもないもんだな。俺は今あゝして苦しがってい乍ら、静かに辞世を考えたよ」と鏡子に語る。着の身着のままで横臥。夜何か食べたいというので、薄いトースト二切れと牛乳を与える。一時間後全部吐く。吐いた物に血が混じる。

一一月二三日（木）、真鍋嘉一郎に診察を依頼。予想外の重態を知る。午後零時三十分嘔吐。四時、再び嘔吐。黒い胃液に薄赤い血混じる。七時、真鍋嘉一郎診察。

一一月二四日、三日間絶食を命じられる。衰弱甚だしい。午後二時吐瀉。血が混じる。夜もよく眠れず、苦悶する。

一一月二六日、『明暗』の原稿について心配する。

一一月二七日、病状同じ。うとうとする。鏡子の問いに、苦しくもない、痛くもないと応える。真鍋嘉一郎、診察に来て頭をひねる。空腹感が激しいので、鏡子は医者と相談し、薬のほかアイスクリームや果物の汁を三時間おきに摂ることにする。

一一月二八日、夜半一十二時近く、突然眠りから覚め、「おい」と云って起き上がる。「頭がどうかしている。水をかけてくれ」と呻く。そのまま「うん」と唸って人事不省に陥る。（患部に大出血起こり、軽い脳貧血起こす）

鏡子、脈をみると、脈が結滞している。病室から廊下に飛びだし、大声で看護婦らを呼ぶ。病室に戻り、薬缶の水をふくませ、また、その水を頭からかける。やっと息を吹き返す。医者を迎えに行く。真鍋嘉一郎が来た時、両眼引きつり、脈拍薄弱になっている。ゲラティンやカンフル注射をする。絶対安静、面会一切謝絶。
この日から、森田草平・鈴木三重吉・野上豊一郎・小宮豊隆・内田百閒その他の弟子たちが二人ずつ順番で、夜伽をする。医者から容態を聴くだけであった。

一一月二九日、パントポンを飲んで安眠した後眼を覚ます。傍に真鍋嘉一郎が坐っている。鏡子は、「真鍋さんは徹夜して貴方の脈を今まで取って居ったんです」という。再び病室に来た真鍋に、「君は何のために徹夜して看護するのか、……君は学生が待っているから、学校に出ろ」と繰り返す。真鍋嘉一郎は、容易ならぬ病状を心痛、相談相手に専門医である宮本叔・南大曹に来てもらう。内臓出血があったことでは意見を同じくし、胃の内部に溜まっている血液をどうやって体外に出すかに心を砕く。事情をまったく知らないので、漱石は鏡子に向い、『明暗』の切抜帳を作って欲しい、と頼む。食塩注射とゲラティン注射。「食餌一切を止め滋養物の摂取は只注腸のみにたよることとす。これ上部よりの吸収は胃部に於て積極的障害の原を絶対に避けんとするなり。」（松根東洋城「終焉記」）

一一月三〇日（木）、雨。絶食。衰弱加わる。久米正雄は、電話で病状を問い合わせる。「夜鈴木三重吉君より手紙にて夏目先生病気の由通知し来る。」（「寺田寅彦日記」）

一二月一日、午前、葛湯四匙を食べる。午後、血便。病状を自覚。夜、鏡子に枕頭で香を焚いて欲しいという。香炉に、梅が香を入れる。

一二月二日、午前中は気分もよく、食欲も出る。薄い葛湯。午後三時、真鍋嘉一郎診察。便意を催し、真鍋に脈拍をとられながら、看護婦の手を借りて便器を使う。真鍋は、力むのを止めさせようとしたが、「うん」と再び力む。二度目の内臓出血を起こし、脈拍が急に乱れ、人事不省に陥る。宮本・南医学博士らが来る。ゲラティン・オピウム・カンフルなどの注射で意識を回復。三回目の大便に血が混じる。晩に三度目の内臓出血、この時、真鍋に「真鍋君、どうかしてくれ、死ぬと困るから」と云う。病状悪化し、翌朝まで持つかと懸念される。

一二月三日、暁近くなり病状落ち着く。食事一切ひかえる。衰弱加わる。

一二月四日、容態持ち直す。食事を摂ると、胃壁の傷、癒着遅れる。浣腸すると血便が出る。腹部膨れあがる。（六日まで、この状態続く）

一二月六日、極めて少量の液体を摂る。鏡子は、あまりの衰弱に驚き、真鍋に頼んで、何か少し与えて欲しいという。以後、アイスクリームや果物の汁を少量与える。

一二月七日、衰弱加わる。心臓の働き弱くなり、脈拍微かになる。結滞回数多くなる。

一二月八日、朝から脈拍早い。重湯・牛乳を極めて僅か飲む。病状益々悪化する。午後三時からカンフル注射を三時間おきにする。午後十時頃から昏々と眠る。次第に絶望の状態に陥る。真鍋嘉一郎は、絶望を伝える。体内に滋養分が吸収されぬので、衰弱目立つ。カンフルもほとんど反応なし。

一二月九日（土）、曇後晴。真鍋、最後の宣告を下し、知らせるべき親戚・知人に通知せよと云う。小学校から帰宅したアイが泣き出す。鏡子が「泣くんじゃない」というと、「泣いてもいいよ」と云ったという。純一と伸六、枕元に坐ると、目を開いて二人を見、にこっと笑う。子供たちの頼みで写真を撮る。呼吸困難を訴え、心臓の苦悶を訴える。午後一二時三〇分、全く危篤状態に陥る。絶望の状態ならと、鏡子の頼みで注射を控えていたが、宮本叔博士来て、今から絶望していてはいけないと食塩注射をする。呼吸は穏やかになり、脈拍も少し強く打つ。何か食べてみたいという。赤酒一匙。「甘い」という。中村是公、虚子ら来る。午後六時過ぎ、ひどく苦しみ始め、鏡子が座をはずしたうちに「水を、水を」という。「顔が熱いから水をかけてくれ」と繰り返し云う。看護婦、濡れ手拭いで顔をぬぐう。「かけてくれ、もっと」と声を荒げる。水を含んで吹きかけると、「よし」「死ぬと困るから」とか云って、その後は言葉もない。脈拍次第に微弱になり、呼吸も弱くなる。鏡子は、水筆をとり、末期の水を唇につける。水筆を次々取って別れを惜しむ人たちが与える。真鍋、聴診器を心臓に当てて「お気の毒でございます」という意味の言葉を伝えて、頭を下げる。午後六時四十五分永眠。狩野亨吉は通夜に残る。

一二月十日、鏡子、故人の遺志を斟酌し、解剖に付して貰いたいと、真鍋に申し出る。午後一時四〇分から長与又郎の執刀で解剖、三時二〇分に終わる。遺体は寝台車で自宅に帰る。中村是公、葬儀委員長に選ばれ、葬儀屋を呼んで打ち合わせる。費用のことなどで、鏡子は誤解し、異議を申し立てる。中村是公は、鎌倉に赴き、円覚寺の釈宗演に導師を依頼する。八時四〇分、納棺。応接間と書斎は片付け、書斎に祭壇を設営。

一二月一一日、雨。釈宗演、葬儀の導師を承諾。その前に霊前に友人として焼香をすませる。法名を「文献院古道漱石居士」と書く。午前中、久米正雄たち受付をする。午後、虚子が帰ると入れ違いに坪内逍遙来る。岡栄一郎に案内され、四、五十分して悄然と退出。門下生から弔辞を捧げる事で議論。

一二月一二日、薄曇。寒い。午前六時半より遺族・親戚・友人・門下生など告別式を行う。八時三十分出棺。青山斎場。九時三十分霊柩車到着、祭壇に安置され、「夏目金之助之柩」（菅虎雄筆）と大書した幟が掲げられている。十時三十分葬儀。読経回向。導師釈宗演、秉炬香語（ひんここうご）を述べる。続いて、朝日新聞社村山龍平、友人総代狩野亨吉、門下生有志総代小宮豊隆の三人弔辞を読む。遺族の焼香。読経、銅鑼、鉦、木魚。会葬者は千余名。十一時半、落合火葬場へ、午後一時到着。雛子と同じ場所で、荼毘に付す。

一二月一三日、晴。お骨上げ。

一二月一四日、『東京朝日新聞』の『明暗』の連載は中絶のまま終わる。『大阪朝日新聞』は二七日中絶。

一二月一六日、長与又郎博士の「夏目漱石氏剖検」抜粋

　夏目サンノ脳ハソノ重量ニオイテハサホド著シク平均数ヲ超過シテハオリマセヌガ回転ハドウモ非常ニヨク発達シテイル、コトニ左右ノ前頭葉ト顱頂部ガ発達シテイル（中略）

　今度ノ出来事ハスベテ胃ノ症状デアリマス、発端ハ十一月ノ十六日ニ粕漬ノ鶫……一一月二八日夜十一時半床ノ上ニ起キ上ガルト同時ニアアト叫ンデ人事不省……胃カ十二指腸アタリノ潰瘍性出血……一二月二日午後三時半排便ノ際、急ニ倒レテ人事不省、大内出血、九日午後六時脱血死ノ状態ノ下ニツイニ死ナレタノデアリマス。（後略）

一二月二八日、雑司ヶ谷墓地にて遺骨埋葬。一周忌に現在の墓地に改葬する。鈴木禎次設計、菅虎雄書。

　漱石の病状悪化と臨終で強く心に残ったことは、漱石が絶えず『明暗』の原稿について心配していたことである。一一月二八日、患部に大内出血（これは解剖所見では胃か十二指腸あたりの潰瘍性出血）を起こし、人事不省になったのだが、その翌日の二九日には、漱石は鏡子に、『明暗』の切抜帳を作って欲しいと頼んでいる。一二月二日午後三時、排便のときの力みによる大内出血により脈拍が急に乱れ人事不省に陥る。「真鍋君、どうかしてく

れ、死ぬと困るから」といったというが、これも死を恐れるというより、『明暗』のことが気にかかってのことだろう。新聞小説作家としての使命は忘れることが出来なかったのだ。この大内出血は九日の「脱血死」をもたらしたと解剖所見にある。

なお、追跡狂について長与氏は次のように述べている。「夏目さんは天才肌の人に往々見るところの種々の性質を持っておられたようであるが、ことに近来になってから追跡狂のような症状があった、すなわち誰か自分のことを悪く言っておりはしないかというようなことがだいぶあって、そのために御家族の方が往々お困りになったことがあるということを伺っているのであります。（中略）夏目さんの場合は能力の勝れておった天才肌のためにそういうことが起こったのであるかあるいはそればかりでなく糖尿病もこれに関与しているかは判然しませんがかくのごとき素質は夏目さんにおいては普通の人よりもよけい持っておられたことは断言して差し支えないと考えます。」と。

中絶した『明暗』をどの様に受けとめるか、晩年の漢詩との関係をどう考えるか、残された課題は非常に大きい。残された課題に、今後自分なりにしっかりと取り組んでいきたいと念じている。

（『続々河』一号　二〇一六・九・七）

参考文献

石原千秋『テクストはまちがわない』筑摩書房 二〇〇四年三月
岩波書店『漱石全集』全二十九巻 第一次・二次刊行本 一九九三年一二月〜九九年三月 〇二年四月〜〇四年〜九月
山本健吉『一冊の本』の「漱石全集」
夏目鏡子『漱石の思ひ出』岩波書店 昭和四年 及び『漱石の思い出』文春文庫 一九九四年
森田草平『夏目漱石』甲鳥書林 昭和一七年九月
『漱石先生と私』下巻 東西出版社 昭和二三年一月
『続夏目漱石』養徳社 昭和一八年
小宮豊隆『夏目漱石』岩波書店 昭和一三年
『漱石 三重吉 寅彦』角川文庫 昭和二七年
『漱石襍記』（第五刷） 小山書店 昭和一六年五月
『漱石の芸術』岩波書店 昭和一七年一二月
夏目伸六『父の法要』新潮社 昭和三七年二月
『父・漱石とその周辺』芳賀書店 昭和四二年二月
駒澤大学内 禅学大辞典編纂所『新版 禅学大辞典』大修館 昭和六〇年一一月
荒正人著 小田切秀雄監修『増補改訂 漱石研究年表』集英社 昭和五九年六月
三好行雄編『夏目漱石事典』學燈社 一九九二年四月
江藤淳編『朝日小辞典 夏目漱石』朝日新聞社 一九七七年六月
平岡敏夫・山形和美・影山恒男編『夏目漱石事典』勉誠出版 平成一二年七月
原武哲・石田忠彦・海老井英次編『夏目漱石周辺人物事典』笠間書院 二〇一四年七月
小森陽一・飯田祐子・五味渕典嗣・佐藤泉・佐藤裕子・野網摩利子編『漱石辞典』翰林書房 二〇一七年五月
岩波書店『図書』昭和四〇年一二月
鎌倉漱石の会『夏目漱石と帰源院』補訂五版 昭和五八年
津田青楓『漱石と十弟子』世界文庫 昭和二四年一月

平野清介編著『雑誌集成　夏目漱石像十二』明治大正昭和新聞研究会　昭和五七年一〇月
『新聞集成　夏目漱石像二』明治大正昭和新聞研究会　昭和五四年一月
小林直造編輯・発行『文豪夏目漱石　新小説臨時号』春陽堂　大正六年一月
志村史夫『漱石と寅彦　落椿の師弟』牧野出版　二〇〇八年九月
寺田寅彦『寺田寅彦全集　第二十五巻　書簡二』岩波書店　一九九九年三月
『寺田寅彦全集　第二〇巻　日記三』岩波書店　一九九八年九月
『寺田寅彦全集　第一巻　随筆一　創作・回想記』岩波書店　一九九六年一二月
山田一郎『寺田寅彦覚書』（第五刷）岩波書店　一九九六年一〇月
江口　渙『わが文学半生記』青木書店　一九五三年一〇月　重版
水川隆夫『漱石と仏教　則天去私への道』平凡社　二〇〇二年
中村舒雲『夏目漱石の詩』大東文科大学東洋研究所　昭和四五年一二月
田中邦夫『漱石『明暗』の漢詩』翰林書房　二〇一〇年七月
加藤二郎『漱石と禅』翰林書房　一九九九年一〇月
『漱石と漢詩』翰林書房　二〇〇四年一一月
望月俊孝『漱石とカントの反転光学―行人・道草・明暗双双―』九州大学出版会　二〇一二年九月
井上百合子『夏目漱石試論―近代文学ノート』河出書房新社　一九九〇年四月
松岡　譲『漱石先生』岩波書店　昭和九年一一月
『漱石の漢詩』朝日新聞社　昭和四一年九月
飯田利行『新訳漱石詩集』柏書房　一九九四年一〇月
村岡勇編『漱石資料―文学論ノート』岩波書店　一九七六年五月
上田閑照『日本文学と仏教第十巻　近代文学と仏教』岩波書店　一九九五年五月
『ことばの実存　禅と文学』筑摩書房　一九九七年一一月
松岡陽子マックレイン『孫娘から見た漱石』新潮選書　一九九五年二月
川西政明『新・日本文壇史　第一巻　漱石の死』岩波書店　二〇一〇年一月

お延と清子の結婚
——『明暗』に描かれた二つの指輪から——

はじめに

『明暗』には、お延と清子という、結婚してまだ一年も経っていない二人の女性が登場する。清子が実際に登場するのは作品の終わり近くの百七十五からであるが、冒頭の二から「何うして彼の女は彼所へ嫁に行つたのだらう」と、絶えず主人公津田の心にかかる女性として存在し続ける。次第に明らかになる清子という存在は、津田が相思相愛を信じていたのに、不意に津田のもとを去って津田の友達関と結婚した女性である。それに対して、実際に結婚したお延については「己は未だ嘗て彼の女を貰はうとは思つてゐなかつたのに」どうして結婚したのだろう、と自分の置かれている状況を不思議に思い、「何だか解らない」と考えている。

これらは、津田が、不意に訪れた肉体の変に、医者から「根本的の手術」を勧められ、電車で帰るときの感慨である。彼は、肉体だけでなく、精神界もいつどう変わるか分からない、という感慨におそわれて恐ろしくなるのである。

『行人』の一郎は、妻のスピリットをつかもうとして「砂の中で狂ふ泥鰌の様」に煩悶し、つかみ得ない不幸を嘆く。そうして、「君は結婚前の女と、結婚後の女と同じ女だと思つてゐるのか」と、Hさんに問いかけ、「何んな人の所へ行かうと、嫁に行けば、女は夫のために邪になるのだ。（中略）幸福は嫁に行つて天真を損はれた女からは要求出来るものぢやないよ」（塵労　五十一）という認識に到達するのである。

鋭敏な知識人の一郎は漱石の分身であり、女は結婚したら夫のために邪になり、天真を損なわれる、というのは、漱石が実生活においてつかんだ苦い認識であったと考えられる。もちろん、一郎は漱石そのままではなく、漱石は実生活の経験を、虚構の作品世界でさらに精緻に深く追求していったと考えられる。あるいは逆に実生活ではかなりの程度まで乗り越えていた課題を、さらに問題意識を鮮明にするためにデフォルメして表現したことも考えられる。

結婚については、すでに『吾輩は猫である』において、文明が開けて世の中が近代化し、個性が尊重されてくると、結婚が不可能の事になる、との表現があるし、『彼岸過迄』の「結婚の不幸」についての発言など、漱石は様々な作品の中で、登場人物を通して、結婚のありようについてあらゆる角度からの追求・考察をしている。

本稿では、作品に登場する二つの指輪をとおして、お延と清子のそれぞれの結婚について考えていきたいと思うのである。

一、お直（『行人』）からお住（『道草』）へ

『行人』のお直は、長野家の長男一郎の嫁である。長野家の両親、夫の弟二郎、妹の重、娘の芳江の六人家族で生活している。大学教授の一郎は、長野家の長男として大事に育てられ、神経が鋭敏で、わがままで気むずかしい。一郎は、直が二郎に惚れているのではないかと疑い、妻の節操を二郎に試させようとまでする。二郎は家を出て下宿した。彼岸の中日の翌日、墓参りのため里に行った帰りの嫂直が、二郎の下宿を訪ねてくる。

（前略）彼女から突如として彼女と兄との関係が、自分が宅を出た後も唯好くない一方に進んで行く丈であるといふ厭な事実を聞かされた。（中略）

「何うせ妾《わたし》が斯んな馬鹿に生れたんだから仕方がないわ。いくら何うしたつて為《な》るやうに為るより外に道はないんだから。さう思つて諦らめてゐれば夫迄よ」

彼女は初めから運命なら畏れないといふ宗教心を、自分一人で持つて生れた女らしかつた。其代り他の運命も畏れないといふ性質にも見えた。

「男は厭になりさへすれば二郎さん見たいに何処へでも飛んで行けるけれども、女は左右は行きませんから。妾なんか丁度親の手で植付けられた鉢植のやうなもので一遍植られたが最後、誰か来て動かして呉れない以上、とても動けやしません。凝《ぢつ》としてゐる丈です。立枯になる迄凝としてゐるより外に仕方がないんですもの」

自分は気の毒さうに見える此訴への裏面に、測るべからざる女性の強さを電気のやうに感じた。さうして此強さが兄に対して何う働くかに思ひ及んだ時、思はずひやりとした。（塵労　四）

二郎は直の訴えをどうすることもできなかった。「運命なら畏れないといふ宗教心を、自分一人で持つて生れた女」「他の運命も畏れないといふ性質」にも二郎の眼に見える直は、自分を「近頃は魂の抜け殻」といい、死ぬ場合は「猛烈で一息な死に方がしたい」（兄　三十七）とのべる女性である。ここには、運命を受け入れ忍耐の姿勢を貫きながらも、心の自由だけは失っていない「新しい女」の生き方を希求する姿が浮かび上がる。けれども「鉢植」は自分で動くことは出来ない。まだ時代は直のような女性に「立枯」を強いるしかなかったのである。

『道草』のお住は健三の妻である。七、八年前に結婚して二人の女の子を産んでいる。かつて時々ヒステリーの発作を起こしたことがある。

「単に夫といふ名前が付いてゐるからと云ふ丈の意味で、其人を尊敬しなくてはならないと強ひられても自分には出来ない。もし尊敬を受けたければ、受けられる丈の実質を有つた人間になつて自分の前に出て来るが好い。夫といふ肩書などは無くつても構はないから」

不思議にも学問をした健三の方は此点に於て却つて旧式であつた。自分は自分の為に生きて行かなければならないといふ主義を実現したがりながら、夫の為にのみ存在する妻を最初から仮定して憚からなかつた。

「あらゆる意味から見て、妻は夫に従属すべきものだ」

二人が衝突する大根は此所にあつた。（七十一）

健三は仕事に追われ、付き合いを避けて孤独に陥るが、妻のお住はそんな夫を、手前勝手な男としか見ない。

細君は時々彼に向つて云つた。――

「妾、どんな夫でも構ひませんわ、たゞ自分に好くして呉れさへすれば」

「泥棒でも構はないのかい」

「えゝえゝ、泥棒だらうが、詐欺師だらうが何でも好いわ。たゞ女房を大事にして呉れゝばそれで沢山なのよ。いくら偉い男だつて、立派な人間だつて、宅で不親切ぢや妾にや何にもならないんですもの」

実際細君は此言葉通りの女であつた。健三も其意見には賛成であつた。（七十七）

『行人』の一郎は妻への不信から人間全体への不信へと至り、孤独感にさいなまれ、死ぬか、気が違うか、宗教に入るかの三つしか自分の前途にはないと結論し、「絶対即相対」（「塵労」四十四）の悟りの境地に入れず苦悶する。孤独を自己の住まいだと叫びながら、なおも自己を絶対だとする一郎は、漱石の苦悶を背負った分身だといえる。「塵労」五十一の「幸福は嫁に行つて天真を損はれた女からは要求出来るものぢやないよ」の苦い認識は、一郎が自分の築き上げた高い位置からの下降と新しい視点の可能性を暗示しているように思われる。

『道草』において、「自分は自分の為に生きて行かなければならないといふ主義を実現したがりながら、夫の為にのみ存在する妻を最初から仮定して憚からなかつた。」という作者の健三を見る認識は、すでに妻お住と同じレベルにまで降りてきていることを示している。つまり「去私」の態度で対象が見据えられていると考えられるのである。

あきらめの姿勢をとる『行人』の直から、自己主張をしてはばからない『道草』のお住まで、漱石作品の女性像は大きく変化してきている。さらに、漱石作品の総まとめともいうべき『明暗』になると、一つの信念（哲学）を持った女性が登場してくるのである。それはお延であり、それと対照的な清子である。

二、二つの指輪――お延の場合と清子の場合――

お延と清子の結婚を象徴するものとして、二人が手にしている指輪がある。ここでは、その指輪を手がかりに二人の結婚の実態に迫っていきたい。

1　お延の指輪

①お延が選んだ相手―津田という人間―

お延の指輪の描写にふれる前に、津田の人柄について、津田の養い親だった叔父藤井の妻お朝の津田由雄評をみておきたい。叔母の眼は長年津田を見てきているだけに、津田の本質を鋭く突いている。手術を前にした津田が父親から金を送れないとの手紙をもらい、父親から藤井の方に何か言ってきているかどうかを知ろうとして藤井宅をたずねた場面での会話である。お手伝いをしているお金さんの縁談が決まりそうだという叔母にたいしてとった津田の態度に、叔母は「由雄さん、ぢや何んな料簡で奥さんを貰つたの、お前さんは」と迫り、以下のように追及するのである。

・「由雄さんは一体贅沢過ぎるよ」
・「服装《なり》や食物《たべもの》ばかりぢやないのよ。心が派出で贅沢に出来上つてるんだから困るつていふのよ。始終御馳走はないかくつて、きよろ〳〵其所《そこ》いらを見廻してる人見た様で」
・「乞食ぢやないけれども、自然真面目さが足りない人のやうに見えるのよ。人間は好い加減な所で落ち付くと、大変見つとも好いもんだがね」（二十七）

叔母は、津田が物心両面にわたって贅沢すぎ、始終御馳走はないかときょろきょろしていて落ち着きがなく、真面目さがたりないように見える、と厳しい。津田は、お金さんが結婚の相手と顔は合わせても口をきいたことがないのを、「それでよく結婚が成立するもんだな」という。叔母の反論が続く。

・「是ばかりは妙なものでね。全く見ず知らずのものが、一所になつたところで、屹度不縁になるとも限らないしね、又いくら此人ならばと思ひ込んで出来た夫婦でも、末始終和合するとは限らないんだから」
・「今だつて昔だつて人間に変りがあるものかね。みんな自分の決心一つです」
・「議論にならなくつても、事実の上で、あたしの方が由雄さんに勝つてるんだから仕方がない。色々選り好みをした揚句、お嫁さんを貰つた後でも、まだ選り好みをして落ち付かずにゐる人よりも、此方の方が何の位真面

目だか解りやしない」（三十）
叔母の、津田に対する「色々選り好みをした揚句、お嫁さんを貰つた後でも、まだ選り好みをして落ち付かずにゐる人」という批判は、津田の本質を抉って実に鋭い指摘である。男女は互いによく理解しあって結婚すべきだ、という津田の近代的な結婚観の論理が、叔母の、事実に基づく指摘によって、痛烈に批判されるのである。

②お延の悩みと秘密

お延は津田の手術が終わった後、岡本から誘われていた芝居見物に出かける。けれども、それは岡本の長女継子の見合いに立ち会うことであった。継子の強い願いによって、見合いの相手三好の人物鑑定を、それと知らせずにしてもらうことであった。

　親身の叔母よりも却つて義理の叔父の方を、心の中で好いてゐたお延は、其報酬として、自分も此叔父から特別に可愛がられてゐるといふ信念を常に有つてゐた。洒落でありながら神経質に生れ付いた彼の気合を能く呑み込んで、その両面に行き渡つた自分の行動を、寸分違はず叔父の思ひ通りに楽々と運んで行く彼女には、何時でも年齢の若さから来る柔軟性が伴つてゐたので、殆んど苦痛といふものなしに、叔父を喜こばし、又自分に満足を与へる事が出来た。（中略）
　如何にして異性を取り扱ふべきかの修養を、斯うして叔父からばかり学んだ彼女は、何処へ嫁に行つても、それを其儘夫に応用すれば成功するに違ないと信じてゐた。津田と一所になつた時、始めて少し勝手の違ふやうな感じのした彼女は、此生れて始めての経験を、成程といふ眼付で眺めた。彼女の努力は、新らしい夫を叔父のやうな人間に熟《こな》しつけるか、又は既に出来上つた自分の方を、新らしい夫に合ふやうに改造するか、何方かにしなければならない場合によく出合つた。彼女の愛は津田の上にあつた。然し彼女の同情は寧ろ叔父型の人間に注がれた。斯んな時に、叔父なら嬉しがつて呉れるものをと思ふ事がしばしばく出て来た。すると自然の勢ひが彼女にそれを逐一叔父に話してしまへと命令した。其命令に背くほど意地の強い彼女は、今迄何うか斯うか我慢して通して来たものを、今更告白する気には到底《とても》なれなかつた。

斯うして叔父夫婦を欺むいてきたお延には、叔父夫婦がまた何の掛念もなく彼女のために騙されてゐるといふ自信があつた。同時に敏感な彼女は、叔父の方でも亦彼女に打ち明けたくつて、しかも打ち明けられない、津田に対する、自分のと同程度位なある秘密を有つてゐるといふ事を能く承知してゐた。有体に見透した叔父の腹の中を、お延に云はせると、彼は決して彼女に大切な夫としての津田を好いてゐなかつたのである。それが二人の間に横はる気質の相違から来る事は、たとひ二人を比較して見た上でなくても、あまり想像に困難のかゝらない仮定であつた。……（六十二）

叔父が叔母に言った津田についての批評――「あの男は日本中の女がみんな自分に惚れなくつちやならないやうな顔付をしてゐるぢやないか」――を叔母から聞いても、お延には、自分が津田を精一杯愛し得るという信念があり、同時に、津田から精一杯愛され得るという期待も安心もあった。叔父の前に座ったお延は、自分の後ろにある過去を思い出し、叔父が、「厳格」な津田の妻として、自分が向くとか向かないとかという冗談のうちに、「何か真面目な意味」があるのではなかろうか、という気を起こし、叔父の眼の中に「己の云った通りぢやないかね。なければ仕合せだ。然し万一何かあるなら、又今ないにした所で、是から先ひよつと出て来たなら遠慮なく打ち明けなけりや不可《いけな》いよ」という慈愛の言葉さえ読んだのであった。

③結婚についてのお延の決断と見合いの席によばれた理由

「実はお前にお婿さんの眼利をして貰はうと思つたのさ。お前は能く人を見抜く力を有つてるから相談するんだが、何うだらう彼の男は。お継の未来の夫として可いだらうか悪いだらうか」

「あたしの様なものが眼利をするなんて、少し生意気よ。それにたゞ一時間位あゝして一所に坐つてゐた丈ぢや、誰だつて解りつこないわ。千里眼ででもなくつちや」（六十四）

叔父は、三好に対するお延の評をしつこく聞こうとした。お延は、これは第一が継子の問題で、継子の考え一つで決まるだけだと思う、という。叔父は、継子が自分は解らなくても、お延なら後から色々言ってくれる事があるに違いないと思い込んでいるんだ、という。そして、継子がお延に事前には黙っていて、お延の公平な第一印象を聞かしてもらいたい、とのことだという。

かつて、お延は、「女は一目見て男を見抜かなければ不可い」といって、一つ家に長い間寝起きを共にしていた従妹の継子を驚かせたことがあった。

お延は自分で自分の夫を択んだ当時の事を憶ひ起さない訳に行かなかつた。津田を見出した彼女はすぐ彼を愛した。彼を愛した彼女はすぐ彼の許に嫁ぎたい希望を保護者に打ち明けた。さうして其許諾と共にすぐ彼に嫁いだ。冒頭から結末に至る迄、彼女は何時でも彼女の主人公であつた。又責任者であつた。自分の料簡を余所にして、他人の考へなどを頼りたがつた覚はいまだ嘗てなかつた。（六十五）

このお延の結婚は、八〇年後の現代の若い女性にも通じるものであろう。それほど新しい女性像である。お延の恋愛事件は、継子にお延の言葉を永久の真理そのものにした。結婚半年後のお延の津田に対する考えは変わっていたが、継子はあくまでもお延を信じていた。お延も今更前言を取り消すような女ではなかった。「何処迄も先見の明によつて、天の幸福を享ける事の出来た少数の果報者として、継子の前に自分を標榜してゐた」（六十六）。お延は、みんなが「今迄糊塗して来た自分の弱点を、早く自白しろと間接に責める」ように思えたが、彼女には「自分の過失に対しては、自分が苦しみさへすれば夫で沢山だ」という弁解があった。

叔父が冗談で言った「（前略）お延は直覚派だからな。左右かも知れないよ。何しろ一目見て此男の懐中には金が若干《いくら》あつて、彼はそれを（中略）乗つけてゐるか、ちやんと見分ける女なんだから、中々油断は出来ないよ」（六十八）に涙をこぼし、「何だね小供らしい。此位な事で泣くものがありますか。何時もの笑談ぢやないか」という叔母の小言に、お延はついに泣きながら声を出した。


「何もそんなに迄して、あたしを苛めなくつたつて（後略）」

叔父は当惑さうな顔をした。

「苛めやしないよ。賞めてるんだ。そらお前が由雄さんの所へ行く前に、あの人を許した言葉があるだらう。あれを皆な蔭で感心してゐるんだ。だから（後略）」

「そんな事承《うかゞ》はなくつても、もう沢山です。つまりあたしが芝居へ行つたのが悪いんだから。……」

沈黙がすこし続いた。（後略）

叔父が掛ける言葉に、お延はなお泣き出し、叔母は苦々しい顔をして次のように言う。


「何だね此人は。駄々ッ子ぢやあるまいし。宅にゐた時分、いくら叔父さんに調戯はれたつて、そんなに泣いた事なんか、ありやしない癖に。お嫁に行きたてゞ、少し旦那から大事にされると、すぐ左右なるから困るんだよ、若い人は」

お延は唇を噛んで黙つた。凡ての原因が自分にあるものとのみ思ひ込んだ叔父は却つて気の毒さうな様子を見せた。

「そんなに叱つたたつて仕様がないよ。おれが少し冷評《ひやか》し過ぎたのが悪かつたんだ。――ねえお延さうだらう。屹度さうに違ない。よし〳〵叔父さんが泣かした代りに、今に好い物を遣る」

漸く発作の去つたお延は、叔父から斯んな風に小供扱ひにされる自分を何う取り扱つて、跋の悪い此場面に、平静な一転化を与へたものだらうと考へた。（六十八）

ちょうどそこへ継子が語学の稽古から帰ってくる。継子の居間は結婚する前のお延の居間であった。お延の心に、従妹と共に暮らした処女時代から現在までのさまざまな思いがわき上がってくる。お延には、空想は遂に空想に留まるらしく見え出して、どこまで行っても現実化されないものらしく思われた。結婚の助言を求める継子にお延は、「あたしが幸福なのは、（中略）たゞ自分の眼で自分の夫を択ぶ事が出来たからよ。（後略）」という。心細そうな顔で「ぢやあたしのやうなものは、とても幸福になる望はないのね」という継子にたいして、お延は「あるのよ、あるのよ。たゞ愛するのよ、さうして愛させるのよ。さうさへすれば幸福になる見込は幾何でもあるのよ」「自分で斯うと思ひ込んだ人を愛するのよ。さうして是非其人に自分を愛させるのよ」という。

夕食をご馳走になったお延は、叔父の、陰陽和合の必然、また陰陽不和の必然の話を聞かされ、帰りがけに「是は陰陽不和になつた時、一番よく利く薬だよ」「和合の時に呑めば、精神が益健全になる、さうして身体は愈強壮になる。何方へ転んでも間違のない妙薬だよ」と小切手を渡される。

④お延の指輪をめぐって—津田の思惑、お秀の誤解と偏見—

家庭を構えた津田は、妹お秀の夫堀の力によって父親から月々補助をしてもらうことになったが、盆暮れの賞与の大部分を割いて返却するという約束になっていた。ところが津田はそれをそのままにしていた。津田の父親は約束の履行を責任者の堀に迫った。お延の指輪については次のように描かれている。

同時に津田の財力には不相応と見える位な立派な指輪がお延の指に輝き始めた。さうして始めにそれを見付け出したものはお秀であつた。女同志の好奇心が彼女の神経を鋭敏にした。彼女はお延の指輪を賞めた。賞めた序に、それを買つた時と所とを突き留めようとした。堀が保証して成立した津田と父との約束を丸で知らなかつたお延は、平生の用心にも似ず、其点にかけて、全く無邪気であつた。自分が何の位津田に愛されてゐるかを、お秀に示さうとする努力が、凡ての顧慮に打ち勝つた。彼女は有の儘をお秀に物語つた。

不断から派手過る女としてお延を多少悪く見てゐたお秀は、すぐ其顛末を京都へ報告した。しかもお延が盆暮の約束を承知してゐる癖に、わざと夫を唆のかして、返される金を返さないやうにさせたのだといふ風な手紙の書方をした。津田が自分の細君に対する虚栄心から、内状をお延に打ち明けなかつたのを、お秀はお延自身の虚栄心ででもあるやうに、頭から極めてかかつたのである。さうして自分の誤解を其儘京都へ伝へてしまつたのである。今でも彼女は其誤解から逃れる事が出来なかつた。従つて此事件に関係していふと、彼女の相手は兄の津田よりも寧ろ嫂のお延だと云つた方が適切かも知れなかつた。（九十五）

この小説の時代設定は、五十二章の「戦争前後に独乙を引き上げて来た人だといふ事丈がお延に解つた。」とあるので、第一次世界大戦の勃発前後、つまり大正三（一九一四）年と考えられる。『明暗』の十川信介氏の注解によると、大正初頭の指輪の値段は、ダイヤ白金台で千円前後、中級品は五〇〇～一〇〇〇円、安いものでは一八金ダイヤ入りで二〇円程度のものもあった、という。ここでは「津田の財力には不相応」としても、数百円の中級品と思われる、としておられる。

お秀は兄の津田が父からの借金をそのままにして、夫の堀がその責任者として何時までも責められることに腹立てているのであった。不断から派手すぎる女としてお延を悪く見ていたお秀は、お延の指輪に、お延がわざと夫を唆して買わせたのだと、思いこみから誤解・曲解したままのことを、京都へ報告したのであった。

津田は父親から借りた金だから返さなくてもいい、という横着な考えから、それに当てるべき賞与を、お延への指輪の購入に当てる。賞与から借金を返済するという約束を知らないお延は、借金の保証人として責められている堀の妻お秀に、いかに自分が夫に愛されているかの証拠としてその指輪を見せつける結果となる。誤解・曲解・思いこみ、それにもまして体面を重んじる虚栄心や嫉妬心が、三者の人間関係をのっぴきならない所に追い込んでいく。

病室を訪れかけていたお延の耳に、津田をなじるお秀の言葉が飛び込んでくる。

「（前略）然し兄さんのはそれ丈ぢやないんです。（中略）嫂さんを大事にしてゐながら、まだ外にも大事にしてゐる人があるんです」

「それだから兄さんは嫂さんを怖がるのです。しかも其怖がるのは――」

その時静かにお延は「蒼白い顔」をのぞかせる。そして岡本から貰った小切手を渡して、津田の体面上のピンチを救う。

翌日、お延は津田の秘密を知ろうとお秀を訪ね、「津田のために、みんな打ち明けて話して下さい。」と頼むが、お延の手に「例の指環が遠慮なく輝やいてゐた」のを見るお秀は、話をそらして答えようとしない。お秀の「（前略）好きな女が世の中にいくらでもあるうちで、あなたが一番好かれてゐる方が、嫂さんに取つても却つて満足ぢやありませんか。それが本当に愛されてゐるといふ意味なんですもの」に対して、お延は、「あたしは何うしても絶対に愛されて見たいの。比較なんか始めから嫌ひなんだから」という。

お延の、絶対に愛されて見たいは、考えてみれば自分のエゴを離れない言葉である。本当に愛することをしないままにお延の意図した愛情表現――「眼に宿る一種の怪しい力」「妙な輝やき」（四）など――は、津田に技巧のにおいを嗅ぎとられ、お延が愛そうとすればするほど津田は身をひく、という夫婦関係が続いているのである。お延の希求する「完全の愛」「本式の愛情」（百三十）は、いかにしたら求め得られるのだろうか。津田もお延も、事実を見つめることよりも論理の方が先行して、自己の論理にたいする反省がないように思われる。

⑤吉川夫人のお節介な策謀

一方、その間に病院では吉川夫人が昨日の秀子のことで津田を問いつめていた。

> 「貴方は延子さんをそれ程大事にしてゐらつしやらない癖に、表では如何にも大事にしてゐるやうに、他から思はれよう思はれようと掛つてゐるぢやありませんか」（後略）（百三十五）
> 「（前略）延子さんはあゝいふ怜悧《りこう》な方だから、もう屹度（清子さんのことを）感づいてゐるに違ないと思ふのよ（後略）」（百三十八）
> 「貴方は清子さんにまだ未練がおありでせう」（百三十八）
> 「貴方は何故清子さんと結婚なさらなかつたんです」（百三十九）
> 「（前略）――清子さんは何故貴方と結婚なさらなかつたんです」（百三十九）

夫人の矢継ぎ早の訊問に、津田は「何故だか些とも解らないんです。たゞ不思議なんです。（中略）あつと云つて後を向いたら、もう結婚してゐたんです」と答える。夫人に「其時のあつの始末は何う付ける気なの」と問いただされ、清子に会って「男らしく未練の片を付けて」（百四十）来るようにと云われ、清子が流産後の身体の回復に有名な温泉場に滞在していることを知らされる。夫人は、ためらう津田を、見識ばって色気があり、臆病になっていると叱りつけ、留守の間に、お延を奥さんらしい奥さんに屹度育て上げて見せる、と言うのであった。

お秀、吉川夫人、小林、それに当の津田までが、自分に隠し事をして何かをたくらんでいるように感じたお延であったが、結局津田が一人で温泉場に療養に出かけることを承諾させられてしまう。しかし、お延が津田に言った「何だか知らないけれども、あたし近頃始終さう思つてるの、何時か一度此お肚《なか》の中に有つてる勇気を、外へ出さなくつちやならない日が来るに違ないつて」（百五十四）というせりふは、未完の『明暗』のこれからの展開の重要な鍵を握っている、と考えるのである。

2　清子の指輪

①温泉場へ向かう津田の思い

雨の中を津田は温泉場へ出発する。清子に背中を向けられたその刹那から、津田は「この夢のやうなものに祟れてゐるのだ」と感じる。空を凌ぐほどの高樹、星月夜、奔湍の音とが津田の心に「不時の一転化」を与え、「あゝ世の中には、斯んなものが存在してゐたのだつけ、何うして今迄それを忘れてゐたのだらう」（百七十二）と感じ、自分の存在を呑み尽くす「自然」に思わず恐れるのであった。

②津田と清子のドラマ（津田の清子への思い）

世話好きな吉川夫人は、津田と清子が愛し合うように仕向けたが、二人をくっつけるような、また引き離すような「閑手段を縦《ほしい》まゝに弄」する夫人の態度から、いざという間際に清子は逃げたきり戻ってこなかった。津田は「其意味が解らずに、まだ五里霧中に彷徨してゐた」（百三十四）。お延との結婚問題に尽力した夫人を、津田は「おれに対する賠償の心持だな」と考えていた。作品冒頭から「何うして彼の女《あ》は彼所《あすこ》へ嫁に行つたのだらう。（中略）然し何うしても彼所へ嫁に行くはずではなかつたのに。」という津田の疑問は、作品のなかを連続して流れ続けている。肉体も精神もいつ何時どんな変に会わないとも限らない、という重い認識とともに。

③清子との再会

・夜の出会いの場面

温泉場に着いた津田は、広い宿の廊下を曲がり、階段を下りたりして、目的の湯壺にたどり着く。一風呂浴びた後、帰り道が分からなくなった津田は、階段の下で立ち尽くしてしまう。金盥に溢れ流れる水の渦に見とれ、鏡に映る自分の蒼い顔を見て驚いていたとき、階段の上に清子の姿が現れた。彼女は硬くなったまま棒立ちになり、顔色が見る見るうちに蒼白くなり、津田がどうにかしなければ、と声を掛けようとした途端、清子はくるりと後ろを向いて引き返した。津田はその夜の自分を夢中歩行者のように感じ、清子の事が気になって、彼の心は絶えず清子の上にあった。再会の前の、「けれども自然の成行はもう少し複雑であつた」（百七十六）という文は重要である。清子を見た津田は、「足は忽ち立ち竦んだ。眼は動かなかつた」という衝撃を受け、「忘れる事の出来ない印象の一つとして、それを後々迄自分の心に伝へた」のである。清子の衝撃はそれどころではなく、「身体が硬くなると共に、顔の筋肉も硬くなつた。さうして両方の頬と額の色が見るくうちに蒼白く変つて行つた」（百七十六）とあり、それはかつて清子が持っていた「信と平和の輝き」（百八十八）の対極に位置するものである。

・翌朝の場面

津田は、夫人から貰った果物籃に「御病気は如何ですか。是は吉川の奥さんからのお見舞いです」と書いた名刺を挟んで、下女に届けさせた。果物とともに、差し支えなければお目に掛かりたい、という津田の伝言を持って出かけた下女は中々帰ってこなかった。部屋の片付け、髪を結う手伝いをしていたという。訪ねると、床の間に寒菊、角火鉢を挟んで向かい合わせの座布団、物々しい敷物。清子は縁側から果物籃を両手でぶら下げて出て来た。津田は昨夜の驚きと調和しない清子の落ち着きに驚く。清子の微笑には弁解がなく余裕があった。「何うもお土産を有難う」と挨拶した清子は、津田の「昨夕は失礼しました」に、「私こそ」とすらすらと返事をする。


「実は貴方を驚ろかした後で、済まない事をしたと思つたのです」

「ぢや止して下されば可かつたのに」

「(前略)けれども知らなければ仕方がないぢやありませんか。(中略)昨夕は偶然お眼に掛つた丈です」

「さうですか知ら」

故意を昨夕の津田に認めてゐるらしい清子の口吻が、彼を驚ろかした。

(中略)

「僕が待ち伏せをしてゐたとでも思つてるんですか、冗談ぢやない。いくら僕の鼻が万能だつて、貴方の温泉《ゆ》に入る時間迄分りやしませんよ」

「成程、そりや左右ね」

(中略)

「一体何だつて、そんな事を疑つてゐらつしやるんです」

「そりや申し上ないだつて、お解りになつてる筈ですわ」

「それでは、僕が何のために貴方を廊下の隅で待ち伏せてゐたんです。それを話して下さい」

「そりや話せないわ」

(中略)

「訳ないぢやありませんか。斯ういふ理由があるから、さういふ疑ひを起したんだつて云ひさへすれば、たつた一口で済んぢまう事です」

(中略)

「そんならさうと早く仰やれば可いのに、私隠しも何にもしませんわ、そんな事。理由は何でもないのよ。たゞ貴方はさういふ事をなさる方なのよ」

「待伏せをですか」

「えゝ」

「馬鹿にしちゃ不可《いけ》せん」

「でも私の見た貴方はさういふ方なんだから仕方がないわ。嘘でも偽りでもないんですもの」

「成程」

津田は腕を拱いて下を向いた。（百八十六）

津田の、昨夕のことは「偶然」だとの弁解に、清子は、津田の態度から「故意」を認め、「待ち伏せ」を疑う。「貴方はさういふ事をなさる方なのよ」は非常に厳しい言葉であるが、清子の答え方はたいへん素直な返事、態度である。津田が「腕を拱いて下を向いた」のは、清子の津田を見る視点がこの時点で分かり、彼自身思い当たることがあったに違いないのだ。

・清子の微笑

清子はたゞ微笑した丈であつた。其微笑には弁解がなかつた。云ひ換へれば一種の余裕があつた。（百八十四）
「私にもそんな気はちつともなかつたの。つい自然其所へ持つて行かれてしまつたんだから故意ぢやないのよ」（中略）清子は又微笑した。津田は其微笑のうちに、例の通りの余裕を認めた（中略）（百八十七）
「予定なんか丸でないのよ。宅から電報が来れば今日にでも帰らなくつちやならないわ」（中略）清子は斯う云つて微笑した。（百八十八）

清子の微笑のうちにある「余裕」とは、清子の物事に素直に向き合う姿勢であり、自然な態度から出てくるものであろう。岡崎義恵氏は『漱石と微笑』（生活社　昭和二二年）で、「この相手の警戒を解く余裕は、清子の天真の性であるが、又、天然に具はる武器でもあつた。（中略）自然の技巧―天巧―ともいふべきもの（中略）清子の微妙な微笑はこの天のほほゑみに外ならないやうである。」と述べておられる。

これ以上付け加えるべきことは何もないと思われるが、物事に素直に向き合う姿勢、自然な態度は津田にないものであるだけに、津田の体面を重んじる態度、自己中心的な姿勢はいっそう鮮明になってくるのである。

④清子の指輪

清子の指輪は、再会の時、彼女が土産の林檎の皮を剥いている場面で、津田の目を通して描かれる。


「それで」と云ひ掛けた津田は、俯向加減になつて鄭寧に林檎の皮を剥いてゐる清子の手先を眺めた。滴るやうに色付いた皮が、ナイフの刃を洩れながら、ぐるぐると剥けて落ちる後に、水気の多さうな薄蒼い肉が次第に現はれて来る変化は彼に一年以上経つた昔を憶ひ起させた。

「あの時この人は、丁度斯ういふ姿勢で、斯ういふ林檎を剥いて呉れたんだつけ」

ナイフの持ち方、指の運び方、両肘を膝とすれくにして、長い袂を外へ開いてゐる具合、ことごとく其時の模写であつたうちに、たゞ一つ違ふ所のある点に津田は気が付いた。それは彼女の指を飾る美くしい二個の宝石であつた。若しそれが彼女の結婚を永久に記念するならば、其ぎらぎらした小さい光程、津田と彼女の間を鋭どく遮ぎるものはなかつた。柔婉《しなやか》に動く彼女の手先を見詰めてゐる彼の眼は、当時を回想するうつとりした夢の消息のうちに、燦然たる警戒の閃めきを認めなければならなかつた。（百八十七）

注解によると、「二個の宝石」について次のように記されている。あまり上品とは言えないが、当時宝石入りの指環二個身につける例もあった。宝石二個入りの指環もあったが、値段は格段に安い。『演芸画報』広告（明治四四年三月、四五年八月）によれば、値段は一八金、ダイヤ二個入りで五〇円（大西白牡丹）、ルビー、ダイヤで三七円（白牡丹中西）。

指輪二個ととれば、上品といえなくても経済的には豊かさを感じさせるし、それをくれた人の好意を素直に受け止める清子の人柄が感じ取れる。宝石二個入りの指輪となれば、夫関が仕事で忙しくしていながらも、余り豊かでない生活ぶりを現していることになる。いずれにしても、それは結婚を厳然と示すものであり、平岡敏夫氏が『漱石研究』（有精堂　一九八七年）で、「彼女が「自然の成行」に自覚的な女性として造形されている」と述べておられるとおり、彼女の人柄に通じるものであろう。

私は、これを「宝石二個入りの指環」ととりたい。その方が関の人柄に通じるものが感じられるからである。値段はどうあれ、清子は他との比較などせず、自分の結婚の現実に流産も含めて素直に向き合い、自然な態度で対応していると思われる。

津田の、昨夕驚いた貴女が今朝はどうしてそんなに平気でいられるのか、の質問に、清子は「昨夕《ゆふべ》はあゝで、今朝は斯《か》うなの。それ丈よ」と、答える。清子はずっと顔を上げないでいたが、津田の、今朝はいつもの時間に起きなかったじゃありませんか、にすぐに顔をあげ、「成る程貴方は（中略）天鼻通ね。実際能く利くのね」という。その言葉は津田をたじろがせる。

清子が、「昨夕」の津田との出会いに驚愕し、硬くなったまま棒立ちになり、顔色が見る見るうちに蒼白くなったのは、清子の中にかつて存在した「信と平和」の時間が、突然、今はそれとは逆に感じている津田の現前によって、それら二つの感情を同時に感じた全く予期しない混乱によるものと思われる。けれども、あるがままの現在を受け入れる「今朝」の清子本来の姿勢が、津田の眼には「平気」と映ったのである。

清子は素直で自然な応対をする落ち着いた人物のように思われるが、「故意ぢやないのよ」（百八十七）には、津田の言葉に対しての頭の良さからくる切り返しが伺え、津田の質問に頭を上げないで答えているのは、少し気になるところでもある。「待ち伏せ」にもあたる津田の起床時間の指摘に、「此問を掛けるや否や」すばやく「顔を上げた」清子は、鷹揚ばかりでなく、真実を見つめる眼と、いざという時には「宙返りを打つ」（百八十三）機敏さをも持ち合わせていたのだといえる。

⑤清子はなぜ変わったのか（結婚の前と結婚後の違い）

「あゝ此眼だつけ」

二人の間に何度も繰り返された過去の光景が、ありくと津田の前に浮き上がつた。其時分の清子は津田と名のつく一人の男を信じてゐた。だから凡ての知識を彼から仰いだ。あらゆる疑問の解決を彼に求めた。自分に解らない未来を挙げて、彼の上に投げ掛けるやうに見えた。従つて彼女の眼は動いても静であつた。何か訊かうとするうちに、信と平和の輝きがあつた。彼は其輝きを一人で専有する特権を有つて生れて来たやうな気がした。自分があればこそ此眼も存在するのだとさへ思つた。（百八十八）

清子はなぜ変わったのかは、なぜ津田と結婚しなかったのか、と言い換えることができよう。そこには、当の津田はもちろんだが、二人の人物の関与が考えられる。それは吉川夫人と関である。もっとも大きな影響を及ぼしたのは、他ならぬ関である。


（前略）是は津田が自分と同性質の病気に罹つてゐるものと思ひ込んで、向ふから平気に声を掛けた。彼等は其時二人一所に医者の門を出て、晩飯を食ひながら、性《セックス》と愛《ラヴ》といふ問題に就いて六づかしい議論をした。（中略）それぎりで後のなささうに思へた友達と彼との間には、其後異常な結果が生れた。

其時の友達の言葉と今の友達の境遇とを連結して考へなければならなかつた津田は、突然衝撃《ショック》を受けた人のやうに、眼を開いて額から手を放した。（十七）

名前はあげてないけれども、これは関以外には考えられない人物である。勘ぐって云えば、関は、津田が痔の治療で病院を訪れたことを曲解して、津田が病気（性病）を隠して清子とつきあっているとか、吉川夫人のことを引き合いに出したりして、自分に有利に事を運んだ、と考えられるのである。吉川夫人の人の気持ちを弄ぶ態度や、人間関係に首を突っ込んで引っかき回す事例はすでに経験していただろう清子だから、津田の吉川夫人に依存したような煮え切らない態度に比べて、曲がりなりにも自分の責任で仕事に取り組んでいただろう関の姿は、清子には好ましく映ったことと思われる。「嫁に行けば、女は夫のために邪になるのだ」「天真を損なわれる」という認識は、すでに『行人』の一郎の言葉として表現されているように、作者の認識は、人間の肉体も精神も、何時どう変わるか分からないものだ、というところに達しているのである。

清子の流産は、関の病気が原因と考えられるが、漱石は清子を理想化して聖女としては描いていない。津田と関との人間関係の中で、清子の関を見る目は十分に明晰であったとは言えないのだ。『明暗』では、すべての登場人物は、さまざまな人間関係の中で相対化して描かれるのである。

津田の知っている清子は、「何時でも優悠《おつとり》してゐた。」「何方《どつち》かと云へば寧ろ緩慢」（百八十三）であった。再会して、津田の「些《ちつ》とももとと変りませんね」に、「え、、だって同《おん》なじ人間ですもの」（百八十四）と答える清子。清子は、津田やお延のように、頭で考える、つまり自分のポリシーによって行動する人間ではなく、「直感的」に事実に対応し、「自然の成行」に自覚的な女性なのである。だから、津田には理解できない謎ともなり、そのことが、津田の認識のかたよりをあぶり出す結果になるのである。けれども、関と結婚した清子は、関の影響を受けて、津田に対する批判的な眼を強めるようになったと考えられる。そこに清子の変化があったのだ。けれども、「自然の成行」に自覚的な清子は、どんな状況に置かれようとも、すべてをあるがままに受け入れて、清子らしい生き方を続けていくだろうと思われるのである。

三、まとめ

お延の指輪は、「津田の財力には不相応と見える位立派」なものであり、その輝きはお秀の嫉妬心を掻き立てた。お秀の誤解、悪意の告げ口もあって、人間関係をいっそう悪化させてしまう。指輪は、津田が虚栄心から買い与えたものであり、表面の輝きに反して真の愛情の裏付けに乏しい、いわば虚飾の品物である。それは津田とお延の、体面を重んじ、虚栄心の鎧をまとった結婚生活の象徴であった。しかし、作者の二人を見る眼に冷たさは感じられない。生身の、どうしようもない欠点を備えた人間として、しかし、それなりに精いっぱい生きている人間として、作者はお延と津田を温かく見守っていると感じるのは深読みであろうか。

一方、清子の指環は、「宝石二個入り」のものであり、値段は格段に安いものと思われる。関の人柄もうかがわせ、結婚の経緯にフェアでない行為も強く感じさせられるが、清子は他との比較などせず、指環にこだわっていないのではないか。流産のことも含めて、自分の結婚の事実に素直に向き合い、自然な態度で対応している様子である。客観的にみて幸福であり不幸であるのと、幸福であり不幸であると意識するのは全く別のことであろう。不幸な状況のなかにあっても、清子には「自然の成行」をしっかりと受け止めて生きる強さが感じられるのである。「近頃ぢや閑暇《ひま》な人は丸で生きてゐられないのと同なじ事ね。だから自然御互ひに遠々しくなるんですわ。だけどそれは仕方がないわ、自然の成行だから」(百八十五)という清子のことばにも、それははっきりとうかがえるのである。清子は今後もその生き方を貫くであろうし、津田は清子の姿勢から何らかの変貌をとげる予感を感じさせられるのである。

お延と清子という一見対蹠的とみえる二人の結婚。彼女らがそれぞれに悩みをかかえながら生きている道半ばで、『明暗』の幕は閉じられた。これから先のことはすべて読者に委ねられたのである。読者はここに示された二つの結婚の特殊性から、自分なりの生き方、いわば普遍性を読みとることを求められる。それはまた作品すべての必然性でもある。漱石は「あるものをあるがままに見る。それが信（中略）」という言葉を、大正五年一一月はじめの木曜会の席で述べているが、私はそれを重要なキーワードとしていきたい。そして、不確実な現代にあって、いかに自らの生き方を構築していくかを、追求していきたいと思うのである。漱石の「則天去私」を、広い視野に立って考察する必要性を、今痛感している。

漱石は常に「理想と現実」を見つめ続けてきた。『明暗』に描かれた人物は、それぞれにその思いを体現した人物である。嫌なところ、醜いところ、さまざまな欠点を抱えながら生きている現実に寄り添って、作者は、それらの人物像の、精いっぱい生きている姿をいとおしんでいる。長所・短所両面にわたって、無心で、つまり、なんらの先入観もなしに迫って描写しているのである。この描き方こそが「則天去私」といえるのではないか。

中島国彦氏は「漱石は『明暗』で、さまざまな人間関係の中で微妙に揺れ動く人間の意識や心理を描く。人々によって口にされる言葉の背後には複雑に入り組んだ意識の塊とでもいうべきものがあり、漱石はその氷山の隠れた部分に執拗なまでに照明を当てているともいえるだろう。文字通り、「意識と言葉の関係のあくなき追求」（寺田透「『明暗』について」昭二六・一二）だが、もしかすると漱石の眼には、その隠れた意識の動きすらも包み込む更に大きなものの存在が見えていたのかも知れない。（中略）人間とは、愛とは、という真の自由のあり方に対する終わりのない追究の途中で漱石は倒れ、『明暗』は私達の手に遺されたのである。」（『朝日小辞典　夏目漱石』一九七七年）と記しておられる。だからこそ、私たちは、自分の存在を懸けて、漱石が空白のままに残した『明暗』のこれからも含めて、あるべき人間の生き方についての追求を続けていきたいと思うのである。

『続河』一一号　二〇〇六・九・三〇稿
二七会一〇月例会　研究発表（二〇〇六・一〇・二一）

漱石の英国留学と子規

一、出発までの準備と経済事情

漱石は明治三三（一九〇〇）年五月一二日、英語研究のため、文部省第一回給費留学生として、満二か年の英国留学を命じられた。時に熊本の第五高等学校教授であった。英文学研究のためではなかったので、腑に落ちない点を、漱石は七月、文部省専門学務局長上田万年を訪ねて問いただした。「多少自家の意見にて変更し得るの余地ある事を認め得」たので留学の決意を固めた。九月横浜出港。身重の鏡子は数え年二歳の筆子と東京牛込区矢来町の実家の離れを借りて女中一人と住むことになった。現職のままで、年額千八百円の留学費を支給され、留守宅に休職給二五円（年額三百円）支給、製艦費（官吏月給の一割天引き）二円五〇銭差し引かれるということであった。おおざっぱな計算をすれば、現在の金額に換算すると五千倍から一万倍の金額に当たるかと思われる。鏡子には現在で月額一〇万円から二〇万円の支給ということになる。

〈注〉製艦費

明治一九年八月、長崎に清国の軍艦定遠はじめ四隻が入港。一三日上陸の清国水兵、飲酒暴行して逮捕される。一五日には数百人の清国水兵、日本人巡査と乱闘、双方死傷者を出す。強大な軍事力で日本を威圧してくる清国に対して日本は悔しい思いをした。この事件から、日本は近海の沿岸防備と清国に対抗できる強力な海軍を持つことが課題となった。しかし予算がなかったので、明治天皇は、明治二六年二月、内廷費（天皇家の生活費として国庫から支出するもの）を年間三〇万円ずつ六年間下付、同期間中は文武官俸給の一割を納付させて製艦費補助にあてることを命ずる、との詔勅を出した。（「近代日本総合年表」第三版）

明治三三年一〇月二八日倫敦に到着した漱石は、鏡子宛《あて》の一二月二六日の手紙に、「当地にては金のないのと病気になるのが一番心細く候（中略）金のなきには閉口致候日本の五十銭は当地にて殆んど十銭か二十銭位の資格に候十銭位の金は二三回まばたきをすると烟になり申候今度の下宿は頗るきたなく候へども安直故辛抱致居候可成衣食を節して書物丈でも買へる丈買はんと存候故非常にくるしく候（中略）其許も二十円位にては定めし困難と存候へども此方の事も御考御辛抱可被成候」と書いている。

衣食下宿代を節約して「書物丈でも買へる丈買はんと存候」と書いているが、後に漱石の下宿を訪れた同期の留学生が書物の量の多さにびっくりしたと述べている。それほど衣食費を節約して研究のため書籍を購入したのであった。

二、留学する漱石・子規それぞれの思い

六月二〇日、漱石の英国留学を知った子規は次の手紙を寄越した。

（前略）御留学の事新聞にて拝見。いづれ近日御上京の事と心待ニ待りをり候。先日中ハ時候の勢か、からだ尋常ならず独りもがきをり候処、昨日熱退きその代り昼夜疲労の体にてうつらうつらと為すこともなく臥りをり候。
『ホトトギス』の方ハ二ケ月余全ク関係せず、気の毒ニ存候へども、この頃ハ昔日の勇気なく、とてもあれもこれも

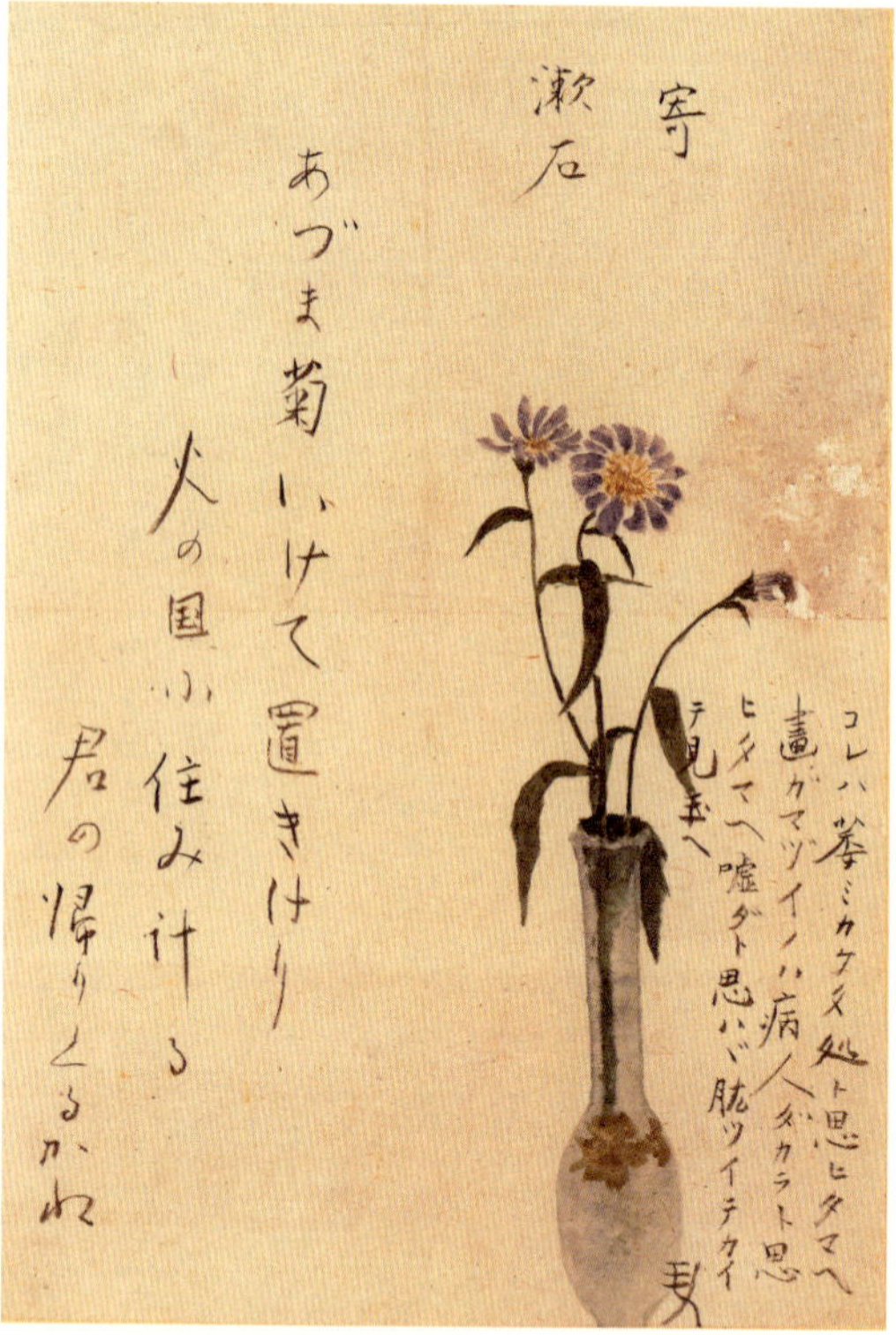

子規が瀬石に与えた画（岩波書店蔵）

など申事ハ出来ず、歌よむ位が大勉強の処に御座候。小生たとひ五年十年生きのびたりとも霊魂ハ最早半死のさまなれば全滅も遠からずと推量被致候。

年を経て君し帰らば山陰のわがおくつきに草むしをらん（後略）

子規はそのような状況のなかで、あずま菊の絵を漱石に送った。
絵は中央右寄りにに東菊、絵の上部に
寄　漱石　と書かれ、菊の右側には
コレハ萎ミカケタ処ト思ヒタマヘ
画ガマヅイノハ病人ダカラト思
ヒタマヘ嘘ダト思ハヾ肱ツイテカイ
テ見玉へ　　規
絵の左半分には、三行に分けて、短歌が書かれている。
あづま菊いけて置きけり

火の国に住みける
君の帰りくるかね

ここには漱石に対する子規の厚い友情が込められている。漱石はこの絵を、子規から貰った最後の書簡などとともに一幅の軸に仕立て、生涯大切にした。なお、軸のもう一通の手紙は、明治三三年九月六日の、熊本の漱石に当てた次のものである。

秋雨蕭々。汽車君をのせてまた西に去る。鳥故林を恋はず遊子客地に病む。万縷尽さずただ再会を期す。敬具。
九月六日
漱石詞兄

軸は中央に東菊の絵、上段に「再会を期す」の書簡、下段に子規の最後の手紙全文となっている。

漱石は『子規の画』(『漱石全集』第十二巻)で、

「余は子規の描いた画をたつた一枚持つてゐる。(中略)子規が此画を描いた時は、余はもう東京には居なかつた。彼は此画に、東菊《あづまぎく》活けて置きけり火の国に住みける君が帰り来るかなと云ふ一首の歌を添へて、熊本迄送つて来たのである。

壁に懸けて眺めて見ると如何にも淋しい感じがする。色は花と茎と葉と硝子の瓶とを合せて僅に三色しか使つてない。花は開いたのが一輪に蕾が二つだけである。葉の数を勘定して見たら、凡てゞやつと九枚あつた。夫に周囲が白いのと、表装の絹地が寒い藍なので、どう眺めても冷たい心持が襲つて来てならない。

子規は此簡単な草花を描くために、非常な努力を惜まなかつた様に見える。僅か三茎の花に、少くとも五六時間の手間を掛けて、何処から何処迄丹念に塗り上げてゐる。是程の骨折は、たゞに病中の根気仕事として余程の決心を要するのみならず、如何にも無雑作に俳句や歌を作り上げる彼の性情から云つても、明かな矛盾である。思ふに画と云ふ事に初心な彼は当時絵画に於ける写生の必要を不折などから聞いて、それを一草一花の上にも実行しやうと企てながら、彼が俳句の上で既に悟入した同一方法を、此方面に向つて適用する事を忘れたか、又は適用する腕がなかつたのであらう。

東菊によつて代表された子規の画は、拙くて且真面目である。才を呵して直ちに章をなす彼の文筆が、絵の具皿に浸ると同時に、忽ち堅くなつて、穂先の運行がねつとり竦んで仕舞つたのかと思ふと、余は微笑を禁じ得ないのである。（中略）馬鹿律儀なものに厭味も利いた風もあり様はない。其処に重厚な好所があるとすれば、子規の画は正に働きのない愚直もの丶旨さである。けれども一線一画の瞬間作用で、優に始末をつけられべき特長を、咄嗟に弁ずる手際がない為めに、已むを得ず省略の捷径を棄て丶、几帳面な塗抹主義を根気に実行したとすれば、拙の一字は何うしても免れ難い。

子規は人間として、又文学者として、最も「拙」の欠乏した男であつた。（中略）彼の没後殆ど十年にならうとする今日、彼のわざわざ余の為に描いた一輪の東菊の中に、確に此一拙字を認める事の出来たのは、其結果が余をして失笑せしむると、感服せしむるとに論なく、余に取つては多大の興味がある。たゞ画が如何にも淋しい。出来得るならば、子規に此拙な所をもう少し雄大に発揮させて、淋しさの償としたかつた。」

と記している。

『子規の画』は東京朝日新聞には、明治四四年七月四日の「文芸欄」に発表された。全集の解説によると、漱石は子規の画にある歌「帰りくるかね」を「帰り来るかな」と誤記しているが、「かね」は万葉集によくでてくる上代の終助詞「がね」で、動詞の連体形につき、将来を期待する気持ちをあらわす。この場合、火の国（熊本）に住む漱石がやがて帰ってくるだろうから、という意味である、と。

漱石は子規のこの画を、如何にも淋しい感じがする、と述べている。子規の画の花と茎と葉と硝子の瓶を、実に精細に見つめている。それを描いた子規の姿、時間、根気、努力を思いやる。そうして、この画に子規の「拙」を認める。漱石が感じた「淋しさ」は、後述する子規の最後の手紙に応えてやらなかった「悔い」と「気の毒」とも通じ、それは漱石の創作の源泉になっていく。

夏目鏡子の『漱石の思い出』「洋行」に、「いよいよ出立という前に子規さん、虚子さんあたりから、短冊に書いた送別の句がとどきました。」として二句。

漱石を送る
萩すゝき来年あはむさりながら　規
送別
秋の雨荷物ぬらすな風引くな　升
二つある花野の道のわかれかな　虚子

子規は漱石が留学から帰って生きて会えるのは難しいと自覚していたものとみえる。

三、子規への長い手紙『倫敦消息』

漱石は明治三四（一九〇一）年、忙しい研究の合間を縫って、子規・虚子宛に、四月九日、四月二〇日、四月二六日、のちに『倫敦消息』として『ホトトギス』に連載される長い手紙を書いた。

『倫敦消息』一（四月九日夜）

イギリスへ来てから、日本の将来という問題がしきりに頭の中を去来する。それは先ず抜きにして、今日起きてから今手紙を書いている迄の出来事を「ほととぎす」で募集する日記体で書いてお目に掛けよう。

〈場所はロンドンにおける漱石の三番目の宿所で、漱石の部屋は三階〉朝目がさめるとシャッターの隙間から朝日が差し込んで眩しいくらい。時計を見ると七時二十分、天井を見るとひびが入っている。上でごとごとという音、四階の下女の靴音か。窓の正面にタンス、中には下着、カラーや燕尾服。その箱の上に尺四方ばかりの姿見、左にカルルス泉の瓶（胃腸薬）、革の手袋。箱の横に靴二足、毎日履くのは戸の前に下女が磨いて置いて行く。板の間に並べてある本、暖炉の上にある本、書棚にある本を見廻して引っ越しの時はずいぶん厄介だと思う。古書目録にあったドッズレーのコレクション、七十円は高いが欲しい。（七〇円＝七ポンド）

〈注〉「七十円は高い」

漱石は茨木清次郎あて書簡で「下宿料は大抵一週二磅（二十円）内外に候」と記している。この換算率でいけば七〇円は七ポンド、ほぼ一月の滞在費の半額になる。漱石の留学費は年額千八〇〇円だから月百五十円、一五ポンド。したがって七〇円は一月の滞在費の半額ということになる。

第一の食事の合図（銅鑼）が鳴る。カルルス塩を飲み、髯を剃り洗顔、服装を整え、第二の合図により一階で朝食。内容は、まずオートミール、麦のお粥みたようなもの。ベーコン一片に玉子一つ、焼きパン二片、紅茶一杯、それでお仕舞い。食卓の上にエッジヒル夫人からの招待状。西洋の交際は礼儀にうるさく、気骨が折れ、金がかかり、むやみに時間を取られるので真っ平だが、義理が悪い、困ったと思う。同宿の田中氏からシェクスピヤの石膏像とアルバムを貰う。彼は会社へ、自分はスタンダード新聞を読む。義和団の乱、トルストイがロシア正教会から追放され、民衆の抗議行動などが載っている。

十一時にはクレイグ先生の個人教授、書物を抱えて家を出る。下宿は「深川」といった所で場末にある。下宿料が安いから住んでいるが、下町へは滅多に出ない。一週に一二度だ。ケニントンまで十五分ばかり歩き、地下鉄でテームス川の底を通り、汽車を乗り換えてウエスト・エンドあたりに行くのだ。車内は電灯が付いて明るく乗客は新聞か雑誌を出して読んでいる。自分は空気が臭いのと揺れがひどいので本などは読めない。

『倫敦消息』二(四月二十日)

我輩の下宿の体裁は前回申し述べた如く頗る憐れっぽい始末だが、そんならなぜもっと愉快な所へ移らないかと云うかも知れない。あらゆる節倹をして斯様なわびしい住居として居るのはね、一つは自分が単に学生であるという感じが強いのと、二つ目には折角西洋へ来たものだから一冊でも余慶専門上の書物を買って帰りたい欲があるからだ。然しながら冬の夜のヒュウ〳〵風が吹く時にストーヴから烟りが逆戻りをして室が真っ黒に一面に燻るときや、隙間から寒い風が遠慮なく入り込んで股から腰のあたりがたまらなく冷たい時や……情けない心持ちのする時は、何のためにこんな切り詰めた生活をするのかと思う事もある。こんな生活も二三年の間だ、少しの我慢だ我慢しろと独り言を言って寝てしまう。

ところがある出来事が起こって退去せねばならなくなった。この家は去年までは女学校であった。ここの神さんと妹が経験もなく将来の見通しも立たないのに始めたのだった。ところが、家賃が滞り、寄宿生に熱病が流行し、退校する生徒がふえて仕舞に閉校。そこで彼女らは下宿を開業、そこへ我輩は飛び込んだのであった。ところが同宿の田中氏は逃げ出し、残るは我輩一人。家を畳むより仕方がなくなる。倫敦の町外れに引っ越すことになり、妹から「あなたも一緒に引っ越して下さいますか」と言われる。妹と家を共にするのは不愉快を感じないが、姉は生意気で、知ったかぶりをし、詰まらない英語を使ってあなたはこの字を知ってお出でですかと聞く。先日、スタンダード紙の広告を見て、宿料その他を問い合わせていたので、亭主が来て頼んだとき、先方からの返事を待って、決めると話した。返事が来て、宿料一週三十三円とあったので、宿の神さんに同行すると伝えた。（一週三三円は一か月百三二円。滞在費は十七円しか残らない。）

『倫敦消息』三（四月二十六日）

下宿には生活を共にする姉妹の外に我輩が敬服し辟易する人物がいる。姓はペン、あだ名はベッヂ・パードンである。非常な能弁家で舌の先から唾液《つばき》を容赦なく我輩の顔面に吹きかけて話し立てる時抔は滔々滾々として惜しい時間を遠慮なく人に潰させて毫も気の毒だと思わぬ位の善人且つ雄弁家である。朝から晩まで晩から朝まで働き続けに働いてそれから四階の屋根裏部屋へ登って寝る。ベッヂ・パードンのコックネーに至っては発音も言葉の句切りも分からず早くしゃべり到底分からない。ペンの襲撃には恐縮し閉口を通り越して草臥れた。ある日散歩から帰ると、戸を開けたペンは直ちにしゃべり出した。何を言っているか分からない。聞き取れた言葉を総合してみると、昨日差配人が談判に来た。内の女達はバツが悪いから留守だとペンを使って追い返したとのこと。我輩のトランクと書籍は今朝三時頃主人が新宅へ運んでしまったので残るのは身体ばかりだ。

ペンが今日差配人が四度きたという注進。翌朝朝食に下りていくと、昨夜の騒動―待ち構えていた差配人が、帰ってきた彼等に、何故断りなしに然も深夜に引越をするそれでも君は紳士かというと、亭主は自分の荷物をわきへ運ぶに誰に断る必要がある、何時に荷を出そうと勝手じゃないかと抗弁する。―大変な騒ぎであったという。元来此家は神さんの名前で借りている。姉妹は家賃のかたに取られて困るような物は何も持っていない。

差配の目指しているのは亭主の家財にある。亭主は代言人に相談して、日没後日の出前なればかれの家具を運び出しても良いことを知り、朝の三時に大八車を傭って来て一晩寝ずにかかって自分の荷物を新宅へ運んだのである。昼食後、亭主が代言人の所から帰ってきて神さんに手紙を書いて書留で差配の所にやれという。神さんは昨日は四度も留守宅へご来臨の上、下婢に向かって種々質問を発せられそれのみならず無断にて人の家を捜索なされ、あまつさえ下婢に向かって妾《わたくし》はレデーの資格なきものなりなど吹聴せられ候由如何なる御主意に御座候や（中略）と認めた。後日裁判になった場合の有利な証拠になるという。こうして我々は新宅に向かった。鉄道馬車でケニントン迄行って乗り換え。トゥーティングで乗合馬車に乗る。煉瓦造りの長屋四、五軒並んでいる。家主の家の隣に住む。二階に下宿。聞きしに勝る殺風景な家だ。入ってみると猶々無風流だ。

主人夫婦は事件の落着するまでは毎晩旧宅へ帰って寝なければならぬ。新宅には三階に寝る妹と犬二頭、それに主人の店に使っているアネスト君である。我輩の敬服し且つ辟易するベッヂ・パードンは解雇されて仕舞った。我が輩は移転後に此話を聞いて憮然として彼の未来を想像した。

露西亜と日本は争はんとしては争はんとしつゝある。支那は天子蒙塵の辱を受けつゝある。英国は……此多事なる世界は日となく夜となく回転しつゝ、波瀾を生じつゝある間に我輩のすむ小天地にも小回転と小波瀾があって我下宿の主人公は其厖大なる身体を賭してかの小冠者差配と雌雄を決せんとしつゝある。而して我輩は子規の病気を慰めんが為に此日記をかきつゝある。

四、『墨汁一滴』での漱石批判

子規は五月二三日、『墨汁一滴』で、倫敦の漱石の消息を伝えた。『墨汁一滴』は明治三四年一月一六日から七月二日にかけて百六四回にわたって新聞「日本」に連載された。

粟津則雄氏は解説で「子規の場合、彼の随筆には、まさしく彼の「骨髄」と言っていいようなところがある。」「そこには子規という人の全体が、批評意識の鋭い運動をはらみながら、実に自然にのびやかに立ち現れているが（中略）晩年の諸随筆において無類の純度に達している。」「そこでは観察と思考と回想と幻想が、ことごとくおのれを生かしながら、相集ってなまなましい批評的場を形成している。その多彩と多様を通じて、子規の精神は、刻々にそのひろがりと深さとを増し、あざやかに持続するのである。」と論じておられる。

その五月二三日の記事。

「漱石が倫敦の場末の下宿屋にくすぶって居ると、下宿屋の上さんが、お前トンネルといふ字を知つてるかだの、ストロー〈藁〉といふ字の意味を知ってるか、などと問はれるのでさすがの文学士も返答に困るさうだ。この頃伯林の灌仏会に滔々として独逸語で演説した文学士なんかにくらべると倫敦の日本人はよほど不景気とみえる。」これは子規一流の諧謔にくるんだ批判であり、根底に漱石への励ましが籠もっている。

五、池田菊苗との運命的出会い

五月五日　漱石には運命的な出会いがあった。ベルリンから池田菊苗がやって来て、六月二六日まで五二日間同宿したのである。〈池田菊苗―化学者、東大教授、「味の素」の発明者、理化学研究所の設立に貢献〉

〈日記〉五月六日、夜十二時過迄　池田氏ト話ス
五月九日、夜池田氏ト英文学ノ話ヲナス同氏ハ頗ル多読ノ人ナリ
五月十五日、池田氏ト世界観ノ話、禅学ノ話抔ス氏ヨリ哲学上ノ話ヲ聞ク
五月十六日、夜池田氏ト教育上ノ談話ヲナス　又支那文学ニ就テ話ス
五月二十日、夜池田氏ト話ス理想美人ノ description アリ両人共頗ル精シキ説明ヲナシテ両人現在ノ妻ト此理想美人ヲ比較スルニ殆ンド比較スベカラザル程遠カレリ大笑ナリ
五月二十一日、昨夜シキリニ髭を撚ツテ談論セシ為右ノヒゲノ根本イタク出来物デモ出来タ様ナリ

六月一九日　藤代禎輔あての書簡

〈前略〉目下は池田菊苗氏と同宿だ同氏は頗る博学な色々の事に興味を有して居る人だ且つ頗る見識のある立派な品

性を有して居る人物だ然し始終話し許りして勉強をしないからいけない近い内に同氏は宿を替る僕も替る（後略）

と書いている。

談話「時機が来てゐたんだ—処女作追懐談」で、「倫敦で池田君に逢つたのは自分には大変な利益であつた。御蔭で幽霊の様な文学をやめて、もつと組織だつたどつしりした研究をやらうと思ひ始めた。」と話している。

漱石は、その下宿から、七月二〇日、クラパム・コモンのザ・チェイス八一番地ミス・リール方に転居。漱石の部屋は、北側の三階にあった。一週三五シリング（注　一月約七〇円）。この下宿の主人は五〇才を過ぎたリール姉妹であり、フランス語を話し、シエクスピヤなどを引き合いに出す、漱石にとって文学的趣味を持つ好ましい親切な相手であった。帰国までの一年半ほど、『文学論』準備のため、三階の自室に閉じこもる。この頃から明治三五年の末まで、資料の収集・抜粋・読書・思索などに力を注ぐ。火曜日はクレイグ先生の個人教授、チャリング・クロスの古本屋を覗くほかあまり外出もしない。帰国直前の秋、神経衰弱に陥った漱石に自転車乗りを勧めるなど心配りもしてくれた。

明治三四（一九〇一）年九月二二日　鏡子あての手紙には

（前略）近頃少々胃弱の気味に候胃は日本に居る時分より余りよろしからず当地にては重に肉食を致す故猶閉口致候近頃は文学書は嫌になり候科学上の書物を読み居候当地にて材料を集め帰朝後一巻の著書を致す積りなれどおれの事だからあてにはならない只今本を読んで居ると折角自分の考へた事がみんな書いてあつた忌々しい先達桜井氏より手紙参り候其前桜井氏宛にて留学延期（仏国へ）の件周旋頼み置候処延期は文部省にて一切聞き届け

ぬ由につき泣寝入に候（後略）

と、体調の悪いこと、研究の様子、将来の夢、仏蘭西留学希望を拒否されたことなどを書き送っている。

一一月六日、子規最後の書簡「僕ハモーダメニナッテシマッタ、毎日訳モナク号泣シテ居ルヨウナ次第ダ」ではじまる手紙が届く。

研究のため時間にゆとりの無かった漱石は、この五年後の明治三九年一〇月、「吾輩ハ猫デアル」中編自序（『漱石全集』第十六巻）において、子規最後の書簡を全文引用し、

「余は此手紙を見る度に何だか故人に対して済まぬ事をしたやうな気がする。書キタイ事ハ多イガ苦シイカラ許シテクレ玉へとある文句は露佯りのない所だが、書きたい事は書きたいが、忙がしいから許してくれ玉へと云ふ余の返事には少々の遁辞が這入つて居る。憐れなる子規は余が通信を待ち暮らしつゝ、待ち暮らした甲斐もなく呼吸を引き取つたのである。（中略）書キタイ事ハ多イガ苦シイカラ許シテクレ玉へ抔と云はれると気の毒で堪らない。余は子規に対して此気の毒を晴らさないうちに、とう〳〵彼を殺して仕舞つた。

子規がいきて居たら「猫」を読んで何と云ふか知らぬ。或は倫敦消息は読みたいが「猫」は御免だと逃げるかも分らない。然し「猫」は余を有名にした第一の作物である。有名になつた事が左程の自慢にはならぬが、墨汁一滴のうちで暗に余を激励した故人に対しては、此作を地下に寄するのが或は恰好かも知れぬ。季氏は剣を墓にかけて、故人の意に酬いたと云ふから、余も亦「猫」を碣頭に献じて、往日の気の毒を五年後の今日に晴さうと思ふ。（後略）」と記している。

『文学論』序には、次のように当時の研究生活を記している。

余の脳裏には何となく英文学に欺かれたるが如き不安の念あり。（中略）漢学に所謂文学と英語に所謂文学とは到底同定義の下に一括し得べからざる異種類のものたらざる可からず。（中略）余はこゝに於て根本的に文学とは如何なるものぞとの念を生じたり。

余は下宿に立て籠りたり。一切の文学書を行李の底に収めたり。（中略）余は心理的に文学は如何なる必要あつて、此世に生れ、発達し、頽廃するかを極めんと誓へり。余は社会的に文学は如何なる必要あつて、存在し、隆興し、衰滅するかを究めんと誓へり。

余は余の提起せる問題が頗る大にして且つ新しきが故に、何人も一二年の間に解釈し得べき性質のものにあらざるを信じたるを以て、余が使用する一切の時を挙げて、あらゆる方面の材料を蒐集するに力め、余が消費し得る凡ての費用を割いて参考書を購へり。此一念を起してより六七ヶ月の間は余が生涯のうちに於て尤も誠実に研究を持続せる時期なり。而も報告者の不充分なる為め文部省より譴責を受けたるの時期なり。

余は余の有する限りの精力を挙げて、購へる書を片端より読み、読みたる箇所に傍注を施こし、必要に逢う毎にノートを取れり。始めは茫乎として際涯のなかりしものゝうちに何となくある正体のある様に感ぜられる程にナリたるは五六ヶ月の後なり。余は固より大学の教授にあらず、従つて之を講義の材料に用ゐるの必要を認めず。又急に之を書物に纏むるの要なき身なり。当時余の予算にては帰朝後十年を期して、充分なる研鑽の結果を大成し、然る後世に問ふ心得なりし。

留学中に余が蒐めたるノートは蠅頭《ようとう》の細字にて五六寸の高さに達したり。余は此のノートを唯一の財産として帰朝したり。帰朝するや否や余は突然講師として東京大学にて英文学を講ずべき依頼を受けたり。（後略）

漱石は「余が生涯のうちに於て尤も誠実に研究を持続せる時期」と記しているが、この猛勉強は体調を崩すことになった。

翌明治三五（一九〇二）年

一月三〇日、日英同盟条約ロンドンで調印、即日施行。

二月一六日、菅虎雄あてはがき

（前略）近頃の寒気には閉口水道の鉄管が氷つて破裂し瓦斯がつけられぬ始末（中略）近頃は文学書抔は読まない心理学の本やら進化論の本やらやたらに読む何か著書をやらうと思ふ（後略）

同日、村上半太郎（霽月）あてはがき

（前略）なつかしの紙衣もあらず行李の底
三階に独り寐に行く寒かな

三月一〇日、夏目鏡子あて書簡の末尾に

留学期も漸々縮少十一月位に出発帰国のつもり何れ来年始頃には帰国の事と存候

六、義父への手紙「文学とは何か」と体調悪化

三月一五日、中根重一あて書簡

（前略）欧州今日文明の失敗は明かに貧富の懸隔甚しきに基因致候（中略）カールマークスの所論の如きは単に純粋の理屈としても欠点有之べくとは存候へども今日の世界に此説の出づるは当然の事と存候（中略）

私も当地着後（去年八九月頃より）一著述を思ひ立ち目下日夜読書とノートをとると自己の考を少し宛かくのとを商売に致候同じ書を著はすなら西洋人の糟粕では詰らない人に見せても一通はづかしからぬ者をと存じ励精致居候然し問題が如何にも大問題故わるくすると流れるかと存候よし首尾よく出来上り候とも二年や三年ではとても成就仕る間敷かと存候（中略）小生の考にては「世界を如何に観るべきやと云ふ論より始め夫より人生を如何に解釈すべきやの問題に移り夫より人生の意義目的及び其活力の変化を論じ次に開化の如何なる者なるやを論じ開化を構造する諸原素を解剖し其聯合して発展する方向よりして文芸の開化に及す影響及其何物なるかを論ず」る積りに候斯様な大きな事故哲学にも歴史にも政治にも心理にも生物学にも進化論にも関係致候故自分ながら其大胆なるにあきれ候事も有之候へども思ひ立候事故行く処迄行く積に候斯様な決心を致候と但欲しきは時と金に御座候

九月一二日、鏡子あての手紙には

近頃は神経衰弱にて気分勝れず甚だ困り居候……近来何となく気分鬱陶敷書見も碌々出来ず心外に候生を天地の間に享けて此一生をなす事もなく送り候様の脳になりはせぬかと自ら疑懼致居候然しわが事は案じるに及ばず（後略）

この手紙を読むと、神経衰弱で気分が勝れず甚だ困っていると記し、さらに「気分鬱陶敷書見も碌々出来ず」と重ねて記し、「一生をなす事もなく送り候様の脳になりはせぬかと自ら疑懼致居候」とまで将来の不安にさいなまれていることを書いているのである。これはかなり重篤な状態だと考えざるを得ない。『文学論』序に記した「報告書の不充分なる為め文部省より譴責を受けたるの時期」とも重なっているように推察される。

「漱石研究年表」によると、「九月、強度の神経衰弱に悩む。」とあり、「九月九日、土井林吉（晩翠）同宿する。」とある。この秋、ミス・リールは神経衰弱に陥った漱石に自転車乗りを勧める。

七、神経衰弱治療

清水孝純氏は、『自転車日記』について『漱石全集』第十二巻の注解で、「小宮豊隆は、「この「日記」の「自分自身を諧謔化するとともに世界を諧謔化する態度」と、『倫敦消息』の自由な文体が合体したところに、『吾輩は猫である』の必然性をみている。」と記しておられる。『自転車日記』の冒頭と結末は次のとおりである。

西暦一千九百二年秋忘月忘日白旗を寝室の窓に翻へして下宿の婆さんに降を乞ふや否や、婆さんは二十貫目の体躯を三階の天辺迄運び上げにかゝる、運び上げるといふべきを上げにかゝると申すは手間のかゝるを形容せん為なり、階段を上ること無慮四十二級、途中にて休憩する事前後二回、時を費す事三分五セコンドの後此偉大なる婆さんの得意なるべき顔面が苦し気に戸口にヌツと出現する、あたり近所は狭苦しき許り也、此会見の栄を肩身狭くも双肩に荷へる余に向つて婆さんは媾和条件の第一款として命令的に左の如く申し渡した、

〈注　二十貫目＝七五キログラム〉

自転車に御乗んなさい

嗚呼悲いかな此自転車事件たるや、余は遂に婆さんの命に従つて自転車に乗るべく否自転車より落るべく「ラ　ヴェンダー、ヒル」へと参らざるべからざる不運に際会せり、（中略）

余が廿貫目の婆さんに降参して自転車責に遇つてより以来、大落五度小落は其数を知らず、或時は石垣にぶつかつて向脛を擦りむき、或る時は立木に突き当つて生爪を剥がす、其苦戦云ふ許りなし、而して遂に物にならざるなり、（中略）去れば此降参は我に益なくして彼に損ありしものと思惟す、無残なるかな、

『自転車日記』は雑誌『ホトトギス』の第六巻第一〇号（明治三六年六月二〇日発行）に発表された。明治三六年といえば、帰国して千駄木に転居し、東京帝国大学英文科講師、第一高等学校英語講師となった年である。神経衰弱悪化の年でもあった。小宮豊隆の記すように「自分自身を諧謔化するとともに世界を諧謔化する態度」が極端にまで現れている文章である。なお、『自転車日記』は単行本には収録されていない。

一〇月一〇日頃　藤代禎輔「夏目ヲ保護シテ帰朝セラルベシ」という電命。「夏目狂セリ」と日本に知らせた者が居たためである。

一一月六日　藤代はチェイスの漱石の下宿に泊めてもらう。漱石は前日予約をキャンセルしていた。帰国の荷物の準備ができないので、一緒には乗船できない、という。藤代には、留学生としてよくもこんなに買い集めたものだ、と思うほど多くの書物の山だった。漱石に特別の異常を認めなかった藤代は予定の船で先に帰る。

八、「ピトロクリ」への招待

一〇月初旬、岡倉由三郎に宛てた手紙

目下病気をかこつけに致し過去の事抔一切忘れ気楽にのんきに致居候小生は十一月七日の船にて帰国の筈故、宿の主人は二三週間とまれと親切に申し呉候へども左様にも参り兼候当もなきにべん〳〵のらくらして居るは甚だ愚の至なれば先よい加減に切りあげて帰るべくと存候いづれ帰倫の上は一寸御目にかゝり可申と存候

「宿の主人」とは注解によるとピットロホリで漱石が滞在した家の主人J・H・ディクソンのこと、とある。

人名に関する注では、イギリス滞在の最後に漱石がスコットランドに旅行した時に、ピットロホリで滞在した家の主人。親日家の弁護士で社会事業にも熱心であったという。（一八三七～一九二六）

ピットロホリ（ピトロクリ）は現在は町であって、ハイランドの観光地として多くの観光客がやってくるが、たたずまいは百年の昔とあまり変わらないように見える、という。

漱石は『永日小品』の「昔」で次のように描いている。

ピトロクリの谷は秋の真下にある。十月の日が、眼に入る野と林を暖かい色に染めた中に、人は寝たり起きたりしてゐる。十月の日は静かな谷の空気を空の半途で包んで、ぢかには地にも落ちて来ぬ。と云つて、山向へ逃げても行かぬ。風のない村の上に、いつでも落附いて、凝と動かずに靄んでゐる。其の間に野と林の色が次第に変つて来る。酸いものがいつの間にか甘くなる様に、谷全体に時代が附く。ピトロクリの谷は、此の時百年の昔し、二百年の昔にかへつて、安々と寂びて仕舞ふ。

出口保夫氏は「夏目漱石とロンドンを歩く」の中で、

「帰国も間近に控え、夏頃に悪化した神経衰弱も、しだいに回復に向かいはじめた一九〇二年の秋、漱石はジョン・ヘンリー・ディクソンというスコットランド人の招待で、ハイランドの峡谷の小さな町ピットロッホリーを訪れた。（中略）その滞在はせいぜい一週間ないし十日間ぐらいではなかったかと思われる、として、「その短い旅行は、二年間の留学生活のなかで、もっとも愉しい経験をもたらしたのであり、二年間のイギリス生活の最後を飾るのにふさわしい至福となった。」と記しておられる。

自分の家は此の雲と此の谷を眺めるに都合が好く、小さな丘の上に立つてゐる。南から一面に家の壁へ日があたる。幾年十月の日が射したものか、何処も彼処も鼠色に枯れてゐる西の端に、一本の薔薇が這ひかゝつて、冷たい壁と、暖かい日の間に挟まつた花をいくつか着けた。（中略）鼠色の壁は薔薇の蔓の届かぬ限りを尽して真直に聳えてゐる。屋根が尽きた所にはまだ塔がある。日は其の又上の靄の奥から落ちて来る。

建物は丘の上にあって、峡谷を一望できる。建物は石造であるから壁面は鼠色で、屋根には小さな塔がついている。この建物が出来たのは、一八八七年で、屋敷内には日本から職人を呼んで造らせた日本庭園があったという。日本の文化に深い関心を持ち知的で温和なディクソンの人柄は、留学生として研究に明け暮れていた漱石の心を開き、その庭園や日本の風光と似かよったピトロクリの秋の自然は漱石の心を癒したに違いない。

足元は丘がピトロクリの谷へ落ち込んで、眼の届く遙の下が、平たく色で埋まつてゐる。其の向ふ側の山へ上る所は層々と樺の黄葉が段々に重なり合つて、濃淡の坂が幾階となく出来てゐる。明かで寂びた調子が谷一面に反射して来る真中を、黒い筋が横に蜿つて動いてゐる。泥炭を含んだ渓水は、染粉を溶いた様に古びた色になる。此山奥に来て始めて、こんな流を見た。

主人と一所に崖を下りて、小暗い路に這入つた。スコッチ、フアーと云ふ常磐木の葉が、刻み昆布に雲が這ひかゝつて、払つても落ちない様に見える。其の黒い幹をちよろ〳〵と栗鼠が長く太つた尾を揺つて、駆け上つた。と思ふと古く厚みのついた苔の上を又一匹、眸から疾く駆け抜けたものがある。苔は膨れた儘動かない。栗鼠の尾は蒼黒い地を払子の如くに擦つて暗がりに入つた。

主人は横を振り向いて、ピトロクリの明るい谷を指さした。黒い河は依然として其の真中を流れてゐる。あの河を一里半北へ遡るとキリクランキーの狭間があると云つた。

高地人《ハイランダース》と低地人《ローランダース》とキリクランキーの狭間で戦つた時、屍が岩の間に挟つて、岩を打つ水を塞いた。高地人《ハイランダース》と低地人《ローランダース》の血を飲んだ河の流れは色を変へて三日の間ピトロクリの谷を通つた。
自分は明日早朝キリクランキーの古戦場を訪はうと決心した。崖から出たら足の下に美しい薔薇の花瓣が二三片散つてゐた。

注解では「高地人《ハイランダース》と低地人《ローランダース》」について次のように説明している。

スコットランドは三つの地帯、すなわち高地・中間地帯・低地にわかれる。高地人と低地人は人種的・宗派的にも異なっていて、高地人はケルト系でカトリック信者が多数派を占め、低地人はアングロサクソン系でプロテスタント信者が多い。キリクランキーの戦いは、ダンディ卿の指導する高地人軍隊と、低地人を支援するウィリアム三世の軍隊との間で行なわれた。

まことに明るくさわやかな自然の描写である。読み手を明るいピトロクリの自然の中に誘う。『文学論』序で「始めは茫乎として際涯のなかりしもの、うちに何となくある正体のある様に感ぜられる程になりたるは五六ヶ月の後なり。」と記しているが、ピトロクリ訪問は『文学論』に一応の目途がたち、留学生としての研究のプレッシャーから解放された時期とも重なっていたのではないか。それがディクソンの人柄、ピトロクリの秋の自然とともに、「昔」の文章のさわやかな明るさにつながったと思われる。

漱石の二年余りの英国留学は、このピトロクリへの旅によって、美しい思い出を残したといえる。

九、子規の訃報

明治三五年一二月一日　高浜虚子あて書簡

啓。子規病状は毎度御恵送のほとゝぎすにて承知致候処、終焉の模様逐一御報被下奉謝候。小生出発の当時より生きて面会致す事は到底叶ひ申間敷と存候。是は双方とも同じ様な心持にて別れ候事故今更驚きは不致、只々気の毒と申より外なく候。但しかゝる病苦になやみ候よりも早く往生致す方或は本人の幸福かと存候。倫敦通信の儀は子規存生中慰藉かたぐ\かき送り候筆のすさび、(中略)其後も何かかき送り度とは存候ひしかど、(中略)つい〳〵御無沙汰をして居る中に故人は白玉楼中の人と化し去り候様の次第、誠に大兄等に対しても申し訳なく、亡友に対しても慚愧の至に候。

同人生前の事につき何か書けとの仰せ承知は致し候へども、何をかきてよきや一向わからず、漠然として取り纏めつかぬに閉口致候。

偖小生来五日愈々倫敦発にて帰国の途に上り候へば、着の上久々にて拝顔、種々御物語可仕万事は其節まで御預りと願ひ度、(中略)子規追悼の句何かと案じ煩ひ候へども、かく筒袖姿にてビステキのみ食ひ居候者には容易に俳想なるもの出現仕らず、昨夜ストーヴの傍にて左の駄句を得申候。得たると申すよりは寧ろ無理やりに得さしめたる次第に候へば、只申訳の為め御笑草として御覧に入候。(中略)

文章抔かき候ても日本語でかけば西洋語が無茶苦茶に出て参候。又西洋語にて認め候へばくるしくなりて日本語にし度なり、何とも始末におへぬ代物と相成候。日本に帰り候へば随分の高襟党に有之べく、胸に花を挿して自転車へ乗りて御目にかける位は何でもなく候。

倫敦にて子規の訃を聞きて

筒袖や秋の柩にしたがはず
手向くべき線香もなくて暮の秋
霧黄なる市に動くや影法師
きりぐすの昔を忍び帰るべし
招かざる薄に帰り来る人ぞ

皆蕪雑句をなさず。叱正。(十二月一日、倫敦、漱石拝)

この手紙で漱石は「生きて面会致す事は到底叶ひ申間敷と存候。是は双方とも同じ様な心持にて別れ候事」と記し、「只々気の毒と申より外なく」と気持ちを述べ、子規の筆舌に尽くしがたい病状の辛さを思いやって「かゝる病苦になやみ候よりも早く往生致す方或は本人の幸福かと存候」とまで述べている。然し「憐れなる子規は余が通信を待ち暮らしつゝ、待ち暮らした甲斐もなく呼吸を引き取ったのである。（中略）書キタイ事ハ多イガ苦シイカラ許シテクレ玉へ抔と云はれると気の毒で堪らない。余は子規に対して此気の毒を晴らさないうちに、とう〳〵彼を殺して仕舞つた。」と『猫』中巻の序に述べている如く、この書簡でも「亡友に対しても慚愧の至に候」と書いている。

筒袖（洋服）を着てビフテキを食べ、遙かな日本の子規の葬列にも従うことが出来ず、手向くべき線香もない英国に居る自分は、子規の訃報を聞いてスモッグで黄色な街中をさまよい歩いている。黄色なスモッグに影法師が映る。それは自分の姿か、或いはなくなった子規の幻が現れたのだろうか。

子規の要望に応えてやらなかった「悔い」と「気の毒」は、この手紙に溢れている寂しさとともに、今後ずっと漱石の創作の源泉になっていったのではないか。

一二月五日、日本郵船の博多丸に乗りロンドンを出発。

明治三六（一九〇三）年

一月二三日　神戸に上陸。

一月二四日　牛込区矢来町　中根重一方に落ち着く。

一月二七日（不確かな推定）正岡子規の墓前に詣でる。

水の泡に消えぬものありて逝ける汝と留まる我とを繋ぐ。去れどこの消えぬもの亦年を逐ひ日をか

さねて消えんとす。（中略）
霜白く空重き日なりき我西土より帰りて始めて汝が墓門に入る爾時《そのとき》汝が水の泡は既に化して一本の棒杭たりわれこの棒杭を周る事三度花をも捧げず水も手向けず只この棒杭を周る事三度にして去れり我は只汝の土臭き影をかぎて汝の定かならぬ影と較べんと思ひしのみ（『漱石全集』第二十六巻「無題」）

子規の墓前に詣でた漱石は、「花をも捧げず水も手向けず」子規の「棒杭を周る事三度にして去れり」と記す。子規に対して最後の手紙から受けた「気の毒で堪らない」気持ちを晴らさないうちに彼を殺してしまった「慚愧」の念が、墓前の漱石を落ち着かせないのである。

一〇、東京帝国大学での講義

三月三日　本郷区千駄木町五十七番地に転居。
四月一〇日　第一高等学校英語嘱託の辞令を受ける。一週二〇時間、年俸七百円。
四月一五日　東京帝国大学文科大学講師に任命される。
英文科学生に「英文学概説」の講義を行う。講義の初めに、希望によっては英語で話しても良いが、と挨拶したが、英語の希望者はなく日本語での講義になる。小泉八雲の後任者であったため、漱石は反感をもって迎えられた。（金子健二『人間漱石』）
四月二一日　九月から三八年六月までの「英文学概説」（それまでの「形式論」から「内容論」に入った）を元に、明治四〇年五月七日『文学論』として大倉書店から刊行された。

その冒頭は次のように記されている。

凡そ文学的内容の形式は（F＋f）なることを要す。Fは焦点的印象又は観念を意味し、fはこれに附着する情緒を意味す。されば上述の公式は印象又は観念の二方面即ち認識的要素（F）と情緒的要素（f）との結合を示したるものと云ひ得べし。

九月二八日　「英文学概説」今日の講義は面白かった。（金子健二）

明治三七年

六月一五日　夏目先生の『文学概説』の第三学期の試験があった。学年末の試験なのである。問題は六つであったが、その中の二つだけが先生の講義の内容に関係のあるものであったが（中略）批評を書くのだとの条件づきであった。（中略）時間は無制限だとの事であったから、皆欲張って出来るだけ長い答案を書き出した。（金子健二）

一一月二九日　英文科学生に「読書心得」を諄々とお諭しになった。

一、西洋人の書いた書物を読む時に必ず心得べき事は批評家の言を初めから聴かざる事

一、西洋人の書いた文学書を読んで自分自身が興味を持った点があったならば、その感じをどこ迄も尊重する事

一、読書人は動もすれば多く読めば読む程自己の尊きものを失って著作家の奴隷になってゆく虞れが多分に在るから、読書を好む人は常にこの事を忘れないで堅く自分自身の心の品位を守ってゆく事

（金子健二『人間漱石』）

東京帝国大学での漱石は、小泉八雲の後任者であったため、反感を持って迎えられたが、英国留学での猛勉強の成果を、『マクベス』『リア王』『ハムレット』『ロミオとジュリエット』などの一般講義と並行して、『英文学概説』として英文科学生に講じた。金子健二の『人間漱石』にうかがえるように、自分自身の感じたことを大切に、主体的に考え、行動する事を諭し教えた。

後年、漱石は「私の個人主義」で、英国留学中につかんだ「自己本位」によって自分の進んで行くべき道を教えられたと述べ、文学についての立脚地を、出来るだけ材料を纏めて本国へ立ち帰った後、立派に始末をつけようという気になった。ところが帰るや否や衣食のために奔走する義務が早速起こり、高等学校へも大学へも私立学校へも出た。その上神経衰弱にも罹り、下らない創作などを雑誌に載せなければならない仕儀に陥った。（中略）色々の事情で自分の企てた事業を半途で中止してしまった。『文学論』は、その記念というよりも寧ろ失敗の亡骸です、と述べている。「「自己本位」の立場は、現実に対する鋭い批評を生み、絶えず新しい世界を切り開いていく独創性となり、創造性となって、漱石の作家的生涯をつらぬいている。」と伊豆利彦氏は述べている。

漱石にとって、英国留学の意味するところは極めて大きく、彼の生涯を方向付けたのである。

（続々河一号　二〇一六・一一・二七）

参考文献

岩波書店『漱石全集』全二九巻　第二次刊行本　二〇〇二年四月〜二〇〇四年九月
東京藝術大学大学美術館・東京新聞編「夏目漱石の美術世界」東京新聞・NHKプロモーション発行　二〇一三年三月
岩波書店「近代日本総合年表』第三版　一九九一年二月
森永卓郎監修「明治／大正／昭和／平成　物価の文化史事典」展望社　二〇一六年一月
週刊朝日編「値段史年表　明治・大正・昭和」朝日新聞社　昭和六三年六月
正岡子規「あづま菊」画像　岩波書店　一九〇〇年
夏目鏡子「漱石の思い出」文春文庫　一九九四年
正岡子規「墨汁一滴」岩波文庫
和田茂樹編「漱石・子規往復書簡集」岩波文庫　二〇〇二年一〇月
十川信介編「漱石追想」岩波文庫　二〇一六年三月
荒正人著　小田切秀雄監修「増補改訂　漱石研究年表」集英社　昭和五九年六月
原武哲ほか編「夏目漱石周辺人物事典」笠間書院　二〇一四年七月
金子健二「人間漱石」協同出版株式会社　昭和三一年四月
出口保夫「夏目漱石とロンドンを歩く」PHP研究所　一九九三年二月

『満韓ところどころ』と夏目漱石の新発見資料

一、『満韓ところどころ』の「差別的な表現」について

一九九六（平成八）年は漱石が熊本の第五高等学校に赴任して一〇〇年ということで、地元熊本ではさまざまなイベントが行われた。私はあいにく行きそびれてしまったけれども、新聞報道によると、熊本での国際シンポジウム「世界と漱石」では七カ国の研究者が集まって議論したとのこと。とりわけ紀行文『満韓ところどころ』については、ハーバード大学のルービン教授らから「中国人のことをさげすんだ態度」と不満や批判が出されたということである。確かに『満韓ところどころ』四では、「其大分は支那のクーリーで、一人見ても汚ならしいが、二人寄ると猶見苦しい」といった差別的な表現も確かにある。けれども一七では「クーリーは実に見事に働きますね、且非常に静粛だ」と、重い豆の袋を担いで斜めに渡した長い厚板を三階まで上がり、空けては降りていく動作に感心しているのである。

クーリーは大人なしくて、丈夫で、力があつて。よく働いて、たゞ見物するのでさへ心持が好い。彼等の背中に担いでゐる豆の袋は、米俵の様に軽いものではないさうである。夫を遥の下から、のそのそ背負つて来ては三階の上へ空け

て行く。空けて行つたかと思ふと又空けに来る。何人掛りで順々に運んでくるのか知れないが、其歩調から態度から時間から、間隔から悉く一様である。通り路は長い厚板を坂に渡して、下から三階迄を、普請の足場の様に拵へてある。彼等は此坂の一つを登つて来て、其一つを又下りて行く。上るものと下りるものが左右の坂の途中で顔を見合せても殆んど口を利いた事がない。彼等は舌のない人間の様に黙々として、朝から晩迄、此重い豆の袋を担ぎ続けに担いで、三階へ上つては、又三階を下るのである。其沈黙と、其規則づくな運動と、其忍耐と其精力とは殆んど運命の影の如くに見える。実際立つて彼等を観察してゐると、しばらくするうちに妙に考へたくなる位である。

（中略）

クーリーは実に見事に働きますね、且非常に静粛だ、と出掛に感心すると、案内は、とても日本人には真似も出来ません。あれで一日五六銭で食つてゐるんですからね。どうしてあゝ強いのだか全く分りませんと、左も呆れた様に云つて聞かせた。

此処には働くクーリーの姿に感心し感動する漱石の姿がある。しかも最後に付け加えた「一日五六銭で（中略）」の言葉には、その些細な金額でこき使われているクーリーへの同情の念、弱い者への思いやりの念がこもっているように思われる。

満鉄の事業を理解し肯定した上での、経済構造についての漱石の眼を感じるのである。

中国東北師範大の呂元明教授は「漱石の中国観の限界は、一時代の日本知識人の悲劇だった。（中略）日本の知識界の狭い民族主義思想と、大和民族の『優秀論』とは無関係ではなかった」と、厳しく批判されたとある。けれども、漱石滞英中の明治三十四年三月十五日の日記には

日本人ヲ観テ支那人ト云ハレルト厭ガルハ如何、支那人ハ日本人ヨリモ遥カニ名誉アル国民ナリ、只不幸ニシテ目下不

振ノ有様ニ沈淪セルナリ、心アル人ハ日本人ト呼バル、ヨリモ支那人ト云ハル、ヲ名誉トスベキナリ（中略）

と記しているほどだから、一部の作品や紀行文のみによって漱石の姿勢を批判することは厳に戒めなければならないことだと思う。

また、漱石が満韓旅行をする明治四二（一九〇九）年四月二六日の日記には

曇。韓国観光団百余名来る。諸新聞の記事皆軽侮の色あり。自分等が外国人に軽侮せらる丶事は棚へ上げると見えたり。（中略）もし西洋外国人の観光団百余名に対して同一の筆致を舞はし得る新聞記者あらば感心也。

と書いていることと照らし合わせても、漱石が、呂元明教授の批判する「日本の知識界の狭い民族主義思想と、大和民族の『優秀論』」とは密接な関係はなかったこと、むしろ公平に人間を見つめる姿勢・態度を持っていた事がわかるのである。

二、旅行の出立前後の体調と日程

日記で旅行に関係したものを拾ってみると

七月三十一日　土
午後中村是公来。是公トラホームを療治して余病を発し一眼を眇す。左の黒眼鼠色になれり。満洲に新聞を起すから来

ないかと云ふ。不得要領にて帰る。近々御馳走をしてやると云つた。

八月四日

中村是公六日晩くる事出来るかと電報ヲカケル。是公の使露西亜烟草を二箱持つて来る。二百五十本入也。

八月六日　金

陰晴不定。三時半頃から飯倉の満鉄支社に赴く。是公に逢ふ。建物立派なり。夫から公園の是公の邸に行つて湯に入る。茶がゝつたよき家也。夫から木挽町の大和とかいふ待合に行く。久保田勝美、清野長太郎、田島錦治と是公と余なり。貞水が講談を二席やる。料理は浜町の常磐。傍に坐つてゐた芸者の扇子に春葉の句がかいてあつた。それはきたない扇子であつた。どこかで拾つた様に思はれた。十時半帰る。

八月十三日　金

陰。蒸あつし。伊藤幸次郎来書。満鉄に入つて新聞の方を担任す。中村からの話ありて、一応挨拶だか相談だか分らぬ手紙也。中村はどの位な話をし、伊藤はどの位な考で手紙を寄こしたものやら分らず。返事に困る。

（伊藤幸次郎　漱石全集の注解によると、明治二十二年帝国大学に入学するが生活が乱れて学業を怠り退学処分。のち復学して二十九年法律学科卒業。東洋汽船に就職するが四十二年に辞職、同九月に満洲日日新聞社長となる。ここも一年半で辞職、のち日本鋼管取締役をつとめた、とある。）

八月十七日　火

晴。伊藤幸次郎来訪。満洲日々新聞の事に就て一時間半ばかり談話。〔来信〕中村是公

八月十八日　水

中村より愈満洲へ行くや否やを問合せ来る。行く旨を郵便で答へる。満洲行の為め洋服屋を呼んで背広を作る。

八月二十日　金

劇烈な胃カタールを起す。嘔気。汗、膨満、発酵、酸敗、オクビ、面倒デ死ニタクナル。氷を噛む。（中略）昏々

八月二十一日　土

昏々

八月二十七日　金

朝。池辺吉太郎へ暇乞に行く。不在。

医者満洲行に反対。午後自分でも無理だと自覚す。中村に電話で其旨を云つてやる。

漱石は「劇烈な胃カタール」のため一週間ばかり臥床し、旅行延期を中村に電話で連絡する。是公は八月二十八日自分だけが満洲に向けて出発する。漱石は是公に五日遅れて九月二日出発。

漱石の『満韓ところどころ』の旅は、満州と朝鮮をひと月半かけて旅行したもので、一〇月二一日に第一回を「東京朝日新聞」に発表した。連載は一二月三〇日に五一回で終了した。「大阪」は二二日に連載が始まった。その間休載日が二〇日もあり、朝鮮については書かれないままに終わってしまった。

日程を『漱石全集』の年譜明治四二（一九〇九）年でみると、九月二日　出発。九月六日　大連着。九月八日是公に会って話す。この日学生時代の友人橋本左五郎と会い一〇月一日までほとんど行動を共にした。九月一〇日旅順に到着、旧友佐藤友熊に再会。日露戦争の戦跡を訪ねた。九月一三日　鏡子宛書簡に「昨夕は講演（注1）をたのまれ今夜も演説をしなければならない」と書いた。埠頭の講堂でかねて満洲日日新聞から依頼されていた講演を一時間ほどする。九月一六日　営口に到着。一七日　営口倶楽部で講演。九月一九日　奉天に到着。九月二一日　一七日の講演の後半が「趣味について（承前）」として、『満洲新報』に掲載された。前半部の掲載については不詳。九月二二日　長春を経てハルビンに到着。九月二八日　平壌に到着。九月三〇日　平壌を発って京城に到着。翌一〇月一日から京城を発つまで鈴木穆宅に滞在した。鈴木穆《しずか》は鏡子夫人の妹時子の夫鈴木禎次の弟。朝鮮統監府度支（たくし）部長（会計部長）、また同総督府司税局長をつとめた。一〇月一三日　京城を出発した。一〇月一四日　下関着。一〇月一五日　大阪朝日新聞社を訪ねた。一〇月一七日　帰京。

（注1）の講演

二〇〇八年五月二四日の朝日新聞に、この一九〇九年九月一二日の講演の内容が「満洲日日新聞」に掲載されていることがわかったとの記事。牧村健一郎氏は「漱石の人間観がうかがえる興味深い内容」とのこと。満洲日日によると、午後七時から、大連の満鉄従事員養成所で二百人の聴衆を前に一時間余りの講演。演題「物の関係と三様の人間」。この内容が同紙に九月一五日から五日間にわたり一面に連載されている。

人には「物と物との関係を明（あきら）める人（科学者など）」「物と物との関係を変化せしむる人（軍人や満鉄社員など）」「物と物との関係を味（あじわ）う人（文芸家など）」の三つのタイプがあり、社会の進展には、三様がバランスよく発展していく必要がある、と述べている。英国の画家ターナーの絵や新興のアメリカに芸術家が少ない事に言及、人間観、文明観を分かりやすく説き、漱石の肉声がうかがえる、とある。

岩波版『漱石全集』の元編集者秋山豊さんは「初めて見た。人間を三様に分けて考えることはかつての講演にもあるが、（新開地の）大連に多い「変化せしむる人」にも他の二様が必要であることや、「変化せしむる人」はせわしなく生きざるを得ないと指摘し、この視点が後の日本の開化への批判につながる」と分析されている。

『漱石と朝鮮』（中央大学出版部　二〇一〇年二月）の著者　金正勲（キムジョンフン）氏は、この講演を次のように評されている。

漱石は満洲講演に集まった「変化せしむる人」たちに、重要なメッセージを伝えていた（中略）外発的開化が進められ、精神的困憊がますます深化する彼らは、物と物との関係を享受するどころか、その関係を見極める余裕も持っていない。つまり漱石は、新開地でこき使われる人々は物事を分別する環境と状況に置かれていないと判断したのであり、それをいかに乗り越えるかを聴衆に訴えたのである。（中略）

彼は、いわば国家権力による強引な政策志向を正面から批判するような政治的言及こそ避けたが、敷かれたレールの上であっても、できる限りフェアに身を処し、文明生活を築くことを同胞らに勧めていたと受け取れる。ここに暗い時代の陰影として捉えるしかないアイロニー、そして漱石の満州講演の持つ独特な構造が見出されるといってよいかもしれない。（中略）もっぱら偏向した日本的開化を目的に働きつつある満州在留民の疲弊した精神を啓蒙しようとする、作家としての面目躍如たるものともいえよう。なおかつ彼の胸中にはもしかしたら、植民地の人たちに対する哀れみの心と、満州で生きねばならぬ同胞がそこに無事に定着し、その文化を吸収し、彼らと共存してほしいという切実な願いがあったのかもしれない。なぜなら彼は東洋の文化を共有してきた朝鮮はもちろん、「支那」についてもだれよりも知り抜いていたと思われるからである。

三、旅行に関係して発表された作品

帰国後、一〇月一八日、談話『満韓の文明』が「東京朝日新聞」に掲載された。「大阪」にも同日、ほぼ同文の談話『満韓視察』が掲載された。

一〇月二一日『満韓ところどころ』の第一回を「東京朝日新聞」に発表した。一二月三〇日、連載を五一回で終了した。

『満韓の文明』は談話となっているが、漱石は事前に草稿を書いている。草稿の方は、人名や地名がふんだんに出て来てくだけた調子がうかがえ、「それから会」という百人一首の歌留多をとる会のために、空歌《から》三首を短冊に書いて与えている。発表された本文を読んでみる。

此の度旅行して感心したのは、日本人は進取の気象に富んで居て、貧乏世帯ながら分相応に何処迄も発展して行くと云ふ事実と之に伴ふ経営者の気慨であります。満韓を遊歴して見ると成程日本人は頼母しい国民だと云ふ気が起ります。従つて何処へ行つても肩身が広くつて心持が宜いです。之に反して支那人や朝鮮人を見ると甚だ気の毒になります。（中略）もう一つ感心したことは、彼地で経営に従事してゐるものは皆熱心に其管理の事業に従事して、自己の挙げ得た成功に対して皆満足の態度を以て説明して呉れる事であります。（中略）

満韓二国に於ける日本の差違ですか、安奉線を経過して安東県へ出ると此差違が著るしく眼につきます。満洲の経営は外部から見ると、日本の開化を一足飛びに飛び越して、直に泰西の開化を同等の程度のものを移植しつゝある様に見えます。だから日本内地の文明が行き渡りもせぬうちに巍然として宏荘なる建築がポツリ〳〵と広ツ場におつ立てられると云ふ様な不揃なハイカラで押し通して行きます。是は資本が満鉄と云ふ一手にあつて、此満鉄丈は西洋と対抗し得るハイカラな真似が出来るが、其他の資本金は甚だ微弱なもので到底普通の内地の中流程度にも及ばないと云ふ意味であります。所が安東県へ来て日本町を見渡すと一寸驚くのです。街並が一通り揃つてゐる（純日本式に）、換言すれば富の分配が一様に行はれてゐるけれども其分配率は甚だ低度なもので、これを一所に集めても満鉄の経営にかゝる奉天の病院の様なものは建てられまいと思ふ位です。

家並は揃つてゐるがまあ根津の新開地位の所であります。其代り何だか急に日本に帰つた様な気になります。平壌に行くと此感じが一層強くなります。京城に行くと朝から隣で謡の先生が謡を教へたり、向ふで三味線の師匠が稽古をしてゐると云ふ様な始末で殆んど内地と違ひません。（中略）一言で云ふと朝鮮に於ける日本の開化は歳月の力で自然と南部から北の方へ競り上げて行つたもので、満洲の方は度胸のある分限者が思ひ切つて人工的に周囲の事情に関係なく高層の開化を移植しつゝあると見れば間違ひはないでせう。私はどつちが好いと云ふのぢやない、此二つが歳月と富力に束縛せられて斯う著るしく分化して発展するのを面白く感ずるのであります。ただし日本流の暖国の開化は安東県迄北進するのでさへ既に無理であります。あのままで猶北へ押して行けば気候の為めに辛い目に逢ふ事だらうと信じます。（談）（傍線は引用者）

漱石の眼は日本人の優越感に浸ってばかりではない。植民地の人々に対する「哀れみの心」「甚だ気の毒」の思いも抱いている。急速に資本主義化していく日本の将来を見据える眼がうかがえるのである。

伊藤博文がハルビン駅のプラットフォームで韓国人安重根によって射殺されたのは、明治四二年一〇月二六日（火）朝のことであった。その号外を見た『門』の宗助は次のように描写されている。

宗助は五六日前伊藤公暗殺の号外を見たとき、御米の働いてゐる台所へ出て来て、「おい大変だ、伊藤さんが殺された」と云つて、手に持つた号外を御米のエプロンの上に乗せたなり書斎へ這入つたが、其語気からいふと、寧ろ落ち付いたものであつた。

「貴方大変だつて云ふ癖に、些とも大変らしい声ぢやなくつてよ」と御米が後から冗談半分にわざ〳〵注意した位である。其後日毎の新聞に伊藤公の事が五六段づゝ出ない事はないが、宗助はそれに目を通してゐるんだか、ゐないんだか分らない程、暗殺事件に就ては平気に見えた。夜帰つて来て、御米が飯の御給仕をするとき抔に、「今日も伊藤さんの事が何か出てゐて」と聞く事があるが、其時には「うん大分出てゐる」と答へる位だから、夫の隠《かく》袋《し》の中に畳んである今朝の読殻を、後から出して読んで見ないと、其日の記事は分らなかつた。御米もつまりは夫が帰宅後の会話の材料として、伊藤公を引合に出す位の所だから、宗助が進まない方向へは、たつて話を引張たくはなかつた。それで此二人の間には、号外発行の当日以後、今夜小六がそれを云ひ出した迄は、公けには天下を動かしつゝある問題も、格別の興味を以て迎へられてゐなかつたのである。

「どうして、まあ殺されたんでせう」と御米は号外を見たとき、宗助に聞いたと同じ事を又小六に向つて聞いた。

「短銃《ピストル》をポン〳〵連発したのが命中したんです」と小六は正直に答へた。

「だけどさ。何うして、まあ殺されたんでせう」

小六は要領を得ない様な顔をしてゐる。宗助は落付いた調子で、

「矢っ張り運命だなあ」と云つて、茶碗の茶を旨さうに飲んだ。御米はこれでも納得が出来なかつたと見えて、「どうして又満洲抔へ行つたんでせう」と聞いた。

「本当にな」と宗助は腹が張つて充分物足りた様子であつた。

「何でも露西亜に秘密な用があつたんださうです」と小六が真面目な顔をして云つた。御米は、

「さう。でも厭ねえ。殺されちや」と云つた。

「己見た様な腰弁は殺されちや厭だが、伊藤さん見た様な人は、哈爾浜へ行つて殺される方が可いんだよ」と宗助が初めて調子づいた口を利いた。

「あら、何故」

「何故つて伊藤さんは殺されたから、歴史的に偉い人になれるのさ。たゞ死んで御覧、斯うは行かないよ」

「成程そんなものかも知れないな」と小六は少し感服した様だつたが、やがて、

「兎に角満洲だの、哈爾浜だのつて物騒な所ですね。僕は何だか危険な様な心持がしてならない」と云つた。「夫や、色んな人が落ち合つてるからね」

此時御米は妙な顔をして、斯う答へた夫の顔を見た。


伊藤博文暗殺について、宗助、御米、小六の三様の受け止め方が描かれている。宗助の受け止め方は、「運命」と「殺されたから、歴史的に偉い人になれるのさ」というのであるが、ここには、漱石の自己韜晦がうかがえる。植民地満州での、二〇〇名前後の聴衆を前にした講演と違って、東京・大阪の朝日の読者を対象とするのでは、その規模・影響の大きさには雲泥の差があったであろう。宗助にもっと感想をいわせていけば、当局の忌避する事柄にも踏み込んでいくことになり、『門』の世界の崩壊にもつながりかねなかったと思われるのである。

漱石の満韓旅行は、親友の満鉄総裁中村是公から誘われ、「海外に於る日本人がどんな事をしてゐるか、ちつと見て来るが可い。御前見た様に何にも知らないで高慢な顔をしてゐられては傍が迷惑するから」と言われて実現し

た旅である。急性胃カタールで是公より五日遅れの出発だった。

胃痛を抱えた漱石。「満鉄をはじめ、アジアに進出する大日本帝国の各出先機関では、中村ほか旅順の警視総長・佐藤友熊など、旧友たちがリレー式に胃痛の漱石を歓待している。体調不良の漱石は、この大名旅行を満喫してはいない。講演依頼や連夜の接待を、浮かぬ顔で受け流しているのだ。」（高澤秀次「文学者たちの大逆事件と韓国併合」二〇一〇年）

日露戦争の戦跡―二〇三高地・旅順港など―を訪ねたりしたが、『満韓ところどころ』は、朝鮮のことには触れずに、突然に終わっている。五一の撫順の石炭坑の説明の途中で、

其内暗い所が自然と明るくなつて来た。田島君はやがて、もう可からうと云つて、又すぐ右へ曲つて、奥へ奥へと下りて行つた。余も続いて下りた。あとの三人も続いて下りてきた。

まだ書く事はあるがもう大晦日だから一先やめる

これは実に唐突なやめ方であるが、一〇月二一日から一二月三〇日までの七一日間の間に、新聞の都合で五一回しか載せられなかったことが、漱石に原稿を書く意欲を失わせたと考えられる。一一月二八日付のドイツにいる寺田寅彦宛の手紙に

僕は新聞でたのまれて満韓ところ〴〵といふものを書いてゐるが、どうも其日の記事が輻輳するとあと廻し〔に〕される。癪に障るからよさうと思ふと、どうぞ書いてくれといふ。だから未だにだら〳〵出してゐる。

と書いている。

『満韓ところどころ』には満州の風土・文物についての鮮やかな描写が至る所に見受けられる。第三五回の熊岳城から梨畑を見に行く途中の描写を挙げてみる。

　余は痛い腹を抑えて、とう〳〵天辺まで登つた。すると其処に小さな廟があつた。正面に向つて、聯などを読んでゐると、すぐ傍で梭《をさ》の音がする。廟守でも居りさうなので、白壁を切り抜いた入口を潜つて中へ這入つた。暗い土間を通り越して、奥を覗いて見たら、窓の傍に機を据ゑて、白い疎髯を生やした爺さんが、せつせと梭《をさ》を抛げてゐた。織つてゐたものは粗い白布である。案内の男が二言三言支那語で何か云ふと、老人は手を休めて、暢気な大きい声で返事をする。七十ださうですと案内が通訳して呉れた。たつた一人で此処にゐて、飯はどうするのだらうと、序に通訳を煩はして見た。下の家から運んでくるものを食つてゐるさうであつた。其下の家と云ふのが即ち梨畑の主人の処だと案内は説明した。

次は第四二回の、汽車を下りて湯崗子の宿屋へ行く途中の描写である。

　此処だと云ふので、降りたには降りたが、夜の事だから方角も見当も丸で分らない。たよりに思ふ停留場は縁日の夜店程に小さいものであつた。其軒を離れると猶更淋しい。空には星があるが、高い所に己と光るのみで、景気にはならなかつた。汽車路を通つて行くと、鉄軌の色が前後五六尺ばかり、提灯の灯に照されて、露の如く映つては又消えて行く。其外に何も見えなかつた。やがて右へ切れて堤の様なものをだら〳〵と下りる心持がしたが、それも六七歩を超えると、靴を置く土の感じが不断に戻つたので、又平地へ出たなと気が付いた。すると虫の音が聞えだした。足元で少しばかり鳴いてる様な家庭的なものではない。虫の音だと云ふ分別が出た時には、其声がもう左右前後に遠く続いてゐた。我々は一つの提灯を先にして、平原にはびこる無尽蔵の虫の音に包まれながら歩いた。

第二三回の戦利品陳列所の場面。

陳列所は固より山の上の一軒家で、其山には樹と名の付く程の青いものが一本も茂つてゐないのだから、甚だ淋しい。当時の戦争に従事したと云ふ中尉のA君がたゞ独り番をしてゐる。此尉官は陳列所に幾十種となく並べてある戦利品に就て、一々叮嚀に説明の労を取つて呉れるのみならず、両人を鶏冠山の上迄連れて行つて、草も木もない高い所から、遥の麓を指さしながら、自分の従軍当時の実歴譚を悉く語つて聞かせて呉れた人である。（中略）

A君の親切に説明して呉れた戦利品の一々を叙述したら、此陳列所丈の記載でも、二十枚や三十枚の紙数では足るまいと思ふが、残念な事に大抵忘れて仕舞つた。然したつた一つ覚えてゐるものがある。夫は女の穿いた靴の片足である。地が繻子で、色は薄鼠であつた。其他の手投弾や、鉄条網や、魚形水雷や、偽造の大砲は、たゞ単なる言葉になつて、今は頭の底に判然残つてゐないが、此一足の靴丈は色と云ひ、形と云ひ、何時なん時でも意志の起り次第鮮に思ひ浮べる事が出来る。

戦争後ある露西亜の士官が此陳列所一覧の為わざ〳〵旅順迄来た事がある。其時彼は此靴を一目観て非常に驚いたさうだ。さうしてA君に、これは自分の妻の穿いてゐたものであると云つて聞かしたさうだ。此小さな白い華奢な靴の所有者は、戦争の際に死んで仕舞つたのか、又はいまだに生存してゐるものか、その点はつい聞き洩らした。

漱石は「地が繻子で、色は薄鼠」の「女の穿いた靴の片足」が忘れられないという。彼がこの文章を残してくれたことによって、我々読者は漱石の人への思いやりと、戦争に対する姿勢に思いを馳せるだけでなく、靴の穿き主へのしみじみとした思いに捉えられるのである。

四、漱石が韓国で感じ思ったこと――旅行中の日記から――

日記は九月一日から一〇月一七日まで書かれている。

九月二八日の日記から

一度朝鮮に入れば人悉く白し
水青くして平なり
　なつかしき土の臭や松の秋
蓼の茎赤し

九月二九日の日記から

箕子廟を去る一二丁の松山のなかで慟哭してゐた。

三時大同門に上る。大同江を望む。腰に天秤を結いつけて水を負ふ。

万寿山の松。乙密台の眺望　石垣に蔦。垣半ば崩る。角楼廃頽。

白帽の人楼上にあり。

玄武門。

牡丹台。箕子廟。を見て（鵲しきりに飛ぶ。松の中）永明寺に下る。浮碧楼に憩ふ。楼下より渚に下り登船直ちに纜を解く。絶壁を削りて大朱字を刻す。清流拝といふのが見えた。

遠く斜陽を受けたる州の向の山が烟る。白帆一つ光る。

絶壁の下朱字を刻する所に日本の職人三人喧嘩をしてゐる。一人は半袖のメリヤスに腹掛屈竟の男一人は三尺に肌脱の体共に大阪弁なり。何時迄立つても埒あかず。風雅なる朝鮮人冠を着けて手を引いて其下を通る。実に矛盾の極なり。

一〇月一日の日記から

南山の松、統監府、眺望北漢山。

十月五日　関帝廟。
閔妃墓　澁川、〇〇、陶山、矢野、道路坦、稲田みのる。楊柳村、村の松、道白し。忽ちポプラー白壁。横を廻ると一面の芝原。中に二の堂。みす。後ろの陵土饅頭の二重。御影の玉垣。左右と後ろの松山。（中略）
余韓人は気の毒なりといふ。山県賛成。隈本も賛成。やがて帰る。

右に挙げた日記をみると、まず、「閔妃墓」が目に付く。閔妃は李朝第二六代国王高宗の妃である。日本を排斥しロシア寄りの政治を推進したため、明治二八年一〇月、日本公使三浦梧楼の陰謀により日本人壮士に惨殺された。さらに、高宗は、一九〇七（明治四〇）年六月のハーグ密使事件により、七月一八日、韓国統監伊藤博文によって強制的に退位させられたのである。漱石は「統監府」も見ている。

漱石は明治四〇年七月一九日付けの小宮豊隆あての手紙に

朝鮮の王様が譲位になつた。日本から云へばこんな目出度事はない。（中略）然し朝鮮の王様に同情してゐるものは僕ばかりだらう。あれで朝鮮が滅亡する端緒を開いては祖先へ申訳がない。実に気の毒だ。

朝鮮支配を企図した日本は、一九〇四（明治三七）年以降韓国（大韓帝国）の内政・外交権を次第に掌握した末、明治四三年八月、韓国の統治権を完全かつ永久に日本に譲渡する韓国併合条約を調印、以後朝鮮総督府を置いて支配した。箕子廟の松山の「慟哭」は韓国の未来を思ってのものであることを漱石は痛感したに違いない。喧嘩している日本人の職人三人と対比される冠をつけた「風雅なる朝鮮人」への畏敬の念。

漱石は旅行記で植民地化がすすむ「韓国」――現地の朝鮮人を気の毒に思いながらも、日本人の海外への進出ぶりを誇らしく思う――その二つの相反する思いに引き裂かれて距離を置いた表現になっているが、韓国旅行を書いていけば、伊藤博文暗殺事件に触れなければならなくなることを痛感し、それをきらったのではないか。それも中止の大きな理由であったと思われる。彼の距離を置いた表現にそれを感じるのである。

中止の理由について、書簡では次のように記している。

明治四二年一一月六日　池辺三山あて

満韓ところ〳〵此間の御相談にてあとをかくべく御約束致候処伊藤公が死ぬ、キチナーがくる、国葬がある、大演習がある。――三頁はいつあくか分らず。読者も満韓ところ〳〵を忘れ小生も気が抜ける次第故只今澁川君の手許にてたまりゐる二三回分にてまづ御免を蒙る事に致し度候

同年一一月二八日　ドイツの寺田寅彦宛

(前略) 実は御存じの通り坐つてする仕事がいくらやつても遣り切れない位積つてゐる。夫で失敗ばかりする。僕は九月一日から十月半迄満洲と朝鮮を巡遊して十月十七日に漸く帰つて来た。急性の胃カタールでね。立つ間際にひどく参つたのを我慢して立つたものだから道中非常に難義をした。其代り至る所に知人があつたので道中は甚だ好都合にアリストクラチツクに威張つて通つて来た。帰るとすぐに伊藤が死ぬ。伊藤は僕と同じ船で大連へ行つて、僕と同じ所をあるいて哈爾賓で殺された。僕が下りて踏んだプラトホームだから意外の偶然である。僕も狙撃でもせられゝば胃病でうん〳〵いふよりも花が咲いたかも知れない。

夫れからキチナーといふ男がくる。宇都宮で大演習をやる。中々賑やかな東京になつた。僕は新聞でたのまれて満韓

ところ〲といふものを書いてゐるが、どうも其日の記事が輻輳するとあと廻しされる。癪に障るからよさうと思ふと、どうぞ書いてくれといふ。だから未だにだら〲出してゐる。其所へもつて来て此二十五日から文芸欄といふものを設けて小説以外に一欄か一欄半づゝ文芸上の批評や六号活字で埋めてゐる。（後略）

漱石は『門』で安井を大陸放浪者・「冒険者《アドヴェンチュアラー》」として描いた。『彼岸過迄』の森本、『明暗』の小林も、資本主義社会に不適応の、日本からの逃亡者といえる。その問題を考えるのは別稿にゆずるが、『それから』に描かれた幸徳秋水が大逆事件の首謀者として捕らえられ、多くの社会主義者・無政府主義者が天皇暗殺計画を理由に検挙され、無関係者を含め二四名が死刑を宣告されたのは、満韓旅行の翌明治四三年のことであった。

五、夏目漱石の新発見資料とその意義

二〇一三年二月号の「新潮」に黒川創氏が「暗殺者たち」と題して二八〇枚の長編を発表された。氏はその中に、明治四二年一一月五日と六日の「満洲日日新聞」一面に発表された漱石の「韓満所感」（上）（下）を写真で載せておられる。また「後注」にプリント配布資料として全文を載せておられる。次のように始まる。

「韓満所感」（上）　東京にて　夏目漱石

昨夜久し振りに寸閑を偸んで満洲日日へ何か消息を書かうと思ひ立つて、筆を執りながら二三行認め出すと、伊藤公が哈爾賓で狙撃されたと云ふ号外が来た。哈爾賓は余がつい先達て見物に行つた所で、公の狙撃されたと云ふプラットフオームは、現に一ヶ月前に余の靴の裏を押し付けた所だから、希有の兇変と云ふ事実以外に、場所の連想からくる強い刺激を頭に受けた。ことに驚ろいたのは大連滞在中に世話になつたり、冗談を云つたり、すき焼の御馳走になつたり

した田中理事が同時に負傷したと云ふ報知であつた。けれども田中理事と川上総領事とは軽傷であると、わざ〳〵号外に断つてある位だから、大した事ではなからうと思つて寝た。今朝わが朝日所載の詳報を見ると、伊藤公が撃たれた時、中村総裁は倒れんとする公を抱いてゐたとあるので、総裁も亦同日同刻同所に居合せたのだと云ふ事を承知して、又驚ろいた。

漱石が満韓旅行から帰宅したのは一〇月一七日、伊藤公が狙撃されたのは一〇月二六日朝のことであった。号外で事件を知り、非常に驚いている。けれどもこの驚きは、伊藤公が暗殺された事への怒り、悲しみというのとは質が異なっている様に思われる。自分が訪れた場所で事件が起こり、大連滞在中に世話になった人たちがその場所に居合わせたこと、負傷したこと、しかし軽傷と知って「大した事ではなからうと思つて寝た」とある。

さらに「公の死は政治上より見て種種重大な解釈が出来るだらう（中略）」として、「向後数週間の間は、内地の新紙は勿論満韓の同業記者も亦悉く筆を此一変事にあつめるに違ない。」としながらも、「たゞ余の如き政治上の門外漢は遺憾ながら其辺の消息を報道するの資格がないのだから極めて平凡な便り丈に留めて置く」と書くのである。そうして、満韓滞留中は一方ならぬ厚意を受けて、「至る所愉快と満足を以て見聞を了した。是は、余の深く感銘する所である。」そこで「消息」のこの機会を利用して「改めてわが在外の同胞諸君に向つて、礼謝の意を公けにしたいと思ふ」というのである。

「ことに今度の漫遊中に余は朋友知人の難有味を深く感じた。」「自分の親類か何ぞの様に、快く世話をしてくれる。親切に迎へてくれる。殆んど気の毒な位のものであつた。」そうして「幸に余の知人は満韓にあつて、皆相応の地位を得てゐるもの許であつたので、猶更特殊の便宜を得た。」と、「友達の難有味」「懇ろな厄介になつた」ことを感謝している。文章は次のように続く。

満韓を経過して第一に得た楽天観は在外の日本人がみな元気よく働いてゐると云ふ事であつた。内地のものは大概蒼い顔をして多くは滅入てゐる。意気銷沈と神経衰弱と、失望と不平は至る所に伝染してゐる。満韓の同胞にはそんな弱い痕跡が見えない。一言にして云ふと、皆元気旺盛で進取の気象に富んでゐるらしく見受けられる。どこへ行つても、自分の経営してゐる事業や職務に就て、懇切叮嚀に説明してくれる。しかも其説明の内容は大部分改良とか成功とか云ふ意味のものであるから、おのづから得意の色がある筈である。

ここには満韓の同胞が「皆元気旺盛で進取の気象に富んで」自信を持って元気よく働いているという報告がある。さらに、「若い人の手腕を揮ふ余地」があり、「全体を当事者に一任」してあるから、「当事者の意見が着々実行出来」「其実行に対する報酬が内地の倍以上に高価に支払はれるからであらう」としている。(上)の結びに、韓国での巡査は五〇円ほどになるから、晩に麦酒の一杯も飲める。しかし内地へ帰ると一〇円内外の月給に切り詰められて苦しくって堪らなくなるというエピソードを記している。「此経済的余裕は満韓の上下を通じて、大いにわが同胞の頭に影響してゐる事と考へられる」と結ぶのである。漱石の意識にはこれと比較してクーリーの日当「五六銭」が頭を過ぎっていたことと思われるのである。

「韓満所感」(下)　東京にて　夏目漱石

余は個人の経済事状を以て、個人の幸福に至大の関係を有するものと信ずる一人である。満韓在留の同胞の生活程度が、内地人のそれに比して比較的高いのを目撃して贅沢だ抔とは決して思はない。却つて内地に齷齪する我々が気の毒でならない位である。余が満州日々の依頼に応じて一場の講演を試みた際、背後にある中村総裁を顧みていくら総裁だつて内地ではあんな立派な家へは這入れませんと云つたが、是は親友の間柄、当座の冗談に過ぎなかつたのは無論の事であるけれども、是に意味を付けて解釈すれば、総裁が贅沢だと判するよりも、内地人がシミツタレだと翻訳する方が寧ろ適当である。大連にある総裁の社宅は露西亜の技師長とかの家だと聞いてゐる。満鉄の総裁が露西亜の一技師長の家へ這入つて贅沢だと云はれる様では、日本も外聞のわるい程希知《けち》な国になつて仕舞ふ訳である。（中略）（満鉄の田中理事の住居、朝鮮の局長の官舎などを見て気の毒に思ったこと）（中略）余の東京早稲田の借家は、是に比して遥かに劣つてゐる。けれども自分は日本の中流の紳士として、今よりは倍以上に立派な邸宅を有して然るべきものとの観念を常に有してゐる。（後略）

歴遊の際もう一つ感じた事は、余は幸にして日本人に生れたと云ふ自覚を得た事である。内地に跼蹐してゐる間は、日本人程憐れな国民は世界中にたんとあるまいといふ考に始終圧迫されてならなかつたが、満州から朝鮮へ渡つて、わが同胞が文明事業の各方面に活躍して大いに優越者となつてゐる状態を目撃して、日本人も甚だ頼母しい人種だとの印象を深く頭の中に刻みつけられた。

同時に、余は支那人や朝鮮人に生れなくつて、まあ善かつたと思つた。彼等を眼前に置いて勝者の意気込を以て事に当るわが同胞は、真に運命の寵児と云はねばならぬ。京城にある或知人が余に斯う云つた。――東京や横浜では外国人に向つて、ブローク ン、イングリッシを話すのが極りが悪くつて弱つたが、此地に来て見ると妙なもので、ブロークンでも何でもすら〳〵出るから不思議だ。――満韓にある同胞諸君の心理は此一言で其大部分を説明されはしなからうか。

（上）に続いて「個人の経済事状を以て、個人の幸福に至大の関係を有するものと信ずる」漱石は、「満韓在留の同胞の生活程度が、内地人のそれに比して比較的高いのを目撃して贅沢だ抔とは決して思はない」と断言する。内地と外地の格差を認めた上で、どちらもさらによりよい生活をと願う気持ちがあらわれている。そして満洲・朝鮮で「文明事業の各方面に活躍して大いに優越者」となっていることを誇らしく思うのである。ここには英国留学で味わった東洋人としての劣等感の裏返しが感じられる。「余は幸にして日本人に生れたと云ふ自覚を得た」と記すのである。さらに、経済の問題は、漱石の実生活だけでなく作品の上に置いても重要なモチーフであった。京城の知人の「ブロークン、イングリッシ」のエピソードは、自信がその人の力をさらに充実発展させていることを示したものであろう。

「同時に、余は支那人や朝鮮人に生れなくつて、まあ善かつたと思つた」は、差別意識というよりは、その時に感じた歴史の「運命」観によるものといえるかも知れない。「運命の寵児」とは「支那人や朝鮮人」が「不幸ニシテ目下不振ノ有様ニ沈淪」していることからきた言葉であろう。だからこそ、九月一二日の講演「物の関係と三様の人間」の中で、講演に集まった「物と物との関係を変化せしむる人（軍人や満鉄社員など）」に、人間観・文明観を説いて、「バランスよく発展」して文明生活を築く必要を説いたのである。

「韓満所感」（上）（下）は、伊藤公暗殺事件から筆を起こしながら、満韓旅行で世話になったことへの礼をのべ、外地で活躍する日本人へのエールが籠められている文章だといえる。

そこには先に述べた様に、日本人の置かれている「優越者」に奢ることなく、状況を踏まえ、自信を持って「バランスよく発展」してほしいとの願いが込められているのである。

（二七会四月例会研究発表　竹屋公民館にて　二〇一三・四・二八）

（「続河」一八号　二〇一三・八・九）

参考文献

金　正勲「漱石と朝鮮」中央大学出版部　二〇一〇年二月
高澤秀次「文学者たちの大逆事件と韓国併合」平凡社新書　二〇一〇年一一月
黒川　創「暗殺者たち」「新潮　二〇一三年二月号」（のち「暗殺者たち」新潮社　二〇一三年五月）

最近の漱石研究（二〇〇一〜二〇〇七年四月）とそこから見えてくるもの

一、夏目漱石研究文献（二〇〇一年以降）で収集できたもの

1「流動する概念—漱石と朔太郎と—」勝田和學　龍書房　二〇〇一年一月二〇日　四八〇〇円
2「「三四郎」の東京学」小川和佑　日本放送出版協会　二〇〇一年一月三〇日　一四〇〇円＋税
3「國文学解釈と教材の研究　新しい漱石へ」學燈社　二〇〇一年一月号　一一〇〇円
4「「小説」の考古学へ心理学・映画から見た小説技法史」藤井淑禎　名古屋大学出版会　二〇〇一年二月二八日　三二〇〇円＋税
5「文学の内景—漱石とその前後—」荻久保泰幸　双文社出版　二〇〇一年三月二三日　四〇〇〇円＋税
6「漱石文学全注釈9　門」小森陽一・五味渕典嗣・内藤千珠子　若草書房　二〇〇一年三月三〇日　六八〇〇円＋税
7「慶応三年生まれ七人の旋毛曲り漱石・外骨・熊楠・露伴・子規・紅葉・緑雨とその時代」坪内祐三　マガジンハウス　二〇〇一年三月二三日　二九〇〇円＋税
8「開化・恋愛・東京　漱石・龍之介」海老井英次　おうふう　二〇〇一年三月二五日　二八〇〇円＋税

9「漱石―『夢十夜』以後―」 仲秀和 和泉書院 二〇〇一年三月三〇日 二五〇〇円＋税
10「国文学解釈と鑑賞 特集二十一世紀の夏目漱石」 二〇〇一年三月号 至文堂 一三〇〇円
11「文学 2001 3・4月号」 岩波書店 一九五〇円
12「増補 夏目漱石の作品研究」 荻原桂子 花書院 二〇〇一年四月一〇日 二八〇〇円＋税
13「漱石を読む」 佐藤泰正編 笠間書院 二〇〇一年四月三〇日 一〇〇〇円＋税
14「漱石の京都」 水川隆夫 平凡社 二〇〇一年五月一四日 一八〇〇円＋税
15「漱石以後Ⅱ」 佐藤泰正 翰林書房 二〇〇一年六月一四日 四八〇〇円＋税
16「漱石と松山 子規から始まった松山との深い関わり」 中村英利子編著 アトラス出版 二〇〇一年七月七日 一六〇〇円＋税
17「グレン・グールドを聴く夏目漱石」 樋口覚 五柳書院 二〇〇一年七月七日 二二〇〇円＋税
18「「帝國」の文学 戦争と「大逆」の間」 絓秀実 以文社 二〇〇一年七月一〇日 三二〇〇円＋税
19「文学 2001 7・8月号」 岩波書店 一八〇〇円
20「漱石 その解纜」 重松泰雄 おうふう 二〇〇一年九月二五日 八八〇〇円＋税
21「「坊っちゃん」はなぜ市電の技術者になったか」 小池滋 早川書房 二〇〇一年一〇月一五日 一五〇〇円＋税
22「漱石研究 第14号 特集『吾輩は猫である』」 小森陽一・石原千秋編集 翰林書房 二〇〇一年一〇月二〇日 二四〇〇円＋税
23「江古田文学48 夏目漱石新しい漱石像を目指して」 発行人 清水正 星雲社 二〇〇一年一〇月二〇日 九八〇円＋税

24「漱石と芥川を読む　愛・エゴイズム・文明」萬田務　双文社出版　二〇〇一年一〇月二五日　四六〇〇円＋税
25「自転車に乗る漱石　百年前のロンドン」清水一嘉　朝日選書　二〇〇一年一二月二五日　一四〇〇円＋税
26「漱石　片付かない〈近代〉」佐藤泉　NHKライブラリー　二〇〇二年一月三〇日　九二〇円＋税
27「小説の〈かたち〉・〈物語〉の揺らぎ―日本近代小説「構造分析」の試み」戸松泉　翰林書房　二〇〇二年二月二二日　三八〇〇円＋税
28「漱石　男の言草・女の仕草」金正勲　和泉書院　二〇〇二年二月二八日　四五〇〇円＋税
29「漱石論考」塚越和夫・千石隆志　葦真文社　二〇〇二年四月一〇日　三〇〇〇円＋税
30「漱石作品論集」藤田寛　国文社　二〇〇二年四月一五日　一五〇〇円＋税
31「漱石のリアル　測量としての文学」若林幹夫　紀伊國屋書店　二〇〇二年六月三〇日　二五〇〇円＋税
32「性的身体―「破調」と「歪み」の文学史をめぐって」岡庭昇　毎日新聞社　二〇〇二年六月三〇日　三〇〇〇円＋税
33「文豪の古典力　漱石・鴎外は源氏を読んだか」島内景二　文春新書　二〇〇二年八月二〇日　七〇〇円＋税
34「告白の文学　森鴎外から三島由紀夫まで」伊藤氏貴　鳥影社　二〇〇二年八月三〇日　二八五〇円＋税
35「漱石と寅彦」沢英彦　沖積舎　二〇〇二年九月一〇日　八八〇〇円＋税
36「漱石まちをゆく　建築家になろうとした作家」若山滋　彰国社　二〇〇二年九月二〇日　一八〇〇円＋税
37「漱石研究　第15号　特集『行人』」翰林書房　二〇〇二年一〇月二〇日　二四〇〇円＋税

38「笑いのユートピア　『吾輩は猫である』の世界」　清水孝純　翰林書房　二〇〇二年一〇月二二日　六〇〇〇円＋税
39「作品と歴史の通路を求めて〈近代文学〉を読む」　伊藤忠　翰林書房　二〇〇二年一〇月二二日　二八〇〇円＋税
40「漱石「こころ」論　変容する罪障感」　盛忍　作品社　二〇〇二年一〇月三〇日　一八〇〇円＋税
41「漱石の源泉—創造への階梯」　飛ヶ谷美穂子　慶應義塾大学出版株式会社　二〇〇二年一〇月三〇日　三二〇〇円＋税
42「魯迅・明治日本・漱石—影響と構造への総合的比較研究—」　潘《はん》世聖　汲古書院　二〇〇二年一一月二〇日　九〇〇〇円＋税
43「夏目漱石を読む」　吉本隆明　筑摩書房　二〇〇二年一一月二五日　一八〇〇円＋税
44「漱石　倫敦の宿」　武田勝彦　近代文芸社　二〇〇二年一二月一〇日　一八〇〇円＋税
45「漱石と子規、漱石と修—大逆事件をめぐって—」　中村文雄　和泉書院　二〇〇二年一二月一五日　三三〇〇円＋税
46「夏目漱石の言語空間」　山崎甲一　笠間書院　二〇〇三年一月三〇日　八〇〇〇円＋税
47「江古田文学52　特集夏目漱石『こゝろ』」　発行人　清水正　星雲社　二〇〇三年二月二五日　九八〇円＋税
48「明暗評釈」第一巻　鳥井正晴　和泉書院　二〇〇三年三月三〇日　五五〇〇円＋税
49「漱石の孫」　夏目房之介　実業之日本社　二〇〇三年四月二二日　一七〇〇円＋税
50「制度の近代　藤村・鴎外・漱石」　山田有策　おうふう　二〇〇三年五月一〇日　四〇〇〇円＋税

51「俳人漱石」坪内稔典　岩波新書　二〇〇三年五月二〇日　七〇〇円＋税
52「生成論の探究　テクスト　草稿　エクリチュール」松澤和宏　名古屋大学出版会　二〇〇三年六月二〇日　六〇〇〇円＋税
53「日本人が知らない夏目漱石」ダミアン・フラナガン　世界思想社　二〇〇三年七月一〇日　二六〇〇円＋税
54「鉄棒する漱石、ハイジャンプの安吾」矢島裕紀彦　日本放送出版協会　二〇〇三年八月一〇日　六八〇円＋税
55「漱石と英文学　「漾虚集」の比較文学的研究」改訂増補版　塚本利明　彩流社　二〇〇三年八月一五日　四〇〇〇円＋税
56「漱石と仏教―則天去私への道」水川隆夫　平凡社　二〇〇二年九月九日　一六〇〇円＋税
57「漱石2時間ウォーキング」井上明久著　藪野健絵　中央公論新社　二〇〇三年九月一〇日　一九〇〇円＋税
58「物と眼　明治文学論集」ジャン・ジャック・オリガス　岩波書店　二〇〇三年九月二五日　二四〇〇円＋税
59「近代文学と熊本―水脈の広がり―」首藤基澄　和泉書院　二〇〇三年一〇月一〇日　二五〇〇円＋税
60「漱石研究　第16号　特集『虞美人草』」翰林書房　二〇〇三年一〇月二〇日　二四〇〇円＋税
61「愛したのは、「拙にして聖」なる者　漱石文学に秘められた男たちの確執の記憶」みもとけいこ　創風社出版　二〇〇三年一一月三〇日　一三〇〇円＋税
62「新＝東西文学論　批評と研究の狭間で」富士川義之　みすず書房　二〇〇三年一二月一八日　六〇〇〇円

＋税

63「異形の心的現象　統合失調症と文学の表現世界」　吉本隆明・森山公夫　批評社　二〇〇三年一二月二五日　一八〇〇円＋税

64「漱石が聴いたベートーヴェン」　瀧井敬子　中公新書　二〇〇四年二月二五日　七六〇円＋税

65「漱石と魯迅における伝統と近代」　欒《らん》殿武　勉誠出版　二〇〇四年二月二八日　九八〇〇円＋税

66「テクストはまちがわない―小説と読者の仕事」　石原千秋　筑摩書房　二〇〇四年三月一〇日　四三〇〇円＋税

67「アンチ漱石―固有名批判―」　大杉重男　講談社　二〇〇四年三月二五日　二四〇〇円＋税

68「夏目漱石ロンドンに狂せり」　末延芳晴　青土社　二〇〇四年四月一〇日　三四〇〇円＋税

69「明治文学　ことばの位相」　十川信介　岩波書店　二〇〇四年四月二三日　四六〇〇円＋税

70「近代文学の風景」　西垣勤　績文堂出版　二〇〇四年五月二五日　二八〇〇円＋税

71「文学　２００４　５・６月号」　岩波書店　一九五〇円

72「漱石文学の研究」　安宗伸郎　溪水社　二〇〇四年六月六日　四八〇〇円＋税

73「夏目漱石論　漱石文学における「意識」」　増満圭子　和泉書院　二〇〇四年六月三〇日　一〇〇〇〇円＋税

74「〈作者〉をめぐる冒険　テクスト論を超えて」　柴田勝二　新曜社　二〇〇四年七月一五日　三二〇〇円＋税

75「漱石の巨きな旅」　吉本隆明　日本放送出版協会　二〇〇四年七月二五日　一二〇〇円＋税

76「國語と國文学」平成十六年九月号　東京大学国語国文学会編集　至文堂　二〇〇四年九月一日　一〇〇〇円

77「スコットランドの漱石」　多胡吉郎　文春新書　二〇〇四年九月二〇日　六九〇円＋税

78「〈名作〉の壁を超えて『舞姫』から『人間失格』まで」高田千波　翰林書房　二〇〇四年一〇月一八日　二四〇〇円＋税
79「漱石と三人の読者」石原千秋　講談社現代新書　二〇〇四年一〇月二〇日　七四〇円＋税
80「夏目漱石ロンドン紀行」稲垣瑞穂　清文堂出版　二〇〇四年一〇月二三日　三八〇〇円＋税
81「〈夕暮れ〉の文学史」平岡敏夫　おうふう　二〇〇四年一〇月二五日　四八〇〇円＋税
82「文芸にあらわれた日本の近代　社会科学と文学のあいだ」猪木武徳　有斐閣　二〇〇四年一〇月三〇日　二〇〇〇円＋税
83「わたしの身体、わたしの言葉　ジェンダーで読む日本近代文学」江種満子　翰林書房　二〇〇四年一〇月三〇日　六〇〇〇円＋税
84「対話する漱石」内田道雄　翰林書房　二〇〇四年一一月五日　三二〇〇円＋税
85「漱石と漢詩―近代への視線―」加藤二郎　翰林書房　二〇〇四年一一月五日　五六〇〇円＋税
86「漱石研究　第17号　特集『門』」翰林書房　二〇〇四年一一月一五日　二四〇〇円＋税
87「表現の身体　藤村・白鳥・漱石・賢治」川島秀一　双文社出版　二〇〇四年一二月一日　六五〇〇円＋税
88「漱石文学のモデルたち」秦郁彦　講談社　二〇〇四年一二月一〇日　一九〇〇円＋税
89「文藝春秋　十二月臨時増刊号　夏目漱石と明治日本」（株）文藝春秋　二〇〇四年一二月一五日　一〇〇〇円
90「漱石先生　大いに悩む」清水義範　小学館　二〇〇四年一二月二〇日　一二〇〇円＋税
91「『坊っちゃん』と『明暗』「腕力」の決断の物語」川野純江　鶴書院　二〇〇五年一月一日　一三〇〇円＋

税

92「別れの精神哲学―青春小説論ノート」　高岡健　雲母書房　二〇〇五年四月一〇日　一七〇〇円＋税

93「新訂版　夏目漱石の修善寺」　中山高明　静岡新聞社　二〇〇五年四月二八日　一一四三円＋税

94「日本近代文学　第72集」　日本近代文学会　二〇〇五年五月一五日

95「サライ「則天去私」天下一の文豪の素顔夏目漱石」　小学館　二〇〇五年六月二日　四五〇円

96「新聞記者　夏目漱石」　牧村健一郎　平凡社新書　二〇〇五年六月一〇日　七八〇円＋税

97「自我の哲学史」　酒井潔　講談社現代新書　二〇〇五年六月二〇日　七四〇円＋税

98「国文学解釈と鑑賞　特集ジェンダーで読む夏目漱石」　二〇〇五年六月号　至文堂

99「漱石の「仕事論」」　鷲田小彌太　彩流社　二〇〇五年七月七日　一九〇〇円＋税

100「『こころ』大人になれなかった先生」　石原千秋　みすず書房　二〇〇五年七月一〇日　一三〇〇円＋税

101「魅せられて　作家論集」　蓮實重彦　河出書房新社　二〇〇五年七月三〇日　二二〇〇円＋税

102「夏目漱石「こゝろ」を読みなおす」　水川隆夫　平凡社新書　二〇〇五年八月一〇日　七二〇円＋税

103「出生の秘密」　三浦雅士　講談社　二〇〇五年八月一五日　三〇〇〇円＋税

104「比較文学の世界」　秋山正行・榎本義子編集　南雲堂　二〇〇五年八月二五日　二五〇〇円＋税

105「作家たちの往還」　勝又浩　鳥影社　二〇〇五年九月一五日　一五〇〇円＋税

106「文学　２００５　９・１０月号」　岩波書店　一九五〇円

107「獨歩と漱石―汎神論の地平―」　佐々木雅發　翰林書房　二〇〇五年一一月一日　三〇〇〇円＋税

108「漱石文学全注釈10　彼岸過迄」　田口律男・瀬崎圭二　若草書房　二〇〇五年一一月三日　九三〇〇円＋税

109「漱石の〈明〉、漱石の〈暗〉」　飯島耕一　みすず書房　二〇〇五年一一月二二日　三二〇〇円＋税

110「漱石研究　第18号終刊号　『明暗』特集」　小森陽一・石原千秋編集　二〇〇五年一一月二五日　翰林書房　二四〇〇円＋税
111「漱石の転職　運命を変えた四十歳」　山本順二　彩流社　二〇〇五年一一月三〇日　二〇〇〇円＋税
112「漱石のセオリー――『文学論』解読」　佐藤裕子　おうふう　二〇〇五年一二月一〇日　六八〇〇円＋税
113「夫婦で語る『こゝろ』の謎―漱石異説」　木村澄子・山影冬彦　彩流社　二〇〇六年一月二〇日　二〇〇〇円＋税
114「東京人　特集　東京っ子、夏目漱石」　都市出版株式会社　二〇〇六年二月三日　九〇〇円
115「孫が読む漱石」　夏目房之介　実業之日本社　二〇〇六年二月二〇日　一八〇〇円＋税
116「係争中の主体　漱石・太宰・賢治」　中村三春　翰林書房　二〇〇六年二月二〇日　三八〇〇円＋税
117「都市テクスト論序説」　田口律男　松籟社　二〇〇六年二月二八日　二八〇〇円＋税
118「感覚の近代」　坪井秀人　名古屋大学出版会　二〇〇六年二月二八日　五四〇〇円＋税
119「國語と國文学」　平成一八年三月号　東京大学国語国文学会編集　至文堂　二〇〇六年三月一日　一二〇〇円
120「リンボウ先生が読む　漱石「夢十夜」」　林望　ぴあ株式会社　二〇〇六年三月一二日　二〇〇〇円＋税
121「学生と読む『三四郎』」　石原千秋　新潮選書　二〇〇六年三月一五日　一二〇〇円＋税
122「國文学解釈と教材の研究　特集漱石　世界文明と漱石」　學燈社　二〇〇六年三月号　一四五〇円
123「作家の魂　日本の近代文学」　羽鳥徹哉　勉誠出版　二〇〇六年四月一日　二九〇〇円＋税
124「漱石と不愉快なロンドン」　出口保夫　柏書房株式会社　二〇〇六年四月二五日　二八〇〇円＋税

125「漱石という生き方」　秋山豊　トランスビュー　二〇〇六年五月五日　二八〇〇円＋税
126「漱石「行人」論」　盛忍　作品社　二〇〇六年五月一〇日　二八〇〇円＋税
127「漱石の妻」　鳥越碧　講談社　二〇〇六年五月一一日　一九〇〇円＋税
128「小説の読み書き」　佐藤正午　岩波新書　二〇〇六年六月二〇日　七四〇円＋税
129「寅彦と冬彦　私のなかの寺田寅彦」　池内了編　岩波書店　二〇〇六年六月二三日　二一〇〇円＋税
130「鴎外・漱石・鏡花―実証の糸」　上田正行　翰林書房　二〇〇六年六月二四日　九〇〇〇円＋税
131「『漾虚集』論考「小説家夏目漱石」の確立」　宮薗美佳　和泉書院　二〇〇六年六月二五日　六〇〇〇円＋税
132「洋燈《らんぷ》の孤影　漱石を読む」　高橋英夫　幻戯書房　二〇〇六年七月二〇日　二六〇〇円＋税
133「漱石と良寛」　安田未知夫　考古堂書店　二〇〇六年八月一〇日　一八〇〇円＋税
134「漱石、ジャムを舐める」　河内一郎　創元社　二〇〇六年一〇月一〇日　二三〇〇円＋税
135「漱石　響き合うことば」　佐々木亜紀子　双文社出版　二〇〇六年一〇月二〇日　三六〇〇円＋税
136「ことばの力 平和の力　近代日本文学と日本国憲法」　小森陽一　かもがわ出版　二〇〇六年一〇月二五日　一七〇〇円＋税
137「漱石のたくらみ　秘められた『明暗』の謎をとく」　熊倉千之　筑摩書房　二〇〇六年一〇月二八日　二二〇〇円＋税
138「「近代日本文学」の誕生　百年前の文壇を読む」　坪内祐三　PHP新書　二〇〇六年一〇月三〇日　八四〇円＋税
139「夏目漱石「則天去私」の系譜」　岡部茂　文藝書房　二〇〇六年一一月一〇日　一二〇〇円＋税
140「漱石先生からの手紙　寅彦・豊隆・三重吉」　小山文雄　岩波書店　二〇〇六年一一月二八日　二〇〇〇円

+税
141「漱石さんの俳句　私の好きな五十選」大高翔　実業之日本社　二〇〇六年一二月四日　一四〇〇円+税
142「漱石のなかの〈帝国〉「国民作家」と近代日本」柴田勝二　翰林書房　二〇〇六年一二月一二日　三〇〇〇円+税
143「近代文学研究　第24号」日本文学協会近代部会　二〇〇七年一月二四日
144「夏目漱石における東と西」松村昌家編　思文閣出版　二〇〇七年三月六日　二八〇〇円+税
145「作家の本音を読む　名作はことばのパズル」坂本公延　みすず書房　二〇〇七年三月九日　二六〇〇円+税
146「百年前の私たち　雑書から見る男と女」石原千秋　講談社現代新書　二〇〇七年三月二〇日　七四〇円+税
147「「赤」の誘惑」蓮實重彦　新潮社　二〇〇七年三月三〇日　二四〇〇円+税
148「『こゝろ』研究史」仲秀和　和泉書院　二〇〇七年三月三一日　四〇〇〇円+税
149「『坊っちゃん』の秘密」五十嵐正朋　新風舎　二〇〇七年四月一五日　一八〇〇円+税
150「村上春樹、夏目漱石と出会う　日本のモダン・ポストモダン」半田淳子　若草書房　二〇〇七年四月一九日　二六〇〇円+税
151「夏目漱石とジャパノロジー伝説」倉田保雄　近代文芸社　二〇〇七年四月二〇日　一三〇〇円+税
152「一〇〇年の坊っちゃん」山下聖美　D文学研究会　二〇〇七年四月二五日　一八〇〇円+税
153「文藝春秋」初公開よみがえる文豪の肉声　夏目漱石演説速記「作家の態度」二〇〇七年五月号

今世紀になってからの文献に絞った結果、一五三冊のものがあった。「國文學」「日本文学」「週刊読書人」「図書」「一冊の本」などは継続して購読。朝日新聞の読書欄や本の広告、また、「青春と読書」「本の窓」「ちくま」「本」「本の話」「波」などと、八木書店などから送られてくる古書目録などを参考にして文献収集。フタバ図書やジュンク堂などに出かけたときには、パソコンで書籍検索を行い、漱石関係の新刊本を調べ、注文もしている。上京したときは、神田の古本屋街などに出かけて、漱石関係の文献を収集している。

発行年月日に注目した場合、研究の最前線は雑誌論文にあるので、単行本は論文が発表されたときよりかなり遅れていることになる。私の場合、大学の研究論文を読む機会はきわめて少ない状態である。「國文学　解釈と教材の研究」の「学会教育界の動向」欄にある主要雑誌・紀要論文は、近代文学や漱石関係の研究動向を知るのに、テーマの上から大いに参考になる。「漱石研究」や「解釈と鑑賞」の漱石研究文献目録は見逃がせない。

二、これまでに注目してきた漱石研究

戦前　小宮豊隆、岡崎義恵、滝沢克己、夏目鏡子、森田草平、松岡譲、和田利男、片岡良一、吉田六郎各氏など

戦後　猪野謙二、伊藤整、荒正人、江藤淳、長谷川泉、三好行雄、越智治雄、蓮實重彦、竹盛天雄、前田愛、佐藤泰正、高木文雄、宮井一郎、熊坂敦子、坂本浩、井上百合子、駒尺喜美、伊豆利彦、重松泰雄、平岡敏夫、岡三郎、平野清介、相原和邦、秋山公男、玉井敬之、柄谷公人、桶谷英昭、石原千秋各氏など

三、最近の漱石研究についての紹介

66「テクストはまちがわない――小説と読者の仕事」 石原千秋

資料や情報量ではなく、文学テクストの「読み」で勝負するタイプの研究スタイルを取り続けている著者の、「テクストの可能性を限界まで引き出すのが仕事」と考える論文集。

『こゝろ』論の彼方へ――青年は「私は奥さんの女であるといふ事をわすれた」（上十八）と書きながら、一方で、手記を書く今は「徒らな女性の遊戯」を「批評的」に見ていることを示唆している（上二十）。青年の、この引き裂かれた姿勢それ自体が問題なのではない。（中略）問題は、女からの働きかけを「女であるといふ事を忘れ」なければ受け入れることのできない男、あるいは、女からの働きかけを「技巧」として「批評」しなければ済まない男の姿勢にある。ここには、女性が抑圧される過程がみごとに露呈している。これは、『こゝろ』が無意識のうちに男たちの物語として読まれ続けて来たということだけを意味しない。男として読み続けることを強いられて来たということなのだ。いま『こゝろ』を読むということは、『こゝろ』というテクストを、（中略）読むことのセクシュアリティ（注　性行為や性的欲求に関すること）において、男と女との主体をめぐる闘争の物語として読むことでなければならないだろう。（48頁）

131「『漾虚集』論考「小説家夏目漱石」の確立」 宮薗美佳

『漾虚集』成立の背景、および収録作品を論じ、それぞれの作品の雑誌掲載時の方が文壇への影響が大きかったと論じる。博士論文。

——当時における文学作品に対する理解や、その評価基準自体に作用し、それらを積極的に変革し創造していく側面。また、当時の社会的・文化的背景が、作品の成立あるいは作品の肯定的な享受の前提となった側面。これらの要因を持つ作品が短期間に間隙を入れず発表されたことが、両要素の相乗作用を生じさせ、『漾虚集』収録作品はさらに、発表を重ねるごとに当時の文壇で確固とした評価を得ていくことになった。そしてこのことが「小説家夏目漱石」の文壇的位置を急速に確立させることに寄与したのである。（202～203頁）

『漾虚集』としてまとめられたことで、断片的に把握されがちであった「夏目漱石」の業績を全体的に概観することが可能になり、一連の作品を「小説家夏目漱石」の業績として把握するまなざしを格段に強化させた。それが「小説家夏目漱石」の文壇的位置を確固としたものにすることにつながった、と論じる。

4 「「小説」の考古学へ心理学・映画から見た小説技法史」 藤井淑禎《ひでただ》

「小説というのがある時代に、どういう意識で書かれ、そしてどういう意識で読まれたのか」、あるいは「同時代の読者との間に共有されていた読み方」を明らかにしないことには小説の意味していることはわからない、恣意的な読み方に陥らないためにも「小説の考古学」が必要だ、という立場からの立言。

『心』の「振り返る今」について——やはり漱石は厳密な書き方をしたはずだとまず考え、そのうえで、「振り返る今」は大正三年より後ろにはもってくることができないとすれば、一連の事件そのものが大正三年より十年以上も前のこととして当初は構想されていたのではないか、……それが、明治天皇の死と乃木の殉死を途中から取り込んだために綻びが生じたのではないか、と想像しているのである。（10～11頁）

84 「対話する漱石」 内田道雄

題名に冠した「対話」とは、漱石の『文学論』の語彙・「問答」と関連し、M・バフチンのドストエフスキイ論に学んだ概念であるが、その成立ち・作品構造・門下生や訳者への関わり方の三点からして、漱石文学に相応しいものと考えるのである。(293頁)

内容は『文学論』『それから』『明暗』、漱石文学の対話的性格などに言及。

26 「漱石 片付かない〈近代〉」 佐藤泉

漱石は、十年ほどの作家生活をとおして、ひたすら三角関係の話ばかりを書き続けていた。にもかかわらず、そこには同じような小説はひとつもない。漱石の場合、一つの小説の内側からつぎの小説が生みだされるように、テーマが生成し、さらには小説の構成や文体が変化していく。主題を乗せる座標そのものが更新されるのだ。こうした漱石小説の特徴に、おそらく、さまざまな「漱石」が像を結ぶ理由がある。漱石は『道草』の最後の場面で、主人公にこんなことを言わせている。「世の中に片付くなんてものは殆んどありゃしない。一遍起こった事はいつ迄も続くのさ。ただ、色々な形に変わるから他にも自分にも解らなくなるだけの事さ」。漱石には、むしろ片付けてしまわないことへの強固な意志があったように感じる。一つの主題に簡単な決着をつけないこと、それを別の台の上に置きなおしてみること。この本では、なかなか片付かない漱石の主題の運動と、社会のなかで変動していった、やはり片付かない「漱石」像とを、たどっていこうと思う。(はじめに 5頁)

43 「夏目漱石を読む」 吉本隆明

一九九〇年から九三年にかけて四回にわたってよみうりホールと紀伊国屋書店で語った「夏目漱石の作品論を、できるかぎり読者にわかり易く、読み易くするために整えたものから構成されている」。(あとがき 255頁)

渦巻ける漱石―『吾輩は猫である』『夢十夜』『それから』。
青春物語の漱石―『坊っちゃん』『虞美人草』『三四郎』。
不安な漱石―『門』『彼岸過迄』『行人』。
資質をめぐる漱石―『こころ』『道草』『明暗』。

27 「小説の〈かたち〉・〈物語〉の揺らぎ―日本近代小説「構造分析」の試み」 戸松泉

「今や、作品の、いや対象テクストの「読み」は読者の読む行為によって現象するものに過ぎないとの認識と、その読者は時代の「制度」即ち「解釈共同体」（注　意味に関する前提を共有し、共通の戦略に基づいて読みの行為をおこなう解釈集団）を生きるなかで、自ら読んでいるだけでなく、読まされてもいる、という自覚なしに、テクストに向かうことはできない、のである。」「私のとった方法は、小説の仕組み（構造）をまず考えることから、小説世界に入っていくこと。」「西欧近代のものさし（自明のように潜在させている近代意識）で、日本近代の批判（ある種の後進性批判）をしてきたのが、私も含めて、近代文学研究の論文の常だったのではないか。その「ものさし」が懐疑され、知の体系が解体されたのが、構造主義の運動であったとすれば、グローバリゼーションが声高に唱えられる今こそ、日本近代を捉えていく新たな方法を、自前の眼鏡を考える必要が生まれているのである。」「私たち自身縛られてきた「近代」固有の枠組みという歴史性と、その枠組み・歴史と対峙し、あるいは超えるかたちで書かれてきた（であろう）文学言語の固有性と、この両者を射程に入れつつ思考をすすめることが、今日必須の要件となる。」「自らのなかで方法的に〈構造〉を構築しつつ、その限りでの「読み」の精確さを求めて、文学テクストへと向かっていくほかはない。とりあえずの私の結論であり、出発点である。」（読むことは考えること）

内容は、Ⅰ複数のエクリチュールで構成された世界、
Ⅱ「私」の語る世界―一人称〈回想〉形式の小説、

Ⅲ〈語り手〉の顕現／〈語り手〉の変容―〈三人称〉小説の諸相、
Ⅳ私の「文学研究」・「文学教育」
となっており、『こゝろ』『坊っちゃん』『三四郎』などが取り上げられている。

46「夏目漱石の言語空間」山崎甲一

「作品における言葉、文章とぢかに親しむなかから、然るべき問題点や研究の方法もおのずと浮上してくるもの」という思いの強い著者。漱石の初期から中期にかけての作品の論一六本。
「私のアプローチの基本は、作品それ自体が含み持つ言葉の豊かな表情、その言語の空間を膚で感じながら、自分の眼と足とで歩いてみることにある。例えば〈言説〉や〈語り〉、或は〈読者論〉など、昨今益々盛況を極める流行の方法論や視点を切り口にして、個々の作品と向き合うことはしなかった。」（総論）とある。

132「洋燈の孤影　漱石を読む」高橋英夫

漱石・漱石文学について一八項目にわたり、多面的な視点から論じられた論考である。例えば「洋燈の孤影―照らされた漱石世界」では、小説世界の洋燈の場面に論及されたあとで、「漱石は人と人との関係に生涯かかずらい拘泥した小説家である。（中略）人と人との関係は（中略）予測不可能な形で変化・変質してゆくから、……意識は尖鋭化した。ここから暗さのはてに噴出する「明」へのはげしい希求が理解できる。この状態を漱石の暗い輝き、ないしは漱石的な暗さの発光を読み取ることは許されるだろう。（後略）」と記しておられる。また「あとがき」で次のように述べておられる。
「この本は漱石の全体像、全作品を広角的、網羅的に捉えたものにはなっていず、二つか三つぐらいの手法、論点によっているにすぎないと思っている。

まず、語彙、言葉、文体から見た漱石がその一つ。これは漱石の表現論の一分野ということになるだろうが、とくに語彙の検索では、岩波書店の十七巻本『漱石全集』、その第十七巻の語句・事項索引に一から十までお世話になった。二つめは漱石の人間論に関したもので、友人、知人、師弟の諸関係のなかではたらいた漱石の眼、感情、思索を考えてみたのだが、その多くは素描か短い考察の域にとどまっている。

三番目はあえて名づければ、漱石の歴史論、または歴史意識を考えてみるという着想で、十九世紀から二十世紀への変わり目に際会した漱石を取り上げている。

（中略）この重層、錯綜を例にとって、漱石内外の多元性を遠望しようという気持ちだったが、これも入口を作り、論の前半を構築しただけかもしれない。なかなかに漱石は手ごわいという感じがしている。」（あとがき）

130 「鴎外・漱石・鏡花―実証の糸」 上田正行

「あとがき」から

―「実証の糸」という文言をタイトルに入れたが、果たしてどれほど厳密な意味で実証の精神が貫徹しているかは読者の判断に俟つしかない。（中略）実証には先行研究が不可欠であるが、充分にフォローできているという自信はない。（中略）『草枕』と神韻説との関係を最初に指摘してくれたのは都竹美和子さん（一九九一年卒）であった。中国文学史の授業で神韻説を知ったようであるが、それを『草枕』と結びつけたのは彼女の才能である。そこからヒントをもらって一、二本書いてはいるが、未だ漱石研究家に神韻説は認知されていないようである。新版漱石全集の注解を見てもそう言える。しかし、はるか以前に既にこのことを指摘した方がいるかも知れない。実証にはそういう怖さが付きまとう。実証と言っても完璧な実証など恐らく不可能であろう。しかし、不可能ながらもこの道を地道に行けば、まだまだ解明しなければならない問題は山積しているが、宝も埋まっている。」（554～554頁）

漱石については、1「哲学雑誌」と漱石、2夏目金之助の厭世—虚空に吊し上げられた生、5『草枕』論、9〈森の女〉の図像学、など一一本が書かれている。

73「夏目漱石論　漱石文学における「意識」」　増満圭子

「明治の時代に生きた漱石が、作品において示した意識の在り様は、こうした現代人（注　お互い同士の温かい、心の繋がりを求めていながら、忙しい日常は、そんな心の余裕を許さない。かくて、現代人の孤独は癒されず、個が取り残されていく）における孤独の様相、闇に包まれた意識の病巣そのものにも共通する。ジェームズを受容し、さらにはベルグソンを読み込んだ漱石は、とりとめもなく流動的な「意識の流れ」の内部に決してはっきりと捉え尽くすことの出来ない純然たる自己存在が在るということ、そしてそれが、他者との関わり、周囲、そして社会や時代、更には大いなる運命との関わりの中で、さまざまに模索を重ねながら構築されているものであるということの、大きな結論に到達したのであった。」（おわりに　513〜514頁）

内容は、第Ⅰ部においては、夏目漱石という作家がいかにして登場し、そして、何を築き上げていったのか、その精神的軌跡を追求、第Ⅱ部は作品論の展開となっている。夏目漱石文学における意識の様相を探り出すために、作家論・作品論の両面から詳細に分析し考察された研究論文である。

135「漱石　響き合うことば」　佐々木亜紀子

著者の学位論文に加筆訂正をほどこして出版されたもの。第Ⅰ部では漱石の作品を個々に取り上げながら、主に〈引用〉を糸口にして分析。『行人』では謡曲、『彼岸過迄』ではロシアの小説、『三四郎』では主に聖句と英詩、などというふうに、〈引用〉が作品にどのように響き亘っているか、作品全体の理解にどう関わるかを考察。作品として論じられているものは、『門』『それから』『二百十日』『吾輩は猫である』など。第Ⅱ部では野上彌生子を漱石との関わりのうえで取り上げている。

先ず著者は『行人』における「女景清の逸話」（帰ってから　十三）についての論考を検討し、謡曲『景清』をひもといていく。景清の言った「さすがに我も平家なり」は、「武ばった」景清のことばにとれるが、続きを知れば「悲惨な」現在のことばにとれる。景清に潜在する「二つの傾向」が「意味の動揺」として表れている、というのである。謡を拝聴したあとで、嫂、二郎、一郎の感想発表がある。その後で父が「女景清の逸話」を語る。女景清は「内面」を男に求めた。女景清は（見えぬ）目の前の父にむかって○○が破約した理由の「有体の本当が聞きたい」（十八）と訴えている。女景清の「有体の本当」なるものへの問いはどこへも辿り着かず、「奥座敷」での人々の思いも林立したまま、溶け合うことがない。『行人』における二郎の手記に通底するのは、〈解釈〉を保留しながら細やかに語っていく姿勢である。その語り方が現実の非完結性を正しく写し出していたのだ、と論じていく。（17～33頁）

139　「夏目漱石　「則天去私」の系譜」　岡部茂

筆者は、「則天去私の止揚の世界をメインテーマにすえ、作中人物における唯一の天の具現者清子を楠緒の投影とし、主人公津田を漱石のそれに、お延を漱石夫人鏡子の造型として想定し、小説『明暗』と漢詩を逐一比較対照しつつその類似点を明らかにしてゆきたい。」（序にかえて）として、『明暗』と漢詩、「夢」の実像、虚・空・無・静・清、「九」と「柳」の因縁、明と暗、というふうに、一四項目にわたって論じている。

69「明治文学　ことばの位相」十川信介

「言語」は単なる「意思」伝達の器械ではなく、まず文化の器としての「言語」があって、それと個人の「意思」との摩擦・葛藤から、新しい表現が生まれるはずである。そう考え出したころ、たまたま二葉亭、緑雨、紅葉などの全集編纂・校訂の機会を与えられ、漱石の原稿を直接に読む幸運にも恵まれた。それらの本文の異同や大量の推敲の跡を通じて、私は一語一語に即してことばの表記や「文法」を読むことの大切さを、あらためて学ぶことになった。恩師・野間光辰先生の「近代文学も注釈的に読まなあかんよ」という遺訓が甦ってきたのもそのころのことで、本書に収録した各論の多くは、その過程で発表した試行錯誤の軌跡である。（あとがき　387〜388頁）

漱石関係の論考では次のようなものがある。

食卓の風景―明治四〇年代、『彼岸過迄』の通話、活字と肉筆のあいだ―『心』の「原稿」から、など八本の論考。

85「漱石と漢詩―近代への視線―」加藤二郎

五一歳で早世された著者の遺著。一　亡国の士―漱石と「近代」、二　創造の夜明け―漱石と「愁」、四　漱石と自然―動・静論の視座から、九　『道草』論―虚構性の基底とその周辺―、一一　漱石の言語観―『明暗』期の漢詩から―、一四　漱石の血と牢獄　など

著者が中国滞在中に出会い国際結婚された奥様加藤慧氏のあとがきには、妻から見た厳しい研究世活を送る夫への思いが記されている。以下に引用する。

「主人は、生前『漱石と禅』という著作を、翰林書房から出していただいたことがあります。前年に、もう一冊の漱石論を（中略）出版したいと口にして以後、（中略）新著にふさわしいものを選出しては、鋭意、手直しや清書

に精を出しておりました。そして一応の枠組みを決めた矢先に倒れてしまいました。主人胸中の二冊目は永遠の未完となりました。本書収録の「漱石の血と牢獄」が、主人意中の著作への収録論文であるかは、知るすべもありませんが、昼は講義にそして大学改革の騒然たる状況に疲弊し消耗した主人が、夜だけは執筆に打ち込んできたこの論考は、まことに血が滲む最終稿でした。生涯を漱石文学一途に打ち込み、それへの綿密な咀嚼をより絢爛円熟の形で世に問おうとした、まさにその時の急逝に、遺族の無念さはもとより、本人がどんなに痛恨の思いであったか、そのことを思うにつけ胸をかきむしられる悲痛さをただ堪え忍ぶばかりであります。（中略）最後に私事を申して甚だ恐縮ですが、私の、亡き主人との出会いは、主人前著の後書きにも触れられているその「中国滞在中」のことでした。国際結婚が日常茶飯事となった現今の中国に比べ、当時の私たちは中国本土では異端そのものでした。夫婦としての二十年の風雪を、異文化の衝突と融合を経験しながらも今日まで歩んでこられたのは、万難を排して結ばれた男女の不可解な因縁なるがゆえ、と言うよりも互いに相手が自分の一番よき理解者だったからだと思います。沈思を好み、風雅を愛し、権勢には媚びず、狡猾さと陰謀を企む愚劣さとも無縁、孤高で高潔な主人の人となりと、淵明のような「守拙」の生き方に、中国近現代の渦中に没落してしまった伝統ある士大夫の系譜に生を受けた私は、限りない魅力と心の共振共鳴を感じていました。主人のこの生きる姿勢が彼の学問研究の底流をなすものであろうと思われてなりません。（後略）」（330〜331頁）

2 「『三四郎』の東京学」 小川和佑

「三四郎の歩いた跡を古い地図で確かめながら歩く。そこでなにが見え、なにが失われてしまったかをわが故郷の東京で確かめたかった。とはいえ、文学散歩ではなく、三四郎という明治の青年を対象に、いわば文学地理とでもいうものを漱石論、『三四郎』論を離れて、それこそ思いのままに書いてみたかった。（中略）二〇世紀から二一

世紀への東京への回顧と展望である。」（あとがき　226頁）

28「漱石　男の言草・女の仕草」　金正勲

著者が日本留学中に論究した論文を中心にまとめられたもので、韓国における漱石研究の現状にも触れられている。『三四郎』『それから』『門』『彼岸過迄』『行人』『こゝろ』が取り上げられている。

9「漱石―『夢十夜』以後―」　仲秀和

『夢十夜』以後の作品を論じたもので、十編の論考がある。あとがきに、「『夢十夜』は掌篇ながら、以後の漱石が展開させようとしたテーマの核のようなものを内包しているが、勿論、この作品の援用によって以後の作品を論証しようとしたのではない。漱石が生涯手放そうとしなかった、「精神の内奥の変らぬ主題」（小林秀雄）から目を離さず、各作品の主題と構造を、細部を読み透すことにより、明らかにしようとしたつもりである。」と述べられている。

1「流動する概念―漱石と朔太郎と―」　勝田和學《かずたか》

六二歳で急逝された著者の論文集を、勝田和學論文集刊行委員会が遺族の了諾を得た上で出版したもの。Ｉ夏目漱石論では、「雲の羊」―『三四郎』試論―、『それから』の構造―〈花〉と〈絵〉の機能の検討から―、『門』の方法、『彼岸過迄』の構造、『行人』覚え書、『こころ』論、がある。

20「漱石　その解纜」重松泰雄

Ⅰ漱石　その解纜　では、一五編の論文を収めている。漱石と狂気、文科大学時代―その希求と煩悶と―、大学人漱石、『文学論』の位置―その未完成の問題に即して―、〈猫〉の視角―「吾輩は猫である」論―、漱石は「明暗」の筆をそのあとどう続けようとしたのか、など。

「明暗」には、たしかに予言めいたことばや伏線と思われる表現がきわめて多く、それが、この未完小説のモティーフをつかむ糸口になるのも確からしい。それだけに、作中のどの語を真の予言とし、伏線とするかは大切で、しかもその判断はなかなか微妙でむずかしい。（中略）身も心も、「何時どう変るか分らない」という不安は、あの「人生」（「龍南会雑誌」明29・10）以来の作者の不安でもあった。とすれば、作者は津田に託して、あるいは清子に託して、きわめて根底的な問題を語ろうとしているので、おそらく彼らの上には、なお一つの残された事件が待ち受けているに違いない。しかしそれこそ、何よりも「暗い不可思議な力」にかかわる事件だと思われる。（中略）したがって、「明暗」はやはり津田の「根本的の手術」にはほど遠く、桶谷も類似の想像をしているように、解決を後日にゆだねて閉じられるのではないか。しかも、冒頭と同じような日常世界への彼の復帰によって幕が下りるのではないかと思われた。（248～250頁）

142「漱石のなかの〈帝国〉「国民作家」と近代日本」柴田勝二

著者は「長年夏目漱石の作品を愛読しながら、その世界を読み解くには何らかの〈補助線〉が必要ではないかと感じてきた。漱石の作品はリアリズムを基調としながら、どの作品にもそれに逆行する要素がはらまれ、それがその世界に不透明さをもたらしているように思われたからである。」と述べ、補助線として、「作品内の人間関係に、同時代の日本をめぐる国際情勢の文脈を挿入することで、不透明さを含んだ表象の多くが説明できることが分かった。」としておられる。例として、『猫』の「五」章に語られる猫の「吾輩」と鼠の〈戦い〉の場面は、はっきりと日本海海戦に譬えられているが、その翌年に発表された『坊っちゃん』では主人公と教頭の「赤シャツ」の〈戦い〉が山場をなしていた。するとこれも、やはり日露戦争を表象していると見なすのが自然に思われた。（中略）として、「漱石は同時代の日本をめぐる関係を下敷きとして、作品内の人間関係を形象しているとしか思えなかった。そう考えれば、漱石は『猫』から晩年の『明暗』に至るまで、主要な作品をすべてこの流儀で描いているのではないか、という見通しが立てられた。」として、「こうした表象の方法は、何よりも漱石が明治から大正にかけての日本に批判的に合一しつづけたことの結果にほかならず、漱石が確かに「国民作家」である所以が納得できる気がした。」と論じておられる。（275〜276頁）

31「漱石のリアル　測量としての文学」若林幹夫

著者は1で紹介した勝田和學氏に高校時代に学び、「こゝろ」の授業で大きな感銘を受けたという社会学者である。ここでは漱石の作品を「文学」というよりもむしろ、一種の「社会学的な記述と分析」として読んでいる。

117「都市テクスト論序説」田口律男

広大大学院の出身で、晩年の前田愛氏から「都市論をつづけなさい」という励ましを胸に頑張ってきたと記されていて、この本では、第三章「言説」を視座として、というタイトルで、「彼岸過迄」「行人」「こゝろ」を取り上げている。

83「わたしの身体、わたしの言葉　ジェンダーで読む日本近代文学」江種満子

第Ⅲ部　男性作家たちの女性表象――〈謎の女〉・〈我《プライド》の女〉への挑戦で、漱石の「虞美人草」「三四郎」「道草」

などについて論究。

70「近代文学の風景」　西垣勤

「漱石、その時代と社会」「『こゝろ』を読む」の二本の講演のほかに、漱石の母、『彼岸過迄』論、作品の読み方について―『こゝろ』をめぐって、が収められている。

53「日本人が知らない夏目漱石」　ダミアン・フラナガン

著者は、「西洋人の批評家が、先天的な偏見によって、漱石の作品の優れた質を否認するように見える一方、日本人の批評家は〈国民的な作家〉の評判をどうしても裏づけたがっているようである。」として、イギリス人でありながら、日本語で書きあらわされた漱石文学論である。

65「漱石と魯迅における伝統と近代」　欒《らん》殿武

本書は二部構成になっていて、漱石と魯迅の伝統と近代をめぐって、それぞれ三章ずつ論じている。第一部（博士論文）では、漢詩を軸に漱石と魯迅の文学ににおける文学感情の共通性を考え、第二部では、作品の中に含まれる共通点を比較と対比の手法で、魯迅における漱石文学の受容を追求し、また漱石と魯迅の文学における知識人像と女性像の共通点や相違点を、社会背景との関連で検証している。

42「魯迅・明治日本・漱石―影響と構造への総合的比較研究―」　潘《はん》世聖

本書は学位論文をもとに、若干の加筆訂正を加えて出版されたもの。魯迅がいかに漱石文学から影響を受けたか、魯迅を通じて漱石を見、また逆に漱石を通じて魯迅を見ることによって、両者の様相特質を明快に浮かび上がらせるという比較研究。その比較を通じて相互の文化の核心をつかもうとしたものである。

67「アンチ漱石―固有名批判―」　大杉重男

漱石批判の立場からの著書。「漱石の責任を免除したまま漱石神話を批判することは、ラジカルであればあるほど保守的な効果を生む。（中略）漱石と漱石神話は分離し難く癒着しているのであり、漱石神話を批判するためには漱石そのものを批判しなくてはならない。」（26頁）と論じている。

18「「帝國」の文学　戦争と「大逆」の間」　絓秀実

「漱石がマルクスをはじめ社会主義・社会運動に多少の関心を抱いており、それなりに「進歩的」な発言をしていることは幾つも指摘しうる。（中略）にもかかわらず、漱石は『それから』が書かれた翌年に発覚した「大逆」事件については、一切発言していない。」と論じ、本書は、「大逆」事件というリミットをとおして、日本の近代文学総体を批判することをねらっている、と述べられている。

52「生成論の探究　テクスト　草稿　エクリチュール」　松澤和宏

「作品へ至る道は言葉の濫費に過ぎないように見えるが、そこにはなお探るべきものがあるという思いから、作品に殉じた夥しい言葉との対話を試みてきた。（中略）生成論は、何がいかに書かれたかを究明することを課題としているが、私のなかでは、人は一体何を糧にして書き続けるのかという問いが次第に比重を増していった。（中略）この問いを反芻するたびに思い起こされるのが、エピグラフに掲げたバルトの一句である。（中略）

人は愛されるために書く、／しかし人は愛されることなく読まれてしまう。／おそらくその隔たりこそが作家というものを作り上げるのだ。（中略）（あとがき　493頁）」

漱石作品については、『こゝろ』論（1）―沈黙するK―、（2）―〈自由な死〉をめぐって―、（3）―虚構化する手記―と題して論じられている。

以上、印象に残った文献のごく一部を、三一冊紹介させていただいた。言及すべき論考著作はまだまだ多い。できるだけ客観的な表現をと心がけたが、これはあくまでも「私」のフイルターを通したものであって、人によって読み取り方が異なるであろうことをお断りしておく。

四、まとめ――漱石研究の現状とわたくしの姿勢――

磯貝英夫氏は「近代的な個我のさまざまな確立」（岩波講座「文学7」一九七六年五月）において、「個我の問題を、意識的に、徹底して問いつめていったのは、夏目漱石である。『こゝろ』（大三）は、いわば、明治の一つの決算書として読むことのできる作品であるが、その結論を一口に言うとすれば、近代の淋しさということになる。（中略）「先生」が明治の精神に殉ずると言ったのは、明治の基底にあった共同体的心情と倫理に殉ずるということで、それをすでに過去のものとする認識がここに語られていると言ってよいだろう。近代は、もちろん、「先生」にとっても、「自由と独立と己れ」という一応のプラス符号を持つ時代であったのだが、同時に、それは、どうしようもない淋しさと孤独の時代でもあったのである。こうして、以後、漱石は、『道草』（大四）から『明暗』（大五）にかけて、天という超越者を極に配置し、その極においていわば解毒しつつ、徹底的に、個と個を相対的に対置させる作風へ進んでゆくのである。（中略）『明暗』の世界は、突出する個と個が妥協点をさぐる、西欧ふうの近代的個我の世界と言ってさしつかえないものである。しかし、それが、こういう暗いイメージとしてたち現れてきたところに、その特色があるわけで、たしかに、これは近代的個我それ自体の半面であるのだが、それと均衡を保ちうる「自由と独立と己れ」の正当な昂揚の不足に、ほかならぬ日本の近代の現実の問題があったと言ってよいだろう。つまり、共同体的世界からの急な脱化の全過程が、この漱石的近代の奥に横たわっているわけで、漱石自身、それを外発的近代の問題として意識していた。」そうして、「日本の近代化の矛盾の上を、よりトータルなかたちで生きて、いちはやく近代の果てまでのぞきこんでいたのが、すなわち夏目漱石で」あると論じておられる。

新しい文学研究の立場から、戸松泉氏は「ものさし」が懐疑され知の体系が解体されたと批判されたが、磯貝氏の発言は、漱石を取り上げる場合、しっかりと受け止めていかなくてはならないと思う。さまざまな新しい文学研究の方法が入ってくるなかで、それをどうこなしていくかは研究者自身の姿勢にかかわる課題である。石原氏と藤井氏の立場の違い、藤井氏がおこなった『心』の全注釈に対する石原氏の批判もある。また、山崎氏のように言説・語り・読者論などという新しい方法論にとらわれないで、自分の眼と足とで作品世界を歩いてみるという研究スタイルもある。

山田有策氏は50「制度の近代」において、「現在においては作品が作家の所産であるという前提での作品論が試みられる一方で、「作者の死」（ロラン・バルト　一九六八）を宣言した立場でのテキスト論が盛んに試みられている。」「テキスト論はどのように巧緻に組み立てられた論であっても、何かしら虚しさを誘ってやまない（中略）原因としてはやはり作家を消し去っていることに求められるのではないか。」として、自分では「テキスト論的発想」はとっているものの、「作品の言葉の連なり、作家の文体を重要視」しているので、作家論的にならざるを得ないとして、方法論については、「私自身が自らの内部でさまざまな形で折り合いをつけ、バランスをとっているように、それぞれの内部で独自になされるべきことなのだ。」と提言しておられる。傾聴すべき論である。

前述の岩波講座からほぼ三〇年後の「岩波講座　文学別巻　文学理論」（二〇〇四年五月二七日）において、沼野充義氏は、まえがき―理論を携え、新しい世界文学に向けて旅立とう―において、次のように自分の姿勢をはっきりさせておられる。「こういったさまざまな―しばしば互いに矛盾しあう―成果を貴重な蓄えとして活用しながらも、自分が直面する新たな文学的現実に応じて、その場その場で自分なりの方法を撰び、また新たに磨きあげていくという姿勢しかありえないのではないか（中略）私自身は一言一句もゆるがせにしないテクストの精読こそ文学研究の基本だと相変わらず内心どこかで思い続けている頑固な保守主義者ではあるけれども、テクスト（文学作品）を必ず一度はより広いコンテクスト（歴史的・社会的現実）の中に送り出し、そこからまたテクストに立ち返るという精神の運動が必要だとも信じている。その意味で、文学研究とはテクストとコンテクストの間の永遠の往復運動なのだ。」（13頁）これは山田氏の提言とおなじく、たいへん重要な指摘だと考えるのである。

文献を概観すると、さまざまな方法での取り組み、さまざまな角度からのアプローチがなされている。例を挙げると、

テクスト論の立場―66「テクストはまちがわない」、27「小説の〈かたち〉・〈物語〉の揺らぎ」

反テクスト論（作者の側に比重）―74「〈作者〉をめぐる冒険」、70「近代文学の風景」

比較文学研究―漱石と英文学―41「漱石の源泉―創造への階梯」、53「日本人が知らない夏目漱石」、55「漱石と英文学「漾虚集」の比較文学的研究」

―漱石と中国文学―65「漱石と魯迅における伝統と近代」、42「魯迅・明治日本・漱石」

フェミニズム・ジェンダーの視点から―83「わたしの身体、わたしの言葉　ジェンダーで読む日本近代文学」

注釈書―48「明暗評釈」第一巻、6「漱石文学全注釈9　門」、108「漱石文学全注釈10　彼岸過迄」
など、簡単にはまとめきれないが、研究が非常に多方面にわたっている。
おおざっぱにいえば、研究そのものが時代・人間・ことばを含めて、さまざまな角度から、また、総合的な方向に動いていることを感じた。今回は二〇〇一年以降の文献に絞ったが、本来ならばそれぞれの分野、または作品別に、時間的・歴史的なつながりにおいて見ていくべきだと考える。それは先行研究をふまえての研究の現在・問題点を明らかにすることである。今回の作業を通して、あらためて研究者の仕事およびその人柄に触れさせていただき、自分自身の小ささを痛感した。新しい文学理論の勉強不足を痛感している。
漱石は『文学評論』第一編　序言において、「何でも自分がある作品に対して感じた通りを遠慮なく分析してかゝるのである。是れは頗る大胆にして臆面のない遣り口であると同時に自然にして正直な、詐りのない批評が出来る。」（『漱石全集』第十五巻　49～50ページ）と述べているが、漱石のことばにあるように、まず、自分の「感じた通りを遠慮なく分析してかかる」こと、作品の構造や意味を見抜き、よりよく理解するために新しい方法にも挑戦して、自分なりに読みに読むことを精いっぱい続けていきたい、と念ずるものである。その際、心の柔軟さを大切に、先行研究に謙虚に向き合っていきたい、と思うのである。（二七会五月例会研究発表　二〇〇七・五・一〇）
これは二七会（二〇〇七年五月）の例会で報告したものに、加筆訂正したものである。「これまでに注目してきた漱石研究」については、あたらめて発表したいと考えている。（「続河」一二号　二〇〇七・六・二五）
以下に記すものは、その後に探し出した書籍である。

補遺

154「青春の終焉」　三浦雅士　講談社　二〇〇一年九月二七日　二八〇〇円＋税
155「文士と姦通」　川西政明　集英社新書　二〇〇三年三月一九日　六八〇円＋税
156「翻訳と異文化　原作との〈ずれ〉が語るもの」　北條文緒　みすず書房　二〇〇四年三月一〇日　二〇〇〇円＋税
157「文芸にあらわれた日本の近代　社会科学と文学のあいだ」　猪木武徳　有斐閣　二〇〇四年一〇月三〇日　二〇〇〇円＋税
158「語りの背景」　加藤典洋　晶文社　二〇〇四年一一月一〇日　一九〇〇円＋税
159「夏目漱石とジャパノロジー伝説」　倉田保雄　近代文芸社　二〇〇七年四月二〇日　一三〇〇円＋税
160「小説の方法―ポストモダン文学論集」　真銅正宏　萌書房　二〇〇七年四月三〇日　二四〇〇円＋税
161「夏目漱石は思想家である」　神山睦美　思潮社　二〇〇七年五月一日　二八〇〇円＋税
162「ナショナル・アイデンティティとジェンダー　漱石・文学・近代」　朴裕河　クレイン　二〇〇七年七月一〇日　二八〇〇円＋税
163「これからの文学研究と思想の地平」　松澤和宏・田中実編著　右文書院　二〇〇七年七月三〇日　三四〇〇円＋税
164「『明暗』論集　清子のいる風景」　鳥井正晴監修　近代部会編　和泉書院　二〇〇七年八月三一日　六五〇〇

円＋税
165「〈歴史〉に対峙する文学　物語の復権に向けて」　高口智史　双文社出版　二〇〇七年一一月八日　五六〇〇円＋税
166「世界文学のスーパースター夏目漱石」　ダミアン・フラナガン　講談社インターナショナル　二〇〇七年一一月二九日　一六〇〇円＋税
167「『明暗』における「技巧」をめぐって」　中村美子　和泉書院　二〇〇七年一一月三〇日　六〇〇〇円＋税
168「良寛の生き方と晩年の漱石」　安田未知夫　幻冬舎ルネッサンス　二〇〇八年二月五日　一二〇〇円＋税
169「贈与と交換の教育学　漱石、賢治と純粋贈与のレッスン」　矢野智司　東京大学出版会　二〇〇八年二月二〇日　五四〇〇円＋税
170「夏目漱石「自意識」の罠」　松尾直昭　和泉書院　二〇〇八年二月二九日　五〇〇〇円＋税
171「夏目漱石と個人主義〈自律〉の個人主義から〈他律〉の個人主義へ」　亀山佳明　新曜社　二〇〇八年二月二九日　三〇〇〇円＋税
172「文学理論の冒険〈いま・ここ〉への脱出」　助川幸逸郎　東海大学出版会　二〇〇八年三月五日　二四〇〇円＋税
173「漱石の森を歩く」　秋山豊　トランスビュー　二〇〇八年三月五日　二八〇〇円＋税
174「夏目漱石『心』論」　徳永光展　風間書房　二〇〇八年三月二五日　六五〇〇円＋税
175「漱石と世界文学」　坂元昌樹ほか編　思文閣出版　二〇〇九年三月二五日　二八〇〇円＋税
176「漱石の『こゝろ』を読む」　佐々木雅發　翰林書房　二〇〇九年四月一〇日　一八〇〇円＋税

177「「仕方がない」日本人」首藤基澄　和泉書院　二〇〇八年五月一五日　二五〇〇円＋税
178「漱石・龍之介の俳句」斉藤英雄　翰林書房　二〇〇九年五月二〇日　三〇〇〇円＋税
179「夕暮れの文学」平岡敏夫　おうふう　二〇〇八年五月二〇日　二八〇〇円＋税
180「消された漱石　明治の日本語の探し方」今野真二　笠間書院　二〇〇八年六月一日　四八〇〇円＋税
181「日本近代文学の断面　一八九〇―一九二〇」岩佐壯四郎　彩流社　二〇〇九年一月二五日　二八〇〇円＋税
182「漱石のマドンナ」河内一郎　朝日新聞出版　二〇〇九年二月二八日　一八〇〇円＋税
183「鴎外・漱石　ラディカリズムの起源」大石直記　春風社　二〇〇九年三月一五日　五六〇〇円＋税
184「漱石の変身『門』から『道草』への羽ばたき」熊倉千之　二〇〇九年三月二三日　筑摩書房　二八〇〇円＋税
185「犬と人のいる文学誌」小山慶太　中公新書　二〇〇九年四月二五日　七八〇円＋税
186「寂しい近代　漱石・鴎外・四迷・露伴」西村よし子　翰林書房　二〇〇九年六月二〇日　二九〇〇円＋税
187「人生に効く漱石の言葉」木原武一　新潮社　二〇〇九年六月二五日　一一〇〇円＋税
188「漱石と野村伝四と我が母と」佐藤健　文芸社　二〇〇九年七月一五日　一五〇〇円＋税
189「百年後に漱石を読む」宮崎かすみ　トランスビュー　二〇〇九年八月五日　二八〇〇円＋税
190「漱石先生の暗示」佐々木英昭　名古屋大学出版会　二〇〇九年八月二〇日　三四〇〇円＋税
191「漱石の病と『夢十夜』」三好典彦　創風社出版　二〇〇九年八月三〇日　二五〇〇円＋税
192「鉄道文学の旅」野村智之　郁朋社　二〇〇九年九月一七日　一〇〇〇円＋税

193「漱石文学が物語るもの」高橋正雄　みすず書房　二〇〇九年一〇月二〇日　三八〇〇円＋税
194「近代作家の構想と表現　漱石・未明から安吾・茨木のり子まで」清田文武　翰林書房　二〇〇九年一一月一四日　三六〇〇円＋税
195「文学の権能　漱石・賢治・安吾の系譜」押野武士　翰林書房　二〇〇九年一一月二〇日　四二〇〇円＋税
196「寺田寅彦　バイオリンを弾く物理学者」末延芳晴　平凡社　二〇〇九年一一月二〇日　二七〇〇円＋税
197「漱石のサイエンス」林浩一　寒灯舎　二〇〇九年一一月二〇日　一八〇〇円＋税
198「精神分析以前　無意識の日本近代文学」生方智子　翰林書房　二〇〇九年一一月二〇日　三八〇〇円＋税
199「漱石と近代日本語」田島優　翰林書房　二〇〇九年一一月二〇日　四八〇〇円＋税
200「漱石を愛したフェミニスト　駒尺喜美という人」田中喜美子　思想の科学社　二〇〇九年一一月三〇日　一八〇〇円＋税
201「漱石の『猫』とニーチェ」杉田弘子　白水社　二〇一〇年二月一〇日　三二〇〇円＋税

番外編

1「彼らの物語　日本近代文学とジェンダー」飯田祐子　名古屋大学出版会　一九九八年六月　三二〇〇円＋税
2「小説に見る化粧」陶　智子　新典社　一九九九年一〇月二五日　一二〇〇円＋税
3「夏目漱石―テクストの深層」石崎等　小沢書店　二〇〇〇年七月一〇日　三八〇〇円＋税

『三四郎』覚え書き

一、『三四郎』の位置

『三四郎』は青春の文学である。明るさのなかに懐かしいものがあり、新しい世界への憧れがある。この作品には、新聞連載小説第三作としての、飛躍と充実があり、作家漱石のみごとな成長がみられるのである。まず、その道筋をたどって、『三四郎』の位置を考えてみたい。

朝日新聞入社後の第一作『虞美人草』について、漱石は、

> 虞美人草は毎日かいてゐる。藤尾といふ女にそんなに同情をもつてはいけない。あれは嫌な女だ。詩的であるが大人しくない。徳義心が欠乏した女である。あいつを仕舞に殺すのが一篇の主意である。うまく殺せなければ助けてやる。然し助かれば猶々藤尾なるものは駄目な人間になる。最後に哲学をつける。此哲学は一つのセオリーである。僕は此セオリーを説明する為めに全篇をかいてゐるのである。だから決してあんな女をいゝと思つちやいけない。小夜子といふ女の方がいくら可憐だか分りやしない。（傍線は引用者、以下同じ。）

と、明治四〇年七月一九日の小宮豊隆宛の書簡に書いている。この作品は人生における「第一義」の生活、道義を

強調したものであった。『虞美人草』の末尾には、甲野さんの次の日記が据えられている。

道義に重《おもき》を置かざる万人は、道義を犠牲にしてあらゆる喜劇を演じて得意である。（中略）道義の観念が極度に衰へて、生を欲する万人の社会を満足に維持しがたき時、悲劇は突然として起る。是に於て万人の眼は悉く自己の出立点に向ふ。始めて生の隣に死が住む事を知る。

藤尾はセオリーどおり「我の女」として死んでいく。『虞美人草』が一〇月二九日に完結したあと、第二作『坑夫』は明治四一（一九〇八）年一月一日から四月六日まで朝日新聞に連載された。

『坑夫』連載の事情については、「『坑夫』の作意と自然派伝奇派の交渉」の初めに次のようにある。

さう斯うする間に『朝日新聞』に小説が切れて、島崎君のが出るまで私が合ひの楔《くさび》に書かなきやならん事になった。早速憶ひだしたのは例の話で、本人に、坑夫の生活の所だけを材料に貰ひたいが差支へあるまいかと念を押すと、一向差支無いと云ふ許しを得たから、そこで初めて書出したのが『坑夫』なんだ。最初の考へぢや三十回ぐらゐで終る意《つもり》なのが、トウトウ長くなつて九十余回に上つて了《しま》つた。

あれに出てる坑夫は、無論私が好い加減に作つた想像のものである。坑夫の年齢は十九歳だが、十九の人としちや受取れぬ事が書いてある。だから現実の事件は済んで、それを後から回顧し、何年か前のことを記憶して書いてる体となつてゐる。……昔の事を回顧してると公平に書ける。それから昔の事を批評しながら書ける。善い所も悪い所も同じやうな眼を以て見て書ける。……

も一つは、あの書方で行くと、ある仕事をやる動機《モーチブ》とか、所作なぞの解剖がよく出来る。……ある意味から云へば、か丶る方面の事は余り多くの人がやツて居らん。のを、私は却て夫が書いて見たい——細かくやツて見度い。

さらに作品の本文（三）には次のような表現がある。

> よく小説家がこんな性格を書くの、あんな性格をこしらへるのと云つて得意がつてゐる。読者もあの性格がかうだの、あゝだのと分つた様な事を云つてるが、ありや、みんな嘘をかいて楽しんだり、嘘を読んで嬉しがつてるんだらう。本当の事が小説家抔《など》にかけるものぢやなし、書いたつて、小説になる気づかひはあるまい。本当の人間は妙に纏めにくいものだ。神さまでも手古ずる位纏まらない物体だ。

「セオリーを説明する」ために書いた『虞美人草』から、「公平」な目で批評・解剖し、まとめにくい「本当の人間」を書こうとしたのが『坑夫』であった。『坑夫』が『虞美人草』の描き方への反省、アンチ・テーゼとして存在する所以である。

続いて書かれた小品『夢十夜』は、漱石の深層にある願望や不安・恐怖などを形象化した作品であり、『三四郎』への橋渡しをした作品といえる。『三四郎』は新聞連載小説の第三作として、それまでの創作の経験が、作品の構成や登場人物の性格、心理分析、表現のスタイル、社会的な事件の取り込みなど、様々な面で生かされている。一年三か月の間に作家漱石の目覚ましい飛躍に眼をみはらざるを得ないのである。

二、『三四郎』執筆前後の漱石

先ず当時の漱石の創作に対する考え方を、『創作家の態度』で見ておきたい。

明治四一年二月一五日、漱石は神田美土代町の東京基督教青年会館で、「創作家の態度」と題して二時間近くの講演をしている。東京朝日新聞社主催の第一回朝日講演会であった。「諧謔百出し、警句の度毎に笑声起る」と

『漱石研究年表』は伝えているが、この講演は、漱石が手を入れて『ホトトギス　四月号』に掲載された。

漱石はこの講演で次のように述べている。

……夫で創作家の態度と云ふと、前申した通り創作家が如何なる立場から、どんな風に世の中を見るかと云ふ事に帰着します。だから此態度を検するには二つのもの、存在を仮定しなければなりません。一つは作家自身で、かりに之を我《が》と名づけます。一つは作家の見る世界で、かりに之を非我《ひが》となづけます。（中略）只我と云ふものは常に動いてゐるもので（意識の流が）さうして続いてゐるものだから、之を区別すると過去の我と現在の我とになる訳であります。（中略）斯様に我と非我とを区別して置いて、夫から我が非我に対する態度を検査して懸ります。心理学者の説によりますと、我々の意識の内容を構成する一刻中の要素は雑然厖大なものでありまして、其うちの一点が注意に伴《つ》れて明瞭になり得るのだと申します。（中略）

先づ我々の心を、幅のある長い河と見立《みたて》ると、此幅全体が明らかなものではなくつて、其うちのある点のみが、顕著になつて、さうして此顕著になつた点が入れ代り立ち代り、長く流を沿ふて下つて行く訳であります。さうして此顕著な点を連ねたものが、我々の内部経験の主脳で、此経験の一部分が種々な形で作物にあらはれるのであるから、此焦点の取り具合と続き具合で、創作家の態度もきまる訳になります（中略）

Aを与へられたものと見て、之を叙述する様子が段々に分れて遠ざかる所丈を御話しをしたい。A其物は何だか分らないのですが、之を叙述する方法は主知（客観）の態度に三つ、主感（主観）の態度に三つ、さうして両方を一つゞつ結び付けて対《つい》にする事が出来るかと思ひます。

漱石は一段の叙述の対として、perceptual（客観的で知を主）の叙述と simile（直喩、主観で感を主）による叙述

二段の叙述の対　conceptual（客観的）な叙述と metaphor（隠喩的表現、主観的）による叙述

三段の叙述の対、象徴

数学の公式（客観的象徴）などと自己の気分、無限の憧憬（infinite lonnging）の叙述など以上吾人の経験の六通り

の叙述を挙げ、「此六通りの叙述は極端から極端迄ずうとつながつて居ます。(中略) 客観主観いづれの態度にしても、このうちの一と通りに限らねばならないと云ふ理由もなし、(中略) 其時其場合で変化しても差支ないのみならず、変化するのが順当で、変化しなければ窮屈であると云ふ事丈は慥かの様に思はれます。」として、写実派、自然派は前者に属し、浪漫派、理想派は後者に属する、と説明する。

客観・主観両文学の特性を述べた後、「真のみをあとづけ様とする文学に在つては、人間の自由意思を否定して居」る。「層々発展して来る因果の纏綿は皆自然の法則によつて出来たもの」と見なければならないために「社会が崩れて来る。」情操文学がこの欠陥を補う効果をもっているのだ。

「日本では情操文学も揮真文学も発達して居りません」として、「情操文学に属するものが過半で (中略) 作物の価値から云つても此系統に属する方が優つてゐる様」だとし、その理由を「客観的叙述は観察力から生ずるもので、観察力は科学の発達に伴つて、間接に其空気に伝染した結果と見るべきであります。所が残念な事に、日本人には芸術的精神はありあまる程あつた様ですが、科学的精神は之と反比例して大いに欠乏して居りました。それだから、文学に於ても、非我の事相を無我無心に観察する能力は全く発達して居らなかつたらしいと思ひます。」と説明するのである。「そこで我々の様な観察力の鈍いものは、なるべく修養の功を積んで、それから、大胆な勇猛心を起して、赤裸々な所を恐れずに書く事を力める必要が出て参ります。」と今日の文学に客観的態度が必要であると指摘する。「文壇は此二つの勢力(客観文学と情操文学)が互に消長して、平衡を回復し、回復するかと思ふと平衡を失して永久に発展するものでありませう。」「現時はまだ客観に重きを置く方を至当と存じますが、(中略) 情操文学は近き未来に於て必ず起るべき運命を有つて居る事と存じます。」と、講演を終わるのである。

漱石は「我」と「非我」を区別し、対立してとらえる。意識の流れと焦点化。それが種々な形で作物にあらわれるという。叙述の、客観的態度から主観的態度までの六通りを挙げ、それらは截然と区別されるものではなく、作品においても、客観文学と情操文学との境界は入り交じっているとする。漱石は、赤裸々な所を恐れずに書く客観的な態度の必要を説きながらも、文学の理想・目的という面で考えると自然主義の真はその一部であり、美・善・壮の理想も重んずべきである、とするのである。

ここには、やがて「三四郎」にとりかかる漱石の態度が示されていると思う。

ところで、『創作家の態度』はどんな状況のなかで執筆されたかを見ておきたい。

明治四一年三月一九日　麹町区富士見町　高浜虚子あての手紙は次のように書かれている。

拝復ページ数相分り候とよろしく候へども未だ判然不仕《つかまつらず》定めて御迷惑と存候が、いくら長くてもよしとの御許故安心致、可相成《あいなるべく》全速力にて取片附一日も早く御手元へ差出し度と存候。

御風邪未だ御全快無之由《これなきよし》存分御大事に願候。本日の面会日は謝絶致し候。近来何となく人間がいやになり。此の木曜丈は人間に合はずに過ごし度故先達《せんだって》失礼ながら御使のものに其旨申入候。尤も謡の御稽古丈は特別に御座候。呵々（後略）

三月二十四日の高浜虚子宛

拝啓多分明日は出来るだらうと思ひます。十九字詰十行の原稿紙で只今二百五十枚許かいて居ります。多分　三百枚内外だらうと思ひます。明日書き終つて、一遍読み直して、差し上げたいと思ひます。何だかごた〳〵した事が出来て、少々ひまをつぶします。頭がとぎれ〳〵になるものだから大変な不経済になります　頓首

右の一九字詰一〇行の原稿紙とは、漱石が、橋口五葉に意匠を依頼して作成した「漱石山房」原稿用紙である。「只今二五〇枚……」とあるのは『創作家の態度』のことで、「ごた〳〵した事」とは、森田草平と平塚雷鳥との心中未遂事件（いわゆる「煤煙」事件）のことで、それが新聞各紙に報道されたのは三月二六日だった。小宮豊隆

『夏目漱石』五三「『三四郎』」に、「漱石がこの講演の筆記に手を入れ了るころ、森田草平の『煤煙』事件が勃発した。その為め漱石のところには人の出入が多くなり、仕舞には草平を自分のところに置いてやるやうな事になつたので、漱石は相当仕事の邪魔をされたやうである。寺田寅彦の日記によると、寺田寅彦は三月二二日（日曜）午後漱石を訪ひそこで、森田の失踪に関して生田長江が相談に来てゐるところにぶつかつてゐる。」とある。漱石は草平の身を案じて、帰京した彼を四月一〇日まで引き取った。

漱石はこの頃、「人間がいやになり」ながらも、実に心身ともに多忙な日々を送っていたのである。

『書簡集』では『三四郎』について次のように書いている。

明治四十一年七月二十七日　愛媛県温泉郡今出町　村上霽月あて

酷暑の砌　愈《いよいよ》御清勝奉賀候（中略）拙作御所望にあづかり汗顔只今東朝に「春」と申す長編掲載了のあとを引き受ける事に相成九月初より両新聞に又々顔をさらす始末にて只今腹案を調へ中三四日中に執筆に取りかゝり度と存居候へども何だか漠然として取り留めなく自分ながら恐縮の体に御座候。掲載の上は何かど御助力にあづかり度と存候（後略）

七月三十日　佐世保市港町　鈴木三重吉宛

（前略）小説をかゝなければならない。八月はうん〳〵云つて暮す訳になるが、まあ命に別条がなければいゝがと私《ひそ》かに心配して居る。君の手紙や小宮の手紙を小説のうちに使はうかと思ふ。近頃は大分ずるくなつて何ぞといふと手近なものを種にしやうと云ふ癖が出来た。（後略）

七月三十日　福岡県京都郡犀川村　小宮豊隆宛

（前略）東京は熱い事夥だしい水を二三度浴びてゐる。明後日あたりから小説をかく。君や三重吉の手紙もことによつたら中へ使はうかと思ふ。（後略）

八月三日　京都郡　小宮豊隆宛
小説はまだかゝない。いづれ新聞に間に合ふ様にかく。中々あつい。田舎も東京も同じくわるい人が居るのだらう。此分では極楽でも人殺しが流行るだらう。僕高等出歯亀となつて例の御嬢さんのあとをつけた。帰つたら話す。
（後略）
八月〔?〕　東京朝日新聞社　渋川玄耳宛
題名―「青年」「東西」「三四郎」「平々地」「
右のうち御択み被下度候。小生のはじめつけた名は三四郎に候。「三四郎」尤も平凡にてよろしくと存候。たゞあまり読んで見たい気は起り申すまじくとも覚候。
（田舎の高等学校を卒業して（中略）たゞ尋常である。摩訶不思議はかけない。）以上を予告に願ひます
八月十九日　麹町区富士見町　高浜虚子宛
（前略）今日「三四郎」の予告出で候を見れば大兄の十二日の玉稿如何にもつなぎの様にて小生は恐縮致候。全く大阪との約束上より出でたる事と御海恕願候。「春」今日結了最後の五六行は名文に候。作者は知らぬ事ながら小生一人が感心致候。序を以て大兄へ御通知に及び候。あの五六行が百三十五回にひろがつたら大したものなるべくと藤村先生の為めに惜しみ候。
昨紅緑来訪久し振に候。絽縮緬の羽織に絽の襦袢をつけ候。なか〳〵座附作者然としたる容子に候ひし大兄を訪ふ由中居候参りしや。暑気雨後に乗じ捲土重来の模様小生の小説もいきれ可申か　草々
八月二十三日　名古屋市　田島道治宛
拝啓御恵投の雅印難有頂戴（中略）／只今三四郎執筆中例により多忙を極め候（後略）
八月三十一日　麹町区富士見町　高浜虚子宛
（前略）
三四郎はかどらず昨日の如きはかゝうと思つて机に向ふや否や人が参り候。是天の呪咀〔詛〕を受けたるものと自覚しとう〳〵やめちまいました（後略）
九月十二日　赤坂区表町　松根東洋城宛
（前略）絵端書書無数頂戴一々所蔵まかり居候。小説を書いてゐる為返事を出さず候。エイ子百日ゼキ。其他の小

動物悉く異状アリ。草合出来一部献上致度候。小宮帰着。大イニ紳士ヲ気取リ居候。三重吉未ダ帰ラズ。三四郎マダ書ケズ

　　　※「草合」—「坑夫」と「野分」を収めた小説集。明治四一・九　春陽堂から刊行。

九月十四日　本郷森川町　小宮豊隆宛

　辱知猫義久々病気の処療養不相叶昨夜いつの間にか、うらの物置のへツイの上にて逝去致候埋葬の義は車屋をたのみ箱詰にて裏の庭先にて執行仕候。但主人「三四郎」執筆中につき御会葬には及び不申候　以上

〔はがき裏、墨書にて黒枠を作る〕

九月十四日　広島市猿楽町　鈴木三重吉宛

（小宮豊隆宛とほとんど同文のはがき。「何時の間にか裏の物置の」）

九月十四日　赤坂区　松根東洋城宛　（豊隆宛とほとんど同文のはがき。）

九月十四日　巣鴨上駒込　野上豊一郎宛　（豊隆宛とほとんど同文。「蜜柑箱へ入れて」）

九月十六日　下谷区谷中清水町　橋口五葉宛

　拝啓草合せ御蔭にて漸く出来御尽力奉謝候（中略）

　小説済しだい参上御礼可申上候。（後略）

十月二十七日　広島県安芸国加計町　加計正文宛

　啓鮎到着致候難有候柿も其内到着の事と慾張居候三重吉は生徒を引率鎌倉地方へ旅行の由。（中略）「三四郎」出版の節は一本を献上仕《つかまつ》る覚悟に候　右迄草々

十一月六日　本郷区森川町紅養館　林原耕三宛

　拝啓先日はわざ〳〵御来訪の処御遠慮にて玄関より御引取遂に不得御面語《ごめんごをえず》甚だ遺憾に存候（中略）

草合せを上げやうと思つて居たが皆なくなつて仕舞つた。三四郎が本になつたら上げやうと思ふ。

右迄　草々

十一月六日　牛込区市ヶ谷　内田魯庵宛

　御〔其〕後御無沙汰御海恕、只今高著「復活」丸善より寄贈あり函中に御恵書を発見御芳志万謝致候（中略）

　三四郎御批評難有候。今が中途に候。そろ〳〵悪口が始まる時分と覚悟を致し居候。思ひ掛なき援兵にて大いに元気を得候。（後略）

これらの書簡でわかることは、「三四郎」の腹案をととのえ執筆に取りかかろうとしながらも「何だか漠然として取り留めなく」書き悩んでいる漱石の姿である。三重吉や豊隆らに、「手紙を小説のうちに使はうかと思ふ。」とまで述べている。これに関連して、小宮豊隆の『漱石　寅彦　三重吉』（角川文庫　昭和二七年一月刊　元判は昭和一七年　岩波書店刊）に『三四郎』の材料として詳しい説明があるが、豊隆は「それを使ふに際して、漱石が如何に巧妙にモンタージュを試みてゐるか」と感心している。夏の暑さもこたえて執筆は八月初旬もまだ手つかずであったと推察される。高浜虚子宛の手紙にある、直前に連載された藤村の『春』の結末部分を「名文」とほめている部分には「ああ、自分のようなものでも、どうかして生きたい」という岸本の思いが風景描写とともに描かれているところである。暗い青春をひたむきに生きる岸本に比べて、三四郎の世界は明るく華やかである。けれども作者は、うぶな三四郎をさまざまなもので翻弄し、結局その青春を苦い思いで終わらせるよう描かざるを得なかったのである。そこには作者漱石の醒めた眼があった。なお、第十二章で与次郎が失恋した三四郎を慰める場面、長崎へ出張するから当分来ないと言って、うるさい女を放り出したところ、女が林檎を持ってステーションまで見送りに行くと言いだして弱った、というのは、三重吉の直接か間接かの経験だという。

九月一四日、「吾輩は猫である」のモデルだった猫死亡。漱石は黒枠つきの死亡通知を、豊隆、三重吉、東洋城、豊一郎ら弟子たちに出している。墓標には「此の下に稲妻起る宵あらん」と記した。漱石にはさまざまな思いが去来したことだろう。

この年九月一九日は、親友正岡子規の七周忌であった。「吾輩は猫である」中巻を子規の霊前に捧げた漱石は、「三四郎」執筆の多忙の中、「正岡子規」と題して子規の追懐談を、九月一日発行の「ホトトギス」に発表している。それには次のような談話が載っている。

（前略）僕が松山に居た時分子規は支那から帰つて来て僕ところへ遣つて来た。自分のうちへ行くのかと思つたら親族のうちへも行かず、此処に居るのだといふ。僕が承知もしないうちに当人一人で極めて居る。（中略）僕は二階に居る大将は下に居る。其うち松山中の俳句を遣る門下生が集まつて来る。僕が学校から帰つて見ると毎日のやうに多勢来て居る。僕は本を読む事もどうすることも出来ん。尤も当時はあまり本を読む方でも無かつたが兎に角自分の時間といふものが無いのだから止むを得ず俳句を作つた。其から大将は昼になると蒲焼きを取り寄せて御承知の通りぴちや〳〵と音をさせて食ふ。まだ他の御馳走も取寄せて食つたやうであつたが僕は蒲焼の事を一番よく覚えて居る。其れから東京へ帰る時分に君払つて呉れ玉へといつて澄して帰つて行つた。僕もこれには驚いた。其上まだ金を貸せといふ。何でも十円かそこら持つて行つたと覚えてゐる。（中略）

併し其前は始終僕の方が御馳走になつたものだ。（中略）正岡といふ男は一向学校へ出なかつた男だ。其れからノートを借りて写すやうな手数をする男でも無かつた。そこで試験前になると僕に来て呉れといふ。僕が行つてノートを大略話してやる。彼奴の事だからえゝ加減に聞いて、ろくに分つてゐない癖に、よし〳〵分つたなどゝ言つて生呑込にしてしまふ。其時分は常盤会寄宿舎に居たものだから時刻になると食堂で飯を食ふ。或時又来て呉れといふ。僕が其時返辞をして、行つてもえゝけれど又鮭で飯を食はせるから厭やだといつた。其時は大に御馳走をした。鮭を止めて近処の西洋料理屋か何かへ連れて行つた。（中略）

彼は僕などより早熟でいやに哲学などを振り廻すものだから僕などは恐れを為してゐた。僕はさういふ方に少しも発達せずまるでわからん処へ持つて来て、彼はハルトマンの哲学書か何かを持込み大分振り廻してゐた。尤も厚い独逸書で、外国にゐる加藤恒忠氏に送つて貰つたものでろくに読めもせぬものを頻りにひつくりかへしてゐた。幼稚な正岡が其を振り廻すのに恐れを為してゐた程こちらは愈愈幼稚なものであつた。

妙に気位の高かつた男で僕なども一緒に矢張り気位の高い仲間であつた。ところが今から考へると両方共それ程えらいものでも無かつた。といつて徒らに吹き飛ばすわけでは無かつた。当人は事実をいつてゐるので事実えらいと思つてゐたのだ。教員などは滅茶苦茶であつた。同級生なども滅茶苦茶であつた。

非常に好き嫌いのあつた人で、滅多に人と交際などはしなかつた。僕だけどういふものか交際した。一つは僕の方がえ、加減に合はして居つたので、其れも苦痛なら止めたのだが苦痛でもなかつたからまあ出来てゐた。こちらが無暗に自分を立てようとしたら迚ても円滑な交際の出来る男ではなかつた。（中略）

正岡は僕と同じ歳なんだが僕は正岡ほど熟さなかつた。或部分は万事が弟扱ひだつた。従つて僕の相手し得ない人の悪い事を平気で遣つてゐた。すれつからしであつた。（悪い意味でいふのでは無い。）

又彼には政治家のアムビシヨンがあつた。其で頻りに演説などをもやつた。敢て謹聴するに足る程の能弁でも無いのによくのさばり出て遣つた。（中略）

何でも大将にならなけりや承知しない男であつた。二人で道を歩いてゐてもきつと自分の思ふ通りに僕をひつぱり廻したものだ。尤も僕がぐうたらであつてこちらへ行かうと彼がいふと其通りにして居つた為めであつたらう。（後略）

漱石の文学表現は、ロンドン留学中の漱石が瀕死の子規からの要望に応えてやれなかった「済まぬ」気持ち、「気の毒」を晴らす行為であり続けたともいえる。『吾輩は猫である』や『京に着ける夕』『虞美人草』などにははっきりとあらわれているが、九月から連載の『三四郎』にもその思いは込められている。右に挙げた「正岡子規」からすぐ思い浮かべられる登場人物に与次郎がいるが、三四郎と与次郎のコンビには漱石と子規との戯画化されてはいるが若き日の二人の姿が想像される。もちろん、人物造型は子規そのままのイメージではなく、漱石の工夫や緻密な計算がこめられていると思われるが、与次郎に子規の面影が色濃く反映していることは、十分に納得されることである。

明治四十二年五月七日　鹿児島市　林久男宛

其後達者にて御暮し奉賀候時々は薩摩へ行つて桜島が見度なり候もの丶其日々々に追はれると是も夢に候砂糖漬わざ〳〵御送り被下難有拝受（中略）「三四郎」不日出来につき出来たら御返礼に差上度と存候（後略）

五月二十三日　金沢市第四高等学校　大谷繞石宛

拝啓「三四郎」出来につき一部進呈仕候御落掌被下度候　草々

五月二十三日　本郷区弥生町　栗原元吉宛

拝啓大兄はわざ〳〵文学評論を買つて御よみ被下候由感謝致候「三四郎」出来につき一部進呈仕候　草々

五月二十五日　赤坂区仲町　橋口五葉宛

拝啓先達ては多勢まかり出御邪魔致候三四郎御尽力にて漸く出版難有存候

表紙の色模様の色及び両者の配合の具合よろしく候

然し文字は背も表紙もともに不出来かと存候

小生金石文字の嗜好なく全く文盲なれど画家にはある程度此種の研究必要かと存候（以下略）

五月二十八日　金沢市　大谷繞石宛

拝啓三四郎の切抜態々《わざ〳〵》御送被下難有御礼申上候あれは進呈本の代りに小生方に記念として所蔵可致候又々小説に取りかゝらねばならぬ事と相成候。来月末より東京大阪双方へ掲載の筈に御座候。（後略）

（この日の日記には、大谷繞石「三四郎」の切抜を送ってくる。是は旅行中も大阪朝日を逃さぬ様に買って集めたるもの、由。とある。）

七月六日　本郷区駒込西片町　畔柳芥舟宛

拝復／「三四郎」を包んで畔柳都太郎様といつもの如く書いて置いたら森巻吉が来て奪つて行つた事は慥也本人をつらまへて御糾明被下たし。／実は拙著をやる所はいつでもやり、やらぬ所はいつでも遣らぬ故今度は少し方針を易へて今迄の人を抜いたる趣也。其故如何となれば。――／あまり小生の本ばかり貰つても持て余す連中あるべし。引越の時厄介だ抔といふ人が出来てもつまらないから少々此方で遠慮しやうと云ふデリカシーなり。然るに大兄は御迷惑でなき由そこが明らかなれば是からの著書を必ず一部づゝ進呈仕るべし。其代り御保存の責任は無論有之候。今一ヶ所から君同様の苦情を担ぎ込まれたり。／（中略）／本屋に申付御送可取計候。もし又中に何か書く必要あらば序を以て認むべく候　草々以上

七月六日　日本橋区通四丁目春陽堂内　本多嘯月宛

拝啓甚だ申かね候へども「三四郎」を赤坂表町一丁目二番地松根豊次郎方と。夫から本郷西片町十畔柳都太郎方と。二ヶ所へ一部づゝ御送り被下度願上候。毎度御手数恐縮致候　以上

明治四十二年の日記
三月一日　日本橋区　春陽堂宛
啓「三四郎」原稿校正は小宮氏に依頼の処都合により牛込区早稲田南町五十一西村誠三郎氏に依頼変へ致し候につき校正は同氏方へ御廻送願上候　以上
五月十七日　月
晴、風。「三四郎」出づ。検印二千部、書肆即日売切の広告を出す。濤蔭が来て表紙がよく出来てゐなかつた由を話す。濤蔭は町で見て来たのなり。（以上昨夜の話）（後略）
五月二十日　木
雨。日暮れ森田草平来。春陽堂「三四郎」再販の検印をとりにくる。献本を持って来ないうちに初版を売り尽して、催促をするにも関はらず、本を持参せず、印丈をとりにくる。手前勝手も甚しき奴なり。小僧を叱り付ける。草平黙然として帰る。（後略）
六月十二日　土
晴。（中略）「三四郎」三版の奥附をとりにくる。
六月十三日　日
陰。（中略）草平国民に「三四郎」評をかく。豊隆来つてぶつ〳〵不平を云ふ。草平の態度よろしからざる故国民紙上で之を駁すといふ。どうでもやつて見るがよし。草平の議論をこまかに論じて行けば瓦解土崩すべき所至る所にあり。（後略）

森田草平の『三四郎』評は、明治四二年六月一〇日から六月一三日まで四回にわたって『国民新聞』の「国民文学」欄に掲載された。草平は『三四郎』を『猫』との比較から論じ始める。「『三四郎』は〔先生に最も手近な〕昨今の周囲を描いたものである、」として、「『三四郎』が面白いのは主として此処に在るのだらう。」と述べる。「始めて東京といふ新しい雰囲気の中に投じられた三四郎が、其周囲の影響に依て如何に生ひ立つかを描いたもの」で

「作者は飽迄三四郎を視て書いてゐる、視下して書いてゐる。三四郎に成つて書いて居るのでは無い、（中略）三四郎よりはぐつと偉い人が三四郎の心持を書いて遣つてゐるのである。（中略）極端に云へば、読者は作者と一所に成つて主人公たる三四郎を愚にしなければ、此小説の面白味は解らないと云つても可い。」汽車の中での広田先生との出会いの場面、文芸協会の演芸会の場面などについての言及のあとで、「与次郎の性格は観察から来たものを捩ぢ曲げて誇大したものである。野々宮さんも稍それに近い。よし子はあの種の女に対する理想から来たもので、あれに似た女が実在する訳では無いらしい。全く創造《クリエート》されたものである。美禰子は知らぬ。（中略）併し形式の上から云へば、此小説の中で起つた出来事が皆片付いて、出来上つた美禰子の肖像の前に、此の小説に関係の有つた人間が皆集まつて幕を閉ぢるのだから、殆んど思ひ残す所は無い筈である。それで居て何処か物足らない。（中略）〔『三四郎』には〕一番先生の日常の生活に近いもので、先生が人生に対する態度と、あのリファインした感能上の趣味とを十分に窺ふことが出来る。（中略）『三四郎』は先生の作の中で、最も優れた作だと云はないまでも、最も完全な作だと云はれよう。」（『新聞集成　夏目漱石像一　平野清介編著　昭和五四年一月一〇日刊　精興社』三六四頁〜三六八頁）と結んでいる。まさに「瓦解土崩すべき所至る所にあ」る『三四郎』評ではある。けれども、このような弟子たちの個性をうまく伸ばし育てていったのが漱石の大きさであった。やがてそれは「漱石山脈」へと成長していくのである。漱石邸に出入りする若者が増えるに連れ、既に明治三九年一〇月一一日から木曜日午後三時以降を面会日（木曜会）としていたが、草平は弟子たちの中でも漱石にいちばん心配をかけている人物であり、漱石から長文の手紙を度々もらっている。漱石は、六月二〇日の日記には「陰。草平長い手紙をよこす。一日で書いたものにあらず。言訳やら自分の事情やらをこまぐと認めてある。」と記している。なお、草平はこの年一月より漱石の尽力により『煤煙』を東京朝日新聞に連載した。

六月二十一日　月

　雨。とう〳〵ピヤノを買ふ事を承諾せざるを得ん事になつた。代価四百円。「三四郎」初版二千部の印税を以て之に充つる計画を細君より申し出づ。いや〳〵ながら宜しいと云ふ。

　子供がピヤノを弾いたつて面白味もなにも分りやしないが、何しろ中島先生が無暗に買はせたがるんだから仕方がない。

六月二十四日　木

　雨。（中略）夜。エリセフ、東、小宮、安部能成、来る。エリセフは露人なり。日本語の研究の為に大学の講義をきく由。「三四郎」を持つて来て何か書いて呉れと云ふ。（後略）

『三四郎』初版の印税はピヤノになった。漱石はそれをいやいや承諾している。家族のことを考えて、自分の稼いだお金も自分の自由にならないジレンマを漱石は感じていた事だろう。

三、『三四郎』の構成

漱石は明治四一年八月一九日の〈『三四郎』予告〉で次のように記している。

　田舎の高等学校を卒業して東京の大学に這入つた三四郎が新らしい空気に触れる。さうして同輩だの先輩だの若い女だのに接触して色々に動いて来る。手間は此空気のうちに是等の人間を放す丈である。あとは人間が勝手に泳いで、自《おの》つから波瀾が出来るだらうと思ふ。さうかうしてゐるうちに読者も作者も此空気にかぶれて、是等の人間を知る様になる事と信ずる。もしかぶれ甲斐のしない空気で、知り栄《ばえ》のしない人間であつたら御互に不運と諦《あきら》めるより仕方がない。たゞ尋常である。摩訶不思議はかけない。

『三四郎』は明治四一（一九〇八）年の九月一日から一二月二九日まで、朝日新聞に連載された。物語は、三四郎が大学の新学期九月の直前に上京する汽車の中からはじまり、翌年の正月に帰省して東京に戻ってきたところで終わる。「森の女」の絵の前で「迷羊《ストレイシープ》」とつぶやく三四郎の姿がそこにあった。

この作品は読者にとっては同時進行的な小説であり、日露戦争後の社会の動きも反映させながら、大学のある本郷を中心として根津や上野などが、三四郎の行動とともに描かれ、読者もその土地を歩き回る気分になるのである。

『三四郎』執筆の態度は「たゞ尋常である。摩訶不思議はかけない」とあるように、作者は三四郎という平凡な主人公を設定し、さまぐな状況の中に「放」して、「色々に動いて来る」のを待っている。「人間が　勝手に泳いで、自《おのづ》から波瀾が出来るだらうと思ふ」と、一見のんきな態度に思われるが、そこには作者の並々ならぬ自信が窺える。そのうちに「読者も作者も此空気にかぶれて、是等の人間を知る様になる事と信ずる」と、控えめな言葉ながら、作者は自分の作品世界の魅力を予言するのである。

最初に各章ごとにあらすじをみておきたい。

一

熊本の高等学校を卒業して、東京帝国大学文科大学に入学するため上京する小川三四郎は、汽車で乗り合わせた女と名古屋で同宿する羽目になり、一枚の蒲団の真ん中に白い仕切ををこしらえて自分の領分から少しも出ないように細長く寝た。別れ際に女から「あなたは余つ程度胸のない方ですね」と笑われ、二三年の弱点が一度に露見した心持ちになる。また、名古屋から乗り合わせた教師らしき風変わりな「髭の男」（広田先生）から、日本は日露戦争に勝って一等国になっても、富士山以外に自慢するものは何もない、と言われる。「然し是からは日本も段々発展するでせう」と弁護すると、「亡びるね」「囚はれちや駄目だ」と言う。この言葉を聞いて三四郎は真実に熊本を出たような心持ちがし、熊本に居た時の自分は非常に卑怯であったと悟った。

二

東京に着いた三四郎は大都会の激烈な活動に驚く。母からの手紙で同郷の先輩野々宮宗八を理科大学に訪ね、穴蔵の底で欣然とたゆまずに研究（光線の圧力の試験）に専念しているのに驚き偉いと思う。大学の池の端で団扇を手にした着物の女性に出会い、その黒目の動く刹那に汽車の女を連想して恐ろしくなる。三四郎は茫然《ぼんやり》し「矛盾だ」という。うちへ帰る間じゅう女の顔の色（肌理が細かで薄く餅を焦がしたような狐色）ばかり考えていた。

三

三四郎は毎日律儀に講義を聞いたが「物足りない。」ポンチ画の佐々木与次郎と親しくなり「電車に乗るがいゝ」といわれ、一緒に電車に乗り降りし、料理屋で飯を食い、寄席で小さんの落語を聞いた。「是から先は図書館でなくつちや物足りない」という与次郎の言で、図書館に入ることを知った。ところがどの本も必ず誰かが眼を通しているのに驚き「これは到底遣り切れない」と思う。野々宮さんが探していたといわれて三四郎は大久保の家を訪ねた。電報が来て、野々宮は三四郎に泊まってくれと頼んで出かける。その夜、遠い所で誰か「あゝあゝ、もう少しの間だ」という「凡てに捨てられた人の（中略）真実の独白」のような声を聞いて、三四郎は気味悪くなる。そこへ汽車が轟音とともに過ぎ去っていく。停車場から来る提灯のあとを追いかけた三四郎は轢死の若い女の死体を目にして、人生という命の根が知らぬ間にゆるんで暗闇へ浮き出して行くのを怖く思う。翌日帰宅した野々宮さんに頼まれて三四郎は袷を病院まで届け、よし子に会って「なつかしい暖味」を感じる。帰りがけによし子の病室を尋ねる「池の女」に出会った。女のリボンの色も質も野々宮さんが兼安〔康〕で買ったものと同じだと感じて足が重くなる。その日は学校を休んだ。

四

「魂がふわつき出した」三四郎はふわ〳〵して諸方《ほうぼう》歩いてゐる。団子坂の近くで貸家を探している広田先生と与次郎に会った。三四郎が紹介した石門の家を与次郎が交渉中、先生は「不二山を翻訳して見た事がありますか」と意外な質問を放つ。灯台から野々宮さんを連想する与次郎、先生から丸行灯といわれる与次郎。翌晩やって来て貸家をせっついた与次郎は先生の事を「偉大なる暗闇」だという。

三四郎には三つの世界が出来た。第一の世界は「明治十五年以前の香がする」「凡てが平穏である代りに凡てが寐坊気てゐる」世界である。三四郎が「なつかしい母」を「葬つた」田舎の故郷に象徴される過去の世界である。第二の世界は「苔の生えた錬瓦造り」の図書館に象徴される学問の世界であり、そこには「太平の空気を、通天に呼吸して憚らない」貧乏であるが晏如としている学者たちがおり、三四郎がこれから関わっていくだろう未来の世界でもある。第三の世界は「燦として春の如く」きらめき、「凡ての上の冠として美くしい女性」がいる。三四郎に取つて最も深厚な世界であるが「近づき難い」と感じる恋愛の世界である。三四郎は「要するに、国から母を呼び寄せて、美くしい細君を迎へて、さうして身を学問に委ねるに越した事はない」と結論づけた。

引越の日、手伝いに来た三四郎の前に池の女が現れる。ヴォラプチュアスな、「官能の骨を透して髄に徹する訴へ方」の眼付きをしている。名刺には里見美禰子とある。二人が掃除を終わった頃、引越の荷車がやって来る。三四郎たちは書物の整理を手伝う。アフラ・ベーンの「オルノーコ」、サザーンの脚色にある「Pity's akin to love」を与次郎が「可哀想だた惚れたつて事よ」と訳して先生は下劣の極だと苦い顔。やって来た野々宮さんは「なるほど旨い訳だ」という。野々宮さんは、大久保を引き払うことになりそうだと話して腰を上げたが、美禰子は彼の後を追い掛けた。

五

三四郎は大久保の野々宮宅を訪ね、よし子から、美禰子、美禰子の兄、野々宮、広田先生らのつながりなどを聞く。美禰子から菊人形見物の案内が来ていたが、その文字は野々宮のポケットからはみだしていた封筒の上書きに似ていた。見物の当日、三四郎は新調の制服を着ていく。一行五人は大勢の人の中を乞食や迷子に出会いながら会場に着く。曾我の討ち入り、養老の滝など、よし子は余念なく眺め、広田先生と野々宮はしきりに話をしている。大勢の見物に押されて出口に向かう美禰子は、心持ちが悪くなり、三四郎に「何所か静かな所はないでせうか」と聞く。三四郎たちは小川に沿って広い野を行き、藁屋根の近くの草の上に坐った。男が突然あらわれて二人を睨め付けた。美禰子は三四郎に迷子の英訳を知っていらしって、とたずね、「迷える子《ストレイシープ》」と教える。三四郎が女の顔を眺めて黙っていると「私そんなに生意気に見えますか」という。それから帰るまでに女は「迷える子《ストレイシープ》」と二度もつぶやく。

六

与次郎は論文「偉大なる暗闇」を三四郎に見せる。美禰子から絵葉書が来た。小川の縁に羊を二匹、その向こうにステッキを持った獰猛な顔の男が立っている。そばにデヴィルとある。差出人は迷へる子。三四郎は嬉しく思い快感を覚えた。論文には全く実がなく不満足を覚えた。同級生の懇親会に出るべく与次郎の所へ寄る。先生は美禰子のことを、落ち着いていて乱暴だという。道々与次郎は女は恐ろしいものだよという。懇親会で男が立って、われわれは旧き日本の圧迫に堪え得ぬ青年である。同時に新しき西洋の圧迫にも堪え得ぬ青年である（中略）我々の理想どおりに文芸を導くためには、零砕なる個人を団結して（中略）膨張しなくてはならぬ（中略）と演説する。与次郎が立って、どうしても新時代の青年を満足させるような人間を引っ張って来なくっちゃ。西洋人じゃ駄目だ、という。翌日は大学の陸上運動会の日。三四郎は美禰子とよし子が婦人席の柵の所でフロックを着た計測係の野々宮さんと話をしているのを注視する。運動会に辛抱仕切れなくなった三四郎は会場を抜け出す。池を見下ろす岡のところで二人の女に出会い、病院へ行ったよし子を待つ間に三四郎は、まだ絵葉書の返事を下さらないのね、といわれ、野々宮さんが下宿したこと、よし子が美禰子宅に居ることなどを知る。美禰子は野々宮のことを、ずっと高い所にいて大きな事を考えていらっしゃる、とほめる。三四郎は野々宮と比較して学問も見識もない自分を恥じた。その時、昨夜の学生が、囚われちゃいけませんよ、と笑って行き過ぎた。

七

三四郎は「近頃女に囚れた。」美禰子の気持ちがわからないから野々宮さんとの関係が知りたくて、広田先生を訪ねたのである。それに与次郎に貸した二〇円も心配であった。先生は、近頃の青年は自我の意識が強すぎていけない、露悪家ばかりの状態にあるという。画家の原口さんが来て、先生に今度会をするから出てくれ、と頼み、団扇をかざしている美禰子の肖像画を描くという。母からの手紙に、お前は子供の時から度胸がなくっていけない、度胸の据わる薬を拵えてもらって飲んでみろ、とある。

八

三四郎が与次郎に金を貸した顛末――広田先生は家を借りる時、敷金三か月分の足りない分を野々宮さんに借りていた。その金はよし子のヴァイオリンを買うためのものだった。受験生の答案調べの手当が入ったので先生は与次郎に返金の使いを頼んだが、与次郎は馬券を買ってみんな無くしてしまった。困った与次郎に三四郎は母からの送金二五円のうち二〇円を貸したのだった。与次郎は返済の金策に窮して美禰子に話をつけたが、直接に手渡すという。与次郎は運動は着々歩を進めつつある、文芸家の会を西洋軒でやるから出ろ、といって帰る。三四郎は金を借りるために美禰子を訪ねた。どうして無くしたのかの問に「馬券を買つたのです」とこたえると、女は、馬券であてるのは人の心をあてるより難しい、「あなたは索引の付いてゐる人の心さへ中て見様となさらない呑気な方だのに」という。美禰子は通帳と印形を出して、「三〇円」お金を……という。三四郎は美禰子に誘われて丹青会の展覧会に行く。三四郎は兄妹の画を同一人物のものだと思っていて「随分ね」と呆れられる。野々宮さんが「妙な連と来ましたね」と三四郎に云ったら、美禰子は「似合ふでせう」という。原田さんは美禰子の肖像画を大晦日でも描かしてくれ、此処に掛けるつもりだと大きな画の掛かっている場所を示す。原田さんらが出ていった後、二人は深見の遺画を見て会場を出る。雨宿りをした大きな杉の木の下で、二人は肩と肩と擦れ合う位にして立ち竦んでいた。美禰子が、さっきのお金をお遣いなさい、みんなお遣いなさい、という。

九

三四郎は黒い紬の羽織を着て西洋軒の会に出た。与次郎と一所に玄関で会員を出迎える。三〇人足らずのお客が集まり会が始まった。野々宮さんの光線の圧力の試験が話題になり、その装置や数式などが話される。物理学者は浪漫的自然派でイブセンのようなものじゃないか、とか、ある状況下の人間は、反対の方向に働き得る能力と権利とを有しているとか、賑やかな話になる。帰り道、与次郎は借金の言い訳をし出した。三四郎は国元へ三〇円の不足を請求した。母からの手紙に野々宮さんから受け取れとある。与次郎は三四郎に、あの女は君に惚れているのか、あの女の夫になれるか、と訊く。そして、いっそ、よし子さんを貰わないか、あれなら好い、あれなら好い、と繰り返す。三四郎が襯衣《シャツ》を買いに入った店に、偶然美禰子とよし子が香水を買いに来た。相談を受けて、三四郎はヘリオトロープを、これはどうです、というと、美禰子はそれにきめる。三四郎はよし子と一所に野々宮の下宿を訪ね、三〇円を受け取る。母の手紙に、三〇円あると四人家族が半年食っていけると書いてあった、と野々宮にいわれる。よし子は縁談について、知りもしない人の所へ行くか行かないか、好きでも嫌いでもないんだから何にもいいようはない、という。下宿に帰った三四郎は、風の音に運命を思い、愛すべき悪戯ものの与次郎のために、自分の運命を握られていそうに思う。半鐘の音で眼が覚めた三四郎は赤いものを見詰めながら運命を思った。

十

広田先生が病気だと聞いて、三四郎は樽柿を買って見舞に行った。座敷で先生が袴を穿いた男に組み敷かれていたが、三四郎をみて、やあお出でといった。柿を食べながら、先生の教え子の男は地方の中学の話を始めた。生活難のこと、紛擾のこと、学科以外に柔術の教師をしたこと、今度辞職して、妻を国元へ預けたことなどである。三四郎は『ハイドリオタフィア』を借りて、読みながら原口の家へと向かう。三四郎は切実に生死の問題を考えたことのない男である。子供の葬式が来た。美しい葬だと、よそから見た。三四郎は美禰子に対しては、美しい享楽の底に一種の苦悶があるのを払おうとして直に進んで行く。一歩傍へ退く事は夢にも案じ得ない。画室では美禰子が団扇を翳し原口さんが画筆を動かしている。三四郎に、結婚は考え物だよ、女が偉くなると独身もの（男）が沢山出来てくる、と話す。三四郎は三〇円を返そうとするが、美禰子は、今下すっても（中略）と手も出さない。原口さんは、画工は心を描くんじゃない、心が外へ見世を出している所を描くんだ、という。原口さんが筆を擱くと三四郎は美禰子と一所に表へ出た。原口を訪ねたわけを聞かれ、「あなたに会ひに行つたんです」「本当は金を返しに行つたのぢやありません」「たゞ、あなたに会ひたいから行つたのです」という三四郎の答えに、女は微かな溜息をもらす。そこへ車がかけて来て、金縁眼鏡の立派な男が美禰子を迎えに来て連れて行く。

十一

与次郎は文芸協会の演芸会の切符を売って回っている。ある晩与次郎がやって来て外国文学科の教授に某氏が決定した記事を見せた。もう一つの新聞には、広田先生が大変な不徳義漢のように書いてあり、「偉大なる暗闇」の筆者は小川三四郎だとある。母から手紙が来て、冬休みには帰ってこい、とある。三四郎が先生を訪問した時、広田先生は眠っていた。起き上がった先生は、面白い夢を見てね、という。先生は与次郎のことを「悪戯をしに世の中へ生れて来た男だ」といい、済んだ事はもうやめよう、といって夢の話を始める。――生涯にたった一遍逢った女に、突然夢の中で再会した話だった。その女は二〇年前見た時と少しも変わらない一二、三の少女のままで凝と立っていた。あなたはどうして、変わらずにいるのかと聞くと、この顔の年、この服装の月、この髪の日が一番好きだから、という。それは何時の事かと聞くと、二〇年前あなたに御目にかかった時だという。それなら僕は何故こう年を取ったんだろうと、自分で不思議がると、女が、あなたは、その時よりも、もっと美しい方へ方へと御移りなさりたがるからだと教えてくれた。その時僕が女に、あなたは画だというと、女が僕に、あなたは詩だといった、というのである。二〇年前憲法発布の明治二二年、高等学校の生徒であったが、竹橋内の路傍に整列して森文部大臣の柩を見送った。そのとき行列の中にその娘がいたのだった。三四郎のなぜ結婚なさらないのかの質問に、例えば、父が早く死んで母一人を頼りに育った人間が、母が死に際に自分が死んだら誰某の世話になれ、実はお前の本当のお父さんだといったとすると、結婚に信仰を置かなくなるのは無論だろう、母は憲法発布の翌年に死んだ、と先生は話した。

十二

演芸会は寒い時に開かれた。与次郎が大成功と叫んだ。頼まれて三四郎は広田先生を誘いに行ったが先生は断った。一所に外出した先生はギリシャの劇場の構造を話す。三四郎は会場に入る。美禰子や野々宮さん兄妹の姿を見つける。『ハムレット』の幕間に廊下に出て美禰子らと話をしている男の横顔を見て、三四郎は後へ引き返し下足を取って表へ出た。明くる日、三四郎は発熱と頭が重いため寝ていた。汗も出て気がうとくなる。与次郎がやってきて、美禰子さんは夫として尊敬できない人の所へは嫁に行く気はないんだ、という。そして、自分が女と別れた時のエピソードを語る。与次郎は、よし子にも美禰子にも結婚の話があるが、二人が行く所が同じ人らしい、だから不思議だ、と話す。その晩若い医者が来て、インフルエンザと診断した。頓服を飲んで、翌日は頭が大分軽くなったが、枕を離れるとふらふらする。よし子が蜜柑の籃を持ってお見舞いに来た。三四郎は、よし子から、美禰子の縁談が纏まったことを聞く。相手は美禰子の兄の友人で、よし子に話のあった人だという。よし子は、近いうちに兄と一緒に家を持つこと、お嫁には行きたい所がありさえすれば行く、といって笑った。

五日目に起き上がって、三四郎は床屋に行き、寒くないようにして美禰子の家へ行った。よし子から会堂《チャーチ》だと聞いて、三四郎は会堂の前で美禰子を待った。空に美禰子の好きな雲が出た。今までの事をいろいろ思い巡らす。出てきた美禰子に三四郎は拝借したお金を返す。女は紙包みを懐に入れ、手に白いハンケチを持ち、不意に三四郎の顔の前にのばした。鋭い香り。女は「ヘリオトロープ」と静かにいった。「結婚なさるさうですね」。「御存じなの」といいながら、男の顔を見た。三四郎を遠くに置いて、かえって遠くにいるのを気遣い過ぎた眼付きである。女はややしばらく三四郎を眺めた後、聞きかねるほどの嘆息を漏らし、細い手を濃い眉の上に加えていった。「われは我が愆を知る。我が罪は常に我が前にあり」三四郎と美禰子はかようにして分かれた。

十三

原口さんの画は出来上がった。丹青会はこれを一室の正面に掛けた。「森の女」の前には開会当日から人がいっぱい集《たか》った。美禰子は夫に連れられて二日目に来た。原口さんに、夫は「結構です」と眸を凝らして画をほめ、美禰子は「御陰さまで」と礼を述べた。開会後第一の土曜の午過《ひるすぎ》には大勢一所に来た。広田先生、野々宮さん、与次郎と三四郎と。三四郎は入口で躊躇したが、大勢の後ろから、覗き込んだだけで退いた。三四郎は「森の女という題が悪い」といい、口の中で迷羊《ストレイシープ》、迷羊《ストレイシープ》と繰り返した。

小説の展開の上で大事な場面・ことばを落とさないようにまとめたら、思わず長くなってしまった。けれども粗筋をまとめてわかったことは、作品の世界の豊かさであり、自然さであり、登場人物が実に生き生きとしていることである。『三四郎』連載中の漱石の言葉を挙げる。

明治四一年『趣味』一一月号で田山花袋は「評論の評論」の中で、漱石がズーデルマンの『カッツエンステッヒ』を評して、「其益々序を逐うて迫り来るが如き点をひどく感服して居られる。氏の近作『三四郎』は此筆法で往く積りだとか聞いて居る。併し云々」にたいして、漱石は、「田山花袋君に答ふ」で次のように反論している。

(前略)小生は未だ曾《かつ》て『三四郎』をズーデルマンの筆法で書くと云つた覚えなし。誰かの話し違か、花袋君の聞違だらう。粗忽なものが花袋君の文を読むと、小生がズーデルマンの真似でもしてゐるやうで聞苦しい。『三四郎』は拙作かも知れないが、模擬踏襲の作ではない。(中略)

拵へものを苦にせらるゝよりも、活きて居るとしか思へぬ人間や、自然としか思へぬ脚色を拵へる方を苦心したら、どうだらう。拵へた人間が活きてゐるとしか思へなくなつて、拵へた脚色が自然としか思へぬならば、拵へた作者は一種のクリエーターである。拵へた事を誇りと心得る方が当然である。(傍点は漱石)(中略)

小生は小説を作る男である。さうして所々で悪口を云はれる男である。自分が悪口を云はれる口惜し紛れに他人の悪口を云ふ様に取られては、悪口の功力がないと心得て今日迄謹慎の意を表してゐた。然し花袋君の説を拝見して一寸弁解する必要が生じた序に、端なく独歩花袋両君の作物に妄評を加へたのは恐縮である。

小生は日本の文芸雑誌を悉く通読する余裕と勇気に乏しいものである。現に花袋君の主宰して居らる、「文章世界」の如きも拝見して居らん。向後花袋君及び其他の諸君の高説に対して、一々御答弁が出来かねる程感服したなと誤解する粗忽ものがあると困る。序を以て、必ずしも然らざる旨を予じめ天下に広告して置く。

(国民新聞　明治四一年一一月七日　発表)

作者は『三四郎』予告のことば通りに、「此空気のうちに是等の人間を放す丈で(中略)あとは人間が勝手に泳いで、自から波瀾が出来るだらう」と「尋常」に自然に書き進めていくのである。けれどもそこには作者の並々ならぬ計算「拵へ」があった。それを見ていきたいと思う。

明治三八年、日露戦争に勝ったとはいえ、日本は屈辱的な講和をのまざるを得ず、世論の鬱憤は日比谷焼打事件を引き起こした。また、日韓協約の調印は各地に反日暴動を発生させた。明治四一年には足尾・別子の銅山で大暴動、軍隊が出動して鎮圧した。明治四一年七月、西園寺内閣は社会主義者対策が手ぬるいと山県有朋らに天皇に譏訴され、総辞職した。次の桂内閣は、労働争議や小作争議の頻発する社会風潮に不安を感じ、天皇の権威を借りて「戊申詔書」（日露戦争後、人心が浮華に流れているとして、上下一致や勤倹を説いた国民教化のための詔書）を渙発した。（大逆事件が起こったのは明治四三年であった。）この年三月には出歯亀事件（女湯を覗いて美人の幸田ゑん子に目を付けた池田亀太郎が、帰途を襲って乱暴し絞殺した事件）が起こり、労働・小作争議だけでなく、兵士の集団脱営まで起こっている。この年、池田菊苗によって「味の素」が製造され、前年から引き続きリボンが流行した。

ア　三四郎の目覚めと戦争について

うと〳〵として眼が覚めると女は何時の間にか、隣りの爺さんと話を始めてゐる。

『三四郎』の冒頭文は、眠りからの覚醒である。前作品『夢十夜』はすべて夢の中の、眠りのなかの物語だった。三四郎の眼は相乗りの女に向かう。色が黒く九州色であるのに惹かれる。海軍の職工の夫が旅順に行き、戦後また大連に出稼ぎに行ったが、半年ばかり手紙も金も来なくなったので里へ帰って待つという。爺さんは、自分の息子も兵隊に取られて死んでしまった。「一体戦争は何の為にするのだか解らない。（中略）こんな馬鹿気たものはない。（中略）屹度帰つて来る。」と女を慰めている。さらには、「髭の男」の、日露戦争に勝って一等国になっても駄目だ、富士山以外に自慢するものはない、「亡びるね」、「囚はれちや駄目だ」に、作者の時代を捉える眼の確かさが窺える。作者は、庶民の眼と批評家の眼の両方から戦争をとらえているのである。けれども、視点人物の三四郎には、一般の庶民への意識、底辺の現実への意識は抜け落ちている。作者は、田舎出の素直で平凡な苦労を知らないうぶな青年が、大都会の東京でどのように生きていくか、そばで冷静に見つめるのである。

イ　三四郎が囚われたもの

三四郎は高等学校の徽章の痕が残る古帽子にプライドを感じている。汽車の女を宿まで案内した時にも、「髭の男」に見つめられた時にもこの帽子を意識していた。そして池の女に出会ったときにもこの帽子をかぶっていたはずである。汽車の女に「あなたは余つ程度胸のない方ですね」といわれてびっくりし、二三年の弱点が一度に露見したような心持ちになって、女の謎、怖ろしさに囚われる。それまでの教育はこの点に関して無力であった。一方で、汽車の女がこどもの玩具を買っていたことは、女の母性をも感じさせたはずである。劇烈な活動の東京で、三四郎は現実の世界が自分を置き去りにしていってしまうことに不安になる。野々宮さんを訪ねた後、池の面を見詰めていると、薄雲のような淋しさ、孤独感を覚え、早く下宿に帰って母に手紙を書いてやろうと思うのである。母親は母性そのものであり、三四郎にとってなつかしい心やすまる存在である。ふと眼を上げると岡の上に女が二人立っていた。団扇を翳し、奇麗な色彩の女と看護婦である。女が近づいた時三四郎は、池の女（美禰子）の黒目の動く刹那を意識し、何ともいえぬ或物に出逢って汽車の女を思いだし、恐ろしくなる。三四郎はよし子の病室を尋ねる美禰子に会い、また、三度目には広田先生の引越の手伝いで、ヴォラプチュアスな、見られるものの方が是非媚たくなるほどに残酷な眼付きの美禰子に出会う。菊人形見物で迷子になった三四郎は、美禰子から「迷へる子《ストレイシープ》」を教わり、後日「迷へる子」からの絵葉書を嬉しく思う。三四郎は美禰子に囚われた。惚れられているんだか、馬鹿にされているんだか、訳の分からない囚われ方で忌々しくなり、心の落ち着きを求めて広田先生を訪ねる。

ウ　与次郎の存在

大学の講義を聴いても「物足りない」三四郎に、与次郎は電車に乗る事を勧め、つぎには図書館をすすめる。引越の手伝いで三四郎と美禰子を出会わせたり、論文「偉大なる暗闇」を書き、広田先生を大学教授にする運動をしたり、その動きは目まぐるしい。広田先生から託された二〇円を馬券を買って無くし、その尻ぬぐいをさせられた三四郎は、愛すべき悪戯ものの与次郎のために、自分の運命を握られていそうに思う。三四郎が動かないだけに、与次郎はまさに狂言廻しとして、この作品に生き生きとした動きを与えているのである。

エ　広田先生の存在

『三四郎』の時代はまさに近代日本の青春と重なっている。新聞連載小説として、時代と季節の動きを敏感に反映させながら、この時代と風俗を批判する眼としての存在が、広田先生である。漱石を代弁する人物とも言える。日露戦争の戦勝後の日本を「亡びるね」と批判し「囚はれちや駄目だ」と三四郎を諭す。「明治の思想は西洋の歴史にあらはれた三百年の活動を四〇年で繰返してゐる。」とは地の文であるが、これは漱石の「現代日本の開化」につながる認識である。広田先生の、「近頃の青年は自我の意識が強過ぎていけない」「今は露悪家ばかりの状態にある」「利他本位の内容を利己本位で充たす」「偽善を行うに露悪を以てする」（中略）ここには時代の変化をとらえた明晰な認識がある。

オ　広田先生の夢の中の少女

二〇年前にたった一遍逢った女に突然夢の中で再会した話。広田先生が大きな森の中をむずかしい事を考えながら歩いていて突然その女に逢った、という。二〇年前見た時と少しも変わらない一二、三の女である。あなたはどうして、そう変わらずにいるのかと聞くと、二〇年前のあの日の――この顔の年、この服装の月、この髪の日が一番好きだから、こうしているという。僕は何故こう年を取ったんだろうと、自分で不思議がると、女が、あなたは、その時よりも、もっと美しい方へ方へと御移りなさりたがるからだと教えてくれた。女に、あなたは画だというと、女が僕に、あなたは詩だといった、という。この出会いは、一九〇三（明治三六）年一一月二七日作の英詩I looked at her as she looked at me; / We looked and stood a momento, / Between Life and Dream. を思い出させる。一瞬の出会いの忘れられない思いの深さ。そうして女が画だということは、美禰子が三四郎との出会いの姿のままに「森の女」として自らの青春の姿を封じ込めたことにもつながり、出会いの一瞬の強烈さを印象づけるのである。

カ　三四郎の告白

三四郎は感じて低回するだけで、現実を打開するために自分から動こうとはしない。その意味では、後の高等遊民の前触れ的存在である。三四郎が美禰子に対して積極的に動いたのは、原口のアトリエにいる彼女に金を返しに行って、あなたに会いに行ったんです、あなたに会いたいから行ったんです、と告白した時であるが、時既に遅く美禰子は結婚を決断した後だった。

キ　美禰子の決断

美禰子は野々宮さんが好きだったと思われる。野々宮さんのポケットからのぞいていた封筒の文字が彼女のものであったり、野々宮さんが買ったリボンを彼女が付けていたこと、野々宮の家にも度々訪れていたこと、広田先生の引越の後野々宮の後を追い掛けた行動や、菊人形見物の場面で、美禰子が野々宮の方を振り返って、首をのばして見ても、広田への説明に熱心で放っておかれ、苦痛を覚えて会場を出たことなど、すべてがそれを証明している。研究者としての野々宮を、「宗八さんの様な方は、我々の考ぢゃ分りませんよ。ずつと高い所に居て、大きな事を考へて居らつしゃるんだから」と外国にまで聞こえるほどの仕事をしている野々宮さんを尊敬しながらも、「責任を逃れたがる人だから」という批判意識をも抱いている。菊人形見物の時、彼女は野々宮への思いの挫折を感じていたに違いない。丹青会の展覧会場に三四郎を誘った美禰子は、野々宮を見るや否や後戻りして三四郎の耳に何かを囁く。「妙な連と来ましたね」の野々宮の言葉に、美禰子は「似合ふでせう」という。三四郎の、さっき何を云ったんですか、に対して、女は、用じゃないのよ、だって、「私、何故だか、あ、為たかったんですもの。」と瞳を定めて、三四郎を見る。ここには平素の美禰子に似合わない言動の乱れが感じられる。野々宮を断念して、まだ断念しきれない何かが心を捕らえていたのではなかろうか。雨が段々ひどくなり、大きな杉の木の下で二人は段々一つ所へ塊まって、肩と肩が擦れ合う位にして立ち竦むのである。三四郎は美禰子をよそから見る事ができないような眼になった。真っ直ぐに進んで行くだけである。兄の結婚が決まり、決断を迫られた美禰子は、兄の友人の「金縁眼鏡」を掛けた「背のすらりと高い細面の立派な人」との結婚を決断する。文芸協会の演芸会に野々宮兄妹と出かけた美禰子には、これが兄妹との別れのセレモニーだったと思われる。そこで三四郎は、美禰子が結婚相手と思われる人物に会っているのを見て寝込んでしまうのだが。

ク　「われは我が愆を知る。我が罪は常に我が前にあり」

美禰子は三四郎を憎からず思っていたと思われる。けれどもそれは結婚の対象としてではない。三四郎を野々宮断念のスプリングボードにした節も窺える。学者として尊敬はしていても、経済的には貧しい、そして妹よし子も抱えている野々宮の生活は、美禰子の現在の生活とは、格段の差があったものと考えられる。重い窓掛の懸かっている暖炉のある応接間、即座に三〇円が用立てられる豊かさ。ここには野々宮さんや広田先生とは違う豊かな生活がある。その気はなくても、結果的に三四郎の心を傷つけたことを美禰子は自覚したに違いないのだ。

自分なりの生き方を貫くことのむずかしさを、賢明な美禰子は悟っていたはずである。「迷へる子《ストレイシープ》」とは美禰子自身であることを、彼女は早くから自覚していたはずである。だからこそさまざまな場面で迷い悩んだことと思われる。自分の青春の思い出を、三四郎に出会ったときの姿のままに一枚の画に封じ込めて、美禰子は新しい生活に飛び込んでいく。それがどんなものになるかは、次の物語に託されるのだ。美禰子にとって三四郎は、青春のさまざまな思いを共有した同志だったのではないか。だから青春の思い出の画は、三四郎に出会ったときの姿なのであろう。会堂の前で美禰子の好きな雲に思いを馳せながら待っていた三四郎。彼から返却のお金を受け取った美禰子は、ヘリオトロープの香のするハンケチを三四郎の顔の前に延ばす。美禰子は遠くにいるのを気遣い過ぎた眼付で三四郎を見て、嘆息《ためいき》をもらし、このことばを口にした。これが二人の別れであった。

ケ　三四郎の自覚

三四郎は何とも答へなかつた。たゞ口の内で迷羊《ストレイシープ》、迷羊《ストレイシープ》と繰り返した。

『三四郎』の末文である。冒頭文が肉体の目覚めであるのに対して、末文は精神の覚醒を暗示して終わるのである。丹青会の原口さんの画「森の女」を、大勢の後ろから覗き込んだだけで、三四郎は退く。「森の女と云ふ題が悪い」「ぢや、何とすれば好いんだ」三四郎は自分の「迷へる」青春を一枚の画に封じ込めて断念し、新しい世界へと去っていった美禰子の生き方を振り返る。ここに至って、美禰子を迷へる子《ストレイシープ》と客観視することができたのである。さらに迷羊《ストレイシープ》、迷羊《ストレイシープ》の繰り返しには、三四郎自身が迷羊《ストレイシープ》であることの自覚に到達したことを示しており、そこから三四郎にとっての新しい世界が始まることを予測させる。「迷へる子」美禰子からの羊の絵はがきへの返事がここにおいて完成するのである。それにしても三四郎のこの言葉は重い。三四郎はこれからどこへ行こうとするのだろうか。

今回は『三四郎』発表当時の漱石をめぐる状況と、作品の基礎的な面についての言及だけに終わってしまった。『三四郎』についての研究論文には厖大なものがあるが、時間的にもせっぱ詰まっていて、それらを踏まえての考察については次回ということにしたい。

（二〇〇四・八・二九　稿　『続河』九号）

『三四郎』断想

一、美禰子と「イブセンの女」

『三四郎』のなかで美禰子はしばしば「イブセンの女」になぞらえられている。表現を拾ってみると次のようである。まず、広田先生と与次郎の会話。


「あの女は落ち付いて居て、乱暴だ」と広田先生が云つた。

「えゝ乱暴です。イブセンの女の様な所がある」

「イブセンの女は露骨だが、あの女は心《しん》が乱暴だ。尤も乱暴と云つても、普通の乱暴とは意味が違ふが。（後略）」

（六の四）　　　　（傍線は引用者、以下同じ）


「乱暴だ」というのは、相手への思いやりなど顧慮することなく、自分の信じるとおりに行動することであろう。しかも感情に駆られることがないかのように振る舞うから「落ち付いて居」ることになる。ところが「イブセンの女」のようには露骨にストレートに出さないので「心《しん》が乱暴だ」と美禰子が自分の信念を押し通すことを広田先生は言ったのであろう。

与次郎と三四郎の会話では

すると突然与次郎がかう云つた。

「イブセンの人物に似てゐるのは里見の御嬢さん許ぢやない、今の一般の女性はみんな似てゐる。女性ばかりぢやない。苟しくも新らしい空気に触れた男はみんなイブセンの人物に似た所がある。たゞ男も女もイブセンの様に自由行動を取らない丈だ。腹のなかでは大抵かぶれてゐる」（中略）

「（前略）イブセンの人物は、現代社会制度の陥欠を尤も明らかに感じたものだ。吾々も追々あゝ成つて来る」

（六の五）

『三四郎』の発表は明治四一（一九〇八）年、今から百年前のことである。古い因習、家柄や身分に縛られながらも、新しい文明開化の空気に触れて自由な行動に憧れた者は多かったに違いない。「吾々も追々あゝ成つて来る」とは与次郎の口を借りた作者の思いでもあったろう。

三四郎が広田先生を訪ねたとき、先生は時代と自己本位について次のように話す。

「（前略）近頃の青年は我々時代の青年と違つて自我の意識が強すぎて不可《いけ》ない。吾々の書生をして居る頃には、する事為す事一《いつ》として他《ひと》を離れた事はなかつた。凡てが、君とか、親とか、国とか、社会とか、みんな他《ひと》本位　であつた。それを一口にいふと教育を受けるものが悉く偽善家であつた。その偽善が社会の変化で、とう〳〵張り通せなくなつた結果、漸々《ぜんぜん》自己本位を思想行為の上に輸入すると、今度は我意識が非常に発展し過ぎて仕舞つた。昔しの偽善家に対して、今は露悪家ばかりの状態にある。」（七の二）

広田先生の書生時代には、自分のことよりも他のことをまず第一に考えて行動した。ところが近頃は自我の意識が強くなり過ぎて、他のことを考える余裕が無くなってしまった。自己本位が中心になり、他を思いやることを忘れて、他に良く思われようなどと考えずに自分の事だけを考えて行動する露悪家ばかりになった、というのである。自分の信じるとおりに自由に行動する、――社会制度の欠陥を感じていたイブセンは、そんな主人公を創造したのである。

両親を早く亡くし、兄と二人だけの生活をしている美禰子には、ヴァイオリンを弾き、絵を描き、きれいな発音で英語も話せる近代的な知性が備わっている。暖炉のある応接間に象徴される豊かな生活、サンドウィッチを作って広田先生の引っ越しの手伝いをしたり、大久保の野々宮さん宅を訪ねたり、絵の展覧会に三四郎と二人で出かけたり、時代の新しい空気に触れて自分らしい生き方を求めて已まないのは当然ともいえるのである。

美禰子は「落ち付いて居て、乱暴だ」と広田先生は言ったが、美禰子の三四郎に対する行為は「野々宮にたいする挑発をふくんだ演技である」と中山和子氏は「国文学　昭和五六年一〇月号」で論じておられる。中山氏によると丹青会の展覧会の会場で画家原口に呼びかけられ、「呼ばれた原口より遠くの野々宮を見た。」美禰子は反射的に三四郎に近づいて耳元へ何かささやく。野々宮さんを意識したための「はしたない挑発行為である」として、雨の中で三四郎と肩と肩をすれ合うようにして、美禰子はさっきのお金を「みんな、御遣ひなさい」と優しく言うけれども、「おそらく心の内は屈辱に濡れていた。美禰子が野々宮との別離を観念したのはこのときであろう。そうでなければ美禰子が突然、兄の友人なる人と婚約する動機は不明となる。」としておられる。

漱石は明治三九年一〇月二六日付けの鈴木三重吉宛書簡で次のように述べている。

只きれいにうつくしく暮らす即ち詩人的にくらすといふ事は生活の意義の何分一か知らぬが矢張り極めて僅少な部分かと思ふ。で草枕（注　明治三十九年七月二十六日起稿、八月九日脱稿。「三四郎」執筆の二年前）の様な主人公ではいけない。あれもい、が矢張り今の世界に生存して自分のよい所を通さうとするにはどうしてもイブセン流にでなくてはいけない。

『三四郎』執筆の二年前にイプセンに言及していることは注目されてよい。この書簡の翌明治四〇年三月、漱石は大学で教えながら創作もするという生活に別れを告げ、朝日新聞に入社する。そうして第一義の生き方を求めた作品を発表していく。近代化の波が押し寄せる日本で如何に生きるかを追求していくことになるのである。明治四〇年『虞美人草』、明治四一年一月から『坑夫』、九月からは『三四郎』連載。

二月一五日、神田青年会館での朝日講演会では「作家の態度」（講演速記録、四〇〇字原稿用紙五〇枚）と題して講演している。これは後に書き改められて『創作家の態度』として雑誌「ホトトギス」四月号に附録（論文）として八四頁にわたって掲載された。これは本誌一〇六頁に対比してたいへんな量であるであることはいうまでもない。朝日新聞入社時の『文芸の哲学的基礎』から二年後のことであるから、漱石としては再度自分の作家としての立場を表明したものになっている。なお、『文学論』は、第四篇第六章から第五篇全部を稿を新たにしたため、明治三九年一一月の「序」に遅れること六か月、四〇年の五月にやっと刊行された。

さて、『創作家の態度』とは、創作家が如何なる立場から、どんな風に世の中を見るかということに帰着する、として、作家自身（我《が》）と作家の見る世界（非我）の二つのものを区別し、対立してとらえ、検討をすすめる。「我」を主とするものを「主観的態度」、「非我」を主とするものを「客観的態度」として、叙述の客観的態度から主観的態度までの六通りを挙げ、客観文学と情操文学との境界は入り交じっているとする。そうして、現今の日本文学に、赤裸々な所を恐れずに書く客観的な態度の必要を説きながらも、文学の理想・目的という面で考えると、自然主義の真はその一部であり、美・善・壮の理想も重んずべきである、とするのである。

この原稿作成中の三月二十四日、虚子あての手紙にある「何だかごた〳〵した事が出来て……」とは、弟子の森田草平と平塚雷鳥との心中未遂事件（いわゆる『煤煙事件』）であり、そのため、漱石のところには人の出入りが多くなり、しまいには草平を自宅に置いてやることになったので、漱石は随分仕事の邪魔をされたようである。

『創作家の態度』の意識の流れの説明を、漱石は次のようにしている。

「先づ我々の心を、幅のある長い河と見立ると、此幅全体が明らかなものではなくつて、其うちのある点のみが、顕著になつて、さうして此顕著になつた点が入れ代り立ち代り、長く流を沿ふて下つて行く訳であります。さうして此顕著な点を連ねたものが、我々の内部経験の主脳で、此経験の一部分が種々な形で作物にあらはれるのであるから、此焦点の取り具合と続き具合で、創作家の態度もきまる訳になります。一尺幅を一尺幅丈に取らないで、其うちの一点のみに重きを置くとすると勢ひ取捨と云ふ事が出来て参ります。さうして此取捨は我々の注意（故意もしくは自然の）に伴つて決せられるのでありますから、此注意の向き案排もしくは向け具合が即ち態度であると申しても差支なからうと思ひます。」（184頁）

として、浅井忠に言及している。

「私が先年倫敦に居つた時、此間亡くなられた浅井先生と市中を歩いた事があります。其時浅井先生はどの町へ出ても、どの建物を見ても、あれは好い色だ、これは好い色だ、と、とう〳〵家へ帰る迄色尽しで御仕舞になりました。流

石画伯丈あつて、違つたものだ、先生は色で世界が出来上がつてると考へてるんだなと大に悟りました。」(184～185頁)

この講演の年、一一月二五日掲載の『三四郎』八の九には、浅井の遺画が「深見さんの遺画」として登場している。画家の原口さんは三四郎と美禰子に、「深見さんの水彩は普通の水彩の積で見ちや不可ませんよ。何所迄も深見さんの水彩なんだから。実物を見る気にならないで、深見さんの気韻を見る気になつてゐると、中々面白い所が出て来ます」と注意している。原口の口を借りて漱石の浅井忠への哀惜の念と理解の深さがにじみ出ている表現である。

胸中の恋とか、なつかしさとか云ふものは、たとひ人に見せられない迄も、よし人が想像してくれない迄も、(中略)自分丈に取つては是程慥かなものはありません。是程切実な経験はありません。だから矢っ張り真だらうと云はれると、御尤もと云はなければなりません。只自分に真なもの即ち人に真なものになつて、始めて世間に通用する真が成立するのだから、此切実な経験を誰が見ても動かすべからざる真にもり立て様とするには、之を客観的に安置する必要が起つて参ります。そこで私は此演説の冒頭に自分の過去の経験も非我の経験と見傚す事が出来ると云つてあらかじめ予防線を張つて置きました。刻下の感じこそ、我の所有で、又我一人の所有でありますが、回顧した感じは他人のものであると申しました。少なくとも自分に縁故の尤も近い他人のものとして取り扱ふ事が出来ると申しました。愛と云ふと一字でありますが、自分の愛と人の愛と云へば、たとひ分量性質が同じでも遂に所有者が違つて参ります。愛の見当が違ひます。方角が違ひます。従つて自己の過去の愛と他人の愛とは等しく非我の経験と見傚し得ます。此点に於て主観的なる愛そのものを一歩離れて眺める事が出来ます。(220～221頁)

この表現は、三四郎の愛、広田先生の愛について、さまざまな想像をかき立て、漱石文学の愛の表現を解く鍵にもなっているように思われる。

イプセンについて、漱石がどのように言及しているかを、つぎに挙げてみる。

『漱石全集　第十九巻　日記・断片　上』の断片

自己ハ過去ト未来ノ一連鎖ナリ。（中略）イプセンは自己ノ為メニ生存セル人ナリ。

注解によると、「漱石はアーチャーなどによる英訳本でイプセンの代表作をほとんど架蔵している。」とある。

イプセンの〝The Master Builder〟（1901）への書き込みは〔前扉に〕

全ク symbolic ナリ
Hilda ノ如キ少女ヲ create スル想像ハトニカク。之ヲ活動シテ人間ラシクスル手際ハ感服ナリ。
Master Builder ノ madness モ然リ、
百尺竿頭。一歩ヲ進ムレバ落ツ。進メザレバ元ノ杢阿弥ナリ。速カニ道《い》へ。
Hilda 声ニ応ジテ曰ク一歩ヲ進メテ速カニ落チ来レ。頭骨粉摧。

明治四〇、四一年頃　断片四七Dに右の The Master Builder（Solness）についての長い記述がある。

△ The Master Builder（Solness）ハ old generation ノ new generation ニ取ツテ代ランコトヲ恐ル。カヽル人ハ常ニアルベシ。カヽル人ヲカキコナシ得ル作家ハ青年ナルヲ得ズ（中略）
Ibsen ハ α ヲ用キル手際ガウマイ。Master Builder ニ就テ云ヘバ出ル人モ出ル人モ皆最初カラ start ノ relation ヲ

(Master Builder ニ対シテ) 有シテ居ル。然モ其 relation ガ中々深イ意味ノアル好奇心ヲ起ス、運命ヲ支配シサウナ従ツテ人ノ注意ヲ引ク relation デアル。サウシテ皆夫々チガツテ居ル。(中略) 斯様ニ start ノ relation ヲ single ナ Solness ニ結ビツケテサウシテ其 relation 〔二〕変化ヲツケル此 start ノ relation ノ variety ト meaning ガウマク出来レバ drama デモ小説デモ過半ハ成立シタ者デアル。アトハ只自然ニ follow スレバヨイ。此 creation ガ真ノ creation デアル。

この後は general と particular の問題を論じている。この二つはこれから漱石の重要な課題となってくるものである。大正四年・五年頃の「断片」には、「general case ハ人事上殆んど応用きかず。人事は particular case ノミ。其 particular case ヲ知るものは本人のみ。小説は此特殊な場合を一般的に引き直して見せるもの (ある解釈)。特殊故に刺戟あり、一般故に首肯せらる。(みんなに訴へる事が出来る)」、と記している。

談話　愛読せる外国の小説戯曲　(『趣味』三巻一号、明治四一年一月一日)

イブセンですか。イブセンは豪《えら》い。(中略) ――色々な事情 (内界外界) の為めに現今の戯曲と云ふものは詩趣的装飾を失つた。この欠陥を補ふ為めに戯曲家は已を得ず人間の意識の奥へ奥へと割り込んで其方面で償をとらなければならない。意識の奥へ這入る為めには霊妙な意識を捕へて来なければならない。(中略) イブセンの劇は此点に於て意識の最高点に達したものである。劇は固より動作が主である。如何に意識の内部へ這入り込んでも之が動作に変化しなければ劇にならない。所で意識が動作に変化する状態を観察して見ると願望と義務の衝突に帰着して仕舞ふ。換言すれば情熱と徳義との喧嘩に過ぎない。従つて現代の戯曲家は好んで道徳問題を捕へて来る。(中略) 再びイブセンに立ち帰つて考へて見ると彼は其劇に於て吾人を人間意識の甚深の急所迄連れ込んで行く男である。(中略) 普通以上の自覚のある人間を描き出して、其自覚を動作にあらはさうと云ふのが彼の目的なのである。従つて彼の道徳問題に関する解決は常人の解決と違つてくる。途方もない解釈をする。

談話　近作小説二三に就て　（『新小説』一三年六号、明治四一年六月一日）

イブセンは一種の哲学者である。（中略）社会制度に付ての上の哲学者、例之《たとへば》、夫婦の関係とか、個人の自由は此点まで行かねばならぬとか、約束的道徳は打破して宜いとかいふに就て考へを持て居る。其考へが骨子になつて戯曲が出来て居る。（中略）而して其哲理は中々に意味がある。また尤もである。或は流俗より一歩も二歩も先に出て居るともいはれる。

談話　文学雑話　（『早稲田文学』三五号、明治四一年一〇月一日）

やはりズーデルマンの『アンダイ、ング、パスト』になると余程妙なラヴですね。勿論ラヴの関係は前のとは異つてゐるが矢張り層々累々の書き方を用ひてゐる。之は女が男を追ツかけるのだが其の女のフェリシタスといふのには夫がある、有夫姦になるので男の方で始終逃げやうとする。それを―フィジカリ――に追ツかけるのではないが――追ひかけて〱キヤプティベートする仕方が如何にも巧妙に、何うしてあゝいふ風に想像がつくかと驚かるゝ位に書いてある。誰もあんなデヴェロプメントをクリエートする事は出来ない。さうして此女が非常にサットルなデリケートな性質でね、わたしは此の女を評して「無意識なる偽善家《アンコンシャス・ヒポクリット》」――偽善家と訳しては悪いが――と云つた事がある。其の巧言令色が、努めてするのではなく殆ど無意識に天性の発露のまゝで男を擒にする所、勿論善とか悪とかの道徳的観念も、無いで遣つてゐるかと思はれるやうなものですが、こんな性質をあれ程に書いたものは他に何かありますかね、――恐らく無いと思つてゐる。（中略）

『三四郎』は長くなるかといふのですか。然うですね、長く続かせるのですね。サア何を書くかと云はれると、又困りますがね。――実は今御話をした其のフェリシタスですね、之を余程前に見て面白いと思つてゐたところが、宅に居た森田白楊が今頻りに小説を書いてゐるので、そんなら僕は例の「無意識なる偽善家《アンコンシャス、ヒポクリット》」を書いて見やうと、串談《じようだん》半分に云ふと、森田が書いて御覧なさいと云ふので、森田に対しては、さう云ふ女を書いて見せる義務があるのですが、他《ほか》の人に公言した訳でもないから、どんな女が出来ても構はないだらうと思つてゐます。実際何んな女になるかも自分で判らない。且つ今お話した層々累累的な叙述丈で進むのではなくエキステンシヨンも這入つてくるんだから、女は何うなつても構はないと云ふと無責任ですが、出来損なつてもズーデルマン抔を引合に出して冷かしちや不可ません。（中略）今こゝに男女の関係を層々と重ねて描いて行くとすると、各章毎に旧い分子と新らしい分子が交つて来る事になる。全然新らしければ漸次の発展でも何でもない。又全然旧ければ前章の繰返しに過ぎない。だから各章ともに前章のあるものを繰り返すと同時に、前章にないあるものを附加しつゝ進まなければならない。さうなると、其二要素のうちで、新らしい所は前章から脱化した変化であるから直線的に推移の傾向を満足せしめるし、又古い方は前章を其儘重複するのだから、いつ迄も一所に定住して、低徊的に味はひたいと云ふ傾向をも満足させる。従つて此かき方はエキステンシヨンと直線とを合併したもので、外の言葉でいふと低徊趣味と推移趣味の一致したものに相違ないでせう。

談話　予の希望は独立せる作品也――予の描かんと欲する作品　（『新潮』一〇巻二号、明治四二年二月一日）

イブセンを能く引き合ひに出すやうであるが、イブセンのものを読むと、彼れは一種の哲学に依つて其作品を作り上げて居るけれ共、然し、其作品を読んで、作家が一種の哲学に捉へられて書いた作品であるとは思はれない。描き出されて居る人間が動いて居て、スチユエーシヨンが自然に、殊更筆を曲げたやうな痕跡なく、あそこまで煎じ詰められて来て居るのであるから吾々がイブセンを読んで、彼れは一種の哲学を発表する為めに、殊更な非芸術な作品を作つたとは思はない。イブセンの作に曲ぐ可らざる生命のあるものは其故だらうと思ふ。

講演　「模倣と独立」　大正二年一二月一二日、第一高等学校においてイプセンは云ふた「昔の道徳は駄目である、あれは男子に都合がいゝやうに作られたもので女は関《かま》はぬ、弱い女を無視してその鉄枴《てつかい》に押しこめたものである。」

イブセンは男の道徳と女の道徳とを主張した、これより出立したのがノーラである、そこにイブセンといふ人は人間の代表者で又彼自身の代表者である、（中略）兎に角イブセンはイブセンなりと云ふことが当つて居る、彼はイミテーションの反対の側に立つた。

イプセンに対する漱石の言及は、『三四郎』執筆中の明治四一年に集中していることがわかる。三重吉宛の書簡と比較すれば、次第にその理解は深化していっている。意識の奥へ、意識の最高点へ、という作品は次の『それから』以降の作品を待たねばならなかった。明治の近代日本の世界に、実に生き生きとした女性像を生み出したのには、イプセンから受けた刺激が極めて大きかったと思われるのである。

『三四郎』の予告で漱石は「手間は此空気のうちに是等の人間を放す丈である、あとは人間が勝手に泳いで、自から波瀾が出来るだらうと思ふ、さうかうしてゐるうちに読者も作者も此空気にかぶれて是等の人間を知る様になる事と信ずる、（中略）」と書いている。ここからうかがえるのは書きながら作品の構成がしだいにはっきりしていったのではないか、人物の造型にもそれがいえるのではないか、ということである。

美禰子像については、主人公とした三四郎のキャラクターの対蹠的な人物として、都会に生きる魅力的な新しい女性像として創造した。それはイプセンの「描き出されて居る人間が動いて居て、スチュエーションが自然に、殊更筆を曲げたやうな痕跡なく、あそこまで煎じ詰められて来て居る」人物でありながら、ノラのように自分なりの生き方を求め続けながらも、挫折を味わわねばならなかった女性であり、必ずしも最初から「無意識なる偽善家《アンコンシャス・ヒポクリット》」を中心的に意図したものではなかったろうと考えられる。当時の男性中心の社会にあって、女性が自分なりの生き方を求めていくのはたいへんなことであったろう。美禰子は野々宮さんや広田先生に引け目を感じることなく、自分の発言は語尾まできちんと発音する。同い年で大学生の三四郎に対しても教養や感受性の面で負けてはいない。むしろリードし続けている。当時の日本の社会に自分を生かしていく道が、女性である美禰子には果たして存在したのだろうか。それを考えると、野々宮さんを断念し、三四郎にも飽きたらず、自分の青春の形見として肖像画を残し、唐突に結婚して舞台から去って行った美禰子の選択には、苦渋にみちたものがあったにに違いないと思うのである。

二、広田先生の夢

広田先生を大学の講師にする運動をすすめるために、与次郎が書いた「偉大なる暗闇」が、三四郎が書いたものだとされ、しかも広田先生が門下生を使って自分の評判記を学生間に流布したのだと新聞に書かれた。三四郎は弁解のために先生を訪れる。先生は昨夜余りに遅くなったので帰るとすぐ横になられたと婆さんがいう。目を覚ました先生に三四郎は本を返し、新聞記事のことを話題にする。先生は「夫よりもつと面白い話を仕様」と次のように話し始める。


「僕がさつき昼寐をしてゐる時、面白い夢を見た。それはね、僕が生涯にたつた一遍逢つた女に、突然夢の中で再会したと云ふ小説染みた御話だが、其方が、新聞の記事より、聞いてゐても愉快だよ」

「えゝ。何んな女ですか」

「十二三の奇麗な女だ。顔に黒子がある」

三四郎は十二三と聞いて少し失望した。

「何時頃御逢ひになつたのですか」

「廿年許前」

三四郎は又驚ろいた。

「善く其女と云ふ事が分りましたね」

「夢だよ。夢だから分るさ。さうして夢だから不思議で好い。僕が何でも大きな森の中を歩いて居る。あの色の褪めた夏の洋服を着てね、あの古い帽子を被つて。――さう其時は何でも、六づかしい事を考へてゐた。凡て宇宙の法則は変らないが、法則に支配されるすべて宇宙のものは必ず変る。すると其法則は、物の外に存在してゐなくてはならない。(中略)そんな事を考へて森の下を通つて行くと、突然其女に逢つた。行き逢つたのではない。向は凝と立つてゐた。見ると、昔の通りの服装をしてゐる。髪も昔しの髪である。黒子も無論あつた。つまり二十年前見た時と少しも変らない十二三の女である。僕が其女に、あなたは少しも変らないといふと、其女は僕に大変年を御取りなすつたと云ふ。次に僕が、あなたは何うして、さう変らずに居るのかと聞くと、此顔の年、此服装の月、此髪の日が一番好きだから、かうして居ると云ふ。それは何時の事かと聞くと、二十年前、あなたに御目にかゝつた時だといふ。それなら僕は何故斯う年を取つたんだらうと、自分で不思議がると、女が、あなたは、其時よりも、もつと美くしい方へ方へと御移りなさりたがるからだと教へて呉れた。其時僕が女に、あなたは画だと云ふと、女が僕に、あなたは詩だと云つた」(十一の七)

この女性は漱石の英詩(無題)の I looked at her as she looked at me./ We looked and stood a moment. / Between Life and Dream.(明治三六年一一月二七日作)と詠われている女性を想像させ、また『夢十夜』の第一夜の女に通じるイメージがある。『漱石全集』第五巻の補注によれば、「ここにおける画と詩の対比は、画や彫刻を空間的芸術、詩を時間的芸術としてその特質を説こうとしたレッシング『ラオコーン』の所説と関連しているであろう。」との説明がある。先生の「色の褪めた夏の洋服」「古い帽子」も時間が関わったものであり、「僕は何故斯う年を取つたんだらう」の問いに女は「あなたは、其時よりも、もつと美くしい方へ方へと御移りなさりたがるから」と説明するのである。女は「二十年前、あなたに御目にかゝつた時」の自分が一番好きだからこうしているというが、漱石の心の奥底に秘めた永遠の女性のイメージが鮮やかに形象化されているのではないか。一瞬の出逢いの、生涯にわたって忘れられない思いの深さ。そうして「あなたは画だ」ということは、美禰子が三四郎との出逢いの姿のままに「森の女」として自らの青春の姿を封じ込めたことにもつながり、出逢いの一瞬の強烈さを印象づけるのである。

「憲法発布は明治二十三年だつたね。」

実際の憲法発布は明治二二年である。漱石が間違えたとは思われない、として、加藤湖山氏はそこに意図的なものを想定しておられる（『謎解き　若き漱石の秘恋』アーカイブス出版　二〇〇八年四月二五日）。それは漱石が母親に対するような尊敬と思慕の対象であった嫂登世（亡くなったのは明治二四年七月二八日で、子規あてにその人柄を述べ、「朝貌や咲た許りの命哉」など悼亡の句一三句を書き送っている。）を密かに母として登場させ、記念に残したのであろうとして、「僕の母は憲法発布の翌年に死んだ」と書くために一年ずらしたのではないか、というのである。たしかに「……の翌年」は使いやすいが「……の二年後」とは使いにくい表現である。また、『三四郎』のなかで漱石は「二十三」という数字をたびたび使っていることも指摘しておられる。因みに、調べてみると次のようであった。「小川三四郎二十三年学生」「同姓花二十三年」「べーコンの二十三頁」（二回）「恭しく二十三頁を開いて」「二十三頁の前で」「二十三年の弱点が一度に露見した様な」「二十三頁の中に顔を埋めて」「二十三の青年が」「僕は二十三だ」などである。

ただ、漱石には時に数字的な誤りも皆無ではないので、結論は保留しておきたい。付言すれば、漱石は自伝的な作品『道草』において、作品の時代的背景もあってか、実母のことには触れていない。母のことを書いているのは

『硝子戸の中』においてである。

「其時森文部大臣が殺された。」

文部大臣森有礼（弘化四年生　四三歳）が、明治二二年二月一一日、大日本帝国憲法発布の式典の日、官邸で宮城に参内の準備をしていたところ、西野文太郎という二五歳の青年が面会を求めてきた。帝大の学生の不穏な動きについて情報をもたらしたいというのが面会の理由だった。森が室内に入ったところ、西野は飛びかかり出刃包丁で森の腹部を刺した。西野は、その場で護衛に斬殺された。森は翌日死去。西野は内務省の雇吏。残した遺書によると、森文相は、昨年伊勢神宮の外宮を参拝したとき、神殿正面の帳をステッキで持ち上げるという不敬のふるまいに及び、そのような者の憲法発布式典への参加は許しがたいと考えたゆえの挙だという。伊勢神宮でのふるまいは誤伝の可能性が高い。森有礼は、帯刀は野蛮の遺風ゆえに禁止すべし、国字は煩瑣ゆえに西洋文字に改めよなどの発言のために、一部国粋主義者から憎悪されていた。ベルツは、日記に「この祝日は戦慄す可き珍事に依り汚されたのである」と記している。（『国文学』平成五年五月臨時増刊号「風俗文化誌」解説　木股知史）

さきの加藤湖山氏によると、森文部大臣の葬儀は二月一六日に青山墓地で行われたが、大塚楠緒子の父は控訴院長の職にあったので葬儀に参列した可能性が高いとして、「娘の楠緒子は父と同乗したのではあるまいか。第一高等中学校の学生であった漱石は青山御所前に控えていたのであろうか。」と想像しておられる。

僕は高等学校の生徒であつた。大臣の葬式に参列するのだと云つて、大勢鉄砲を担いで出た。墓地へ行くのだと思つたら、さうではない。体操の教師が竹橋内へ引張つて行つて、路傍へ整列さした。我々は其所へ立つたなり、大臣の柩を送る事になつた。名は送るのだけれども、実は見物したのも同然だつた。其日は寒い日でね、今でも覚えてゐる。動かずに立つてゐると、靴の下で足が痛む。隣の男が僕の鼻を見ては赤い赤いと云つた。やがて行列が来た。何でも長いものだつた。寒い眼の前を静かな馬車や俥が何台となく通る。其中に今話した小さな娘がゐた。今、其時の模様を思ひ出さうとしても、ぼうとして迚も明瞭に浮んで来ない。たゞこの女丈は覚えてゐる。夫も年を経《た》つに従つて段々薄らいで来た。今では思ひ出すことも滅多にない。今日夢に見る前迄は、丸で忘れてゐた。けれども其当時は頭の中へ焼き付けられた様に、熱い印象を持つてゐた。――妙なものだ」（十一の八）

注解によれば、「当時の新聞によると、葬列は永田町の官邸から赤坂を通って青山墓地へ進んでいて、竹橋は通っていない。」とあるから、「竹橋」は漱石の勘違いであろう。しかし寒さの表現などから実際の経験であろうと想像される。

加藤湖山氏によると、大塚楠緒子（明治八年八月九日生）は明治二二年に『密会』という作品で一高生を通学路で待ち受けていたと書いている、として、二人の学校の所在地、住まいから、明治二〇年九月から明治二二年三月までは、通学路で出遭う空間的な接点があった、としておられる。

すでに小坂晋氏は『漱石の愛と文学』（講談社　昭和四九年三月）、『夏目漱石研究―伝記と分析の間を求めて―』（桜楓社　昭和六一年一〇月）などで、大塚楠緒子恋人説にたって漱石文学を論じておられる。後者の本の中で、「漱石は青年時代から興津にしばく行き、少女時代の楠緒子に会っていた可能性もある。例えば明治二三年八月、直矩と興津海岸に遊んだ時、漱石は二三歳の第一高等中学校の学生であった。当時、興津は東京の名家の避暑地であり、楠緒子も母と興津に避暑に行き、海岸べりで絵を画いたり、森の中を散策した。「三四郎」の広田先生が二〇年前の初恋の少女と森の中で会ったという夢は、漱石が興津か伊香保の森の中で出会った原体験から思い着いた可能性もあろう。同様に森文部大臣の葬儀の時、高等学校の生徒であった広田先生がその少女を見かけたという話も、漱石が二三歳の第一高等中学校の生徒であり、楠緒子が十五歳の少女であって、二歳年上でも少女という点では符号する。漱石の初恋の少女は、外務省局長の娘という説（崔萬秋）もあるが、楠緒子とも仮説できる。」（一二頁）としておられる。

大事なことはモデルが誰かではなく、広田先生の夢を通じて何が語られているかである。先生は三四郎の質問に答えて、その少女は何処の誰だか無論分からないといい、重ねての、それで結婚なさらないのか質問に、それほど浪漫的な人間じゃない、君よりも遥かに散文的に出来ている、と答える。重ねて、然しもし其の女が来たら御貰いになったでしょう、と聞くと、そうさね、貰ったろうね、と答える。続けて先生は、其の女のために独身を余儀なくされたのではないとして、父が早く死んで母ひとりを頼りに育った男が、母が死ぬ間際に、自分が死んだら誰某の世話になれ、実は彼が本当の父親だ、と言ったとする、そういう母を持った子がいるとすると「結婚に信仰を置かなくなるのは無論だらう」といって、「僕の母親は憲法発布の翌年に死んだ」でこの章が結ばれるのである。先生が「頭の中へ焼き付けられた様に、熱い印象」を持った少女に出会ったのは憲法発布の年であり、死ぬ直前に子どもの出生の秘密を告げたと想像される母親の死はその翌年のことである。先生の結婚不信感を想像させ、また漱石自身の女性に対するある種の不信の念も感じさせて興味深い表現ではある。

三、美禰子の描いた画

団子坂の菊人形展を見に、広田先生、野々宮さん、よし子、美禰子と三四郎が出かける。途中、大きな声をのべつに出して哀願している物貰い、お婆さんお婆さんとしきりに泣き叫んで人の袖の下をうろうろしている女の子、誰も責任を逃れて世話を焼こうとはしない。小屋の中は非常に混み合っている。美禰子は振り返って、首を延ばして野々宮の居る方を見たが彼は先生に何か熱心に説明している。美禰子は黒い目をさも物憂そうにして、もう出ましょう、という。心持ちが悪いという女に付き添って三四郎は、静かな小川のほとりで、草の上に腰をおろす。

　所へ知らん人が突然あらはれた。（中略）二人の坐つてゐる方へ段々近付いて来る。洋服を着て、髯を生やして、年輩から云ふと広田先生位な男である。此男が二人の前へ来た時、顔をぐるりと向け直して、正面から三四郎と美禰子を睨め付けた。其眼のうちには明らかに憎悪の色がある。三四郎は凝と坐つてゐにくい程な束縛を感じた。男はやがて行き過ぎた。（五の九）

三四郎の「広田先生や野々宮さんは嘸後で僕等を探したでせう」に、美禰子は冷ややかに「なに大丈夫よ。大きな迷子ですもの」「責任を逃れたがる人だから、丁度好いでせう」といい、「迷子」「迷子の英訳を知つて入らしつて」「教へて上げませうか」「迷へる子《ストレイ・シープ》――解つて？」という。翌日美禰子から絵葉書が来た。

　小川を描いて、草をもぢや〳〵生やして、其縁に羊を二匹寝かして、其向ふ側に大きな男が洋杖《ステツキ》を持つて立つてゐる所を写したものである。男の顔が甚だ獰猛に出来てゐる。全く西洋の絵にある悪魔《デヴィル》を模したもので、念の為め、傍にちやんとデヴィルと仮名が振つてある。表は三四郎の宛名の下に、迷へる子と小さく描いた許である。三四郎は迷へる子の何者かをすぐ悟つた。のみならず、端書の裏に、迷へる子を二匹描いて、其一匹を暗に自分に見立てゝ呉れたのを甚だ嬉しく思つた。迷へる子のなかには、美禰子のみではない、自分ももとより這入つてゐたのである。それが美禰子の思はくであつたと見える。美禰子の使つた stray sheep の意味が是で漸く判然した。

（中略）しきりに絵端書を眺めて考へた。イソツプにもない様な滑稽趣味がある。無邪気にも見える。洒落でもある。さうして凡ての下に、三四郎の心を動かすあるものがある。

　手際から云つても敬服の至である。諸事明瞭に出来上てゐる。よし子の描いた柿の木の比ではない。――と三四郎には思はれた。（六の三）（※ふりがなで、原文ではヰに濁点がふってあるのはヴィと表現した。）

美禰子の絵の才能が偲ばれる表現である。先の小川の場面で、美禰子は「迷へる子《ストレイシープ》」を三度も繰り返している。それは美禰子自身のことを寓意しているのだが、三四郎には理解、感得されていない。だから「三四郎にとつて自分は興味のないものと諦めた様に静かな口調で」「ぢや、もう帰りませう」というのである。「あなたは索引の付いてゐる人の心さへ中《あ》て《て》見様となさらない呑気な方」（八の六）という美禰子の三四郎認識は、随所で三四郎との人間認識、世界認識の食い違いを痛感させたはずである。この絵葉書においても三四郎は表面的にしか美禰子を理解できていない。絵葉書の「凡ての下」にある「三四郎の心を動かすあるもの」を深く考えてはいないのである。美禰子の投げたボール——深い孤独、深刻な悩み——は三四郎には正確にキャッチされず、だから三四郎は美禰子が期待した葉書の返事を出さないままで終わり、彼女を失望させてしまう。

四、美禰子の描かれた画

美禰子の肖像画は長さ六尺もある大きなものだった。モデルの美禰子は静かなものに封じ込められて全く動かない。

「団扇を翳して立つた姿その儘が既に画である。三四郎から見ると、原口さんは、美禰子を写してゐるのではない。不可思議に奥行のある画から、精出して、其奥行丈を落して、普通の画に美禰子を描き直してゐるのである。にも拘はらず第二の美禰子は、この静さのうちに、次第と第一に近づいて来る。三四郎には、此二人の美禰子の間に、時計の音に触れない、静かな長い時間が含まれてゐる様に思はれた。其時間が画家の意識にさへ上らない程音無しく経つに従つて、第二の美禰子が漸やく追ひ付いて来る。もう少しで双方がぴたりと出合つて一つに収まると云ふ所で、時の流れが

急に向を換へて永久の中に注いで仕舞ふ。（十の三）

原口さんは

「画工《えかき》はね、心を描くんぢやない。心が外へ見世を出してゐる所を描くんだから、見世さへ手落なく観察すれば、身代は自から分るものと、まあ、さうして置くんだね。……だから我々は肉ばかり描いてゐる。どんな肉を描いたつて、霊が籠らなければ、死肉だから、画として通有しない丈だ。そこで此里見さんの眼もね。里見さんの心を写す積で描いてゐるんぢやない。たゞ眼として描いてゐる。此眼が気に入つたから描いてゐる。此眼の恰好だの、二重瞼の影だの、眸の深さだの、何でも僕に見える所丈を残りなく描いて行く。すると偶然の結果として、一種の表情が出て来る。もし出て来なければ、僕の色の出し具合が悪かつたか、恰好の取り方が間違つてゐたか、何方かになる。現にあの色あの形そのものが一種の表情なんだから仕方がない」（十の六）

という。

高橋英夫氏は「三四郎」の構想と方法（『国文学』昭和五六年一〇月号）において、高階秀爾氏の論―漱石が「美術と文学とのあいだに、つねに一種のアナロジーを考えている点」―を紹介して、「彼（漱石）は「性格」というものを信じたのであり、人間の存在感の指標が、家系、身分地位、職業にあるのではなく、ありのままの性格の発現の中に見出されると考えていたのである。それをつかみとる文学は、絵画の分野で肖像画という対応物をもつという意味で、本質に於いて絵画的なのである。……とするならば、この「性格描写」の実例として、最後には絵画のモデルとなって己れの姿を示しつづけることになる美禰子は、彼女の肖像画を残したのであり、つまり文学的には性格描写を『三四郎』の中に実現させたことになる、と言えそうに思われる。（中略）このように画家が言うその「表情」とは、リアリズムの極限に「偶然の結果として」浮び出てくる「表情」を意味している。この「表情」が、というよりそれを把握することが、小説における「性格描写」に他ならないことを、漱石は『三四郎』を通じて実験し、かなりの成果をあげたのである。」としておられる。

原口さん宅を辞去して、美禰子は三四郎に「本当に取り掛つたのは、つい此間ですけれども、其前から少し宛描いて頂だいてゐたんです」という。「其前つて、何時頃からですか」「あの服装で分るでせう」三四郎は突然として、始めて池の周囲で美禰子に逢つた暑い昔を思ひ出した。「そら、あなた、椎の木の下に跼がんでゐらしつたぢやありませんか」「あなたは団扇を翳して、高い所に立てゐた」「あの画の通りでせう」「えゝ。あの通りです」

美禰子の肖像画が二人の出会いの時のままだったことは、美禰子が三四郎との出逢いを強烈に記憶していたからにほかならない。一方でこのポーズには野々宮さんとの思い出が込められているという考えもある。これについての考察はあらためておこないたい。最終章で画の構図を賞められた原口さんは「皆御当人の御好みだから。僕の手柄ぢやない」という。自らの青春の思い出を自分の思うままの構図で肖像画に残した美禰子。あまりにも早い青春の見切りに思われる。兄の結婚が迫っていたとはいえ、野々宮さんの妹が断った人間との結婚の決断は、野々宮さんへの反発が働いていなかっただろうか。相手の「立派な人」とは如何なる人物か。彼の登場する場面を読む。

向《むかふ》からくるまが走けて来た。黒い帽子を被つて、金縁の眼鏡を掛けて、遠くから見ても色光沢《いろつや》の好い男が乗つてゐる。此車が三四郎の眼に這入つた時から、車の上の若い紳士は美禰子の方を見詰めてゐるらしく思はれた。二三間先へ来ると、車を急に留めた。前掛を器用に跳ね退けて、蹴込みから飛び下りた所を見ると、背のすらりと高い細面の立派な人であつた。髭を奇麗に剃つてゐる。それでゐて、全く男らしい。

「今迄待つてゐたけれども、余《あんま》り遅いから迎に来た」と美禰子の真前に立つた。見下《みおろ》して笑つてゐる。

「さう、難有《ありがと》う」と美禰子も笑つて、男の顔を見返したが、其眼をすぐ三四郎の方へ向けた。

「何誰《どなた》」と男が聞いた。

「大学の小川さん」と美禰子が答へた。

男は軽く帽子を取つて、向から挨拶をした。

「早く行かう。兄さんも待つてゐる」


三四郎が始めて対面した結婚相手の男は、「黒い帽子を被つて、金縁の眼鏡を掛けて、遠くから見ても色光沢《いろつや》の好い男」であった。平素から車を乗り付けていて、「背のすらりと高い細面の立派な人」で、「髭を奇麗に剃つてゐ」て、「全く男らしい」人物である。「余《あんま》り遅いから迎に来た」と美禰子への思いやりもあり、三四郎のことを「何誰《どなた》」と尋ね、自分から先に帽子を取って挨拶している礼儀正しい人物でもある。素直に読めば、経済的にも豊かで、「責任を逃れたがる人」よりもずっと豊かな包容力のある人物といえそうである。美禰子が自分で決断して選んだ人物であったろうと思われるのである。

文芸協会の演芸会――美禰子は野々宮兄妹と出かけたが、美禰子には野々宮さんとの別れのセレモニーだったと思われる――そこで、ハムレットの幕が下りた後、美禰子とよし子が話をしている男の横顔（美禰子の結婚相手と思われる人物）を見て、下足を取って表へ出て、下宿に帰り寝込んでしまう。

三四郎が完成した「森の女」の画を見たのは、翌年の二月か三月、丹青会の展覧会開会後の第一土曜であった。広田先生、野々宮さん、与次郎らと四人で来たが、「三四郎は入口で一寸躊躇した。」「大勢の後から、覗き込んだ丈で、三四郎は退《しり》ぞいた。腰掛に椅つてみんなを待ち合はしてゐた。」「森の女と云ふ題が悪い（中略）三四郎は何とも答へなかつた。たゞ口の中で迷 羊《ストレイシープ》、迷 羊《ストレイシープ》と繰り返した。」

三四郎は「森の女」の画に、自分自身の「迷へる」青春を封じ込めて、青春の夢を断念し、新しい世界へと去っていった美禰子の生き方に思いを寄せる。ここに至ってはじめて美禰子を迷羊《ストレイシープ》と客観視することができたのである。さらに三四郎の、迷羊《ストレイシープ》、迷羊《ストレイシープ》の繰り返しには、自分自身が迷羊《ストレイシープ》であることの自覚が込められている。『三四郎』冒頭のからだの目ざめと響き合う、最終章の三四郎の精神の目覚めである。

「元始、女性は実に太陽であった。」にはじまる平塚らいてうの創刊の辞を掲げて、日本最初の、女ばかりで作った女の雑誌『青鞜』が創刊されたのは、明治四四（一九一一）年九月のことであった。らいてう、本名平塚明《はる》子は、三年前の明治四一年三月二四日、森田草平と心中未遂事件を起こし、塩原尾花峠で発見され、煤煙事件として新聞各紙に報道された。草平は、将来を案じた漱石の勧めで『煤煙』を執筆、小説家として名誉を回復した。同じ明治四四年九月二二日には、イプセンの『人形の家』が、文芸協会研究所第一回試演会で初演された。ノラ役は松井須磨子であった。

時代はこのようにして、大正デモクラシーの幕開けへと動いていた。美禰子はそういう時代を目前に早すぎた生を生きたといえよう。漱石は時代の動きに鋭敏であったがために、新しい生き方を模索する女性像を描いたといえるのである。

三〇〇ページで紹介したように、花袋に対して

「『三四郎』は拙作かも知れないが、模擬踏襲の作ではない。（中略）拵へものを苦にせらるゝよりも、活きて居るとしか思へぬ人間や、自然としか思へぬ脚色を拵へる方を苦心したら、どうだらう。拵へた人間が活きてゐるとしか思へなくなつて、拵へた脚色が自然としか思へぬならば、拵へた作者は一種のクリエーターである。拵へた事を誇りと心得る方が当然である。」（傍点は漱石）

と『三四郎』創作の自負と方法に対する自信にみちた反論をしている。

森田草平の『三四郎』評は、明治四二年六月一〇日から一三日まで四回にわたって『国民新聞』の「国民文学」欄に掲載された。

『三四郎』は〔先生に最も手近な〕昨今の周囲を描いたものである、（中略）『三四郎』が面白いのは主として此処に在るのだらう。（中略）始めて東京といふ新しい雰囲気の中に投じられた三四郎が、其周囲の影響に依て如何に生ひ立つかを描いたもの（中略）作者は飽迄三四郎を視て書いてゐる、視下して書いてゐる。三四郎に成つて書いて居るのでは無い（中略）三四郎よりはぐつと偉い人が三四郎の心持を書いて遣つてゐるのである。（中略）極端に云へば、読者は作者と一所に成つて主人公たる三四郎を愚にしなければ、此小説の面白味は解らないと云つても可い。（中略）与次郎の性格は観察から来たものを捩ぢ曲げて誇大したものである。野々宮さんも稍それに近い。よし子はあの種の女に対する理想から来たもので、あれに似た女が実在する訳では無いらしい。全く創造《クリエート》されたものである。美禰子は知らぬ。（中略）併し形式の上から云へば、此小説の中で起つた出来事が皆片付いて、出来上つた美禰子の肖像の前に、此の小説に関係の有つた人間が皆集まつて幕を閉ぢるのだから、殆んど思ひ残す所は無い筈である。それで居て何処か物足らない。（中略）〔『三四郎』には〕一番先生の日常の生活に近いもので、先生が人生に対する態度と、あのリファインした感能上の趣味とを十分に窺ふことが出来る。（中略）『三四郎』は先生の作の中で、最も優れた作だと云はないまでも、最も完全な作だと云はれよう。

（『新聞集成　夏目漱石像一』　平野清介編著　昭和五四年一月一〇日刊　精興社　364〜368頁）

明治四二年六月一三日の日記に、漱石は「豊隆来つてぶつ〳〵不平を云ふ。草平の態度よろしからざる故国民紙上で之を駁すといふ。」とあって、「草平の議論をこまかに論じて行けば瓦解土崩すべき所至る所にあり。」と書いている。草平らしい感覚の鋭さは認められ、漱石の視点についての指摘もあるが、論の展開が荒く、その批評は作品の本質的なところには届いていない。それを漱石は「瓦解土崩すべき所至る所にあり」と評している。

小宮豊隆の「『三四郎』を読む」は『新小説』（明治四二年七月、八月）に発表された。

『三四郎』は、小川三四郎なる大学生を主人公にして、其の主人公の性格が、ある期間に於て、周囲の空気にかぶれて、段々と変はつて来る。其性格の発展をのみ目的として書いたのではない。主人公の性格を叙すると、同じ程度に於て、三四郎が、かぶれた周囲の空気―即ち三四郎が影響を受ける、色々な友人知己の性格をも精細に描き出したものである。（中略）『三四郎』の中には、三四郎を中心として外に、六人の人間が出てくる。此七人が同様な明瞭さを以て、何づれも主人公たり得べき資格を以て、活躍するやうに出来てゐる。さうして其七人の活躍が、全局から見て、全躰の纏りをつける上に、一挙一動、相関連して、ぬきさしがならぬやうに出来上がつてゐる。全躰が有機的統一を有してゐる。（中略）『三四郎』に於ては、三四郎が中軸になつてゐる。同時に、三四郎と美禰子との関係が中軸になつてゐる。（中略）篇中の諸種の人物が、各自由なる意志を有して、勝手に働らくとしても、此中軸となるべき興味ある事件―美禰子と三四郎との関係―に関連し影響しなかつたならば、いつまでも纏りが付かなくなるだらうと思ふ。『三四郎』中の諸人物は、此中軸となつた事件を廻ぐつて、自由に活動してゐるから、全体離れずに、ちやんと纏つて行つてゐる。（中略）丹青会展覧会で、「森の女」の絵の前に立つて、三四郎が「ストレイ、シープ」を繰返へす処で、三四郎が美禰子を「一歩傍へ退」いて見得たと云ふ事実が現はされてゐるのだが、（中略）ストレーシープと断ずる前、女が残した謎を、ある点まで解き得るやうになる、即ち女を或る程度まで「余所から見」得るやうになる道筋を、一章で好いから設けて、書いて貰らいたいと思つたのである。（中略）『三四郎』は想像の所産である事は云ふ迄もない。想像の所産と云ふのは畢竟、自家の過去の経験を、小さな分子に解《ほご》して、新たらしい結合をやつた結果である。だから、単独なる自家の閲歴を其儘に写つして、人物を活かすに比べれば、二重の困難がある。困難がある代はりには、模倣でなくつて創造である。創造である点に於て、作家の偉大なる力の発現を見ることが出来るのである。さうして作家の人格的意義が成立するんである。（中略）美禰子は、要するにあるポイントを境界線として、その境界線を超えない範囲内に於て、自由に、自在に活躍してゐる女である。其活躍が自由なるが為めに、終に三四郎及読者に、統一する事の出来ない性格である。その統一することの出来ない性格の種々の面が、時と場所とを異にして、転々現らはれて来る。其処に読者の興味が惹き著けられるのである。（中略）要するに『三四郎』一篇は、単なる一角から見た丈では、狭き一主義の管《くだ》から覗《のぞ》ひた丈けでは、充分なる翫賞《くわんしやう》は出来ない。（中略）所詮は、色々のサイドから見て、色々に論じて行かなければ、本当な評価は出来ない。（220〜228頁　247〜261頁）

（『雑誌集成　夏目漱石像六』昭和五六年一一月刊　平野清介編著）

『三四郎』発表の翌年の評論として実に学ぶべき多くの内容がつまっていると感じる。不十分ながら、同時代の草平、豊隆の「三四郎」批評の紹介を、付言させていただいた。

『続河』一三号（二〇〇八・九・一）

『それから』を読む（その一）

一、『それから』の位置

『それから』は明治四二年六月二七日から一〇月一四日まで、一一〇回にわたって朝日新聞に連載された。連載に先立って漱石は六月二一日に『それから』予告を出している。

> 色々な意味に於てそれからである。「三四郎」には大学生の事を描たが、此小説にはそれから先の事を書いたからそれからである。「三四郎」の主人公はあの通り単純であるが、此主人公はそれから後の男であるから此点に於ても、それからである。此主人公は最後に、妙な運命に陥る。それからさき何うなるかは書いてない。此意味に於ても亦それからである。（傍点筆者）

『それから』予告から伺えることは、『三四郎』にくらべて、主人公は、学生の身分を卒業し、それから先の事を書いたものであり、単純ではなく複雑なものを持ち、それが言動や生き方に反映して、最後に妙な運命に陥る人物である。けれども、この予告は『三四郎』予告ときわめて似たところがあり、三〇歳になる主人公代助を明治四二年という日露戦争後の不安に満ちた社会に放りだし、その生きざまを描く事にあった。前年一月には米国恐慌の余波でわが国初の経済恐慌が起こり、赤旗事件、戊申詔書（日露戦後の社会不安を抑制するため、国民に勤労と節約を奨励）発布があり、四二年四月には、大日本製糖疑獄が起こり、逮捕者は日糖の旧重役陣と代議士二四人に及んだ。浅間山大噴火、韓国併合を閣議決定、大阪大火（市北部ほぼ全滅、一万千三六〇戸焼失）、満州などに関する日清条約調印、伊藤博文暗殺などが相次いだ。

小宮豊隆氏は、『漱石の芸術』（岩波書店　昭和一七年一二月）において、「『それから』はある意味に於いて『三四郎』の続編であった。さうしてこの二つは、次に来る『門』とともに、所謂三部作《トリロギー》を形づくるものであつた。（中略）三つの世界の間には、その根底に於て相互に脈絡するものを持つてゐて、それぞれはつきり独立はしてゐながら、それぞれはつきり関連してゐるのである。

（前略）その根底に於て相互を脈絡させてゐるものは、何であるか。――それは、言ふまでもなく、主人公の恋愛問題である。

（前略）勿論代助は美禰子のやうに、ある意味では軽蔑しながら、三千代を愛してゐたのではなかつた。然しこの恋愛が、いかに自分の心の深所に根を張り、如何に自分にとって運命的なものであつたかを認識する事が出来ずに、それをなほざりに取り扱ひ、自分のさかしらに眩惑されて、惜気もなくそれを友人に譲つてしまはうとするのだから、美禰子とは逆な意味ではあるが、其所に代助の「アンコンシアス・ヒポクリシー」が成立するのは、説明するまでもない事である。三千代は、言はば、その代助の「アンコンシアス・ヒポクリシー」の犠牲になつて、代助の斡旋の下に、平岡の所へ片づかせられる。然も『それから』では、さういふ過去を持った代助が、竟に自分の「アンコンシアス・ヒポクリシー」に堪へられなくなつて、本源的な自然に復らうとする所が描かれるのである。その点では代助は、三四郎を棄てて他に嫁いだ美禰子の、後日に経験し得る、一つの場合を経験したものであると、言ふ事も出来るかも知れない。（中略）『三四郎』と『それから』とでは、男と女との関係が逆になつてゐるには違ひないが、然し、さういふ事に拘泥せず、一つの因果で結ばれたまま、離れ離れになつてゐた男と女とが、年月を経るに従つて、その因果を認識し始め、竟には如何なる犠牲を払はうとも、この因果に従はうと決心するといふ風に、全体を把握するとすれば、『それから』が十分『三四郎』の続編であり得る事は、言ふまでもない。」（162頁～165頁）と『それから』を位置づけておられる。

明治四二年の断片五〇B・C、五一A・Bには、『それから』の素材となるべき記述や構想メモがある。その中で「最後ノ権威ハ自己ニアリ」（八〇頁）とは、主人公代助の考えを表すものであるが、ここにナイーブな感性の三四郎と違って、自己を確立した人物像を描こうとした作者の考えが明白に表されている。

断片五一A・Bには『それから』の構想が記されているが、Aには登場人物の名前が人間関係を含めて主要な人物すべてが記されている。Bには1～15迄にわたって、一〇四行にのぼる詳細なメモが記されている。

因みに断片五一Bの1から5までをあげてみる。

1、代助の家、門野と婆さん。写真
2、平岡の来訪。談話。
3、代助と家族。親爺
（a）親爺トノ会話
（b）嫂との対話
（c）嫁の候補者
（d）其因縁ばなし

4、（1）アンドレーフ。激セザル人。死ヲ怖レル人
（2）アマランス、平岡ノ移転ニ就テ　〔原〕
（3）平岡ノ細君来訪。平岡ノセカ〳〵シイ容子。独リノ旅宿ノ細君ヲ訪ハントシテ果サズ。
（4）来訪ノツヾキ。細君ノ容貌、眼、指輪　血色ノわるい事、
（5）金ヲ借リル件。
5、（1）引越。d'Annunzio ノ室ノ色
（2）時計ノ音虫ノ音ニ変ル夢、夢ノ試験、James　気狂ニナル徴候
（3）園遊会。英国ノ御世辞。兄トノ会見。
（4）兄ノ characterization.
（5）鰻屋ノ会話

これらの綿密なプランから伺えることは、この作品にかける作者の並々ならぬ意気込みであり、前作に比べて作品世界の一段の深まりである。

二、『それから』の冒頭部分から読み取れること

誰か慌たゞしく門前を馳けて行く足音がした時、代助の頭の中には、大きな俎下駄が空から、ぶら下つてゐた。けれども、その俎下駄は、足音の遠退くに従つて、すうと頭から抜け出して消えて仕舞つた。さうして眼が覚めた。

枕元を見ると、八重の椿が一輪畳の上に落ちてゐる。代助は昨夕床の中で慥かに此花の落ちる音を聞いた。彼の耳には、それが護謨毬を天井裏から投げ付けた程に響いた。夜が更けて、四隣が静かな所為かとも思つたが、念のため、右

の手を心臓の上に載せて、肋のはづれに正しく中る血の音を確かめながら眠に就いた。

（一の一）

作品は代助の目覚めの場面から始まる。前作『三四郎』ののどかな目覚めに較べて、慌ただしく駆けて行く足音、空からぶら下がっている大きな俎下駄、まさに緊迫感にみちた表現である。この緊迫感と後述する不安感は『それから』という作品世界の枠組みを作っていくのである。それは前述した明治四二年という時代の空気でもあった。

さらに枕元に落ちている赤ん坊の頭ほどもある大きな八重椿。この落花は誰かの運命をも暗示しているかのような書き出しである。椿の花を眼にした代助は、その色の連想から、手を当てて心臓の鼓動を調べる。鼓動の下に温かい紅の血潮の流れる様を想像し、これが命であると考え、鼓動は自分を死に誘う警鐘であると考えた。この警鐘を聞くことなしに生きていられたなら……と考える「生きたがる男」代助。枕元の新聞には、男が女を斬っている絵、学校騒動などが載っていた。歯並びの好いのを嬉しく思い、皮膚の光沢に満足し、ふっくらした頬を撫でながら鏡に映すなど「肉体に誇を置く人」でもあった。主人公代助の生理が描かれている。

代助は一戸を構えたが、月に一度は本家へ金を貰いに行く。親の金とも、兄の金ともつかぬものを使って生きている。未婚の代助の家には食事の世話に雇った婆さんと書生の門野がいる。門野は学校へも行かず、勉強もせず、一日ごろごろしているが、身体の方は善く動くので代助は重宝がっている。代助は「自分の神経は、自分に特有なる細緻な思索力と、鋭敏な感応性に対して払ふ租税である。高尚な教育の彼岸に起る反響の苦痛である。（中略）是等の犠牲に甘んずればこそ、自分は今の自分に為れた。」と考えているが、怠け者で粗末な神経の門野は、代助の対照的な人物として描かれている。

トーストと紅茶の朝食をすませた代助、そこへ門野は平岡の葉書と父親の封書を持ってくる。期せずして同じ日に届いた二つの郵便、これからの代助の運命に大きく関わってくるのである。然も同じ日に両者とも代助に会いたいという。代助は父親の方に断りの電話をかけさせ、書斎でアルバムを開いて、二〇歳位の女の顔をじっと見詰めていた。

緊迫感と不安感にみちた書き出し部分。落ち椿の大きな赤い色は、結末の「赤」の洪水と照応して、狂気に陥る代助を思わせて象徴的である。椿の花の赤から赤い血潮の心臓の鼓動を聴く代助へと、鋭敏な感覚の生きたがる男代助がまず描かれる。大学卒業後就職もせず、実家からの援助で一家を構え、手伝いの婆やと書生の門野を雇って暮らしている代助の文化的で優雅な生活。細緻な思索力と鋭敏な感受性によって、代助の現実を見る眼はますます冴える。学校騒動を報じる新聞記事、連載小説『煤煙』のこと、やがて日糖事件の報道。日本のおかれている現状―近代化を急いで伝統や拠り所を失い、工業化の波のなかで精神的な支えもなく、ただあくせくと動いている人間―に絶望し虚無に陥っている代助。社会的不安と人間としての生の不安のなかで如何に生きるか―その課題追求のドラマの幕開けが第一章である。

門野は形だけは代助と同じように何もしないで遊んで暮らしたい男だが、牛の脳味噌のような頭を持ち、勉強もせず、全く論理に欠ける男である。まさに代助と対照的な男として描かれている。不安と緊迫感にみちた作品世界に、門野を書生にするときの問答は、落語を聞くようなのんびりとした雰囲気を漂わせて面白い。

二通の書信はやがて代助の今後に大きな影響を与えるものとして出て来る。平岡の葉書は、代助に過去の因縁を思い起こさせ、代助の生活に大きな影響を与える。親友であった平岡の三年間の変容もうかがわせるものである。父の手紙は代助の未来を束縛しようとする内容のものであるが、時代の不景気の影響は父親の事業にも打撃を与える事につながっていく。

アルバムの女の写真は、それを見詰める代助の姿から、過去の関係だけでなく今後の展開に大きく関わってくることが読者に想像させられるのである。『三四郎』では汽車の女が登場し、名古屋の宿で三四郎と同衾することになったが、写真の女の登場のさせ方は、静かな中に代助の心に強いあるものを呼び覚ます表現であり、次への展開に読者の興味をかき立てる。

三四郎は美禰子に振り回され、結局振られてしまったが、代助は三千代を愛していながらも、彼女に意思表明をしないうちに、平岡に結婚したいと先を越され、友情を優先してその仲を取り持ってしまう。それは冒頭の作品の現在からすると、三年前のことであった。仕事でつまずき落ちぶれた平岡が、三千代と東京に帰ってきたところから『それから』の世界は始まる。

ともあれ、『それから』第一章は、高等遊民主人公代助の姿を鮮やかに造型し、彼の生きる環境・生活・人物などを紹介して、今後の展開に読者の興味をかき立てるべく、実に用意周到な表現といえるのである。

三、『それから』の語り手の批判意識

語り手と代助という人物の描き方について見ていきたい。

冒頭部分から、代助が非常に繊細で鋭敏な感覚の持ち主であり、絶えず心臓の鼓動が気になる「生きたがる男」であることが提示される。さらに、必要があれば御白粉さえ付けかねぬほどに「肉体に誇を置く人」である。旧時代の日本を乗り超えているナルシシスト代助の姿が描かれる。学校騒動の新聞記事を読んで、先生、大変な事が始まりましたな、と仰山な声で痛快がり、到底辞職もんでしょうと嬉しがる門野に対して、校長が辞職すれば君は儲

かる事でもあるんですか、（中略）今の人間が得にならないと思ってあんな騒動をやるもんかね、ありゃ方便だよ、君、と批判する代助。物事を単純に考えず、その事象の背後にあるものを見詰めようとする代助は、へえ、左様なもんですかな、で押し通して澄ましている、是より以上通じない門野を、常に批判的に見ている。代助は門野に「御母さんや兄さんから云つたら、一日も早く君に独立して貰ひたいでせうがね」というが、門野は婆さんとの話で代助のことを、先生は一体何をする気なんだろうね、何かしたら好さそうなもんだと思うんだが、と逆に批判してもいるのである。門野を批判する言葉がそのまま代助に返ってきているのに、代助はそのことに気づいていない。

代助の父は御維新のとき戦争に出た経験があり、役人を辞めてから実業界に入り、大分の財産家になった。戦争に出たことを自慢にし、度胸、胆力がない代助を批判する。父親は云う。

「さう人間は自分丈を考へるべきではない。世の中もある。国家もある。少しは人の為に何かしなくつては心持のわるいものだ。御前だつて、さう、ぶら〳〵してゐて心持の好い筈はなからう。」
「三十になつて遊民として、のらくらしてゐるのは、如何にも不体裁だな」
と父親から云われても、
代助は、決してのらくらして居るとは思はない。たゞ職業の為に汚されない内容の多い時間を有する、上等人種と自分を考へてゐる丈である。（三の三）

父が出かけた後、代助は嫂梅子に、父親が見つけてきた因縁つきの佐川の娘（多額納税者の娘）との結婚を勧められる。代助は「先祖の拵らえた因縁よりも、まだ自分の拵えた因縁で貰ふ方が貰ひ好い様だな」（三の七）という。

この後の四章はアンドレーエフの『七死刑囚物語』（一九〇八）の処刑の場面で始まる。代助が「自分の拵えた因縁で貰ふ方が（後略）」といったとき三千代をはっきりと意識はしていなかったとしても、潜在意識のなかで三千代との将来に、暗くて危険な不安に満ちたものを感じたことを暗示しているのではなかろうか。

三千代の登場は次のように記されている。

平岡の細君は、色の白い割に髪の黒い、細面に眉毛の判然映る女である。一寸見ると何所となく淋しい感じの起る所が、古版の浮世絵に似てゐる。帰京後は色光沢がことに可くないやうだ。（後略）

三千代は東京を出て一年目に産をした。生れた子供はぢき死んだが、それから心臓を痛めたと見えて、兎角具合がわるい。（後略）

三千代は美くしい線を奇麗に重ねた鮮かな二重瞼を持つてゐる。眼の恰好は細長い方であるが、瞳を据ゑて凝と物を見るときに、それが何かの具合で大変大きく見える。代助は是を黒眼の働らきと判断してゐた。三千代が細君にならない前、代助はよく、三千代の斯う云ふ眼遣を見た。（後略）

廊下伝ひに坐敷へ案内された三千代は今代助の前に腰を掛けた。さうして奇麗な手を膝の上に畳《かさ》ねた。下にした手にも指輪を穿めてゐる。上にした手にも指輪を穿めてゐる。上のは細い金の枠に比較的大きな真珠を盛つた当世風のもので、三年前結婚の御祝として代助から贈られたものである。

三千代は顔を上げた。代助は、突然例の眼を認めて、思はず瞬を一つした。（後略）（四の四）

（前略）三千代は少し挨拶に困つた色を、額の所へあらはして、一寸下を見たが、やがて頬を上げた。それが薄赤く染まつて居た。

「実は私少し御願があつて上がつたの」

疳の鋭どい代助は、三千代の言葉を聞くや否や、すぐ其用事の何であるかを悟つた。実は平岡が東京へ着いた時から、いつか此問題に出逢ふ事だらうと思つて、半意識の下で覚悟してゐたのである。

「何ですか、遠慮なく仰しやい」

「少し御金の工面が出来なくつて？」
三千代の言葉は丸で子供の様に無邪気であるけれども、両方の頬は矢つ張り赤くなつてゐる。（後略）
（前略）金高を聞くと五百円と少し許である。代助はなんだ其位と腹の中で考へたが、実際自分は一文もない。代助は、自分が金に不自由しない様でゐて、其実大いに不自由してゐる男だと気が付いた。（四の五）

三千代は静かで、しとやかな、ほっそりした美しい女性であり、瞳を据えてじっと物を見るときそれが大きく見える。古風で控えめなようでいて、理知的ものを内に持ったしんの強さがある人物である。借金を申し込む三千代に、代助は結婚前によく見たあの眼遣いを見て「思はず瞬」をしたのである。この思い出した感覚の意味は大きい。

五章では平岡の引越がある。門野は荷車を三台雇って停車場まで行き、平岡の荷物を受け取って引越を手伝う。園遊会に呼ばれた代助は兄に用談を申し込み、鰻屋へ上がる。そこで三千代から頼まれた金策について話をした。兄は「そりや御廃しよ」と答えた。平岡を使ってやってくれないか、との頼みにも、「いや、さう云ふ人間は御免蒙る。のみならず此不景気ぢや仕様がない」と云う。

六章では、門野が『煤烟』を読んでいて、「現代的の不安が出てゐる様ぢやありませんか」と面白がる場面がある。代助は『煤烟』について、

ダヌンチオの主人公は、みんな金に不自由のない男だから、贅沢の結果あゝ云ふ悪戯をしても無理とは思へないが、「煤烟」の主人公に至つては、そんな余地のない程に貧しい人である。それを彼所迄押して行くには、全く情愛の力でなくつちや出来る筈のものでない。所が、要吉といふ人物にも、朋子といふ女にも、誠の愛で、已むなく社会の外に押し流されて行く様子が見えない。彼等を動かす内面の力は何であらうと考へると、代助は不審である。あゝいふ境遇に

居て、あゝ云ふ事を断行し得る主人公は、恐らく不安ぢやあるまい。これを断行するに躊躇する自分の方にこそ寧ろ不安の分子があつて然るべき筈だ。代助は独りで考へるたびに、自分は特殊人《オリヂナル》だと思ふ。けれども要吉の特殊人《オリヂナル》たるに至つては、自分より遥かに上手であると承認した。それで此間迄は好奇心に駆られて「煤烟」を読んでゐたが、昨今になつて、あまりに、自分と要吉の間に懸隔がある様に思はれ出したので、眼を通さない事がよくある。
（六の二）

門野のいう「現代的の不安」にたいして、代助は、「誠の愛で、已むなく社会の外に押し流されて行く様子が見えない」「主人公は、恐らく不安ぢやあるまい」と批判するのである。代助は平岡の家を訪ねた。

平岡の家は、此十数年来の物価騰貴に伴れて、中流社会が次第々々に切り詰められて行く有様を、住宅の上に善く代表してゐる、尤も粗悪な見苦しき構へである。（中略）門と玄関の間が一間位しかない。勝手口も其通りである。さうして裏にも、横にも同じ様な窮屈な家が建てられてゐる。（後略）

今日の東京市、ことに場末の東京市には、至る所に此種の家が散点してゐる。のみならず、（中略）日毎に、格外の増加率を以て殖えつゝある。代助はかつて、是を敗亡の発展と名づけた。さうして、之を目下の日本を代表する最好の象徴《シンボル》とした。
（六の四）

代助が「何所か奉公口の見当は付いたか」と聞いたのに対して

「うん、まあ、ある様な無い様なもんだ。無ければ当分遊ぶ丈の事だ。緩くり探してゐるうちには何うかなるだらう」

云ふ事は落ち付いてゐるが、代助が聞くと却つて焦つて探してゐる様にしかとれない。代助は、昨日兄と自分の間に起つた問答の結果を、平岡に知らせやうと思つてゐたのだが、此一言を聞いて、しばらく見合せる事にした。何だか、構へてゐる向ふの体面を、わざと此方から毀損する様な気がしたからである。……

代助が真鍮を以て甘んずる様になつたのは、（中略）全く彼れ自身に特有な思索と観察の力によつて、次第々々に渡金を自分で剥がして来たに過ぎない。代助は此渡金の大半をもつて、親爺が捺摺り付けたものと信じてゐる。其時分は親爺が金に見えた。多くの先輩が金に見えた。（中略）だから自分の渡金が辛かつた早く金になりたいと焦つて見た。所が、他のもの、地金へ、自分の眼光がぢかに打つかる様になつて以後は、それが急に馬鹿な尽力の様に思はれ出した。（中略）昔しの自分なら、可成平岡によく思はれたい心から、斯んな場合には兄と喧嘩をしても、父と口論をしても、平岡の為に計つたらう、（中略）それを予期するのは、矢っ張り昔しの平岡で、今の彼は左程に友達を重くは見てゐまい。（中略）酒が出た。三千代が徳利の尻を持つて御酌をした。（六の五）

代助は平岡に自分の働かない理由を次のように述べる。

何故働かないつて、そりや僕が悪いんぢやない。つまり世の中が悪いのだ。もつと、大袈裟に云ふと、日本対西洋の関係が駄目だから働かないのだ。（中略）日本は西洋から借金でもしなければ、到底立ち行かない国だ。それでゐて、一等国を以て任じてゐる。さうして、無理にも一等国の仲間入をしやうとする。だから、あらゆる方面に向つて、奥行を削つて、一等国丈の間口を張つちまつた。なまじい張れるから、なほ悲惨なものだ。（中略）牛と競争をする蛙と同じ事で、もう君、腹が裂けるよ。（中略）斯う西洋の圧迫を受けてゐる国民は、頭に余裕がないから、碌な仕事は出来ない。悉く切り詰めた教育で、さうして目の廻る程こき使はれるから、揃つて神経衰弱になつちまふ。（中略）自分の事と、自分の今日の、只今の事より外に、何も考へてやしない。考へられない程疲労してゐるんだから仕方がない。精神の困憊と、身体の衰弱とは不幸にして伴なつてゐる。のみならず、道徳の敗退も一所に来てゐる。日本国中何所を見渡したつて、輝いてる断面は一寸四方も無いぢやないか。悉く暗黒だ。其間に立つて僕一人が、何と云つたつて、何を為たつて、仕様がないさ。

これに対して三千代は次のように批判する。

「何だか厭世の様な呑気の様な妙なのね。私よく分らないわ。けれども、少し胡麻化して入らつしやる様よ」（六の七）

代助の文明批評は、百年後の現在の日本にも、ほとんどそのまま当てはまるものではなかろうか。時代を見据えて語り手と代助とが、ここでは一体となって日本の現状を批判している。その大部分は一九〇〇年一〇月から一九〇二年一二月までの、英国留学の苦闘を経て辿り着いた漱石自身のものでもあったろう。

代助は、訪ねてきた三千代にかつての黒い瞳を認めて「思はず瞬を一つした。」その三千代から金の工面を頼まれて、「自分が金に不自由しない様でゐて、其実大いに不自由してゐる男だと気が付いた。」「あらゆる神聖な労力は、みんな麺麭を離れてゐる」という代助だが、兄に頼み込んで失敗し、自分ではどうしようもない。平岡の家を訪ねて、代助は、緩りして行って呉れと頼む様に留めて、酒の支度に次の間へ立つ三千代の後ろ姿を見て「どうかして金を拵へてやりたいと思つた。」のだった。代助は、嫂梅子に凡てを話して「貸して下さい」と頼み込む。梅子は「さうね。けれども全体何時返す気なの」と思いも寄らぬ問いを返してくる。「（前略）あなたは一家中悉く馬鹿にして入らつしやる（中略）けれどもね、そんなに偉い貴方が、何故私なんぞから御金を借りる必要があるの。可笑しいぢやありませんか。（中略）それ程偉い貴方でも、御金がないと、私見た様なものに頭を下げなけりやならなくなる（中略）然し誰も御金を貸し手がなくつて、今の御友達を救つて上げる事が出来なかつたら、何うなさる。いくら偉くつても駄目ぢやありませんか。無能な事は車屋と同なしですもの」嫂は続けて云う。

「仕方がないのね、貴方は。あんまり、偉過ぎて。一人で御金を御取んなさいな。本当の車屋なら貸して上げない事もないけれども、貴方には厭よ。だつて余りぢやありませんか。月々兄さんや御父さんの厄介になつた上に、人の分迄自分に引受けて、貸してやらうつて云ふんだから。誰も出し度はないぢやありませんか」

梅子の云ふ所は実に尤もである。然し代助は此尤もを通り越して、気が付かずにゐた。振り返つて見ると、後の方に姉と兄と父がかたまつてゐた。自分も後戻りをして、世間並にならなければならないと感じた。家を出る時、嫂から無心を断わられるだらうとは気遣つた。けれども夫が為めに、大いに働らいて、自から金を取らねばならぬといふ決心は決して起し得なかつた。代助は此事件を夫程重くは見てゐなかつたのである。
（七の五）

八章で嫂は「古風な状箱」で手紙を届けてくる。手紙は言文一致で次のように書かれていた。

此間わざ〳〵来て呉れた時は、御依頼通り取り計ひかねて、御気の毒をした。後から考へて見ると、其時色々無遠慮な失礼を云つた事が気にかゝる。どうか悪く取つて下さるな。其代り御金を上げる。尤もみんなと云ふ訳には行かない。二百円丈都合して上げる。から夫をすぐ御友達の所へ届けて御上げなさい。是は兄さんには内所だから其積でゐなくつては不可ない。奥さんの事も宿題にするといふ約束だから、よく考へて返事をなさい。
（八の三）

手紙の中に巻き込めて、二百円の小切手が入っていた。代助はしばらくそれを眺めてゐるうちに、梅子に済まないような気がしてきた。代助はすぐ返事を書いた。そうして出来るだけ温かい言葉を使って感謝の意を表した。

学問をして頭もよく、日本の現状についても鋭い批判力を持つ代助であるが、自分の生活の基盤は、父や兄に依存する脆弱なものである。そのことを、嫂との問答で思い知らされた代助だが、「此事件を夫程重くは見てゐなかつた」代助は、しだいに窮地に追い込まれていく。

七章の冒頭部分、代助自身の感覚に大きな変化が起きている。

此間、ある書物を読んだら、ウエーバーと云ふ生理学者は自分の心臓の鼓動を、増したり、減したり、随意に変化さしたと書いてあつたので、平生から鼓動を試験する癖のある代助は、ためしに遣つて見たくなつて、一日に二三回位怖々ながら試してゐるうちに、何うやら、ウエーバーと同じ様になりさうなので、急に驚ろいて已めにした。

湯のなかに、静かに浸つてゐた代助は、何の気なしに右の手を左の胸の上へ持つて行つたが、どん〳〵と云ふ命の音を二三度聞くや否や、忽ちウエーバーを思ひ出して、すぐ流しへ下りた。さうして、其所に胡座をかいた儘、茫然と、自分の足を見詰めてゐた。すると其足が変になり始めた。どうも自分の胴から生えてゐるんでなくて、自分とは全く無関係のものが、其所に無作法に横はつてゐる様に思はれて来た。さうなると、今迄は気が付かなかつたが、実に見るに堪えない程醜くいものである。毛が不揃に延びて、青い筋が所々に蔓つて、如何にも不思議な動物である。

代助は又湯に這入つて、平岡の云つた通り、全たく暇があり過ぎるので、こんな事迄考へるのかと思つた。湯から出て、鏡に自分の姿を写した時、又平岡の言葉を思ひ出した。幅の厚い西洋髪剃で、顎と頬を剃る段になつて、其鋭どい刃が、鏡の裏で閃く色が、一種むづ痒い様な気持を起さした。……

休息しながら、斯う頭が妙な方面に鋭どく働き出しちや、身体の毒だから、些と旅行でもしやうかと思つて見た。

……（七の一）

ここには、自分の肉体に誇りを置くナルシシスト代助の姿はない。鋭敏な感覚が負（マイナス）の方向へと動き出し、心理分析はいっそう緻密さを増してきている。こういう深刻な表現をわずかに和らげているのが、「「何うも先生は旨いよ」と門野が婆さんに話してゐた。」という、ときどき挿入される、これに類した門野の言葉であり、人物表現であろう。

やがて、日糖事件が報じられ、父親の事業のピンチから、代助の多額納税者の娘との結婚が目前の課題として浮かび上がり、一方で三千代への思いがいよいよ強くなっていく代助であった。

『それから』全一七章のなかで、七章は一つの曲がり角といえるのではなかろうか。自分の肉体に誇りを置く代助が、風呂の中で「実に見るに堪えない程醜くいものである」自己の肉体に気づく。「三十になるか、ならないのに既に nil admirari の域に達して仕舞つた」代助だが、平岡夫婦の帰京以来、三千代に対する思いが次第に高まっていき、明治四〇年代という時代の動きの中で、時代に対する批判を強くしながらも、「倦怠《アンニュイ》」を感じるようになる。頭でどんなに優れた鋭いことを考えても、自分の生活を支える実体がない。だから生活者への思いやりが無く、自然と利己的になっていくのである。

明治四四年八月、明石での講演「道楽と職業」において、「開化」の問題をふまえて「職業」は人の為にするものであり金を儲けて生活する為には他者との関係を調整せざるをえない、他人本位のものである。一方、「道楽」とは「己れの為にして居る」ものであり、それにつながる芸術家・科学者・哲学者は、世間の実生活に関係の遠い方面であり、「自己本位でなければ到底成功しない」とのべて、「代助」の立場の意義につながる発言をしている。好きな本を読み、絵を楽しみ、音楽会や芝居に行く優雅な生活を生き甲斐とする代助だが、次第に現実との距離を取ることができなくなる。

『それから』は明治四〇年代の時代と社会のなかに放り出された代助が、自己の恋愛と生き方をどう決着させるかを問う、いわば実験小説といえるのではなかろうか。

『続河』一四号（二〇〇九・八・一九）

『それから』を読む（その二）

『それから』（明治四二年六月二七日～一〇月一四日　百十回にわたって朝日新聞に連載）

『それから』は日露戦争後の明治四〇年代の時代と社会のなかで、代助が、自己の恋愛と生き方をどう決着させるかを問う、いわば実験小説といえるのではなかろうか。これが前回の終わりであった。

『それから』はまず現在の状況が提示されて、そこに至るまでの過去の因縁がしだいに明らかにされるという構成になっている。冒頭部分の大きな俎下駄と大きな八重の落椿、緊迫感と不安感にみちた書き出し。同じ日に届いた平岡からの会いたいという葉書と父からの来てくれとの手紙。それは代助のこれからに大きな影響を与える。平岡を優先した代助だが、アルバムを繰って、代助は二〇歳位の女の顔をじっと見詰める。

「代助には人の感じ得ない事を感じる神経がある。それが為時々苦しい思もする。」（七の一）とあるが、風呂の中で「実に見るに堪えない程醜くいものである」自己の肉体に気づく。自己の肉体に誇りを置く代助の変化である。

四、代助と三千代の出会い

代助が三千代と知り合いになったのは、今から四、五年前のことで、代助がまだ学生の頃であった。三千代は代助の学友菅沼の妹で、学生になった二年目の春、修行のためにと連れて来たのだが、当時国の高等女学校を卒業したばかりの一八であった。代助は菅沼の家へよく遊びに行った。代助は三千代とすぐ心安くなってしまった。平岡もよく菅沼の家へ遊びにきて、三千代と懇意になった。ところが、菅沼の卒業する年の春、菅沼の母が泊まりに来ていたが、帰る前日熱を出して動けなくなり、チフスと分かって大学病院に入院した。三千代は看護のため付き添ったが、母は死んでしまった。それればかりか見舞いに来た兄に伝染して兄も亡くなった。国に父が一人残ったが、三千代を連れて国へ帰った。その年の秋、平岡は三千代と結婚した。間に立ったのは代助であった。三年後の今、赤ん坊を失い、仕事を失った夫平岡について東京に帰ってきた三千代の「心細い境遇」をなんとかして遣りたいと思う代助である。（七の二）

代助と平岡は中学時代からの知り合いで、学校卒業後一年間は兄弟のように親しく往来し、凡てを打ち明けて力に為り合い犠牲を厭わない関係だった。結婚した平岡夫婦が京阪地方の支店詰になって出立するのを、新橋停車場に見送った代助は、平岡の眼鏡の裏に「得意の色」が羨ましい位動いたのを見て、家へ帰って部屋へ這入ったなり考え込んでいた。平岡からの便りに丁寧な返事を出したが、「何時でも一種の不安」に襲われる。平岡の方から、「自分の過去の行為」に対して、幾分か感謝の意を表して来る場合に限って、比較的なだらかな返事が書けたという。

この「不安」とは代助の心の深層にある三千代への思い、三千代を平岡に周旋したのが果たして正しかったのかという「不安」であったろう。すでに作品の冒頭において、それは三千代の結婚三年後のことであるが、三千代を失った喪失感が、無意識のうちに代助の行動を規制していることが解る。代助はまだ自分の心の奥底を覗いてみようとはしていない。

平岡の引越の前日、三千代が代助に金の工面を頼みにくる。支店を引き上げるとき、置き去りにしてきた借金三口のうちの一つで五百円だという。蒼白い三千代の顔をながめて未来の不安を感じた代助だった（四の五）。代助は金の工面を兄に頼んで失敗し、嫂に相談した。（七の四）

当時東京市小学校正教員の平均月棒は約二七円、女性は二〇円。東京朝日新聞校正係石川啄木の月棒は二五円であった。明治四〇年一月以降株価は暴落、不況は深刻化し倒産、失業、労働争議が頻発する世の中であった。五〇〇円とは、啄木の月棒からすればその二〇倍にも当たる高額な金額である。

嫂から「それ程偉い貴方でも、御金がないと、私見た様なものに頭を下げなけりやならなくなる（中略）然し誰も御金を貸し手がなくつて、今の御友達を救つて上げる事が出来なかつたら、何うなさる。いくら偉くつても駄目ぢやありませんか」とやりこめられる。嫂の梅子は、この機会に父親がすすめている結婚話を強くすすめてきた。「僕は何うしても嫁を貰はなければならないのかね」という代助に梅子は「妙なのね、そんなに厭がるのは。――（中略）それじや誰か好きなのがあるんでせう。其方の名を仰やい」という。こう云われた時、不意に三千代という名が心に浮かんだのであった。金を借りる事に失敗した代助はやっと終電に間に合ったが、停留所の赤い柱、暗い中を遠くから来る赤い火の玉に淋しい感じにとらわれる。車内には誰も居ず、黒い着物の車掌と運転手の間に挟まれて真っ暗ななかをどこまでも引っ張り回されるような気がした。この淋しく不安な気持ちは、代助の未来を暗示しているようである。

留守に梅子から手紙が古風な状箱で届けられ、二〇〇円の小切手が同封されていた。代助は平岡の家を訪ねた。平岡の不在を聞いて代助は話しやすいような、また話しにくいような変な気がしたが、三千代は常の通り落ち着いていた。代助は、先だっての御金ですがこれだけじゃ駄目ですか、と小切手を開いた。代助は経済問題の裏面に潜んでいる夫婦の関係を推察し、元気におなんなさいと勇気づけた。彼等は互いの昔をたがいの顔の上に認めた。

三日後平岡がやってきた。夏の洋服に新しい白シャツで、浪人とはうけとれないくらい、ハイカラに取り繕っていた。平岡は三千代の事も金のことも口に出さなかった。代助の方から口を切ると平岡は冷淡な礼を言った。平岡のハイカラな服装は代助からの二百円から調達したと思われるが、代助に対する劣等感、ひがみ、ねたみなどから、昔の親友の面影は全く失せてしまっている。平岡の帰りを見送った代助は書斎で独座に耽る。平岡はとうとう自分と離れてしまった。現代の社会は孤立した人間の集合体にすぎなかった。文明は我等をして孤立せしむるものだと、代助は解釈した。代助は、今の平岡に対して、隔離の感よりも嫌悪の念を催した。語り手は、三年経過するうちに自然は自然に特有な結果を、彼等二人の前に突きつけた、平岡はなぜ三千代を貰ったかと思うようになり、代助は何故三千代を周旋したかという声を聞いた（八の六）、と述べる。

代助の、三千代への思いの自覚である。それは平岡が自分と離れてしまったと感じることと深く関わっている。平岡が三千代を貰いたいと告げた思いが、どれほど真実のものであったのか。代助は自分の思いの深さを考える。

五、父親の勧める縁談

新聞に日糖事件が報じられた。会社の重役が会社の金を使って代議士の何名かを買収したという報知である。二三日するうちに取調を受ける者の数が多くなり大疑獄のように囃し立てられた。代助は自分の父と兄の会社については何事も知らなかったが、いつどんな事が起こるまいものでもないとは常から考えていた。大日本精糖株式会社の重役と代議士間のこの贈収賄事件は、明治四二年四月のことであったが、此の事件が書かれた『それから』八の一は八月六日の掲載である。新聞連載小説であるにも拘わらず、時期をずらしたのは、父親の会社が追い詰められていて、代助に多額納税者の娘との縁談を一挙に進めざるを得ない状況を作り出すための方策と考えられる。

父に呼ばれた代助は実家に赴く。不断からなるべく父を避けて会わないようにしていたが、会うと丁寧な言葉を使って応対しているにも拘わらず、腹のなかでは侮辱しているような気がしてならなかったからである。代助は互いを腹のなかで侮辱することなしには接触を敢えてし得ぬ現代の社会を二〇世紀の堕落とよび、これを近来急に膨脹した生活欲の高圧力が道義欲の崩壊を促したものと解釈していた。代助は父から維新前の武士に固有な道義本意の教育を受けたため、一時非常な矛盾の苦痛を頭の中に起こした。代助はすべての道徳の出立点は社会的事実より外にないと信じている。

内玄関から廻って座敷へ来ると、珍しく兄が酒を飲んでいた。一杯遣らないかといわれて代助は葡萄酒を飲んだ。今日はどうしたんです、気楽そうですね、と聞く代助に、兄は今日は休養だ、この間中は忙しすぎて降参したから、という。日糖事件に関係でもあったんですか、の問いに、関係はないが忙しかったという。実際世の中の事は、何がどうなるんだか分からないからな、ともいう。いよいよ奥へ行って叱られてくるかな、といいながらコップを出す代助に、兄は、嫁のことか、貰っておくがいい、低気圧が来ているから、と注意した。まさかこの間中の奔走からきたのではありますまいね、の念押しに、何ともいえないよ、我々も何時拘引されるか分からない身体なんだから、という。

父は唐机の前へ座って唐本を見ていた。父は眼鏡を外して、来たかといった。代助は苦い茶を飲ませられてしばらく雑談に時を移した。父はとうとう、時に今日御前を呼んだのは、といいだした。長談義のうちに、御前はこれから先どうする料簡なんだ、と質問された。代助は、実は色々計画もあるが、いずれ秩序立てて来て、ご相談をする積もりであると答えた。つぎに、独立の出来るだけの財産が欲しくはないかと聞かれた。欲しいとこたえると、父は、では佐川の娘を貰ったらよかろうという条件を付けた。次にいっそ洋行する気はないかといわれた。好いでしょうと賛成したが、これにも結婚が先決問題として出てきた。「そんなに佐川の娘を貰う必要があるんですか」と代助が聞くと父の顔が赤くなった。

　父は頗る熱した語気で、まず自分の年を取っている事、子供の未来が心配になる事、子供に嫁を持たせるのは親の義務であると云うこと、嫁の資格その他については、本人よりも親の方がはるかに周到な注意を払っているということなどを、非常に丁寧に説いた。けれども、代助は依然として許諾の意を表さなかった。すると父はわざと抑えた調子で、「ぢや、佐川は已めるさ。さうして誰でも御前の好きなのを貰つたら好いだらう。だれか貰ひたいのがあるのか」と云った。「別に（中略）ありません」と返事をしたら、父は急に肝の発した様な声で、「ぢや、少しは此方の事も考へて呉れたら好からう。（中略）」と急調子に云った。代助は「貴方にそれ程御都合が好い事があるなら、もう一遍考へて見ませう」と答えた。父は益々機嫌を悪くした。「何も己の都合許で、嫁を貰へと云つてやしない」と父は前言を訂正した。「（中略）御前はもう三十だらう。三十になつて、（中略）結婚をしなければ、世間では何と思ふか大抵分るだらう。（中略）独身の為に親や兄弟が迷惑したり、果は自分の名誉に関係する様な事が出来したりしたら何うする気だ」やがて、言葉を和らげて、「まあ、よく考へて御覧」と云った。代助ははあと答えて、父の室を退いた。代助は帰るとき、嫂に「あなたは僕の事を何か御父さんに讒訴しやしないか」というと、梅子はハ、、、と笑った（九の四）。嫂の梅子は父に、代助には結婚したい好きな女がいないことを漏らしたに違いないのである。

　母のいない代助にとって、嫂は母親代わりの存在で、何かにつけて心配りをしてくれている人物である。それにしてもこの会見の場面での保守的な父親像の描写はじつに見事で、圧倒的な存在感がある。父親の「名誉に関係する様な事が出来したら（後略）」は、事件の展開をも暗示して、巧みな表現である。

明治民法には「戸主ハ其家族ニ対シテ扶養ノ義務ヲ負フ」とあり、代助が月に一度必ず本家へ生活費を貰いに行くのは、法律に保障された権利でもあった。と同時に、男子満三〇歳、女子満二五歳までは婚姻のため父母の同意を必要とした。逆に言えば満三〇歳を過ぎると、父親は代助の結婚に干渉する権利を失うことになるのだ。父親が執拗に代助と多額納税者の佐川の娘との縁談を急ぐのは、自分の事業と代助の年齢に大きく関係していたのである。

父との会見の場面で、「ぢや、少しは此方の事も考へて呉れたら好からう。何もさう自分の事ばかり思つてゐないでも」と、急調子に父が彼自身の利害に飛び移ったのに、代助は驚く。「けれども其驚ろきは、論理なき急劇の変化の上に注がれた丈であつた。」とある。「何うしても論理を離れる事の出来ない」代助は、父親の思いを思いやることができないままに会見を終わってしまうのである。そこに代助の論理の限界がほの見えている。

六、代助の不安

代助は作品の冒頭から神経が鋭敏で自分の感覚に忠実な身体的人間として描かれている。「自分の神経は、自分に特有なる細緻な思索力と、鋭敏な感応性に対して払ふ租税である。（中略）是等の犠牲に甘んずればこそ、自分は今の自分に為れた。」と考えている。すでに三の四の父との対話の場面で、御前は誠実と熱心が欠けている様だといわれて誠実だらうが、熱心だらうが、自分が出来合の奴を胸に蓄へてゐるんぢやなくつて、石と鉄と触れて火花の出る様に、相手次第で摩擦の具合がうまく行けば、当事者二人の間に起るべき現象である。自分の有する性質と云ふよりは寧ろ精神の交換作用である。だから相手が悪くつては起り様がない。

と考えて、「御父さんは論語だの、王陽明だのといふ金の延金を呑んで入らつしやるから（後略）」と批判する。

そういう代助の不安というか、心に引っかかっているものを上げてみる。

①「あの時は、何うかしてゐたんだ」と代助は椅子に倚りながら、比較的冷やかな自己で、自己の影を批判した。（四の三）

②「実は私少し御願があつて上がつたの」（中略）代助は（中略）いつか此問題に出逢ふ事だらうと思つて、半意識の下で覚悟してゐたのである。（四の五）

③たゞ蒼白い三千代の顔を眺めて、その中に、漠然たる未来の不安を感じた。（四の五）

④代助は其後姿を見て、どうかして金を拵へてやりたいと思つた。（六の五）

⑤遠い向ふから小さい火の玉があらはれて、それが一直線に暗い中を上下に揺れつつ代助の方に近いて来るのが非常に淋しく感ぜられた。乗り込んで見ると、誰も居なかつた。黒い着物を着た車掌と運転手の間に挟まれて、一種の音に埋まつて動いて行くと、動いてゐる車の外は真暗である。代助は一人明るい中に腰を掛けて、どこ迄も電車に乗つて、終に下りる機会が来ない迄引っ張り廻される様な気がした。（八の一）

⑥寐てから、又三千代の依頼をどう所置し様かと思案して見た。然し分別を凝らす迄には至らなかつた。（八の一）

⑦本郷の通り迄来たが倦怠《アンニユイ》の感は依然として故の通りである。何処をどう歩いても物足りない。（中略）自分を検査して見ると、身体全体が、大きな胃病の様な心持がした。（八の二）

⑧けれども三年経過するうちに自然は自然に特有な結果を、彼等二人の前に突き付けた。彼等は自己の満足と光輝を棄てゝ、其前に頭を下げなければならなかつた。さうして平岡は、ちらり〳〵と何故三千代を貰つたかと思ふ様になつた。代助は何処かしらで、何故三千代を周旋したかと云ふ声を聞いた。（八の六）

⑨其上彼は、現代の日本に特有なる一種の不安に襲はれ出した。其不安は人と人との間に信仰がない源因から起る野蛮程度の現象であつた。彼は此心的現象のために甚しき動揺を感じた。彼は神に信仰を置く事を喜ばぬ人であつた。又頭脳の人として、神に信仰を置く事の出来ぬ性質であつた。けれども、相互に信仰を有するものは、神に依頼するの必要がないと信じてゐた。相互が疑ひ合ふときの苦しみを解脱する為に、神は始めて存在の権利を有するものと解釈してゐた。（中略）然し今の日本は、神にも人にも信仰のない国柄であるといふ事を発見した。さうして、彼は之を一に日本の経済事情に帰着せしめた。（十の一）

⑩代助は（中略）非常な神経質であるにも拘はらず、不安の念に襲はれる事は少なかつた。さうして、自分でもそれを自覚してゐた。夫が、何う云ふ具合か急に揺《うご》き出した。代助は之を生理上の変化から起るのだらうと察した。（十の一）

⑪代助は此前平岡の訪問を受けてから、心待に後から三千代の来るのを待つてゐた。けれども、平岡の言葉は遂に事実として現れて来なかつた。（中略）それがため、代助は心の何処かに空虚を感じてゐた。然し彼は此空虚な感じを、一つの経験として日常生活中に見出した迄で、其原因をどうするの、斯うするのと云ふ気はあまりなかつた。此経験自身の奥を覗き込むと、それ以上に暗い影がちらついてゐる様に思つたからである。（十の二）

⑫彼は平岡の安否を気にかけてゐた。（中略）けれども、それを確める為に、平岡の後を追ふ気にはなれなかつた。彼は平岡に面するときの、原因不明な一種の不快を予想する様になつた。と云つて、たゞ三千代の為にのみ、平岡の位地を心配する程、平岡を悪んでもゐなかつた。（十の二）

⑬斯んな風に、代助は空虚なるわが心の一角を抱いて今日に至つた。（中略）けれども、三千代が又訪ねて来ると云ふ目前の予期が、既に気分の平調を冒してゐるので、思索も読書も殆んど手に着かなかつた。（中略）それから三千代の来る迄、代助はどんな風に時を過したか、殆んど知らなかつた。（十の三）

⑭今迄三千代の陰に隠れてぼんやりしてゐた平岡の顔が、此時明らかに代助の心の瞳に映つた。代助は急に薄暗がりから物に襲はれた様な気がした。三千代は矢張り、離れ難い黒い影を引き摺つて歩いてゐる女であつた。（十の六）

⑮「彼方《あつち》の方つてー」と少し逡巡《ためら》つてゐた三千代は、急に顔を赧らめた。
「私、実は今日夫で御詫に上つたのよ」と云ひながら、一度俯向いた顔を又上げた。

代助は少しでも気不味い様子を見せて、此上にも、女の優しい血潮を動かすに堪えなかつた。（十の六）

⑯代助は堀端へ出た。（中略）新見付へ来ると、向から来たり、此方から行つたりする電車が苦になり出したので、堀を横切つて、招魂社の横から番町へ出た。そこをぐるぐる回つて歩いてゐるうちに、かく目的なしに歩いてゐる事が、不意に馬鹿らしく思はれた。目的があつて歩くものは賤民だと、彼は平生から信じてゐたのであるけれども、此場合に限つて、其賤民の方が偉い様な気がした。全たく、又アンニユイに襲はれたと悟つて、帰りだした。神楽坂へかゝると、ある商店で大きな蓄音器を吹かしてゐた。其音が甚しく金属性の刺激を帯びてゐて、大いに代助の頭に応へた。（十一の一）

代助の不安は三千代に関わるものであり、三千代を平岡に周旋したことと関係していることが分かる。②にある三千代のお金を貸して欲しいという「御願」のあとで、返事を聞きに来ないことから、心待ちに待っていた代助は「アンニユイを感じ出した。」それはつまり、期待して待っていたことが実現せず、心が晴れない状態をさしている。積極的に行動に踏みきれない停滞した気分の状態といえるだろう。結局は嫂の好意によって代助は二〇〇円の小切手を三千代に届けてやったのだが、ここで代助自身の「アンニユイ」についての考えをみておきたい。

代助が黙然として、自己は何の為に此世の中に生れて来たかを考へるのは斯う云ふ時であつた。彼は今迄何遍も此大問題を捕へて、彼の眼前に据ゑ付けて見た。其動機は、単に哲学上の好奇心から来た事もあるし、又世間の現象が、余りに複雑な色彩を以て、彼の頭を染め付けやうと焦るから来る事もあるし、又最後には今日の如くアンニユイの結果として来る事もあるが、其都度彼は同じ結論に到着した。然し其結論は、此問題の解決ではなくつて、寧ろ其否定と異ならなかつた。彼の考によると、人間はある目的を以て、生れたものではなかつた。之と反対に、生れた人間に、始めてある目的が出来て来るのであつた。（中略）だから人間の目的は、生れた本人が、本人自身に作つたものでなければならない。（中略）此根本義から出立した代助は、自己本来の活動を、自己本来の目的としてゐた。（中略）煎じ詰めると、彼は普通に所謂無目的な行為を目的として活動してゐたのである。さうして、他を偽らざる点に於てそれを尤も道徳的なものと心得てゐた。（中略）

此主義を出来る丈遂行する彼は、其遂行の途中で、われ知らず、自分のとうに棄却した問題に襲はれて、自分は今何の為に、こんな事をしてゐるかと考へ出す事がある。彼が番町を散歩しながら、何故散歩しつゝあるかと疑つたのは正に是である。其時彼は自分ながら、自分の活力の充実してゐない事に気がつく。餓えたる行動は、一気に遂行する勇気と、興味に乏しいから、自ら其行動の意義を中途で疑ふ様になる。彼はこれをアンニユイと名《なづ》けてゐた。アンニユイに罹ると、彼は論理の迷乱を引き起すものと信じてゐた。彼の行為の中途に於て、何の為と云ふ冠履顛倒の疑を起させるのは、アンニユイに外ならなかつたからである。

（中略）が、最後に、自分を此薄弱な生活から救ひ得る方法は、たゞ一つあると考へた。さうして口の内で云つた。

「矢つ張り、三千代さんに逢はなくちや不可ん」（十一の二）

前後するが『それから』一〇章は、代助の精神面での変化を伺わせるところである。「不安の念」に襲われることの少なかった代助の自覚が⑩のように「夫が、何う云ふ具合か急に揺き出した」のである。肉体に誇りを抱く代助が、七章の肉体を「見るに堪えない程醜くいものである」と気づいたことに続く大きな変化である。自分の生活に「空虚」を感じたその経験の奥に「暗い影がちらついてゐる」⑪ように思うのである。

三千代への愛の意識化は、それが強まるとともに、平岡の顔を「急に薄暗がりから物に襲はれた」ように意識し、「離れ難い黒い影を引き摺つてゐる女」として三千代を憐れに思う気持ちを強くしていく。三千代の結ったばかりの「銀杏返」、持参した「大きな白い百合の花」、雨に降り込められて匂いたつ「甘たるい強い香」が、結婚前の二人の過去を強烈に現前させるのである。

ここで考えておきたいことは、「不安」は代助の精神、肉体にかかわるものだけではなく、作品の冒頭から日露戦後の時代の不安、社会不安が底流として存在することである。⑨にあるように、代助は、不安の根底にあるものを「日本の経済事情」にあるととらえ、さらに文明の圧迫からくる劇烈な生存競争が人間を孤立させ、生活欲の高圧力が道義欲の崩壊をもたらし、社会不安はそこからくる、というのである。そういう時代の不安の中にあって、代助は自己の生の充実感を、三千代との間にどのように築こうとするのであろうか。すでに『煤烟』の批評において、代助は「肉の臭ひ」がして、「誠の愛で、已むなく社会の外に押し流されて行く様子が見えない」（六の二）と批判している。だから代助は三千代との間に「誠の愛」による架橋を祈願したはずである。

代助によると、人間はある目的をもって生まれたものではなく、人生の目的は、生まれた本人が本人自身に作ったものでなければならない。代助の「根本義」は、自己本来の活動を、自己本来の目的とすることであり、所謂無目的な行為を目的として活動することである。自分の活力が充実せず、行動を一気に遂行する勇気と興味が乏しいと、行動の意義を疑うようになる。代助はこれをアンニュイと名づけていた。代助は、自分の脳裏に願望、嗜欲が起きるたび毎に、是等の願望嗜欲を遂行するのを自己の目的として存在していた。煎じ詰めると彼は所謂無目的な行為を目的として活動していたのであった。高尚な生活欲の満足と道義欲の満足という矛盾する事柄を願う代助は、生活欲を低い程度に留めて我慢していた。彼は自己の生活力の不足を激しく感じ、アンニュイに罹った彼は、行為そのものを目的として遂行する興味を失い、一人荒野の中に立って茫然としていた。自分をこの薄弱な生活から救い得る方法として「矢つ張り、三千代さんに逢はなくちや不可ん」と思うのである。十章の代助の変化を経ての、十一の一からのアンニュイについての長い考察は、「矢つ張り、三千代さんに逢はなくちや不可ん」という結論を導くためのものであったことが分かる。代助のアンニュイの深層には、三千代の影がずっと存在していたのである。

ここには代助の三千代への愛の意識化とともに、自分の活力の充実しない空虚な生活から脱却するために、三千代に逢うことを求めざるを得ない代助の姿勢が、はっきりと示されている。作者の鋭い批判意識がみてとれるのである。

七、代助の見合い

代助が平岡の所へ出かけようとしていると、友人の寺尾が翻訳の相談に来て邪魔をした。それが済んで、丸善から届いた新刊書を本棚の上に置いた代助は、平岡を訪ねるべく門を出た。平岡は夫婦ともに留守であった。代助はビヤホールでビールをしたたかに飲む。翌朝、実家から車の迎えが来た。嫂が「一所に歌舞伎座へ行つて頂戴」という。その時、嫂は、代助は父の顔さえ見れば逃げ支度をすると父が怒っていた、と話した。

嫂への義理から同道した代助だが、二度目の舞台に飽きが来て、幕の途中でも双眼鏡であっちを見たりこっちを見たりしていた。広い所を二人で占領しているものがあった。兄と同じ位な年格好の金縁眼鏡の男と若い女であった。兄は六時過ぎにやってきて、いつの間にか金縁眼鏡の男と話していた。幕間に代助を呼んで例の席へ連れて行き、愚弟だと紹介し、代助には神戸の高木さんだと引き合わした。高木は若い女を顧みて、私の姪ですと云った。女はしとやかにお辞儀をした。兄が佐川さんの令嬢だと口を添えた。代助はうまく計られたと思った。代助は嫂までが、今の自分を、父や兄と共謀して次第に窮地に誘って行くかと思うと、笑って済ますわけにはゆかなかった。代助は次第に家族のものと疎遠にならなければならないという恐れが、頭のどこかに潜んでいた。芝居は一一時前に跳ねた。代助は嫂の勧めをしりぞけて電車で家に帰った。かれは今日の「取り留めのない花やかな色調の反照」として三千代の事を思い出し、「其所にわが安住の地」を見出したような気がした。けれども、「明らかには、彼の眼に映じて出なかつた」「かれの心の調子全体で、それを認めた丈」であった。

代助は但馬の友人から長い手紙を受け取った。この友人は卒業後、親の命令で故郷に封じ込められてしまった。一年ばかりして京都在のある財産家から嫁を貰い、すぐ子供が生まれた。彼が送ってくれる干し柿や鮎の礼に、新しい西洋の文学書を遣ったが、次第に返事がこなくなり、町長にも挙げられた彼からは、読めなくなった、解らなくなった、という返事が来た。代助は書物をやめて玩具を買って送ることにした。代助は理論家《セオリスト》として友人の結婚をうけがったが、都会人士には、あらゆる意味の結婚が不幸を持ち来すものと断定した。あらゆる美の種類に接触する機会を得るのが都会人士の権能であると考えた彼は「渝らざる愛を、今の世に口にするものを偽善家の第一位」に置いた。三千代の姿が浮かんだとき、この論理の中にあるファクターを忘れたのかと疑った。三千代に対する情愛も、この論理によって「たゞ現在的のものに過ぎなくなつた」が、頭で承認しても、彼の心《ハート》は、「慥かに左様だと感ずる勇気がなかつた」のである。

八、見合い後の代助

代助は嫂の肉薄を恐れ、又三千代の引力を恐れた。しばらく旅行しようと考え、銀座で必要な買い物をした。帰宅すると、甥の誠太郎が来ていて、「叔父さんは何時奥さんを貰ふの」と質問する。父の使いの彼は、明日一時迄に一寸来てくれ、との口上を伝える。用も云わないで無暗に人を呼びつけるのはひどい、という代助。今日明日のうちに旅行するかも知れないから、と誠太郎にことづける。その夜すぐに立とうとしたが三千代の方に頭が滑って行き、立つ前にもう一度様子を見て、という気が起きて平岡宅を訪ねる。平岡不在。三千代は湯から帰ったところだと云って、二返目の新聞を読んでいた。帰らない平岡。この頃は生活費に不自由はあるまいと尋ねると、「貴方には左様見えて」と、奇麗な繊い指を、代助の前に広げて見せた。指には、代助の贈った指輪も他の指輪もなかった。「仕方がないんだから、堪忍して頂戴」という三千代。代助は「憐れな心持」がした。平岡の家を辞する前、代助は紙入れの中にあるものを勘定もせずにつかんで、「是を上げるから御使なさい」と無造作に三千代の前へ出した。「そんな事を」と三千代は両手をぴたりと自分の体に付ける。「紙の指環だと思つて御貰ひなさい」「大丈夫だから、御取んなさい」といって固辞する三千代に取らせる。

平岡が、例によって、待合などで遊んで、生活費を三千代に渡していないことが想像される。指輪は二つとも質入れされて、三千代はそれで苦しい生活を凌いでいると思われる。三千代への同情が強まっていく代助である。

翌朝、兄がやってきた。用事は肉薄の遂行だった。今日高木と佐川の娘を呼んで午餐を振舞う筈だから、代助にも列席しろという父の命令であった。兄は、あの女を貰う気はないのか、なるべく年寄を怒らせない様に遣って呉れ、と云って帰った。代助はこれらの人と同じ食卓で、旨そうに午餐を味わって見せれば、社交場の義務は其所に終わるものと考えた。午餐の席で、嫂は令嬢にいろいろと話しかけたが、令嬢は自分から話すことは殆どなかった。代助が横合いから、「芝居は御嫌ひでも、小説は御読みになるでせう」と助け船を出したときには、「いえ小説も」と答えた。高木は令嬢のために説明の労を取った。令嬢はミス何とかいう婦人の教育を受けた影響で、ある点でピユリタンの様に仕込まれているのだそうであった。だから余程時代遅れだと、説明のあとから批評さえ付け加えた。兄は「ぢや英語は御上手でせう」というと、令嬢はいいえといって、心持ち顔を赤くした。

客が帰ったあとで、代助は父に呼ばれた。代助は兄夫婦に、父を怒らしてしまうかも知れないので一所に行ってくれと頼む。令嬢の大人しさ、容色など、客の人物評や佐川家の財産についても話が出た。父は代助に向かって「大した異存もないだらう」と尋ねた。その語調、意味は、どうするかね位の程度ではなかった。代助は「左様ですな」と矢っ張り煮え切らない答えをした。父の顔色の変わったのを見て兄は「まあ、もう少し善く考へて見るが可い」と代助のために余裕を付けてくれた。

四日後、代助は父の命令で、高木の出立を新橋まで見送った。汽車を見送って、青山へ誘う梅子を振り切り、代助は牛込へ帰った。書斎へ入って寐ながら代助は自分の近き未来を考えた。彼は隔離の極端として、父子絶縁の状態を想像してみた。其所に一種の苦痛を認めた。その苦痛は堪え得られない程度のものではなかった。むしろそれから生ずる財源の杜絶の方が恐ろしかった。向後父の怒りに触れて、万一金銭上の関係が絶えるとすれば、彼は金剛石《ダイヤモンド》を放りだして馬鈴薯《ポテトー》に噛り付かなければならない。そうして其の償いには自然の愛が残るだけである。其の愛の対象は他人の細君であった。

「彼は（中略）当初からある計画を拵らへて、自然を其計画通りに強ひる古風な人ではなかつた。彼は自然を以て人間の拵えた凡ての計画よりも偉大なものと信じてゐた（中略）」と考え合わせると、「自然」とは天然のままで人為の加わらないさまであるが、「生れた人間に、始めてある目的が出来て来る」と考える代助の哲学の根幹に触れるものであり、「自然」はこれからの展開を左右する重要な語句といえる。

翌日になって、代助は三千代に逢いに行った。三千代は下女と張り物をしていたが、代助を座敷に通し、用箪笥から小さい箱を以て出てきた。中には昔代助の遺った指環が入っていた。三千代は、ただ「可いでせう、ね」と代助に謝罪するように云って、世の中を憚るように記念の指環をそこそこに仕舞ってもとの座に戻った。三千代の目の当たり苦しんでいるのは経済問題であった。平岡が生活費を回さない事は、三千代の口吻で慥かであった。代助は現在の三千代に無頓着でいる訳にはいかなかった。夫の愛を失い、生活難に苦しみつつある彼女を、ただの昔の三千代よりは気の毒に思った。三千代は憐れな事ばかり書いてある父の長い手紙を見せた。三千代の顔が蒼白くなったのを見た代助は、三千代と差し向かいで、長く坐っている事の危険に始めて気が付いた。帰るとき、三千代は送って出て、「淋しくつて不可ないから、又来て頂戴」と云った。代助は二人の過去を遡って見て「いづれの断面にも、二人の間に燃える愛の炎を見出さない事はなかつた。必竟は、三千代が平岡に嫁ぐ前、既に自分に嫁いでゐたのも同じ事だと考へ詰めた時、彼は絶えがたき重いものを、胸の中に投げ込まれた。」（十三の五）

三日目の午後、代助は平岡を新聞社に尋ねた。平岡は、なじみと思われる或る家に入り芸者を呼ぼうというのを、代助はやめさして、話が一段落したとき、本題を切り出した。平岡は落ち着かない目で、「もう少し待って呉れ玉へ。其代り君の兄さんや御父さんの事も、斯うして書かずにゐるんだから」という。代助は、君はこういう所へ頻繁に出入りをしているようだが、家の方の経済は収支償うのかい、と思い切って云った。平岡は「うん。まあ、好い加減にやつてるさ」と極めて気のない返事をした。代助は「君がさう外へ許出てゐれば、自然金も要る。従つて家の経済も旨く行かなくなる。段々家庭が面白くなくなる丈ぢやないか」（十三の八）と忠告した。結局、代助は平岡と愚図愚図で分かれた。

平岡との会見が不首尾に終わった原因は、代助が熱意と誠実さに欠けていたからであった。動機は真面目であったが、ことばは自分の未来を救うための打算的なものであった。代助は三千代への迷惑を考えて、安全にして無能力な方針をとっていたことを腑甲斐なく思った。

代助は次第に三千代の強い引力に捕らえられている自分を、平岡に隠そうとしたのである。

代助は「自分と三千代との関係を、直線的に自然の命ずる通り発展させるか、又は全然其反対に出て、何も知らぬ昔に返るか。何方かにしなければ生活の意義を失つたものと等しいと考へた。（中略）彼は三千代と自分の関係を、天意によつて、（中略）醗酵させる事の社会的危険を承知してゐた。天意には叶ふが、人の掟に背く恋は、其恋の主の死によつて、始めて社会から認められるのが常であつた。彼は万一の悲劇を二人の間に描いて、覚えず慄然とした。」（十三の九）

代助は「渝らざる愛を、今の世に口にするものを偽善者の第一位に置」くニル・アドミラリな人物のように見えながら、実は「自然の愛」「天意に叶ふ（中略）恋」に憧れるロマンチストの面を強く持っているのである。それは代助の人柄のやさしさにも通じよう。平岡の「君の兄さん（中略）の事も、斯うして書かずにゐるんだから」という言葉は、新聞社の経済部の主任記者として書く機会を虎視眈々と狙っている事の裏返しでもあろう。後に代助が三千代とのことをすべて告白したとき、平岡は代助の父親に長い手紙を書いて、親子の縁を切らせる事態を招来した。それを手始めに、さらに自分の借金返済のために脅しを掛けたことも考えられるのである。平岡は代助の生活の糧を得る道をまず絶って、自分の鬱憤を晴らしたのである。

九、代助の決断

「自然の児にならうか、又意志の人にならうかと代助は迷つた。」（十四の一）

「自然の児」とは、自己内部の欲求に忠実な者、と注解にはある。武者小路実篤氏は、この代助の迷いを重視して、「自然の力、社会の力、及び二つの力の個人に及ぼす力についての漱石氏の考」が『それから』の思想である、と論じた。

「代助は今相手の顔色如何に拘はらず、手に持つた賽を投げなければならなかつた。（中略）代助は、最後の権威は自己にあるものと、腹のうちで定めた。（中略）彼はたゞ彼の運命に対してのみ卑怯であつた。」（十四の一）

代助は天意に従って、自己の意志に殉ずる人になろうとする。誰に対しても「卑怯」ではないが、運命にたいしてはまともに向き合えない怯えが「運命に対してのみ卑怯」であるという表現になったのである。自己嫌悪に陥った代助は、「結婚は道徳の形式に於て、自分と三千代を遮断するが、道徳の内容に於て、何等の影響を二人の上に及ぼしさうもない」と考えて、縁談を断るより外に道はなくなったことを自覚する。実家に父を訪れた代助は、父の客が帰りそうもない状況を知る。朝も晩も滅多に宅にいたことがない留守勝ちの夫。代助は嫂にたいして「姉さんは夫で淋しくはないですか」と言い、独り言のように「世間の夫婦は夫で済んで行くものかな」という。「何ですつて」と切り込むような嫂の言葉の調子。驚く代助。僕の知った女にそういうのが一人あって実は甚だ気の毒だから伺ったまでで、冷やかしたつもりじゃないんです、と代助。やりとりの末、

「もし、其細君に好きな人があつたら何うです」

「知らないわ。馬鹿らしい。好きな人がある位なら、始めつから其方へ行つたら好いぢやありませんか」と嫂。代助は黙って考え、しばらくしてから、姉さんと云った。「僕は今度の縁談を断らうと思ふ」と述べる。

代助が黙ってしばらく考えたのは、嫂のことば「好きな人がある位なら、始めつから其方へ行つたら好いぢやありませんか」から受けた衝撃だったろう。五年前、母と兄の二人の肉親を殆ど同時に失った三千代。代助は彼女を、友情と義侠心を優先させて平岡に斡旋してしまった。当時の代助には、自分の意識の深層に、三千代を本当に心から思う愛情があったのか、あっても、それに目をつむっていたのではなかったか。その心のわだかまり、後悔の念は、ずっと彼の心に空虚感、疚しさをもたらしていたのではないか。しかし、振り返って嫂の云うように、当時の三千代が代助のところへ来たいという意思表示が、果たしてできただろうか。三千代は、肉親をなくしたとき、代助がきっと自分をしっかり受けとめてくれるはずだ、との代助への信頼があったのではないか。それが平岡への斡旋ということで、彼女は代助に棄てられた、と思ったのではなかったか。

代助の結婚観は自分がのっぴきならない当事者になったことによって大きく変化していく。また、自分のことを「僕」ではなく「私」と表現していることに代助の改まった真剣な意識がよく表されている。

嫂の忠告を代助は

「貴方の仰しやる所も、一理あるが、私にも私の考があるから、まあ打遣つて置いて下さい」と退ける。代助は蒼白くなつた額を嫂の傍へ寄せた。

「姉さん、私は好いた女があるんです」と低い声で言い切った。（十四の四）

僕はまた来ます、と立ちにかかった代助に、姉は女の名を聞こうとし、なぜ貰わないのか、と尋ねた。代助は貰えないから貰わないのだ、と答え辞去した。

帰り道、代助は、「自分は今日、自ら進んで、自分の運命の半分を破壊したのも同じ事だと、心のうちに囁《つぶや》いだ。」「彼は此次父に逢ふときは、もう一歩も後へ引けない様に、自分の方を拵えて置きたかつた。」平岡の新聞社に出社の有無を確かめた代助は、雨を衝いて花屋に入り、大きな白百合の花を沢山買って帰った。花は二つの花瓶に挿し、余ったのは鉢に水を張って放り込んだ。「至急御目に掛つて、お話ししたい事があるから来て呉れろ」と三千代への手紙を書き、門野に車に乗せて来るように念を押した。

代助は、百合の花を眺めながら、部屋を掩ふ強い香の中に、残りなく自己を放擲した。彼は此嗅覚の刺激のうちに、三千代の過去を分明に認めた。其過去には離すべからざる、わが昔の影が烟の如く這ひ纏はつてゐた。彼はしばらくして、

「今日始めて自然の昔に帰るんだ」と胸の中で云つた。斯う云ひ得た時、彼は年頃にない安慰を総身に覚えた。何故もつと早く帰る事が出来なかつたのかと思つた。始から何故自然に抵抗したのかと思つた。彼は雨の中に、百合の中に、再現の昔のなかに、純一無雑に平和な生命を見出した。其生命の裏にも表にも、慾得はなかつた、利害はなかつた、自己を圧迫する道徳はなかつた。雲の様な自由と、水の如き自然とがあつた。さうして凡てが幸《ブリス》であつた。だから凡てが美しかつた。

やがて、夢から覚めた。此一刻の幸から生ずる永久の苦痛が其時卒然として、代助の頭を冒して来た。

（十四の七）

「自然の昔」とは、五年前の、代助と三千代の心のつながりの昔であり、「帰る」とはそこでの二人の愛の確認であり、当時の代助の三千代への意識に帰ることであろう。それは三千代を平岡に結びつけた代助の偽善を自覚することでもある。「自然」に従うことによって代助は「純一無雑」に平和な生命を見出したけれども、それは「再現の昔」であり現在の世界ではない。雲の様な自由、水の如き自然、凡てが幸《ブリス》で、凡てが美しかったとしても、それは「昔」の夢であり、夢はいつか覚めてしまう。どのように現実化していくかを考えると、自己に生活の手段を持たない代助は、卒然として「永久の苦痛」が襲いかかるのである。

やがて三千代がやって来る。

色は不断の通り好くなかつたが、座敷の入口で、代助と顔を合せた時、眼も眉も口もぴたりと活動を中止した様に固くなつた。敷居に立つてゐる間は、足も動けなくなつたとしか受取れなかつた。三千代は固より手紙を見た時から、何事をか予期して来た。其予期のうちには恐れと喜と、心配とがあつた。車から降りて、座敷へ案内される迄、三千代の顔は其予期の色をもつて漲つてゐた。三千代の表情はそこで、はたと留まつた。代助の様子は三千代に夫丈の打撃《ショック》を与へる程に強烈であつた。

代助は椅子の一つを指さした。……二人は始めて相対した。然し良少時《やゝしばら》くは二人とも、口を開かなかつた。

「何か御用なの」と三千代は漸くにして問ふた。代助は、たゞ、

「えゝ」と云つた。二人は夫限で、又しばらく雨の音を聴いた。

「何か急な御用なの」と三千代が又尋ねた。代助は又、

「えゝ」と云つた。双方共何時もの様に軽くは話し得なかつた。

（省略）

雨は依然として、長く、密に、物に音を立て、降つた。二人は雨の為に、雨の持ち来す音の為に、世間から切り離された。同じ家に住む門野からも婆さんからも切り離された。二人は孤立の儘、白百合の香の中に封じ込められた。

「先刻表へ出て、あの花を買つて来ました。」と代助は自分の周囲を顧みた。三千代の眼は代助に随いて室の中を一回した。其後で三千代は鼻から強く息を吸ひ込んだ。

「兄さんと貴方と清水町にゐた時分の事を思ひ出さうと思つて、成るべく沢山買つてきました」と代助が云つた。

「好い香ですこと」と三千代は翻がへる様に綻びた大きな花瓣を眺めてゐたが、夫から眼を放して代助に移した時、ぽうと頬を薄赤くした。

（十四の八）

二人は雨の中に、世間から切り離され、白百合の香の中に封じ込められた。三千代が兄と清水町にいた時分のことが話される。三千代の兄菅沼は豁達な気性だった。三千代を呼ぶ前その旨を代助に打ち明け、三千代が来てから後、兄と代助は益々親しくなった。趣味に関する妹の教育を凡て代助に委任した如くに見えた。

三人は斯くして、巴の如くに回転しつゝ、月から月へと進んで行つた。有意識か無意識か、巴の輪は回るに従つて次第に狭まつて来た。遂に三巴が一所に寄つて、丸い円にならうとする少し前の所で、忽然其一つが欠けたため、残る二つは平衡を失なつた。

代助と三千代は五年の昔を心置きなく語り始めた。語るに従って、現在の自己が遠のいて、段々と当時の学生時代に返って来た。

「あの時兄さんが亡くならないで、未だ達者でゐたら、今頃私は何うしてゐるでせう」と三千代は其時を恋しがる様に云つた。

（省略）

代助は深い眼を三千代の上に据ゑて、

「僕は、あの時も今も、少しも違つてゐやしないのです」と答へた儘、猶しばらくは眼を相手から離さなかつた。三千代は忽ち視線を外らした。さうして、半ば独り言の様に、

「だつて、あの時から、もう違つてゐらしつたんですもの」と云つた。

三千代の言葉は普通の談話としては余りに声が低過た。代助は消えて行く影を踏まへる如くに、すぐ其尾を捕えた。

「違やしません。貴方にはたゞ左様見える丈です。左様見えたつて仕方がないが、それは僻目だ」

代助の方は通例よりも熱心に判然した声で自己を弁護する如くに云つた。三千代の声は益《ますます》低かつた。

「僻目でも何でも可くつてよ」

代助は黙つて三千代の様子を窺つた。三千代は始めから、眼を伏せてゐた。代助には其長い睫毛の顫へる様が能く見えた。

（十四の九）

「僕の存在には貴方が必要だ。何うしても必要だ。僕は夫丈の事を貴方に話したい為にわざ〳〵貴方を呼んだのです」

代助の言葉には、普通の愛人の用ひる様な甘い文彩《あや》を含んでゐなかつた。彼の調子は其言葉と共に簡単で素朴であつた。寧ろ厳粛の域に逼つてゐた。但、夫丈の事を語る為に、急用として、わざ〳〵三千代を呼んだ所が、玩具の詩歌に類してゐた。けれども、三千代は固より、斯う云ふ意味での俗を離れた急用を理解し得る女であつた。（中略）代助の言葉が、三千代の官能に華やかな何物をも与へなかつたのは、事実であつた。三千代がそれに渇いてゐなかつたのも事実であつた。代助の言葉は官能を通り越して、すぐ三千代の心に達した。三千代は顫へる睫毛の間から、涙を頬の上に流した。

「僕はそれを貴方に承知して貰ひたいのです。承知して下さい」

三千代は猶泣いた。代助に返事をする所ではなかつた。袂から手帛《ハンケチ》を出して顔へ当てた。濃い眉の一部分と、額と生際丈が代助の眼に残つた。代助は椅子を三千代の方へ摺り寄せた。

「承知して下さるでせう」と耳の傍で云つた。三千代は、まだ顔を蔽つてゐた。しやくり上げながら、

「余《あんま》りだわ」と云ふ声が手帛《ハンケチ》の中で聞えた。それが代助の聴覚を電流の如くに冒した。代助は自分の告白が遅過ぎた

と云ふ事を切に自覚した。打ち明けるならば三千代が平岡へ嫁ぐ前に打ち明けなければならない筈であつた。彼は涙と涙の間をぼつ〳〵綴る三千代の此一語を聞くに堪えなかつた。

「僕は三四年前に、貴方に左様打ち明けなければならなかつたのです」と云つて、憮然として口を閉ぢた。三千代は急に手帛《ハンケチ》を顔から離した。瞼の赤くなつた眼を突然代助の上に睜つて、

「打ち明けて下さらなくつても可いから、何故」と云ひ掛けて、一寸躊躇したが、思ひ切つて、

「何故棄てゝ、仕舞つたんです」と云ふや否や、又手帛《ハンケチ》を顔に当てゝ、又泣いた。

「僕が悪い。堪忍して下さい」

代助は三千代の手頸を執つて、手帛《ハンケチ》を顔から離さうとした。三千代は逆はうともしなかつた。手帛《ハンケチ》は膝の上に落ちた。三千代は其膝の上を見た儘、微かな声で、

「残酷だわ」と云つた。小さい口元の肉が顫ふ様に動いた。

「残酷と云はれても仕方がありません。其代り僕は夫丈の罰を受けてゐます」

三千代は不思議な眼をして顔を上げたが、

「何うして」と聞いた。

「貴方が結婚して三年以上になるが、僕はまだ独身でゐます」

「だつて、夫は貴方の御勝手ぢやありませんか」

「勝手ぢやありません。貰はうと思つても貰へないのです。（中略）今度も亦一人断りました。其結果僕と僕の父との間が何うなるか分りません。然し何うなつても構はない、断るんです。（中略）」

（省略）

「（中略）今日斯うやつて、貴方を呼んで、わざ〳〵自分の胸を打ち明けるのも（中略）僕は是で社会的に罪を犯したも同じ事です。（中略）世間に罪を得ても、貴方の前に懺悔する事が出来れば、夫で沢山なんです。是程嬉しい事はないと思つてゐるんです」

（十四の十）

三千代は涙の中で始めて笑つた。けれども一言も口へは出さなかつた。（中略）然ししばらくしてから、又

「たゞ、もう少し早く云つて下さると」と云ひ掛けて涙ぐんだ。代助は其時斯う聞いた。――

「ぢや僕が生涯黙つてゐた方が、貴方には幸福だつたんですか」

「左様ぢやないのよ」と三千代は力を籠めて打ち消した。「私だつて、貴方が左様云つて下さらなければ、生きてゐられなくなつたかも知れませんわ」（中略）

（平岡の話が出たとき、三千代は顔色が蒼くなり、眼も口も固くなった。凡てが苦痛の表情であった。）（中略）三千代は不意に顔を上げた。其顔には今見た不安も苦痛も殆んど消えてゐた。涙さへ大抵は乾いた。頰の色は固より蒼かつたが、唇は確として、動く気色はなかつた。其間から、低く重い言葉が、繋がらない様に、一字づゝ、出た。

「仕様がない。覚悟を極めませう」

代助は背中から水を被つた様に顫へた。社会から逐ひ放たるべき二人の魂は、たゞ二人対ひ合つて、互を穴の明く程眺めてゐた。さうして、凡てに逆つて、互を一所に持ち来たした力を互と怖れ戦いた。

しばらくすると、三千代は急に物に襲はれた様に、手を顔に当てて泣き出した。代助は三千代の泣く様を見るに忍びなかつた。肱を突いて額を五指の裏に隠した。二人は此姿勢を崩さずに、恋愛の彫刻の如く、凝としてゐた。

二人は斯う凝としてゐる中に、五十年を眼のあたりに縮めた程の精神の緊張を感じた。さうして其緊張と共に、二人が相並んで存在して居ると云ふ自覚を失はなかつた。彼等は愛の刑と愛の賚《たまもの》とを同時に享けて、同時に双方を切実に味はつた。

（十四の十一）


『それから』十四の七〜十一は作品のクライマックスである。『煤烟』の人工的な恋愛を批判した漱石は、ここに自分の考える「誠の愛」によって押し流されていく代助と三千代の恋愛を描いた。「社会的に罪を犯した」も同じ二人は、「愛の刑と愛の賚《たまもの》」とを同時に享受して、双方を切実に味わうことになったのである。

執筆前の綿密な作品のプラン、かなりの時日を掛けた執筆期間などを考えると、作者の意気込みが並々でなかったことが分かる。

自己の優柔不断を自覚している代助は、結婚を断るため父に逢う前に、「もう一歩も後へ引けない様に、自分の方を拵えて置」くべく、計画的に事を運ぶ。嫂に「好いた女がある」と告白した代助は、「自己の運命の半分を破壊した」と考え、その打撃の反動として「三千代の上に掩つ被さる様に烈しく働き掛け」たのである。代助の告白聞いた三千代は「余《あんま》りだわ」「何故棄て、仕舞つたんです」「残酷だわ」と泣いたけれども、最後にはそれをきちんと受けとめて、「仕様がない。覚悟を極めませう」と決然とした態度を取る。三千代は物静かでおとなしく、しとやかな、奥行きのある、美しい、理知的なものを内に持った芯の強い女性である。代助の三千代に対する姿勢は、彼女に対する過去の自分の過ちを自覚してからは、決してぶれていないと考えられる。躊躇、ためらいは、三千代を経済的に困窮のどん底に追いやるだろう事だけである。

一〇、二人の今後の運命

三千代に告白した代助は、父と逢って結婚を断ろうとした。

代助は自分の未来に関する主要な部分は、もう既に片付けて仕舞つた積でゐた。（中略）けれども具体的な案は一つも準備しなかつた。（中略）一つの心配は此恐ろしい暴風《あらし》の中から、如何にして三千代を救ひ得べきかの問題であつた。最後に彼の周囲を人間のあらん限り包む社会に対しては、彼は何の考も纏めなかつた。

（十五の二）

父との会見で結婚を断った代助は、父に「ぢや何でも御前の勝手にするさ」「己の方でも、もう御前の世話はせんから」（十五の五）と言い渡された。「生活の堕落は精神の自由を殺す点に於て彼の尤も苦痛とする所であつた。（中略）此落魄のうちに、彼は三千代を引張り廻さなければならなかつた。三千代は精神的に云つて、既に平岡の所有ではなかつた。代助は死に至る迄彼女に対して責任を負ふ積であつた。」（十六の一）

尋ねた三千代は静かに落ち着いて、微笑と光輝に満ちていた。代助は「三千代が己を挙げて自分に信頼してゐる事」を知った。再度三千代を自宅に招いた代助は、父との関係を話した上、自分が三千代に対して、物質上の責任が尽くせないだろうと心配していることを打ち明ける。三千代は、こうなるのは始めから解ってるじゃありませんか、それが気になるなら、「私の方は何うでも宜う御座んすから、御父様と仲直りを（後略）」という。「そんな事を為る気なら始めから心配をしやしない。たゞ気の毒だから貴方に詫《あやま》るんです」という代助に、三千代は、どんな変化があったって構やしません。「此間から私は、若《も》しもの事があれば死ぬ積で覚悟を極めてゐるんですもの」と決意を語る。代助は三千代の了解を取り付けて、平岡に逢って解決を付けることにする。平岡に会見を申し込んだ手紙の返事は五日も来なかった。門野に平岡宅まで手紙の返事を聞きにやらせる。明日の朝行くという返事。宅に病人ができたんで返事が遅くなったとのこと。

その夜、嫂から、父との会見を心配した手紙が届き、自分の取り計らいで例月分を送って上げるから、来月まで持ちこたえて、家に来るのは遠慮するようにとあった。

平岡と対面した代助は三千代の病気を尋ねた。朝、平岡の出社の世話の途中で、ネクタイを持ったまま卒倒したとのこと。翌日医者は、診断で、貧血と強い神経衰弱を注意した。平岡が社を休んで二日目の晩に、三千代は謝らなければならないことがあるから、代助の所へ行って訳を聞いてくれと云い、三日目にも同じ事がくり返され、そこへ門野が手紙の返事を聞きに小石川まで来たのだった。平岡は、君の用事と三千代の云う事と何か関係があるのか、と尋ねる。代助は事実をありのままに話す。

「僕は世間の掟として、三千代さんの夫たる君に詫《あや》まる。然し僕の行為其物に対しては矛盾も何も犯してゐない積だ。」（十六の八）

平岡は、三年前の件で、「君は何だつて、あの時僕の為に泣いて呉れたのだ。なんだつて、僕の為に三千代を周旋しやうと盟つたのだ。（後略）」と声を顫わした。代助は「平岡、僕は君より前から三千代さんを愛してゐたのだよ」平岡は茫然として、代助の苦痛の色を眺めた。

「其時の僕は、今の僕ではなかつた。君から話を聞いた時、僕の未来を犠牲にしても、君の望みを叶へるのが、友達の本分だと思つた。それが悪かつた。（中略）僕が君に対して真に済まないと思ふのは、今度の事件より寧ろあの時僕がなまじいに遣り遂げた義侠心だ。君、どうぞ勘弁して呉れ。僕は此通り自然に復讐《かたき》を取られて、君の前に手を突いて詫まつてゐる」代助は涙を膝の上に零した。平岡の眼鏡が曇つた。（十六の九）

平岡は、代助の「三千代さんを呉れないか」に「うん遣ろう」と云った。遣るが今は遣れない、寝ている病人を君に遣るのは厭だ、と云い、今日の事がある以上は、世間的の夫の立場からして、今日限り絶交する、と言明し、絶交した以上は宅への出入りは遠慮してもらいたいといわれ、代助は「承知した」とよろめくように云う。病人の様子を聞きに遣る事も断られて、代助は、君と交渉があれば三千代を引き渡す時丈だと云われる。代助は椅子の上で飛び上がった。「あつ。解つた。三千代さんの死骸丈を僕に見せる積なんだ。それは苛い。それは残酷だ」「苛い、苛い」と平岡の背広の肩を揺する。平岡は代助の眼のうちに狂へる恐ろしい光を見出した。

夜の一〇時過ぎこっそり家を出た代助は、三千代の家の前を行ったり来たりした。軒燈の硝子に貼り付いている守宮《やもり》が三千代の危険にあることを想像させた。拳を固めて平岡の門を敲かずにはいられなくなったが、その権利がない人間だと気づいて駆け出した。

「其晩は火の様に、熱くて赤い旋風の中に、頭が永久に回転した。代助は死力を尽して、旋風の中から逃れ出様と争つた。けれども彼の頭は毫も彼の命令に応じなかつた。木の葉の如く、遅疑する様子もなく、くるり〳〵と焔の風に巻かれて行つた。」（十七の一）

翌朝、兄の誠吾がやって来た。兄は一通の手紙―それは平岡が代助の父に宛てた長い手紙だった―を取りだして、其所に書いてあるのは本当かと尋ねた。手紙を読んだ代助は「本当です」と答えた。兄は、どういう料簡でそんな馬鹿な事をしたのだ、と呆れた調子で言う。代助は彼自身に正当な道を歩んだという自信があった。三千代以外には、父も兄も社会も人間も悉く敵であった。彼は兄には何の答えもしなかった。父の使いで、実否をを確かめに来た兄は、弁解も何もなく手紙が根拠のある事実なら、子としても扱わない、親とも思うなとの意向を伝える。兄は、お前は後悔もしなければ謝罪もしない、それではお父さんに取り成し様がない、貴様は馬鹿だ、愚図だ、おれも、もう逢わんから、と言い捨てて去っていった。代助は「僕は一寸職業を探してくる」と日盛りの表へ飛び出した。電車に乗った彼の頭は、「電車の速力で回転し出し、回転するに従って火の様に焙《ほて》つて来た。……仕舞には世の中が真赤になつた。さうして、代助の頭の中を中心としてくるり〳〵と焔の息を吹いて回転した。代助は自分の頭が焼け尽きる迄電車に乗つて行かうと決心した。」（十七の三）

代助は鋭敏な感受性と明晰な知性を持ち、日露戦後の日本の近代社会を見詰めて生きてきた。彼の批判精神は形式や因習を顧慮しない。戦後の時代不安、社会不安、さらには文明の圧迫からくる生存競争による人間の孤立、生活欲の高まりがもたらした道義欲の崩壊など、代助の日本近代化の矛盾を洞察する眼は鋭い。彼は自意識にとらわれた、趣味に生きるナルシストである。その自己中心的な物の考え方は、他人の立場を深く考え、真に思いやることができない。

五年前の三千代への思いを隠蔽してきた代助は「自然に復讐を取られ」、三千代への愛を自覚し深めていく。「天意には叶ふが、人の掟に背く恋」に突き進んだ代助であるが、肝心な生活面をどのように構築するかのビジョンも方策もない。けれども愛を貫く為に、すべてと戦うことを決意するのである。作者漱石は、代助にいかに生きるか、新しい道徳、モラルとはどのようなものか、自己本位でありながら道徳的に生きることは果たして可能なのか、それを「誠の愛」に流されていく代助と三千代の恋愛で描き、その可能性と限界を探ったのである。

代助は父からの縁談を断り、援助がなくなることが分かっていながら、どうするかをきちんと考えていない。どこかで何とかなると甘く考え、突き詰めて考えては居ない。兄の云う「愚図」である。三千代に、未来の物質上の責任について謝ったとき、三千代は少し色を変えて、「御父様の御話を伺つて見ると、斯うなるのは始めから解つてるぢやありませんか（中略）もし、夫が気になるなら、私の方は何うでも宜う御座んすから、御父様と仲直りを（中略）」とまで云われてしまう。腹を決めている三千代の「死ぬ覚悟」に対して、代助の生活の基盤についての反省、省察の欠如はあまりにも対照的である。文明批判と実行力の無さの格差。

平岡に絶交を言い渡され、今後交渉があれば三千代を引き渡す時だ、といわれて逆上した代助の眼の「狂へる恐ろしい光」。その夜の「熱くて赤い旋風」とは代助の生の破滅を象徴していよう。平岡の手紙を示した兄の言葉に、代助は「三千代と抱き合つて、此焔の風に早く己れを焼き尽」したいと思うのであった。「代助は自分の頭が焼け尽きる迄電車に乗つて行かうと決心した。」で作品は幕を閉じる。病気の三千代を見舞うこともできず、一人立っている代助は己を焼き尽くすことに突き進もうとする。代助の生の破滅が暗示される。

いかに優れた知性の持ち主であっても、自意識に囚われた近代人代助は、その自己中心的な姿勢の故に、愛を貫こうとしても、「自然」に復讐され、また「人の掟に背く」ため、破滅の方向へいかざるを得ない。解答のない結末は、人間性の自然に従って生きようとして矛盾に直面した姿を明確に示し、問題のありかを私どもにはっきり提示しているといえる。二人のこれからの生き方は、次作『門』で追求されることになる。

今回は、代助が三千代への、自然の愛に辿り着くまでの、基礎読みの段階で終わってしまった。本来ならこの作業の上に立って論述する予定であったが、中途半端に終わったことを残念に思う。お恥ずかしい次第である。

『続河』一五号（二〇一〇・九・一〇）

『門』研究の流れ管見（その一）

はじめに

石原千秋氏は『一冊の本』二〇一三年一〇月号の巻頭随筆「古典としての現代文学」で、自分が漱石文学を好む理由を、「漱石の小説は、当時の読者が知らないことが書いてある。（中略）漱石文学の主人公たちのほとんどは東京帝国大学出身者で、しかも財産があって働く必要がない「高等遊民」が多い。（中略）当時の一般人には未知の世界が書いてあるのだ。（中略）それは当時の読者にとっては憧れの世界だったはずだ。（中略）この知らない世界に誘われる感覚が、私にとって漱石文学の魅力なのである。」と。

重松泰雄氏は、『門』という作品は「平明な作品のようでいて、少し立ち入ると、なかなか複雑な、作意のつかみにくい作品である。」として、畑有三氏の「着眼の仕方一つで、この作品はどのようにも理解できてくるようにみえる。」ということばを紹介しておられる。

一、『門』の中を流れる時間と場所

それらの問題に立ち入るまえに、作品の中を流れている時間について確認をしておきたい。『門』は明治四三（一九一〇）年三月一日から六月一二日まで、一〇四回にわたって、東京・大阪朝日新聞に連載された。『門』の冒頭は秋日和ののどかな日曜日、縁側で肘枕をして蒼く澄んだ空を見上げる宗助と障子の中で裁縫をしている御米の会話ではじまっている。それは伊藤博文暗殺事件から考えて、明治四二（一九〇九）年一〇月三一日であると特定できる。二人は結婚して「六年間」たっている記述から考えると、安井を裏切って結ばれたのは明治三六年の春であり、京都の大学を中退した宗助は御米と「広島」へ移る。日露戦争は明治三七年にはじまるが、広島は呉という日本海軍の拠点があり、徴兵された兵士達は宇品港から戦地へ移送された。小森陽一氏は『世紀末の予言者・夏目漱石』で「日露開戦を目前にして、人も物も金も、そして就職の条件も「広島」に集中していったのであり、御米と宗助夫婦は、こうした開戦前の「広島」の歴史―地政学的条件に助けられて、生活していくことができたのである。」と述べておられる。広島で御米は最初の子どもを五ヶ月で流産。宗助は父親の死で、父親の借金を知り、小六の養育と財産の処分を叔父に依頼。半年後「家」が売れたとの報。詳細については叔父は「委細はいづれ御面会の節」と手紙で書くばかり。叔父の報知から三ヶ月後、出京の矢先に風邪・腸チフスで六〇日あまり臥床、あとの三〇日ほどは仕事もできないくらい衰えてしまった。

この後、宗助は広島を去って「福岡」へ移らなければならなくなる。「福岡」は、小森氏の記述によると「「福岡」とは、石炭と鉄鋼の主要生産地である北九州の中心であり、まさに戦地に軍備を補給するために、一気に戦需好景気になった場所だ。宗助の就職先の変化は、日露戦争の戦況の変化と連動しているのである。」と。子どもができたが、月足らずで生まれ、十分な暖房費がなかったために一週間で死なせてしまう。「そして、「福岡」に引っ越してから「二年」後、つまり日露戦争が終り、戦後の不況の中で、宗助は「もとの同級生で学生時代に大変懇意であった」「高等文官試験に合格した」友人の紹介で、東京に転職することになったのだ。」と説明される。

小森さんの文章を読むと、宗助の転職・移動だけでなく、その小説の中で生きている人物が、「日本の植民地主義的な対外侵略」という大きな輪の中で結びついていることが分かるのである。それは新聞小説作家としての漱石の鋭敏な感受性と視野の広さに基づくものであろう。

二、同時代批評「『門』を評す」とその受け止め方について

明治四三年九月号の『新思潮』に発表された谷崎潤一郎の「『門』を評す」は、同時代批評文として最初のものかと思われる。

> 僕は漱石先生を以て、當代にズバ抜けたる頭脳と技倆とを持つた作家だと思つて居る。多くの欠点と、多くの批難とを有しつゝ猶先生は、其の大たるに於いて容易に他の企及す可からざる作家だと信じて居る。
>
> 「それから」は代助と三千代とが姦通する小説であつた。「門」は姦通して夫婦となつた宗助とお米との小説である。此の二篇はいろいろの点から見て、切り離して読む事の出来ない理由を持つて居る。勿論先生は其の後の代助三千代を書く積で、「門」を作られたのであらう。
>
> 誰やらが「漱石は自然主義に近くなつた。」と云つたと覚えて居る。若し「門」を読んで尚此の言を為す人があれば、其れは大なる謬りと云はねばなるまい。「門」は「それから」よりも一層露骨に多くのうそを描いて居る。其のう

そは、一方に於いては作者の抱懐する上品なる—然し我々には縁の遠い理想である。一方に於ては先生の老獪なる技巧である。以下僕は逐一其のうそを指摘して見たい。

二人の罪は、恋と云ふ大風—自然の不可抗力に駆られた結果で、決して放埒な淫奔な性質の然らしめた所でない事を、作者は弁明して居る。（中略）かくして二人は当然の制裁として、社会から継子扱ひにされつつ、淋しい世帯を持つた。制裁は種々の形で二人に迫つた。（中略）然し現今の社会は此の二人のやうな罪人に対してかほど迄に厳粛な制裁を与へる程鋭敏な良心を持つて居るだらうか。世の中の因果応報と云ふものは、案外もつとルーズな、ふしだらなものではなからうか。少くとも其の富を奪ひ、其の健康を奪ひ、其の三人の子を奪ふ程残酷なものであらうか。僕は此の点に関して疑なきを得ない。（中略）

更に考ふ可きは、此の状態に於ける夫婦の愛情である。「彼等は六年の間世間に散漫な交渉を求めなかつた代りに、同じ六年の歳月を挙げて、互の胸を掘り出した。彼等の命はいつの間にか互の底に喰ひ入つた。（中略）二人の精神を組み立てる神経系は、最後の繊維に至る迄、互に抱き合つて出来上つて居た。」「彼等は此の抱合の中に、尋常の夫婦には見出し難い親切と飽満と、それに伴ふ倦怠とを兼具へてゐた。」

新しき教育を受けた代助が「それから」のやうな恋をするのは無理ならぬ事である。然し新しき思潮に触れた宗助が、如何に大いなる犠牲を払つてかち得たる恋であるとは云へ、ヒステリーの病妻を抱いて、子なく金なき詫びしい家庭に、前後六年の間、青年時代の甘い恋の夢から覚めずに居たと云ふ事実は、一寸受け取り難い話である。「蒲団」の作者に云はしたなら、頭から「拵へ物だ」と評するかも知れぬ。

「門」を「それから」の続編と見て、特種の性格をもつた代助の恋は、「門」に描かれたるが如く発展するのが自然の成行であらうかどうか。（中略）自己を偽らざらむが為めにあらゆる物を犠牲にして、真の恋に生きむとして峻厳なる代助の性格は、恋のさめたる女を抱いて、再びもとのやうな、或はそれよりも更に絶望なヂレンマに陥る事がありはすまいか。

以上は全篇の骨子に横つて居る大いなるうそである。（中略）先生は「恋は斯くあり」と云ふ事を示さないで「恋は斯くあるべし」と云ふ事を教えて居られる。（中略）二人の恋は（中略）深く生命の底に根ざした厳粛な質実なものとして描かれて居る。信仰の対象なく、荒れすさんだ現実の中に住する今日の我々が幸福に生きる唯一の道は、まことの恋によつて永劫に結合した夫婦の愛情の中に第一義の生活を営むにある、これが「門」の作者の我々に教ふる所である。（中略）我々もならう事なら宗助のやうな恋に依つて、落ち付きのある一生を送りたいと思ふ。けれども其れは今日の青年に取つては到底空想にすぎないであらう。

等しく拵へ物としても、「それから」は事実の土台の上に立つて居たが、「門」は空想の上に築かれて居る。（中略）若し事実に立脚して、宗助とお米との恋の破綻を種材に捉へたならば、「門」は「それから」よりも更に大きい問題と、深い意味とをもたらす事が出来たであらうと思はれる。

「門」は真実を語つて居ない。然し「門」にあらはれたる局部々々の描写は極めて自然で、真実を捕捉して居る。（中略）到る所の光景が自然主義の作家と雖容易に企て及び難いほど鋭敏な観察眼を以て子細に描けて居る。篇中に出て来る人物の性格も可なりに躍動して居る。（中略）さうして会話をうつす事に於いては、先生は今の作家中に群を抜いて居るやうである。（作品末尾の会話を引用して）こゝで全体がポツリと切れて居る。長い、長い二人の生涯の一部分を、無雑作に切り放したやうな終り方である。余韻がある。

先生は常に一般読者の興味と云ふ事に充分注意して、筆を執られるかと思ふ。兎も角も先生の小説は多くの階級の人に、面白く読まれるだけは事実であらうと思はれる。（中略）先生の小説は比較的広い範囲で今日の実社会と何等かの交渉を有して居るやうである。さうして、（中略）いろ〳〵と読者を面白がらせるやうな出来事が現れて来る。これは読者を（中略）普く一般の社会の大人を対手にしようと云ふ抱負のある作者としては、必要な心掛けである。僕は先生の此の大きな態度を頼もしく思ふ。然しなるべく卑俗に或は不自然に陥らない範囲に於て願ひたいものである。宗助が鎌倉へ参禅に行く所は、如何に見ても突飛であらうと考へる。

「三四郎」「それから」「門」と順を追うて先生の筆には著しくさびが出て来た。（中略）「先生の文章を見るだけでも『門』は他の小説よりも有難い。」と云ひたい。（中略）最後に僕はこれだけの事を明言しておきたい。

先生の小説は拵へ物である。然し小なる真実よりも大いなる意味のうその方が価値がある。「それから」はこの意味に於いて成功した作である。「門」はこの意味に於いて失敗である。

僕等の先生である人に対して、不遜な論評を敢てした事は重々お詫びをする。

江藤淳氏は『夏目漱石』（勁草書房　一九六五・六）において、

谷崎潤一郎氏は、この作品を、一篇の充足した、理想主義的な夫婦愛の小説として読んだのであって、これ以外に『門』の正当な読み方はない。（中略）漱石が「罪」に追われる宗助夫婦の侘び住居を社会から殆ど絶縁された横丁の借家に定めた時、彼は同時に彼の内部にひそむ神秘な愛への希求を語る idyll の舞台を設定してしまっていたのではないか。作者は期せずしてあたえられたこの舞台の上に、自らの当初の計画とは背反した幸福な恋愛の物語―敢ていえば、実生活では求めて得られなかった彼の理想とする夫婦愛の物語を展開せずにはいない。「門」の前半はこのような隠微な衝動によって書かれたといってよいので、実際、漱石は他のどの作品に於ても、これほどしみじみとした夫婦の愛情を描いたことはなかった。宗助とお米の平凡な日常の描写のかげから、作家の幸福な視線がのぞかれる。そのような視線に、ぼくらは魅せられるのだ。

（中略）贖罪を表看板にして円覚寺の山門をくぐった宗助は、実は自己を抹殺して一切の人間的責任を回避しようとした卑劣の徒にすぎない。（中略）「門」が、やや逆説的にいうなら、「罪」の物語でなく、「罪」の回避の物語であるように、その作者の姿は、宿命的な「罪」の主題を掲げながらそれを回避しようとして、自らの低音部に暗い牧歌を奏でている傷ついた夢想家の姿である。

軽々に論じることは出来ないが、江藤氏の「門」前半についての論は谷崎の論旨とすこしズレていると思われるが、江藤氏は「門」の前半は、「幸福な恋愛の物語」であると認めるのである。

三、西垣氏の反論

これに対して西垣勤氏は、

漱石は、宗助をきわめて日常的な時間とありふれた庶民の場所に投げこんでいる。（中略）このような宗助であれば当然のことであろうが、御米との結婚においても、それほど、つまり代助における程積極的に恋を選びとったわけではない。漱石はここでもきちんと代助との区別をつけている。（中略）二人の造型は（中略）『それから』以後の二人の罪の問題にとりくんだ上での造型であり、（中略）宗助と代助の断絶操作と軌を一にしたものだとしか言えないのではないか。（中略）（傍線は引用者）

以上のような宗助の人間像を考え、御米をふくめた罪の意識のあり方を頭に置けば、すでに筆者には「理想主義的な夫婦愛」ということば自体気になる、どうしても納得できない表現でしかないのだが、それはそれとして、二人の生活が仮りに（決してみとめるというわけではないが）そのようなものであるとしても、その二人の愛は、御米が流産の苦悩を一人で苦しみ「宗助に打ち明けないで、今まで過し」てしまう、打ち明けたところで宗助は「さすがに好い気持はしなかつた」が、「わざと鷹揚な答をしてまた寝てしまつた」だけなので、そのようなものとなって来ており、二人の裂け目は明らかなのである。一方宗助にしても、安井が現われることを知って「いつそのこと、万事を御米に打ち明けて、ともに苦しみを分つて貰はうかと思」うが「言はうとしたことを言ひ切る勇気を失なつて、嘘を吐いて胡魔化し」てしまうのである。この二人の姿は、自分の苦悩を相手に打ち明けるのは相手にとって無用なこと、いたずらに苦しませることにしかならない、という種の愛につつまれているのは言うまでもないがそれ以上を出るものではない。

江藤氏の「理想主義的な夫婦愛」の描かれたとする前半においても、すでに、例えば宗助が「『これでも元は子供があつたんだがね』とさも自分の言葉を味はつてゐるふうに付けたして生温い目を挙げて細君を見」、「御米はぴたりと黙つてしま」う、そして御米は自分の部屋にひきこもって「なんにもしずに、長火鉢に倚りかかつてゐ」る、そのような、特にこの場合は宗助の凡愚でデリカシィに欠けた態度が気になるが、とにかくこの二人の人間関係の裂け目は、『門』の物語の進み具合にからんで徐々に入れられていっているのである。その意味で前半と後半との区別はなく、大きな変化・転化はないのである。そう考えて来ると、社会から孤絶した寄り添うしかない二人という状況設定は、充分生きた設定として想起されるのではないか。そして結局最後には宗助は御米との寄り添った生活に拠ってることにすら耐えず、禅寺におもむかざるを得なくなってゆく。（中略）

以上のように考えれば、結局のところ、この作品は、社会への視野と生活―多様な人間関係の中に身を置きそのはげしい葛藤の中で生きる生活、を失った平凡な人間が、密室状況の中でどのように生きてゆくか、生きてゆくことによってその日常性そのものの中でどのように人格を腐蝕させてゆくか、それがかつてあった（とされている）二人の間の愛をさえどのように裂けさせてゆくか、を問いかける実験的な意図によるものであるということになろう、それは言葉を代えれば、漱石においてはじめて試みた日常性の領略、日常の中での日常的人物の領略ということであった。（『漱石と白樺派』一九九〇年六月）

西垣氏は、宗助と御米の造型は罪の問題にとりくんだ上での造型であり、前半から「二人の人間関係の裂け目」はあきらかであり、つまり、前半と後半の区別はなく、大きな変化・転化はない。この作品は、多様な人間関係の中に身を置き、激しい葛藤のなかで生きる生活を失った、平凡な人間が、どのように生きてゆくかを問いかける実験的な作品だとされるのである。

四、重松氏の再反論

重松泰雄氏は、「『門』の意図」（『近代文学研究』２輯）において、西垣氏があれほど否定したにもかかわらず、江藤氏のいわゆる「理想主義的な夫婦愛」を保証するような表現が、この作品には明らかに存在している、として、一四章から次の文章を引用しておられる。

彼等に取つて絶対に必要なものは御互丈で、其御互丈が、彼等にはまた充分であつた。

彼等の生活は広さを失なふと同時に、深さを増して来た。彼等は六年の間世間に散漫な交渉を求めなかつた代りに、同じ六年の歳月を挙げて、互の胸を掘り出した。彼等の命は、いつの間にか互の底に迄喰ひ入つた。二人は世間から見れば依然として二人であつた。けれども互から云へば、道義上切り離す事の出来ない一つの有機体になつた。二人の精神を組み立てる神経系は、最後の繊維に至る迄、互に抱き合つて出来上つてゐた。

彼等は此抱合の中に、尋常の夫婦に見出し難い親和と飽満と、それに伴ふ倦怠とを兼具へてゐた。さうして其倦怠の慵い気分に支配されながら、自己を幸福と評価する事丈は忘れなかつた。倦怠は彼等の意識に眠の様な幕を掛けて、二人の愛をうつとり霞ます事はあつた。けれども簓で神経を洗はれる不安は、決して起こし得なかつた。（十四）

ここにはたしかに「理想主義的な夫婦愛」の表現がある。それが作者自身「実生活で求めて得られなかつた」ものか否かは今問わぬとしても、ともかく自らの「理想とする夫婦愛の物語」が展開されていると言ってよいだろう。「二人の愛」というような明確な表現もあらわれているが、「愛」「愛情」というようなことばはここ以外にも「愛の精」「愛情の結果」「愛の神に一弁の香を焚く」など、作中にしばしば繰り返されている。前半ではどうかと言えば、もっと目立たない、しかし「しみじみとした」愛情生活の描写が随所に見受けられると言ってよいのである。

重松氏は「漱石は作品の前半でも、（中略）『和合同棲といふ点に於て、人並以上に成功した』（十三）夫婦のむつまじい姿を確実に描出していると言ってよいのである。」と述べておられる。西垣氏の所説を裏づける記述として、冒頭の「神経衰弱」についてのやり取り、二章終わりの宗助の孤立感、三章末尾の御米の態度などから、「宗助も御米も、単に「人生を耐えている」という以上に、孤影悄然たる感が深い。」としておられる。さらに一七章の「宗助と御米の一生を暗く彩つた関係は、二人の影を薄くして、幽霊の様な思ひを何所かに抱かしめた。彼等は自己の心のある部分に、人に見えない結核性の恐ろしいものが潜んでゐるのを、仄かに自覚しながら、わざと知らぬ顔に互と向き合つて年を過ごした。」を引用して、西垣氏の江藤説批判は、「門」の内部徴証によっても裏づけられるとされ、「「愛」の主題一つについて見ても、「門」という作品の性格は複雑で、ほとんど相反する二重の読みを可能にするかのようである。」と記しておられる。重松氏はわたしは「門」前半の主題（と言って不正確ならば、前半に賭けた作者の意図）は、やはり「夫婦愛の物語を書くところにあったと考える。（中略）むしろ幸福でも不幸でもない、はなはだ〈現実〉的な「夫婦愛」の物語、というより、夫婦愛に付随する「平凡な波瀾」（十五）、その幸福と不幸そのものを、互に相対化しつつ描くことにあったと考える。（中略）

つまり、「門」における〈罪〉の仮構＝「密室状況」の設定は、日常性による人格の腐蝕を描くためのものというよりは、むしろより強く、「孤立した人間の集合体に過ぎな」（「それから」八）い「現代の社会」の中にあって、そのような〈孤立〉を超えた、真の人間関係を描くためのものであったと考えられるのである。それは裏返して言えば、そのような真の人間関係は、現代にあっては、完全に社会と絶縁し、一切の他我を排除するところにしか成り立ちようがないのではないかという、漱石自身の深い絶望につながっている。

「門」は、表面、どれほどそう見えるにもかかわらず、やはり決して「通俗」的な「腰弁夫婦の平凡な人生」の物語ではない。（中略）むしろはるかに強く、「尋常の夫婦に見出し難い親和と飽満」の姿を浮かび上がらせる働きを持ち、（中略）夫婦の〈特殊性〉を暗示する伏線的役割を効果あらしめるためのものだったと見るべきだろう。

わたしが、宗助乃至宗助夫婦の〈特殊人〉たる所以を強調するのは、彼らの創造に漱石の独自の「隠微な衝動」が強く働いていると考えるからである。（中略）御米のモデルが楠緒子であれ嫂であれ、あるいは架空の人物であれ、漱石の意識下にも、絶対的な〈愛〉の対象を得る代償として、社会を追われることにも甘んじようとする〈特殊人〉宗助に類する存在が、大きな可能性をもって〈潜伏〉していたことは疑えないようである。（中略）こうして、罪の子たる宗助・御米の、「尋常の夫婦に見出し難い親和と飽満」の生活を、「表通の活動」（十三）とは絶縁した、「すぐの崖下」（二）の家に設定した時、彼はまさしく自己の「潜在意識」の領域に、ふかぶかと測深鉛を下ろしていたと言って良いのである。

重松氏は作品の後半について次のように述べられる。

ところで、夫婦愛に付随する「平凡な波瀾」を描いていた「門」は十六章以下における安井の出現によって、俄然、はなはだ〈平凡〉ならざる波瀾を呼ぶこととなる。むろん、それは客観的に見れば、宗助一人の心中に起る波瀾にしかすぎないが、しかしこれが、「門」における唯一且つ最大のドラマであることは、今さら言うまでもあるまい。もっとも、宗助の参禅の間に無事安井は去り、宗助もまた開悟に失敗して帰宅するという、もとの杢阿弥の形で危機は超えられる。（中略）じじつ作者も「一たび山を出て家へ帰れば矢張り元の宗助であつた」（二十二）と書いてはいるのだが、しかし、すべてが「元の宗助であつた」はずはないので、たとえば、彼の信奉する「凡ての創口を癒合するものは時日であるといふ格言」は、安井の出現を知った夜以来「すつかり崩れ」（十七）去っているのである。しかも、事の終った末尾に、「是に似た不安は是から先何度でも、色々な程度に於て繰り返さなければ済まない様な虫の知らせが何処かにあつた。それを繰り返させるのは天の事であつた。それを逃げて回るのは宗助の事であつた」と、自らに固有の絶体語「天」をすら借りつつ、作者が強調している以上、この時宗助の心内に展開されたドラマの重みは、やはりいかなる意味においても、無視されてよいものではあるまい。

仮りに宗助が「元の宗助」へふり戻されるとしても、それは（中略）より根源的な〈罪〉の子たる運命の方向へであった。その点、彼はたしかに、「門の下に立ち竦んで、日の暮れるのを待つべき不幸な人であつた」（二十一）が、それは作者が、この句に先立つ部分で慎重に述べているように、宗助が（ほんらい「門を通る人ではなかつた」という以上に）、「門を通らないで済む人でもなかつた」ことに起因するのである。あくまでも、そのような運命づけの上に、「門」の下にたたずむ、この「不幸な人」の物語は意図されていると言ってよいのである。

作品末尾の宗助のことば―「うん、然し又ぢき冬になるよ」―は、「門」一篇の結びとしてまことに象徴的なことばだ（中略）「運命の厳かな支配」（十三）のごときものを示唆（後略）

五、『門』の前・後半分裂論とそれへの反論

重松氏は結局「門」の構造については前半に賭けた作者の意図が後半で「俄然」急転調した、つまり分裂した作

品と見なされているのである。ニュアンスは異なるが江藤氏もこの考え方である。この考え方は自然主義作家の「門」評価に行き着く。田山花袋は「作者は三分の二位まで、この平板な叙述をつゞけてそして始めて宗助とお米との前生を出して居るが（中略）作品から言っては、甚だ不自然（中略）何だか余りに唐突のやうな気がする」（「夏目漱石氏の『門』」、『文章世界』明四四・四）と否定的な評価を下している。

酒井英行氏は『漱石　その陰翳』（一九九〇年四月）において、花袋の論点を徹底させて『門』を批判した、正宗白鳥の『夏目漱石論』を、詳細に検討しておられる。

白鳥の『門』評において私が問題にしたいのは次の四点である。（一）『門』前半は「腰弁夫婦の平凡な人生」だけを描いているのか。（二）『門』には「今に面白いものを見せるぞと云つたやうに、読者を釣らうとする山気」がなかったのか。あってもそれは、「伏線らしい変な文句」という程度のもので、あまり気にしないで読み過ごしていいものなのか。また後でからくりが分かるように描かれている作品なのか。（三）作品の終わりの方で、宗助夫婦が「異常な過去」を持っていることが「曝露」され、宗助は「急に深刻性を発揮」するのか。（四）鎌倉への参禅は「巫山戯てゐる」のか。

以上の点について検討を進められた上で、次のように述べておられる。

過去の罪の上にこそ一見平凡な夫婦の日常生活が成立している点、またその過去の表現法において、『門』と『こゝろ』は似通った作品である。（中略）『それから』は、代助が三千代に愛を告白するに至る過程を作品の主題として（作品の現在時として）濃密に描いている作品であるのに対して、『門』の宗助と御米の姦通に至る過程そのものは、過去のものとして象徴的にしか描かれていないのだ。描写方法の相違であって、内実の相違とは考えられない。夫の留守に逢瀬を重ねて愛を深めるという点でも両作品は共通していて、作者が『門』を『それから』の後日譚として描いている（中略）姦通という罪を犯してまでも夫婦になった男女の、「尋常の夫婦に見出し難い親和と飽満と、それに伴う倦怠」（十四）と、罪責感（宗助は、姦通そのものを罪と感じているというより、それによって安井を傷つけたことの方をより強く罪と思っているようであるが）とが、『門』において作者の書こうとしたものである。（中略）

宗助は「過去」の復讐に怯えて、不安な心を抱いて暮らしている。そういう不安定で弱い自分を改造しようとしている。（中略）現在の不安で閉ざされた自己を問い直すのが「此影は本来何者だらう」（十三）との問いであり、現状打破、自己救済の道を『論語』（五）を読むことで模索させているのである。（中略）『それから』のそれからを構想する段階の漱石は、過去の罪を主人公に追究させることを初めから構想していたはずであり、参禅は決して「巫山戯てゐる」（白鳥）わけではない。『論語』を読むことが参禅の伏線になり、「此影は本来何者だらう」との自問は、「父母未生以前本来の面目」という公案の伏線になっているのだ。（中略）『門』は伏線が丹念に描かれ（それは伏線という域を超えているのであり、夫婦の愛情生活と罪の問題との両方を不可分のものとして初めから描いていたのである）、結末に向かって整然と展開し、冒頭と結末とが絶妙に照応している作品である。

（中略）重松は、「作品の前半においては、小六問題をめぐる叔母との交渉などを手初めとして、いささかトリビアルな俗事の表現に筆が割かれ過ぎている」と述べている。（中略）私はこれを宗助の過去を描く上で不可欠なものであったと考える。（中略）宗助夫婦の一見平凡な日常生活に、小六の学資問題という「自然の経過《なりゆき》」（四）が押し寄せてくることから、それの起こってくる淵源（宗助の過去）に筆は進み、徐々に夫婦の過去が明かされてくるのである。小六問題は宗助の過去の罪が原因で派生してきたものなのである。次に抱一の屏風と泥棒事件について（中略）展開から分かることは、屏風・泥棒事件の両方がどちらも坂井に結びついていることである。（中略）作者はこの二つの出来事を、「夫婦愛に付随する『平凡な波瀾』」として描いてきたのではなく、宗助を坂井に接近させ、親密で頻繁な交渉を持たせる道具立てとして描いていたのである。作者は何のために、宗助を坂井に接近させる筋を仕組んだのか。坂井家に安井を出現させる下地を形成するために他ならない。（中略）作者が、甲斐の男を「織屋」で、反物を売って歩く男と設定しているのは、大学時代に「着物道楽」であった安井に重ねるためであろう。（中略）宗助は甲斐の男と出会うことで、想像裡に描いていた堕落者としての安井の姿を現実に目の当たりに見ることになったのだ。作者は、甲斐の男を安井出現の伏線として描き（宗助に過去の罪を突き付け）、安井出現の不自然性を免れるように配慮しているのだ。（中略）

『門』は前半、後半という断絶もないし、主題・意図においても分裂はない作品である。作者が初めから『それから』のそれからとして、姦通という罪の上に結ばれた夫婦の愛情生活と罪責感を不可分のものとして書いた作品である。

結局、酒井氏は、『門』は『それから』の後日譚であり、姦通を犯してまでも夫婦になった男女の、尋常の夫婦に見出し難い親和と飽満と、それに伴う倦怠と、罪責感を描こうとした作品であり、前半、後半という断絶もないし、主題・意図においても分裂はない、と断言されるのである。

ここで、『夏目漱石事典』に掲載された、テクストとしての漱石文学　吉田熈生氏の「『門』あるいは白鳥の『門』評を読む」を見ておきたい。吉田氏は次のように述べられる。

一つの文学テクストはそれだけで存在することはない。（中略）それ自体で存在する「もの」ではなく、作者と読者との非固定的な相互関係として作動している「こと」である。作者があるテクストについての最初の読者であるとすれば、読者はそのテクストについての第二の作者である。（中略）この第二の作者は、彼の社会的役割に応じて何らかのお話あるいは「物語」を創る。（中略）この相互関係は、顕在化すると否とを問わず対話的、交感的な関係であり、一人の人間が、彼について彼自身と他者が所有し、かつ交換し合う様々な情報の総体の構造として存在することと似ている。（中略）しかしそれは時間の経過（それはしばしば現実の作者の死を伴う）に起因する、第二の作者の価値意識によって変容する。（中略）

とりあえず白鳥の批評文から入ってみよう。（中略）この批評文は、小説の後半に至って宗助夫婦の「異常な過去」が述べられるという『門』のプロットの不自然さを非難し、「腰弁宗助の平凡生活」を「平凡な筆致」で叙するだけでいいと主張したものである。（中略）と同時に、この非難と主張は、漱石が「凡庸の作家ではない」ことを認めつつも、「知識階級の通俗読者」に喜ばれる「日本の国民的作家」漱石の偶像を破壊するように書かれている。「安官吏宗助実は何某と変つて急に深刻性を発揮」し、「鎌倉の禅寺へ行くなんて少し巫山戯てゐる」という評は、『門』のみならず、漱石の倫理性を高く評価していた当時の読者に向けられた戦略的発言でもある。白鳥がこの『門』評を含む「夏目漱石論」を発表した昭和三（一九二八）年は、第二回目の漱石全集が岩波書店から刊行された年だった。岩波文庫もすでに創刊されていた。白鳥の批評は教養主義を標榜する版元岩波書店と、漱石信者とに向けて放たれた矢であって、『門』評はその中の一本に過ぎない。（中略）白鳥の「夏目漱石論」は、「朝日新聞のお雇作家」としての漱石に親愛感を持つことがないままに、彼の名声が高まって行くことへの苦々しさを露わにした歴史的時評家としての発言ということになる。（中略）そしてそれが挑発的であればあるほど、そこには戦術的な罠が巧妙に仕掛けられている。（中略）白鳥は『門』を孤立したテクストとして扱ったのではなかった。言い換えれば、彼は複数のテクストを掻きまぜながら読み、『門』評という「物語」を書いているのである。（中略）

白鳥のつまずきと嫌悪とを一般化してみよう。『門』という物語の骨格は、物語の中の事実が継起した日付の順序に従うならば、「ある情態Ａにおいて生きていた男女Ｂ・Ｃが、禁止に背いた事件ＤによってＡとは対照的な情態Ｅに追い込まれた話」である。しかしこのストーリーは、作者によってその順序と物語の各ファクターとの関係とに変換が施されている。物語の現在はＢ・Ｃの情態Ｅである。そしてＥの進行の途中でＡ→Ｄ→Ｅの経過と、ＤのＥに及ぼす影響が叙述され、物語は再びＥに戻る。これが『門』の基本的なプロットである。白鳥が「平凡な筆致」で叙された「平凡な人生」と読んだのは、Ａ→Ｄが語られる以前のＥであり、「変な伏線」もそのＥに落ちているＤの影である。また、白鳥の「嫌悪」がＡ→Ｄの叙述と、それ以後のＥについてであることは言うまでもない。

このプロットは、『門』というテクストが、統辞的には「Ｂ・Ｃの現在の情態Ｅ」を言わば主語とし、「彼等の過去の事件Ｄとの連続」を述部、「過去の事件Ｄ」による「過去の情態Ａの変化」を、述部を限定する条件句として成立していることを意味している。すなわち、『門』の文型は、ＥはＤによるＡの変化であるから、ＥはＤと連続している、という構造に還元することができるのである。（中略）これを単純化した入れ子構造として示せば、別掲の図のようになる。この図は『門』が一種の決定論に基づく報告書であることを示していると同時に、過去と現在とにまたがるＤの意味が著しく重いことを語っている。（中略）この構造に捉えられている限り、第二の作者としての読者は『門』を自己流に書き替えることはできない（後略）

と述べて、次のようにこの文章を結んでおられる。

白鳥は『門』を罪の物語でなく、言語活動の衰弱の物語としてなら評価すると言っていると考えていいであろう。（中略）『門』から『門』評を読み直すという問題についても、他日を期するほかはない。

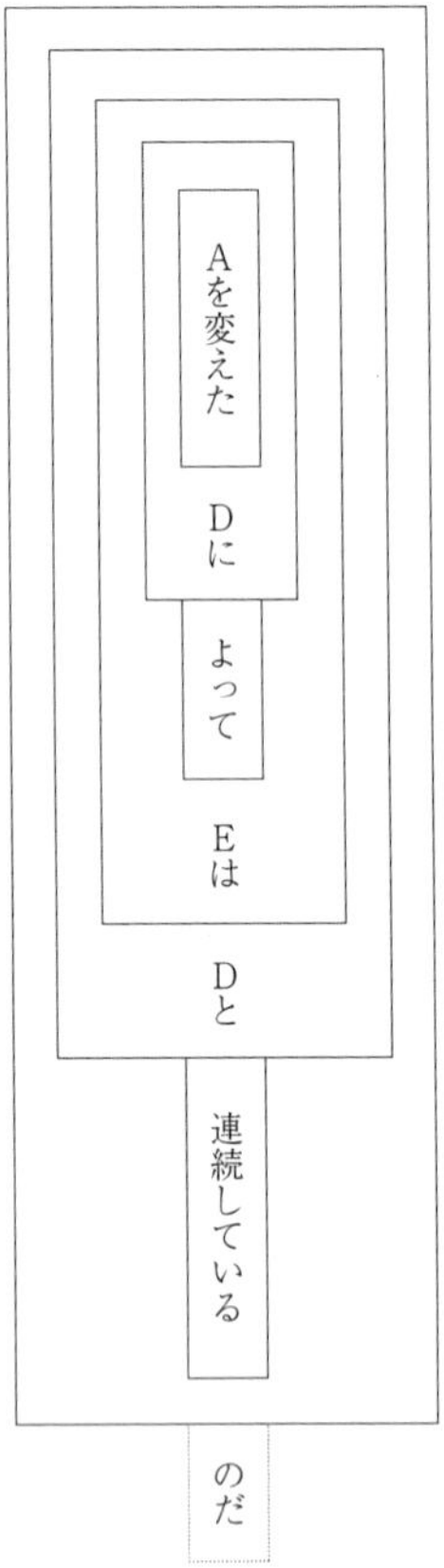

Aを変えた
Dに
よって
Eは
Dと
連続している
のだ

六、まとめにかえて

吉田氏は、一つの文学テクストはそれ自体で存在する「もの」ではなく、作者と読者との非固定的な相互関係として作動している「こと」である、と述べられて、読者はそのテクストについての第二の作者であり、彼の社会的役割に応じて何らかのお話あるいは「物語」を創る、とされる。しかしそれは時間の経過に起因する第二の作者の価値意識によって変容する、と述べておられる。

明治四三年の谷崎の「『門』を評す」以来、『門』についての論評は様々な角度からなされてきた。『門』が前半と後半とで断絶があるとするもの、そのとらえ方の程度にも差が感じられるが、反対に断絶もないし、主題・意図においても分裂はないとするものなど、論者の創る「物語」はさまざまであった。ある評論家の漱石研究にも『門』についての論及がないことを発見したが、それほど『門』は論じにくい面をもっていると痛感した。テクストとしての漱石文学の読み方として、吉田氏の『門』の分析は「ある情態Aにおいて生きていた男女B・Cが、禁止に背いた事件DによってAとは対照的な情態Eに追い込まれた話」と捉えられ「物語の現在はB・Cの情態Eである。そしてEの進行の途中でA→D→Eの経過と、DのEに及ぼす影響が叙述され、物語は再びEに戻る」とされて目を開かれるものであった。

管見と断った如く、今回は歴史的に重要な論考にもふれず、女性の立場からの論考に触れることはできなかった。御米の立場から『門』の世界を見ていけばどうなるのか、何が見えてくるのか、さらに『こころ』との関連から、宗助と安井との濃密なつながりについても考えて見る必要があったと思われる。それらの論考についてふれることができなかった。

今さらながら漱石文学の奥の深さに感じ入ったことである。『門』の輪読を深めていくために、論者の論も誤解がないようにと、できるだけ長く引用した。その点煩雑になったことをお詫びしたい。

「続河」一九号（二〇一三・一一・一六　稿）

『門』関係年譜

明治三六年二月一〇日　ロシアに宣戦布告、日露戦争が始まる。
三八年九月五日　ポーツマスで講和条約締結
四〇（一九〇七）年四月　朝日新聞社に入社。教職をなげうち、職業作家の道に入る。以後作品を「朝日新聞」に寄せることとなる。

四一年九月一日より一二月二九日まで『三四郎』連載。
明治四二年七月末　満鉄総裁の旧友中村是公に七年ぶりに再会、満韓旅行に招待される。
八月　六　日　麻布飯倉の南満州鉄道支社に中村是公を訪ねた。
八月一四日　『それから』を脱稿。連載は六月二七日～一〇月一四日。
八月二〇日　日記「激烈な胃カタールを起こす」「面倒デ死ニタクナル」
九月　三　日　大阪を出港、六日大連着。以後旅順、京城ほか満韓各地を歴訪。
一〇月一四日　下関に帰港、大阪、京都に立ち寄り、一〇月一七日に帰京。
一〇月二一日から一二月末まで『満韓ところぐ』を連載。
旅行中、橋本左五郎、佐藤友熊らに会った。
一〇月二六日　伊藤博文、ハルビン駅に列車で到着し、構内に降り立ったところを、朝鮮人安重根の銃弾を受け死亡。
明治四三年三月一日より六月一二日まで『門』を連載。
三月　八　日　『門』三の二で、伊藤公暗殺について、御米・宗助・小六が話題にする。
六月一八日から七月三一日まで長与胃腸病院に入院（胃潰瘍）。
八月　六　日　転地療養のため修善寺温泉へ。病状はさらに悪化。
八月一二日　日記に「夢の如く生死の中程に日を送る」と書く。
八月一七日　「吐血、熊の胆の如きもの。医者見て苦い顔す」
八月一九日　鏡子、修善寺に駆けつける。夜、一八〇グラムの吐血。
八月二四日　大吐血のあと人事不省（修善寺の大患）
八月二五日　急を聞きつけて、親戚、友人、門下生などが大勢駆けつけた。
八月二八日　容態落ちつく。
九月　八　日　自分で日記を書き始め、冒頭に「別る、や夢一筋の天の川」と記した。
一〇月一一日　修善寺から帰京。長与胃腸病院で静養（翌年二月まで）。
一〇月二九日より翌年二月二〇日まで『思ひ出す事など』を断続連載。

『門』研究の流れ管見（その二）

『門』―「一つの有機体」神話の隠蔽するもの（中山和子『国文学』一九九四・一『漱石・女性・ジェンダー』所収 二〇〇三・一二 翰林書房）

中山氏はあとがきで「（前略）一九七〇年代以降盛んになったフェミニズム思想に、私もおくればせながら開眼することとなる。（中略）以来ようやく、私の漱石研究は文学領域における性差の政治学の解明、ジェンダー分析を通して近代最大のカノン漱石を解体しなくてはならない、という課題と向き合うことになった。『草枕』から『行人』にいたる本書の読解の試みは、そのささやかな実践である。／じつは漱石の文学テクストは女が自己の延長でしかない同時代のテクストと比べ、他者としての女を浮上させ得ている点では稀に新しい。にもかかわらず、明治帝国のジェンダー構成が支配する場の性差の力学は、漱石のテクストにも強力に機能しているのである。今から思えば、そういう一面で新しい漱石のベースにあった、英国留学以後のメレディス他の受容がもっと検討されるべきだったろう。しかし、もはや時間切れである。（後略）」と述べて、自分の立場を明確にしている。

「親友との別れ、人間性情の激変は『門』の宗助にも共通しているが、そこには一見理想的で甘美な夫婦和合がある。にもかかわらず『門』にもまたコミュニケーション不在はあきらかなのである。

『門』の男女は周知の「二つの有機体」という夫婦神話にくるまれている。「二人の精神を組み立てる神経系は、最後の繊維に至る迄、互に抱き合つて出来上つてゐた」（一四）というその見事な同一化を物語る語り手の解釈が、読解の方向をリードするのである。『門』のサワリともいうべきそれら解釈的言説が、つねに「二人」「彼等」「夫婦」など複数において語り出されるのは注意してよい。（中略）この語り手の巧みな誘導によって仕組まれたメルヘンのなかに、隠蔽された男女の関係、とりわけ御米の空白、無言化された領域、その抑圧の構造を読み解いてみたいと思う。（92ページ）

として論を進めている。

中山和子氏は、宗助と御米について次のように分析する。

「（宗助は）父の死後、叔父に委託した財産がいつのまにか散逸してしまった管理の杜撰さや、弟小六の学費を突然打切るという経済事情の曖昧さなど、宗助は叔母のいいわけをぼんやり聞くのみで少しも現実的な対応ができぬ人である。（中略）世間普通の自己主張というものを欠いた状態にある自身の異常を、宗助は「神経衰弱」と呼んでいるが、（中略）文字記号のような社会的約束に対する異和においても、宗助が外界ないし他者との有機的関連を実感しにくいという関係能力の衰退傾向が示されている。」

としている。

これに対して「御米の明晰は対照的である。」として「世間通常の言い争いなど、およそない二人の関係のなかで、御米は「微笑」という柔らかな表情の裏に、思うこと主張したいことのすべてを静かに収めている。自己主張する主体を欠いた状態の夫を見つめて、無言化を強いられる表情が御米の「微笑」である。」と分析され、二人の関係について、「我慢と忍耐とを一人で背負い、ちょっぴりでもいやな顔を見せない〝聖女のほほえみ〟が、御米の「微笑」であって、宗助にはそれが「何時もの通り」とか「例の如く」とか感じられている。」として、「その意志的な仮面の内側へ交通する手段を宗助は欠いているといってよい。」とされるのである。

弟小六の問題について、「部屋と食物を分担し、あとを叔母に援助してもらう」という実際的提案のできるのが御米であった。

「結果として、神経衰弱で優柔不断の宗助が家長としての責任だけは取ることになった―家計のやりくりいっさいと家庭内労役の御米の負担において。（中略）食べ盛りの青年が増えることが乏しい家計をどれほど圧迫するか、宗助は御米の苦しい算段を思いやった形跡はない。それどころか、今も義弟に憎まれていやしないかと気を回し、気詰まりもふえた御米にたいし「ヒステリー」じゃないかといなす宗助は、御米よりも小六のほうに多く気を使う。（中略）「男の共有する家父長的文化、言語圏（中略）から排除されている御米は、非言語としての言語「微笑」によって対抗する以外にない。御米の「微笑」はデイス・コミュニケーションと抑圧の身体表現である。」（95～96ページ）

と断言される。

〝在りえた今〟の欠落感をキーワードに氏は次のように分析される。

「坂井と宗助とが不思議に気の合う原因は、おそらく二人が元来同型の人物だからであった。坂井は宗助が在りえたかも知れぬ〝今〟の姿である。」宗助は資産のある東京ものの子弟として、派手な嗜好をもち「服装にも、動作にも、思想にも、悉く当世らしい才人の面影を漲らして、昂い首を世間に擡げつゝ、行かうと思ふ辺りを濶歩した」（十四）青年であり、もしかりに御米とのことが無ければ、「自分がもし順当に発展して来たら、斯んな人物になりはしなかつたらうか」（十六）と宗助は坂井のことを考えている。

「昔の宗助は〝今〟のような宗助に激変したことになるが、それゆえに、〝在りえた今〟からたえず深層の脅迫を受けている、と考えることができる。彼が自己を主張すべき主体を欠いているかに見えるのは、明治近代の資本主義社会のエリートとして、自己の同一性を奪われているからであり、本来の自己と思えるものを実現すべき場を失っているからにすぎない。「海老の様な」姿勢とはその意味で男性社会からの脱落の表現でもある。

しかし、宗助は平生、そのような脱落意識を抑圧して生きている。もしそうでなければ、御米の前夫であり親友であった安井の不意の出現に、宗助がなぜあのように狼狽したか、なぜ御米には秘密に禅寺へ逃げたかという動機は、ちょっと理解しがたいのである。

安井の出現とは、宗助の〝今〟を招来したそもそもの原因を、さかのぼって眼前にすることであり、〝今〟の「失敗」を明明に意識化することに他ならない。（中略）

彼は胸を抑えつける一種の圧迫の下に、如何にせば、今の自分を救ふ事が出来るかといふ実際の方法のみを考へて、其圧迫の原因になつた自分の罪や過失は全く此結果から切り放して仕舞つた。其時の彼は他の事を考へる余裕を失つて、悉く自己本位になつてゐた。今迄は忍耐で世を渡つて来た。是からは積極的に人生観を作り易へなければならなかつた。さうして其人生観は口で述べるもの、頭で聞くものでは駄目であつた。心の実質が太くなるものでなくては駄目であつた。（十七）

昔の「罪や過失」を容易に切り放せるのは、〝今〟にこそ意識の焦点があるからである。（中略）宗助の「罪」の意識は、三角関係の当事者である安井への、負目意識以上のものではないのである」が、（中略）坂井から「冒険者」の一語を聞いたとき、「あらゆる自暴と自棄と、不幸と憎悪と、乱倫と悖徳と、盲断と決行とを」安井の上に想像してみるのである。

宗助が思わず最悪の事態を想像してしまうのは、加害者の意識であるより、むしろ被害者の意識なのだと考えれば、不可解でも不自然でもない。安井の〝今〟の境遇は、現象の仕方は全く違っていても、社会の中心秩序からこぼれ落ちた宗助の〝今〟を、鏡にかけて見るようだ、ということもできるからである。宗助の恐怖は、安井の〝今〟を見ることで、自分の〝今〟を確認させられる男の恐怖である。

二人の男が共通の被害者であるとすれば、加害者は女である御米以外にはない。」

と分析される。

御米とは、どういう女であったのか―

坂井の家へ安井が訪ねて来たはずの晩、不眠の夜を過ごした宗助は、明け方の悪夢にひどくうなされる。はっとして悪夢から覚めた宗助。枕元には御米が何時もの通り「微笑」して屈んでいた。

「社会秩序の周縁に「抑圧」を生きる男と、男社会の「抑圧」を生きねばならぬ女の深刻なディス・コミュニケーション」。御米はどういう女であったかについて「不思議なほどに空白である。」と指摘される。「僕の妹だ」と紹介された御米は、新婚らしい華やぎはなく、静かな「落ち付いた女」だった。安井と御米が何時どこで知り合ったのか不明であるし、二人が京都に来てからもひっそり世間を憚る様子がある。親兄弟に祝福された間柄であれば「妻」として紹介してよいはずである。御米の方に親兄弟がいるのかいないのか全く不明である。世帯道具は京都で買いそろえているから、親元が仕度をしてくれた形跡はない。御米は天涯孤独の身に設定されている。「世間から隔絶された崖下の幻想空間に、都合よく係累を取り払い、純粋培養されたのが御米である。しかし、宗助の近親は遠慮なく進入するのだから、御米はその血統を一方的に排除した語り手のジェンダーの抑圧を受けている、ということになる。」

「御米の不憫さはとくに、子供のことに現れる。」流産・未熟児・死産と度重なる不運に見舞われたとき、若い女がもっとも頼りたいのは生みの母親であろう。無慈悲にもそれを禁じた設定によって、御米に易者の門をたたかせる。生母の温情とは反対に、心臓の凍るような言葉を御米は与えられる。互いだけを信じ合いむつまじく相寄る二人であるかのようだが、しかし、この時も易者の宣告は御米一人の胸の内に秘められていた。

御米は安井のどこにひかれ、どんないきさつで京都についてきたのか、その安井を捨てて、親友宗助を愛するにいたるどんなプロセスと葛藤を経験したのか、いっさいが空白である。「大風は突然不用意の二人を吹き倒した」「けれども何時吹き倒されたかを知らなかつた」という愛の衝動劇。「大風」という象徴的表現は、あきらかに〝性《セックス》〟を意味するものと考えられる。「男女の関係を肉体と官能のレヴェルにおいて想定することを回避ないし忌避する傾向は漱石に一貫しているが、『門』の場合の語り手が、宗助御米をやみくもに罪悪感で塗りつぶそうとするのもそのためであろう。（中略）東洋的な肉体蔑視の思想と、西洋十九世紀的な恋愛ロマン主義の聖なる恋愛観念とが、語り手を根深くしばっている」と述べておられる。

語り手の解釈的言説にもかかわらず、宗助の罪悪感は、たんに安井への負い目となっていた。さらに御米には宗助ほどにも安井に対する負い目が無いような印象をうける。↓御米の空白を読む必要がなおおきてくる。

「もの静かで明晰で実行力のある御米が、（中略）ともかくも将来を託したのが安井である。それが意外に病弱であることがわかり、その上いつまでも内縁関係の不安が続いていた。安井もうらやむほどの満ち溢れる健康と寛濶さと前途「洋々」の幸運の約束された青年が、御米に興味を示しているとしたら。」御米は「現代の女学生」に共通な若わかしい言葉使いで話し、買い物のついでに一人宗助を訪ねるほど、さばけた新しさのある女である。御米も女として、男性社会で生きるための計算と「技巧」とをこらしたと考えることはできる。宗助と同じ罪悪感をもたなくても不思議ではない。

「御米が罪を感じているのは死なせた子供に対してである。それが産む性としてのみ男性社会に生かされた、明治の女の自然であろう。」

安井の不意の出現を御米に秘した宗助は、ようやく御米との差異を確認しはじめる。一人参禅におもむいた宗助は「父母未生以前と御米と安井に脅かされ」（十八）たまま、崖下の家へ戻るしかなかった。「そこにもはや以前と同じ秋日和の縁側があるはずもない。」

「本当に有難いわね。漸くの事春になつて」「うん、然し又ぢき冬になるよ」という具合に、別べつの思いがすれちがい、外光に向かう女の視線と下を向く男の視線は交わることがない。

「在りうべき男女和合の神話を語る語り手の巧妙なベールをはぐってみれば、『門』は、明治末近代の資本主義男性社会に生きる男女の、きわだった非対称的関係とディス・コミュニケーションとを抑圧の構造のなかに充分に提示している。」と結論づけて居られる。

中山氏は、宗助と御米の「一つの有機体」神話を解体して、御米の「微笑」は、「男の共有する家父長的文化、言語圏」から排除された「ディス・コミュニケーションと抑圧の身体表現である」と断言されるのである。さらに、宗助の「罪」の意識は、安井への負い目意識以上のものではないとして、宗助の恐怖は安井の〝今〟を見ることで、自分の〝今〟を確認させられる男の恐怖であるとされる。二人の男が共通の被害者であるとすれば、加害者は女である御米以外にはない、とされ、御米の空白を読む必要を強調される。ここからは読み手の御米の空白をどう読むかが課題となる。末尾の解釈を含めて問われる問題である。

個人主義の行方ー『それから』と『門』（朴《パク》　裕河《ユーハ》『ナショナル・アイデンティティとジェンダー漱石・文学・近代』所収　二〇〇七・七　クレイン）

朴氏は漱石を、自己存在の意味をナショナル・アイデンティティのなかに発見しようとし、「西洋」とは違った

「固有」のものを「日本」のなかに見いだそうと人一倍苦心した作家、としてとらえ、これまで漱石は、文明化へと盲目的にはしる「近代日本」を批判し、「自己本位」という言葉で「西洋」に対する毅然とした態度を示しながらも日本の帝国主義や軍国主義を批判し、さらには天皇にも距離をおくことができた反体制主義者としてのリベラルな文学者、といった像で受容されてきた。（中略）本書は、夏目漱石を中心とする近現代「日本」の「文学」テキストを対象に、ナショナル・アイデンティティの形成とそれに付きまとっていた諸問題点を明らかにしようとしたものである、と序章で述べられている。

第5章　個人主義の行方では最初の三節で『それから』が論じられ、

一　代助とジェンダー
二　共同体の言葉・〈個〉の誕生
三　懐疑の行方
四　「近代家族」の失敗から二節にわたって『門』がとりあげられる。

『門』は社会の掟を壊してまで結ばれた二人の男女の「それから」が、至高の幸福な状態ではなかったことを描いている小説と見るべきである。そして、そのように読んでこそ、『それから』における不安定な選択の次の展開を語った小説と見なすことができるはずだ、ととらえる。

「『門』に登場する人々は、一見安定的に見えながらもそれぞれある不安定さを抱えている。」として、宗助については、「仕事上の成功をなしとげていないこと」「子供がいないゆえの不安定さ」があると指摘する。「達磨」の風船を買って帰るのも「子供」に対する欲望のあらわれだ、とするのである。

「御米にとっての子供とは何よりも「妻」としての義務をまっとうさせてくれる存在として認識されている。」御米が「宅の事を始終淋しい〳〵と思つてゐらつしやるから」と宗助の気持ちを忖度し、子供が出来ないと易者から言われたことを宗助に告白しながら、「貴方に御気の毒で」「謝罪まらう〳〵と思つてゐた」（十三の四）と言う。「御米にとっての子供の不在という現象は、宗助のような家の「淋し」さ以前に、自己の存在意義自体を問われるものだったのである。」（一八三ページ）「明治末年から大正期は給与生活者を中心とする「核家族化した」家族・家庭生活を営む社会階級が登場した時代であった。」と指摘され、「本来ならば宗助と御米の「子供」が入るべき空間―家中で「一番温かい部屋」（九の三）に、戸主の弟小六が入って以来、その不自然さは御米において心と身体の葛藤を招来する。」「小六の同居が宗助と御米の「安定した構造」を「軋」ませるような、「無意識の領域への侵犯」だった」と。

明治三一年の新明治民法によれば、「戸主」宗助の弟である小六は、宗助に子供がなかった場合、家督相続において御米よりも優先されたはずであり、小六は御米にとって脅威の存在でしかなかったはずなのである、とされる。

五　秩序志向と断罪

一見御米をいたわるように見えながらも、ことあるごとに「子供」の話をすることで御米を抑圧する夫の元で、御米が「子供」の代わりに小舅を抱え込むようになって「ヒステリー」になったとしても不思議はない。一方の宗助はすでに物語の冒頭から「神経衰弱」を訴えていた（一八六ページ）。宗助が参禅に行った目的は、「心の実質」

を「太く」（十七の五）するためであった。「衰弱」した「神経」―「心」を、強く太くするための参禅だったのである。以前からの心の病気が安井の出現をきっかけに高じ、「弱くて落付かなくつて、不安で不定で、度胸がなさ過ぎて希知《けち》」（十七の五）になった「心」を治すために宗助はお寺を訪れたのである。そういう意味ではテキストの「分裂」はない。

宗助が大学を中途で退学せず、順調に家族や知人の助けをかりて就職していたなら、彼の予測どおり「洋々」な「前途」が開かれるのも不可能なことではなかったであろう。しかし今の宗助は、役所の下級官吏となって「腰弁」と自嘲せねばならない存在となっている。宗助の姿は、特別「新らしい希望もな」（十三の一）いままに近代産業社会という組織のなかで「淘汰」（二十三）を恐れながら生きている、近代産業社会を支えるサラリーマンの典型的な姿と言えるだろう。（一八七ページ）。

以上のように述べてきた朴氏は、

「問題は、宗助が、このような現在をもたらした「昔」の自己の選択に関して懐疑しているということである。」として、「宗助の神経衰弱は、単に子供がいないことや仕事上の挫折のみにその理由があるのではない。むしろより直接にはそのような現在をつくった過去に対する悔恨によるものと見るべきである。つまり子供の不在としがない仕事に追われる現在を〈欠如〉と感じさせるような近代的欲望が、宗助をして御米とのことを後悔させているのである。」「生活のなかで、御米が「其内には又屹度好い事があつてよ。さう〳〵悪い事ばかり続くものぢやないから」（中略）「問題は、そのとき宗助が「我々は、そんな好い事を予期する権利のない人間ぢやないか」と言い、御米の口を「噤」（四の五）ませてしまうことにある。宗助たちを罪深い人間と考えているのは世間以前にむしろ宗助自身なのである。」と述べられるのである。

御米に死産や早産を「動かしがたい運命の厳かな支配」と認めさせ、そこに「呪詛の声」を聞かせたがっているのは一体誰なのだろうか。御米がせめて「国民」として社会の構成員になるためには、「子供」を生んで「母」となることがまず必要だったのである。人口を増やすためには当然ながら異性愛が介されなければならない。しかし、その異性愛主義は婚外交渉―いわゆる「不倫」を排除する。「不倫」の禁止は〈秩序〉を志向する。その秩序は「国家」の「人口」を構成するものとして産業戦士や兵士や母になるはずの血統の乱れのない、正しき「子供」を確保させてくれるだろう（一九三ページ）。

論者は次のように結論づけるのである。

『門』は、『それから』が志向した逸脱を、秩序へと戻そうとしている。罪意識に怯えつつ、経済的にも恵まれず子供にも恵まれない不倫夫婦の生活は、人々に「不倫」の行く果てを見届けさせ、恐怖させるだろう。そしてやがては「不倫」を断念させ、今度は断罪させるだろう。『門』は明らかに不倫を断罪しており、そのような展開とならざるを得なかったのは、それが近代国民国家が志向した〈秩序〉に反するものだったからにほかならない。ここにおいても、漱石は秩序が破壊されることを憂慮し、最終的には秩序志向だったことが確認されるのである。

端的に言えば、朴氏は『門』を『それから』が志向した逸脱を、秩序へと戻そうとしている、として漱石が秩序志向だったことを批判されるのである。

朴裕河氏は一九五七年ソウル生まれ。高校卒業後来日。慶応義塾大学国文科卒業。二度目の留学時、早稲田大学文学研究科日本文学専攻修士・博士課程修了。二〇〇三年度に学位取得。韓国世宗大学人文科学大学副教授。

『門』論―宗助と御米・「幸福」な夫婦（渡邊澄子「ジェンダーで『門』を読む」大東文化大学紀要　二〇一二・三『男漱石を女が読む』所収　二〇一三・四　世界思想社）

渡邊氏は序において「私にとって漱石は、古びることも筐底で眠らせることもなく、切り口によって読む時代の尖端に即応した新たな魅力、思索の課題を提供してくれることで常に傍にいる人である。（中略）漱石に社会的・文化的に形成された性差別が内面化されていたのはごく自然で当然と言えるが、彼は自分にかかっているジェンダー・バイヤスに気付き、これを剥ぎ取ることで差別から自由になり、そこに初めて「温かい人間の血」の通い合う平和な人間関係が生まれるのではないだろうかという人間平等観を獲得した男と言えるだろう」と評価しておられる。

第6章　『門』論では

漱石作品中『門』（明四三年三月一日から六月一二日まで一〇四回『朝日新聞』に連載）は扱いにくい作品である。（中略）／『門』の研究史の整理は省筆することにするが、「御米」を前面に出して論じたものがほとんどないことだけは言っておきたい。（中略）

作品に分け入る前に注目しておきたいことがある。『門』の前作『それから』は一九〇九（明四二）年六月二十七日から十月十四日までの連載作だが、八月十四日に書き終わって間もなく、中村是公の誘いに応じて満韓旅行に出かける約束をしている。一緒に行くつもりが持病の胃痛に襲われ、是公に遅れて九月二日に発ち、十月十七日に帰京の一ヶ月半に及ぶ大旅行だった。（中略）帰京後翌日か翌々日には起筆にかかったらしく四日目から年末の十二月三十日まで「満韓ところぐ〵」が連載される。（中略）その後『門』が書かれて、〈三十分の死〉を体験するいわゆる修善寺の大患の後、その体験を中心とした「思ひ出す事など」を一九一〇年十月二十九日から翌年の二月二十日まで連載している。（中略）

『門』は、贅沢でかつ我が儘も許される暢気な旅行の詳細が笑いを誘うユーモアたっぷりの文体で書かれている「満韓ところ〴〵」と、死を体験した漱石の人間観、人生観、世界観、すべてが前者と違って厳粛な「思ひ出す事など」との、狭間の作品である、

と位置づけておられる。

冒頭部分は、ごくありきたりな庶民的夫婦の日常の一齣である。御米は「細君」とされ、寡黙で「裁縫《しごと》」をする女性として登場する。物語はほとんど宗助中心に運ばれている。そこで、宗助という人を御米＝妻＝女性との関わりに視線を凝らしながら読んでみよう、とされる。

宗助と御米の日常生活が十四初めまで縷々描かれるが、この夫婦には何か謎めいた過去のあることが合間合間にほのめかされ、読者の感興を誘いつつも苛立たせる効果をあげている。

宗助と安井の親交は京都大学時代のことだった。転学した宗助にとって、京都生活に慣れた安井は、生まれは福井だが横浜暮らしが長かったので、東京生まれの宗助にとって格好の相手だった。二人はすぐに親しみ、いわば案内役の安井と連れだってあちこち洛外まで足を延ばして歩き回った。学年の終わりに帰郷した二人だったが、安井から事情があって先に行くとの手紙が届いた。京都で会った安井は以前とは変わっていた。

安井は狭い貸家に移ったが、約束を破ってどこにいたのか、遅れて京都に来たのはなぜか、その理由を話そうとはしなかった。新居を訪ねた宗助の目は静かな女の後ろ影をとらえたが、その後の訪問で顔を合わせたその女性が御米だった。安井は「妹」と紹介した。安井と御米に誘われて一緒に茸狩や紅葉狩りを楽しんだりするまでに交流は深まり、宗助は安井の留守に上がり込んで長話をしたり、また買い物のついでと御米ひとりで宗助の下宿に立ち寄ったりするようになっていた。

渡邉澄子氏は、「安井と御米の出会いや、妹といわなければならない理由、それゆえのひっそりした暮らしの経緯は描かれない。表向き妹と称していたのだから法律婚はしていなかったのだろう。宗助と御米が夫婦になった過程もぼかされている。「妹」と紹介されていて安井の妻としてはぼかされているし、宗助が一方的に奪ったといえる場面＝事件は描かれていない。」と指摘される。さらに、

「事」が起こったのは「青い色が一度に芽を吹」く時節だった。「宗助と御米との間の「無着色」「透明」に「何うしてあゝ真赤に、塗り付けた」のかと、宗助は後になって「不思議」に思い、「運命の力」を恐ろしく感じているほどの「互いを焚き焦がした餤」とはどのようなものだったのか。この表現からは決して一方的に宗助が奪ったのでもなく、御米が安井を足蹴にして強引に宗助の胸に縋ったのでもなかったようだ。」と解釈される。さらに、

御米は、横浜に長くいた（安井との出会いの契機だろうか）という以外出自は明示されていない。「御米」という明治風な名。御米の言葉遣いは女学生的なので女学校卒か少なくとも中退の教育。京都帝大生だった安井と同棲に至る期間は文脈上短かったようだ。同棲中の主導権は安井にあったと思われるが、惹かれるだけの魅力が安井にはあったのだろう。だが、それも世間を、人間を知らぬ若さからだったと言えるのではないだろうか。」と推察され、二人の夫婦仲について次のようにとらえておられる。

「宗助と御米がごく普通の一般的夫婦像としては不自然なほど琴瑟相和した場面は随所に描かれている。二人は世間から身をひいてひっそりと寄り添って、そのような生活に不満もないかのごとく暮らしている。」と。

（前略）宗助から見ると、御米が在来よりどれ程力めてゐるかが能く解つた。宗助は心のうちで、此まめやかな細君御米にとっては心の平安場所であった六畳の部屋を甥の小六に明け渡して同居するようになった頃のこと、

に新らしい感謝の念を抱くと同時に、かう気を張り過ぎる結果が、一度に身体に障る様な騒ぎでも引き起して呉れなければ可いがと心配した。
不幸にも、此心配が暮の二十日過になつて、突然事実になりかけたので、宗助は予期の恐怖に火が点いた様に、いたく狼狽した。（十一）

「御米は元来頑健な体質ではなかった。発作で苦しがる御米に付き添い、自分で走って医者を呼びに行き、氷嚢を買ってこようと苛立ちながら、自分の不在中が心配で御米の傍を離れられない。（中略）宗助は妻の心を思いやれる男である。御米の立場や心情を御米の目線に立って思いやる場面は至る所に見られ、（中略）深読みの誹りを甘受して言うのだが、途中までしか書かれなかった一ヵ月半に及ぶ満韓旅行が漱石の人間観に刺激を与えたのではないか（中略）御米の体調不調時の避難場所だった六畳を、彼女の提案とはいえ小六のために取り上げてしまったことを「済まない」と心より思う宗助に男権・夫権の行使は見られない。この時代にこれほど優しく妻を思いやる男性像を描いた作品は管見する限り見当たらない。」（二〇八ページ）と力説される。

「夫婦は毎夜同じ火鉢の両側に向き合つて、食後一時間位話をした。話の題目は彼等の生活状態に相応した程のものであつた」が、「苦しい世帯話は、未だ嘗て一度も彼等の口には上らなかつた。と云つて、……男と女の間を陽炎の様に飛び回る、花やかな言葉の遣り取りは殆んど聞かれなかつた。彼等は夫程の年輩でもないのに、もう其所を通り抜けて、日毎に地味になつて行く人の様にも見えた。」（四）
小六の問題で、論理的に夫を促し、同居の提案をしたのも御米で、彼女がこの家のリード役になっていて、宗助は反発もせずに従っている場合が多い。御米にはユーモアもあり、当時の女性としては標準以上の知的水準と判断力があり、優しく思いやりに富んでいる。発作に襲われて寝込んだときも、宗助に微笑を見せる事を忘れず、茶の間に突っ伏している清を寝かせてやってと夫に頼む心遣いも細やかである。

宗助と御米は仲のいい夫婦で、「一所になつてから今日迄六年程の長い年月をまだ半日も気不味く暮した事はなかつた。」「彼等に取つて絶対に必要なものは御互丈で、其御互丈が、彼等にはまた充分であつた。彼等は山の中にゐる心を抱いて、都会に住んでゐた。」「都会に住む文明人の特権を棄てた」二人は社会を広く生きる生き方を自ら封じたが、それは「内に向つて深く延び」ることでもあった。世間と交渉を求めなかった六年の歳月が「互の胸を掘り出した。彼等の命は、いつの間にか互の底に迄喰い入つた。」「互から云へば、道義上切り離す事の出来ない一つの有機体になつた。二人の精神を組み立てる神経系は、最後の繊維に至る迄、互に抱き合つて出来上つてゐた。」「彼等は此抱合の中に、尋常の夫婦に見出し難い親和と飽満と、それに伴なう倦怠とを兼ね具へてゐた。さうして其倦怠の慵い気分に支配されながら、自己を幸福と評価する事丈は忘れなかつた。（中略）彼等は人並以上に睦ましい月日を渝らずに今日から明日へと繫いで行きながら、常は其所に気が付かずに顔を見合はせてゐる様なもの、、時々自分たちの睦まじがる心を、自分で確と認める事があつた。その場合には必ず今迄睦まじく過ごした長の歳月を遡のぼつて、自分達が如何に犠牲を払つて、結婚を敢てしたかと云ふ当時を憶ひ出さない訳には行かなかつた。彼等は自然が彼等の前にもたらした恐るべき復讐の下に戦きながら跪づいた。同時に此復讐を受けるために得た互の幸福に対して、愛の神に一弁の香を焚く事を忘れなかつた。（後略）」（十四）

渡邉氏は「これほど深く愛し合っている夫婦は世の中にどれほどいるだろうか。妹と紹介された男との同棲期間を持っていたとしても、相愛相敬を続けられる宗助と結婚を果たした御米は勇気ある女性であり、（中略）大陸浪人となって山師的生き方をする安井を棄てたのは賢明な選択だったのだから、もう、いいではないかと思いたくなるが、漱石は追求の手を止めない。」と論じられる。

（前略）事は冬の下から春が頭を擡げる時分に始まつて、散り尽した桜の花が若葉に色を易へる頃に終つた。凡てが生死の戦であつた。青竹を炙つて油を絞る程の苦しみであつた。大風は突然不用意の二人を吹き倒したのである。二人が起き上がつた時は何処も彼所もすでに砂だらけであつたのである。（中略）世間は容赦なく彼等に徳義上の罪を背負した。（中略）曝露の日がまともに彼等の眉間を射たとき、彼等は既に徳義的に痙攣の苦痛を乗り切つてゐた。（中略）無形の鎖で繋がれた儘、手を携えて何処迄も、一所に歩調を共にしなければならない事を見出した。（十四）

これが二人の「過去」で、そのために親も親類も友達も、それらを包含した社会も棄て、棄てられた。論者は続けて、「だが、この広い世の中の無数の夫婦のなかでこの二人のように言うなれば〈絶対の愛〉とも言える愛で結ばれている幸福な夫婦は決して多くはなく、むしろ稀だろう。」と述べて、この事態に至ったのは「恐らく、神の摂理とも言える相寄る魂だったのだろう。」とされる。

泥棒事件を契機に親しく交流するようになった家主の坂井から、満州、蒙古などで動き回っている「冒険者」と吐き捨てるように言う弟のいることを聞く。その弟が蒙古王に貸す金の調達に帰国し、仲間の友人を連れて明後日また来るのでその馬鹿話を聞きに来ませんか、と宗助を誘う。友人が安井と聞いて宗助は青くなる。

堕落の方面をとくに誇張した冒険者を頭の中で拵え上げた宗助は、その責任を自身一人で全く負わなければならないような気がした。宗助は安井に会う勇気がなく、御米に話す度胸もなく暗い町を歩き続け、牛肉店で飲みたくもない酒を飲んで蹌踉と歩きながら、「弱くて落付かなく」「不安で不定」な心の圧迫から自分を救う方法を余裕を失いながらも考えるのだった。

宗助が、あの「過去」を背負って人生が変わった安井の坂井に家で会うことを恐れ、病気と称して役所から一〇日間の休暇をとり、「御米にも安井問題に心を煩わせないための思いやりから頭を休めるためと嘘をついて」参禅に出かける終末部分を、次のようにとらえておられる。

御米に坂井の話をすべて話し、苦しみを共有しようかと思うが話す「勇気」が出ない。それは御米を苦しめたくない思いやりだろう。宗助にとって御米は「愛すべき細君」であり、御米にとって宗助が「善良な夫」であることの証左は随所に見られる。

「今の不安な不定な弱々しい自分を救ふ事が出来はしまいかと、果敢ない望みを抱い」て宗助は山門をくぐり、座禅に立ち向かう。だが駄目だった。「『敲いても駄目だ。独りで開けて入れ』と云ふ声が聞えた丈であつた。（中略）要するに、彼は門の下に立ち竦んで、日の暮れるのを待つべき不幸な人であつた」（二十一）ことの気付きが参禅で得た結論だったが、一種の悟りとして、『道草』『明暗』への一里塚になっていると考えられる。不安から解放されずに帰った宗助は、坂井から弟は安井とともに蒙古に帰ったと聞かされ安堵するが、この安堵は以後の生活の絶対の保証ではないことを、晴々しく春の到来を喜ぶ御米にかける「うん、然し又ぢき冬になるよ」という言葉がそれとなく暗示している。この意味深長な結語は『道草』の結語に通い、漱石の人間観、人生観を示したものとなっている、と結ばれるのである。

おわりに、渡邉氏のとらえられた御米と宗助の人間像を紹介する。

『門』の御米は、女性読者に褒められない「伏し目がちの慎ましやか」で「微笑」を「表情《デスクール》」とするだけの女性ではなく、理性的で決断力がありウイットにも富み、夫をそれとなくリードする力も兼ね備え、しかも物欲には恬淡で貧窮に甘んじていられる、なかなか魅力的な女性である。

それにも増して詳細に描かれる宗助は、前にも触れたが、『道草』後半の健三の前身を思わせる、妻の心の奥を思いやる慈愛に満ちた男性像として描かれていて、新しい男として造型されている。その点にこそ注目に値する作品と位置付けられるだろう。

渡邉澄子氏は宗助・御米の夫婦を、〈絶対の愛〉とも言える愛で結ばれている幸福な夫婦ととらえられる。「宗助の御米に対する愛の真実を示す思いやりは随所に見られる」として、御米に安井のことを黙って参禅したことを、「安井問題に心を煩わせないための思いやりから」だとされる。そうして宗助を、「妻の心の奥を思いやる慈愛に満ちた男性像として描かれていて、新しい男として造型されている。」と論じられるのである。

夏目漱石『門』の文明批評—〈異性愛主義〉の成立と〈帝国〉への再帰属（森本隆子『東アジア比較文化研究』第九号、二〇一〇年『〈崇高〉と〈帝国〉の明治　夏目漱石論の射程』所収　二〇一三・三　ひつじ書房）

森本隆子氏は冒頭で、「夏目漱石の姦通小説『門』（一九一〇、明治四三年三月〜六月）が、その冒頭に伊藤博文暗殺事件を配することの意味についてでは、これまでにも必ずしも言及されてこなかったわけではない。」として、石原千秋が、立身出世を含意した男性の言説空間を形成してゆく様相を指摘し、より積極的には、小森陽一が、主人公宗助の「意識」における植民地問題の「排除」と「忘却」について批判的に論じていると紹介されている。しかしながら、「その歴史性の〈忘却〉という宗助の一貫した不変的態度に着目するならば、忘却という身体のネガティブな反応が、逆説的に、〈植民地〉をめぐる国家的問題を〈姦通〉という反国家的な性的世界へと密接不可分に繋ぎ止め、重層的に連関させてゆく構造を想定できはしないだろうか。本論では、このような目論見の下に、『門』における植民地忘却と姦通の関係性を分析し、『門』を前作の同じく姦通小説『それから』（一九〇九、明治四二年六〜一〇月）における痛切な文明批評の系譜を受け継ぐ作品として位置づけてみたい。」とその意図を述べている。

1 「伊藤公暗殺事件」の意味するもの―歴史の忘却と性的身体の記憶

『門』冒頭に、妻、御米によって持ち出されたハルビン駅頭における伊藤公暗殺事件の話題は、何よりも、その〈歴史性〉に対して宗助がひそやかに仕掛ける二つの〈転倒〉において、一種、異様である。〈転倒〉の第一は、政府の要人伊藤博文暗殺という国家レベルの大事の、伊藤個人の「運命」の問題への置換である。

「どうして、まあ殺されたんでせう」と御米は号外を見たとき、宗助に聞いたと同じ事を又小六に向つて聞いた。／「短銃をポン〳〵連発したのが命中したんです」と小六は正直に答へた。／「だけどさ。何うして、まあ殺されたんでせう」／小六は要領を得ない様な顔をしてゐる。宗助は落付いた調子で、／「矢つ張り運命だなあ」と云つて、茶碗の茶を旨さうに飲んだ。御米はこれでも納得出来なかつたと見えて、／「どうして又満州抔へ行つたんでせう」と聞いた。／「本当にな」と宗助は腹が張つて充分物足りた様子であつた。／「何でも露西亜に秘密な用があつたんださうです」と小六が真面目な顔をして云つた。御米は、／「さう。でも厭ねえ。殺されちや」と云つた。／「己見た様な腰弁は殺されちや厭だが、伊藤さん見た様な人は、哈爾浜へ行つて殺される方が可いんだよ」と宗助が始めて調子づいた口を利いた。／「あら、何故」／「何故つて伊藤さんは殺されたから、歴史的に偉い人になれるのさ。たゞ死んで御覧、斯うは行かないよ」

（三）（傍線　論者）

「妻の御米の発する問いかけが（中略）因果関係を問う形式を規則的に反復しながら、驚くほど的確に歴史の核心を突いているものを、それらを「運命」の一語を以て置換する行為はいわば歴史の継起的な連続性から因果の編み目をバラバラに解体して、換骨奪胎、全く恣意的な個人のレベルへ還元してしまうことを意味しているだろう」と述べ、さらに、「その上に仕掛けられた、より重大な第二の転倒が、〈国家〉の大事をめぐる一連の会話を、〈姦通〉に起因する御米との性的関係をめぐる身体の記憶へ解消させてしまう（中略）宗助の言動である。」と指摘される。「主人公の野中宗助その人に焦点化して敷衍し直すならば、法に背くことでより特権化された性関係への自足とアイデンティファイを標榜してみせることで、その咎を受けて「廃嫡」同然に家から見放され、やがて土地や家財も失って、いわば帝国の臣民としてのエリートコースから離脱してゆかざるをえなかった野中家嫡子としての落魄の全過程が、忘却と失念の波間に委ねられ、霧散してゆくに任されている。（中略）『門』に描かれる世界が、継起的な時間の連続性から切り離された〈性〉の充足感によってのみ確認されうるような〈点〉の集積―社会的アイデンティティの裏付けを欠く性的アイデンティティのリアル感において成り立っていることを、今、あらためて強調しておきたい。（中略）『門』に文明批評があるとするならば、それは、社会との繋ぎ目を見失ってしまった視点人物、宗助の浮遊感がきわめて恣意的に国家や歴史の存在を転倒してしまうというような一種の逆説性においてなりたっている。」と断定される。

2　ジェンダーの政治学―「運命」の起源としての「自然」

「今の自分を成り立たせている姦通という起源も、また姦通によって切断された若い過去の日々も忘却に付しながら、いま現在のみを、身体性も露わな妻との性的関係において充足しようとする男と、〈仕方がないわ〉を反復しながら〈微笑〉でもってそれに応じ続ける妻との間には、どのようなジェンダーの政治学が内包されているのだろうか」とされて、「御米が、宗助との〈和合〉を生きるために抑圧を被らざるをえない客体でありながら、同時に、宗助を過去の忘却へと積極的に誘惑する主体的な忘却の加速装置として機能し続けている点」を指摘される。そうして、「御米の〈微笑〉は巧みに両義的に発揮されて、宗助の存在の起源とも言うべき野中家との関係を忘却の彼方へ押しやりながら、姦通を新たな起源とした二人だけの時間へと柔らかに抱きとってゆくのである。このような〈微笑〉が〈例の如く〉〈何時もの通り〉に反復され続けることで、二人の世界はしだいに世間から切り離され、そうすることで一層、緊密に縒り合わせられてゆく。」「御米の〈微笑〉に応じて、しばしば宗助が洩らす〈苦笑〉は、あたかも、このような御米の営みに違和を感じながらも、しだいに融かしこまれてゆく宗助のためらいを正確に写し取っているかのようである。」と分析されるのである。

「御米に対する宗助の最大の残酷さは、「子供の不在」を〈欠如〉と感じ「悔恨」する心理にあるというよりも、むしろ、妻であり母であることを切望している御米を、性愛を鎹とした二人だけの空間へ女として拘束しようとする点に発揮されている」と指摘され、「御米が妻としての働きを示した小さな売買は、歴史と現実から浮遊した二人の世界を、社会、ひいては近代の物質文明へと確実に繋ぎ止めてゆくことになる。」「このような観点から宗助を読むならば、そこには御米が弄する無意識的なジェンダーの政治学からの逃走の物語が見えてくる」とされるのである。

「小説の〈語り〉は視点人物、宗助の意識に即しながら展開されるが、宗助の〈今・ここ〉へ点化する浮遊的な時間感覚は、物語の時間の流れを起源としての姦通との〈因―果〉で捉えることを禁じ、循環的な「自然の進行」に倣って把握しようとする姿勢と無関係ではないはずだ。実際、巡る季節で時を測るような感覚は、小説の現在時と起源としての姦通の間に横たわる時間的距離の計測を朦朧化してしまう。」「物語内の時の経過は、二人の同棲生活の伏し目を基準に区切られているが」「具体的な日常の出来事を起点に記されてゆく時間の経過は、（中略）節目と節目の間を貫く継起的な時間の流れとしては辿りにくい。」と指摘される。

「このように、〈今・ここ〉へ凝縮された宗助の宿命化された時間の展開を最も深く刺し貫いているものが、〈自然〉である。自然は、一方で「毒」（十七）を含んだ暴風として姦通の行為へと二人を薙ぎ倒しながら、六年を経た今では慈しみの相貌さえ湛えて、縁側で昼寝を貪る宗助の背中へ「自然と浸み込んで来る」暖かい秋の陽となって降り注いでいる。」とされて、さらに次のように説明される。「二人の同棲生活は「自然が彼等の前にもたらした恐るべき復讐」（十四）として意識されていると同時に、また、自然は「恵」となって「月日と云ふ緩和剤の力」を二人に贈り、その疼く「創口」を「癒合」（十七）する。このような自然の両義性は、「凡てを癒やす甘い蜜」を含んだ「愛の神」の「鞭」（十四）が孕む両義性を遙かに深く抱擁するものであり、宗助は、この個を超越した自ずからな運命の必然に身を委ねているのである。」と。

小説末尾、「参禅の失敗から「長く門外に佇立むべき運命」を実感し、職場の人員削減の嵐を免れた幸運に「生き残つた自分の運命」を「顧りみ」（二十三）、これら我が身にふりかかってくる運命に「天の事」（二十二）を見出すに至る。「天」の司る「自然」の運行に身を任せる男に、禅の悟りが到来しないのは、論理的必然であったはずだ。」とされる。

『門』の〈自然〉に即して最も留意しなければならないのは、「日本古来の伝統的な〈自然〉の概念から大きな変容を被っている点である。」として、「姦通を比喩した「大風」としての〈自然〉が確実に内包しているのは明らかに本能的な性的欲望であるが、それは西欧の「nature」の翻訳語としての「自然」に対応するものであり、〈自然〉本来の〈おのずからな―じねん〉からは導き出すことのできないものである。」と指摘される。「『門』の〈自然〉は、儒教的な〈天〉概念の下に〈おのずからな―じねん〉として展開されながら、一方では、明らかに西欧の「nature」に侵された近代的な〈自然〉として、「じねん」を裏切っている。」と。

「小説の展開に従って、表向き、塵世を避けた鷹揚な楽天家の体裁をとる坂井の「気楽」さが、実は元は大名の出で、今は土地と家作で生計を得る有閑階級独特の「退屈」に他ならないことがあからさまとなってくる。奢侈な生活がもたらす神経的疲労を休める小さな書斎は「洞窟」（十六）と自称されて、宗助の空洞感を潜めた〈穴〉との類縁性を示している。」さらに、「欲望充足の矛先が骨董趣味から異彩なものを求める好奇心、異郷の植民地をめぐる浪漫主義へと広がりを見せてゆくにつれ、確実に近代日本の〈帝国—植民地〉構造に深く囚われ、浸食された坂井の風貌が浮かび上がってくる。」と説明されるのである。

『門』の物語は、小六が、書生として坂井に拾われて救済されるところで幕を閉じる。「階級的差異を強調しながら微妙な相似性が重層されてきた崖下の宗助と崖上の坂井の関係は、つまるところは坂井が華麗に巻き込まれている近代の資本主義システムへ、小六を接点に宗助がしっかり繋ぎ止められたところで終結する。子沢山の坂井家のにぎわいに触発されて、子どもに象徴される家庭の幸福を実感し始めている宗助において、その異性愛主義もまた、近代の家族制度へ回収されつつある。」と分析されるのである。

『門』のラストは、冒頭との対称を見せて、御米からの「本当に難有いわね。漸くの事春になつて」との問いかけに、宗助が「うん、然し又ぢき冬になるよ」（二十三）と答える姿を映し出す。「妻の言葉を受け取り、リードする宗助の姿は、ここに確かな主体性を獲得しているが、それはとりもなおさず、宗助が他ならぬ近代社会システム、ひいては近代家族の制度の中へ確実に取り込まれたことも意味している。」として、縁側で爪をきりながら、「下を向いたまゝ」の宗助の姿に、「小説冒頭の開放感はない。」とされる。「姦通という起源の下に御米と共に「冬」を生きる覚悟の宗助は、ようやくにして現実の時空間にみずからのポジションを見出しながら、浮遊性においてかろうじて獲得していた批評性を、おそらくは完全に喪失しているのである。」と批判して結ばれるのである。

森本隆子氏は、「『門』における植民地忘却と姦通の関係性を分析し、姦通小説『それから』における文明批評の系譜を受け継ぐ作品として位置づけてみたい。」とされる。

『門』の登場人物を、「今の自分を成り立たせている姦通という起源も、また姦通によって切断された若い過去の日々も忘却に付しながら、いま現在のみを、身体性も露わな妻との性的関係において充足しようとする男と、〈仕方がないわ〉を反復しながら〈微笑〉でもってそれに応じ続ける妻」と捉え「御米が、宗助との〈和合〉を生きるために抑圧を被らざるをえない客体でありながら、同時に、宗助を過去の忘却へと積極的に誘惑する主体的な忘却の加速装置として機能し続けている点」を指摘される。宗助の最大の残酷さを「妻であり母であることを切望している御米を、性愛を鎹とした二人だけの空間へ女として拘束しようとする」点に発揮されていると断定される。宗助の〈今・ここ〉へ点化する浮遊的な時間感覚は、物語の時間の流れを起源としての姦通との〈因―果〉で捉えることを禁じ、「運命」の起源としての「自然」を挙げられるのである。

崖下の宗助と崖上の坂井の関係は、つまるところは坂井が巻き込まれている近代の資本主義システムへ、小六を接点に宗助がしっかり繋ぎ止められたところで終結する。

末尾の夫婦の会話、その宗助の姿に「小説冒頭の開放感はない」と指摘され、姦通という起源のもとに御米と共に「冬」を生きる覚悟の宗助は、現実の時空間にみずからの位置を見出しながら、批評性を完全に喪失していると批判して結ばれるのである。

今回取り上げた四編の『門』論は、いずれもフェミニズムの立場からの立論で有り、論者は女性であった。

宗助を「妻の心を思いやる慈愛に満ちた男性像」「新しい男として造型」されていると論じられたのは渡邉澄子

氏だけである。

中山氏は「在りうべき男女和合の神話を語る語り手の巧妙なベールをはぐって」「明治末近代の資本主義男性社会に生きる男女の、きわだった非対称的関係とディス・コミュニケーションとを抑圧の構造のなかに充分にしめしている。」と分析され批判された。

朴氏は、端的に言えば、『門』を『それから』が志向した逸脱を、秩序へと戻そうとしている、として漱石が秩序志向だったことを批判されるのである。

森本氏は、はじめから姦通小説『門』として捉え、「いま現在のみを、身体性も露わな妻との性的関係において充足しようとする男と、〈仕方がないわ〉を反復しながら〈微笑〉でもってそれに応じ続ける妻」として「御米が、宗助との〈和合〉を生きるために抑圧を被らざるをえない客体でありながら、同時に、宗助を過去の忘却へと積極的に誘惑する主体的な忘却の加速装置として機能し続けている点」を強調され、宗助の残酷さも指摘される。この点では渡邉氏とは真逆の論であった。

四者四様の解釈で、人物像のとらえ方、作品の意図・テーマのとらえ方など大きな差異がある。視点の違いをさらに分析して、自分なりの読み深めの縁としたい。

二〇一四・八・一四　稿

二〇一四年九月二八日　二七会九月例会で発表

初出一覧

夏目漱石の大正五年（一）　二七会四月例会研究発表（二〇一二・三・二一）
「続河」一六号（二〇一一・八・二〇）一部手直し
夏目漱石の大正五年（二）「続河」一七号（二〇一二・八・三一）
夏目漱石の大正五年（三）「続河」一八号（二〇一三・八・九）
夏目漱石の大正五年（四）「続河」一九号（二〇一四・六・九）
夏目漱石の大正五年（五）「続河」二〇号（二〇一五・八・三〇）
夏目漱石の大正五年（六）「続々河」一号（二〇一六・九・七）
お延と清子の結婚―『明暗』に描かれた二つの指輪から―
二七会一〇月例会研究発表（二〇〇六・一〇・二二）
「続河」一一号の発表（二〇〇六・九・三〇）を一部手直し
漱石の英国留学と子規
「続々河」二号（二〇一六・一一・二七）
『満韓ところどころ』と夏目漱石の新発見資料　「続河」一八号
最近の漱石研究（二〇〇一～二〇〇七年三月）とそこから見えてくるもの
「続河」一二号（二〇〇七・六・二五）
二七会五月例会で報告（五・一〇）したものを加筆訂正
『三四郎』覚え書き　「続河」九号（二〇〇四・八・二九）
『三四郎』断想　「続河」一三号（二〇〇八・九・一）

『それから』を読む（その一）「続河」一四号（二〇〇九・八・一九）
『それから』を読む（その二）「続河」一五号（二〇一〇・九・一〇）
『門』研究の流れ管見（その一）「続河」一九号（二〇一三・一一・一六）
『門』研究の流れ管見（その二）二〇一四年九月二八日　二七会九月例会で発表
あとがき

あとがき

漱石文学との出会いは昭和二一（一九四六）年のことだった。私は中学に入学するかしないかの時期だったと思う。専業農家のわが家になぜかその時文庫本の「こころ」があった。ふと手にしたその本を、その世界の暗さ、重苦しさに押しつぶされそうになりながらも、私は終わりまで読み通さざるを得なかった。その時感じた思いは昨日のことのように鮮明である。爾来七〇余年漱石作品にひかれて読み続けてきた。

広島大学東雲分校に入学したのは昭和二七年だった。二年終了のとき、自分の研究課題を発表する場で、漱石の書簡や晩年の漢詩に心惹かれていた私は、無謀にも『明暗』に挑戦した。清水文雄先生は、漱石文学に取り組む場合「則天去私」の問題をどうとらえるか、それをしっかり考え深めてほしいと課題を出された。

大学本部教育学部国語科の四年課程三年に編入した私は、卒業論文として取り組んだのは「夏目漱石研究―初期作品を中心に―」であった。野地潤家先生のご指導をいただいた。その中味は『坊つちゃん』の作品研究史と作品分析に終わった。卒業後広島市立観音中学校に就職したが、厳しい職場環境のなかで肺結核になり、左上葉摘出・肋骨四本の成形手術を受け三年間休職した。大学卒業の時点で同期生で始めた読書会二七会（しばらくして野地先生のご指導を仰ぐことができた）に参加し、清水文雄先生の王朝文学の会では幹事としてお世話を引受け、勉強させていただいた。王朝文学の会の機関誌「河」には、創刊号から毎年一回の編集にずっと携わってきた。清水先生が王朝文学の会の幕を引かれた後は、「河の会」として「続河」を刊行し、二〇号で終刊した後は、回覧形式の「続々河」を出して勉強を続けている。

一方、二七会への参加は、復職後の体調を考慮して長いこと欠席した。二七会では漱石作品の輪読は『門』の四回目を読み終わった。輪読会では実践や研究の報告、ときには朗読も行われている。奥深い漱石作品の魅力にひかれ、輪読会の司会、担当、実践報告、研究発表、朗読にも取り組んだ。質疑の後の先生のご助言は、厳しくも温かいものであった。読みの足りないところ、目の行き届かないところを指摘され、新しい視点の示唆をいただいた。それを力に何度も本文に立ち返ったものである。

「夏目漱石の大正五年」は〈その一〉を平成二三年一〇月「続河」一六号に発表し、二七会でも発表したが、今回六年がかりでやっとまとめ終わった。「則天去私」の問題は、漱石の人間をみる視点の深まり、作品を書く態度の観点からできる限りの考察をした。やっと問題を深める取っ掛かりができた思いである。消化しきれていないところは、今後更に考察を積み重ねていきたい。

漱石の文学的出発に大きな影響を与えたのは正岡子規である。正岡子規との出会いは明治二二年であった。往復書簡の刺激・切磋琢磨、子規は漱石の俳句熱に火をつけ、子規の「七艸集」漱石の「木屑録」の相互批評や感想をはじめとして、二人は生涯の親友となった。「漱石の英国留学」を知った子規は二度と会えないと自覚し、あづま菊の画にそえて歌を贈る。研究生活の合間に長い手紙を書いた漱石、僕ハモーダメニナツテシマツタ、に応えてやれなかった「悔い」・「気の毒」が漱石の創作の要因・推進力となった。留学の成果を熟成させる暇もなく東大・一高での講義・授業に取り組んだ漱石は神経衰弱がひどくなる。やがて高浜虚子に勧められて書いた「吾輩は猫である」などの創作が病を癒やす。

「満韓ところどころ」と夏目漱石の新発見資料は、漱石来熊一〇〇年（一九九六）を記念して開かれた国際シンポジウム「世界と漱石」で、ハーバード大学ルービン教授らの「満韓ところどころ」批判に対する自分なりの受け止め方を記した。さらに、「新潮」二〇一三年二月号の黒川創氏「暗殺者たち」に教えられ、学んだことを記した。伊藤公暗殺事件についての、漱石の微妙な立場、在満韓の日本人への願いなどがはっきりと読みとれるのである。「お延と清子の結婚」は「漱石の大正五年」に比して一〇年前のものであるが、発表当時のままに掲載した。人間を見る目の深化についてもっと考察を深めて行きたいと念じている。

「最近の漱石研究とそこから見えてくるもの」も一〇年以上も前のものである。精いっぱい文献を読みあさって考えていた記念にそのまま載せた。

「三四郎」「それから」「門」関係の文章は、二七会での輪読会と併行して自分なりの読みを書いたものである。二七会での会員諸氏、「河の会」合評会での会員諸氏の感想批評などは、励みになり考察を深めるよすがになった。

今回、清水文雄先生・野地潤家両先生の学恩のお導きにより、夏目漱石についての二冊目の書物をまとめることが出来た幸せをしみじみと感じている。

支えていただいた先輩・学友に心から感謝申しあげる。以上、自分なりのささやかな読みの歩みである。

溪水社の木村逸司社長には資料にも細かいご配慮をいただき、出版を支えていただいた。記して感謝申しあげる。

二〇一八（平成三〇）年六月六日

安宗　伸郎

著者略歴

安宗　伸郎（やすむね　しんろう）

1934 年 3 月　広島県三次市に生まれる。
1952 年 3 月　広島県立三次高等学校商業科卒業。
1954 年 3 月　広島大学教育学部東雲分校中学校国語科修了。
1956 年 3 月　広島大学教育学部中学校国語科卒業。
1956 年 4 月　広島市立観音中学校教諭。
1964 年 4 月　広島市立広島商業高等学校教諭。
1975 年 4 月　広島県立五日市高等学校教諭。
1981 年 4 月　広島県立安西高等学校教諭。
1994 年 3 月　定年退職。
同年 4 月から翌年 3 月まで大下学園祇園高等学校専任講師。
観音中学校在職中は結核のため 3 年間休職。その間 3 回の手術。
1956 年から 1995 年まで、「王朝文学の会」幹事。1996 年から「河の会」代表。
2016 年から「続河の会」代表。

著書
「漱石文学の研究」平成 16 年 6 月　溪水社
「国語科学習指導の深化を求めて」平成 16 年 6 月　溪水社
「清水文雄先生に導かれて―王朝文学の会の軌跡―」
平成 16 年 6 月　溪水社

現住所　731-0143　広島市安佐南区長楽寺 3 丁目 20－33

夏目漱石を読む

2018（平成 30）年 11 月 30 日　発行

著　者　安宗　伸郎
発行所　溪　水　社
広島市中区小町 1-4（〒 730-0041）
電話 082-246-7909　FAX082-246-7876
e-mail: info@keisui.co.jp
URL: www.keisui.co.jp

ISBN978-4-86327-455-6 C3081